2016年度
公安文学精选
(短篇小说卷)

罪案病理

全国公安文联◎选编

代表本年度中国公安文学最高创作水平
一年一度的中国公安文学盛宴

群众出版社·北京

图书在版编目（CIP）数据

罪案病理：2016年度公安文学精选：短篇小说卷／全国公安文联编．—北京：群众出版社，2018.6
ISBN 978-7-5014-5823-3

Ⅰ.①罪… Ⅱ.①全… Ⅲ.①短篇小说—小说集—中国—当代 Ⅳ.①I247.7

中国版本图书馆CIP数据核字（2018）第105917号

罪案病理

全国公安文联　编

出版发行：群众出版社
地　　址：北京市丰台区方庄芳星园三区15号楼
邮政编码：100078
经　　销：新华书店
印　　刷：北京市泰锐印刷有限责任公司
版　　次：2018年7月第1版
印　　次：2018年7月第1次
印　　张：10
开　　本：880毫米×1230毫米　1/32
字　　数：275千字
书　　号：ISBN 978-7-5014-5823-3
定　　价：38.00元

网　　址：www.qzcbs.com
电子邮箱：qzcbs@sohu.com

营销中心电话：010-83903254
读者服务部电话（门市）：010-83903257
警官读者俱乐部电话（网购、邮购）：010-83903253
文艺分社电话：010-83903973

本社图书出现印装质量问题，由本社负责退换
版权所有　侵权必究

出版说明

为深入贯彻党的十九大精神和习近平总书记在文艺工作座谈会上的讲话等系列重要讲话精神，积极落实公安部关于推动公安文化大发展大繁荣的实施方案中提出的"推出更多公安题材优秀文化作品，出版年度公安文学精选"的要求，进一步加强公安队伍思想文化建设，服务公安现实斗争，着力打造公安文化品牌，推出公安文学精品，发现和扶持公安文学创作人才，满足新时期公安民警对公安文化的新期待、新需求，同时更好地满足广大读者对优秀公安文学作品的阅读需求，全国公安文联和中国人民公安出版社决定继续编选、出版"2016年度公安文学精选"。

由全国公安文联编选的"年度公安文学精选"迄今为止已出版了十九卷，即"2011年度公安文学精选"共三卷，含中篇小说卷《特殊任务》、短篇小说卷《结案风波》、纪实文学卷《追捕始于新婚之夜》；"2012年度公安文学精选"共四卷，含中篇小说卷《归案》、短篇小说卷《编外神探》、纪实文学卷《亮剑湄公河》、散文诗歌卷《我的贺年卡》；"2013年度公安文学精选"共三卷，含中篇小说卷《命运之魅》、短篇小说卷《沙堡》、纪实文学卷《追捕深海"掠食者"》；"2014年度公安文学精选"共四卷，含中篇小说卷《派出所长》、短篇小说卷《无处可逃》、纪实文学卷《"猎狐"行动》、散文诗歌卷《心中有座百草园》；"2015年度公安文学精选"共五卷，含中篇小说卷《风住尘香》、短篇小说卷《神算》、纪实文学卷《刑警"803"》、散文诗歌卷《秘密》、网络文学卷《背后有眼》。以上作品出版后，受到了广大读者，特别是全国各级公安机关民警的欢迎和喜爱。

"2016年度公安文学精选"的入选作品，均为发表后受到读者广泛好评并产生较好社会效益的优秀公安文学作品，代表2016年度中国公安文学在中篇小说、短篇小说、纪实文学、散文、诗歌体裁中的最高创作水平，在思想性和艺术性方面具有突出特色，是奉献给广大关心和热爱公安文学的读者的精神大餐。

"2016年度公安文学精选"共出版四卷，即中篇小说卷、短篇小说卷、纪实文学卷、散文诗歌卷。

这是中国公安文坛第六次举办全国性年度公安文学作品精选的征集选编活动。该活动由中国公安文学精选网协办。

"年度公安文学精选"编委会办公室
2018年5月16日

目 录

绝响 / 少 一 ··· 1
厨子建业 / 许 震 ································ 19
二老陈的隧道 / 张 策 ························· 30
罪案病理 / 朱 辉 ································ 35
我说红烧，你说肉 / 初日春 ·················· 56
上帝的罚则 / 张 军 ····························· 81
变焦 / 付旭东 ······································ 114
大红袍 / 薛景川 ·································· 134
执子之手 / 张 蓉 ································ 157
臭豆腐 / 李 阳 ···································· 172
对谈 / 王 维 ·· 175
警察门 / 欧阳伟 ·································· 179
春雨 / 韦延丽 ······································ 193
镰刀 / 戴存伟 ······································ 196
解个手到底用多久 / 张 暄 ·················· 206
捕猎 / 吴全礼 ······································ 230
镜头 / 郝 昕 ·· 234

湘湖夜里的声音 / 但　及 ·············· 263
第三十三个警 / 许华鉴 ················ 282
村警闫有乐的故事 / 崔　岱 ············ 286
抓贼 / 郭　红 ························ 293
房间里的神秘来客 / 于爱全 ············ 296
希望 / 梁荫发 ························ 306

绝 响

少 一

一

许美美与有关各方达成一致：她丈夫余声两天后死亡。

我的事情挺麻烦。

二

教导员丁茂松问我，余所长的情况到底怎样？

我说，我也不知道。出事后一关进危重病房就再没出来，医生说任何人不得探视，包括他老婆——估计很严重吧。

丁茂松这家伙够阴险。他是不是盼着余声早死,自己好提前扶正?

丁茂松果然不怀好意地说,其实,余所长平时工作很一般,没什么值得写的。可能觉得说漏了嘴,他马上自圆其说,当然,我们每个人都一样。这年头,谁都在混时度日,没人想把事情干好,真的。

如果是这样,我没法儿交差。我告诉他,就是用锄头挖,你也得帮兄弟挖出点儿值钱的料来。不然,我没米下锅。

上山之前,我已获知几条线索:余所长认了镇街上一对五保老人做干爹干娘,长期资助一个女孩儿上学,还经常帮老百姓到县城代办私事……怎么到了丁教导员眼里都视而不见?一定是故意装聋作哑!他这态度有问题。

经我提示,丁茂松承认,某些事是有影子。我暂不作评论,但我可以领你去采访。你总是有办法的,因为你笔下能生出花来。

我们刚准备动身,有个声音在院子内气势汹汹地嚷开,丁教导员在吗?我有事儿找你。

丁茂松迎出去,绷着脸说,申老板,我要是不在了,你舍不舍得送我一个花圈?

申老板自知失言,细溜着嗓门解释,我不是那个意思,听说余所长住院了,他的病重不重?

我很奇怪。这个申老板是哪路神仙?鼻子怪灵的,几小时前的事情,他竟然能得知消息!

丁茂松回敬申老板,你着急了吧?

申老板拍着手里的本子说,去年的还没结呢,今年的也不少了。

告诉你,我不会管的,因为我不知道,从来就没人跟我商量过。

申老板急了。你这话哪像警察说的?"刀疤"他们都不这样坏呢。

"刀疤"是街上有名的混混头子。

见丁茂松不搭理，申老板把调子降得更低，也不是催着给钱，先换成条子，盖个红戳儿，总要认个账吧？

丁茂松挥挥手：财务上有规定，谁签字谁负责。你找我没用。

他们的对话像打哑谜，听起来云雾缭绕。见我走出来，丁茂松说，看见了吗？局里来领导了，我很忙，没时间陪你刷牙。

申老板瞅了我几眼，像捞着救命稻草似的。我认得你。你是从我们屋脊镇走出去的笔杆子，我早就想结识一下。机会难得，这次一定到我店里坐坐。

我说，谢谢。

三

我接到电话赶到人民医院，已是凌晨两点。

政委在大门口等我。他的脸几乎皱成一颗核桃，面色不及平常一半好。

屋脊派出所余所长出事了。

有人袭警？

袭警倒不是。一个盗贼要抓，他在蹲守时突发脑出血，刚送进来。

程度怎么样？

这个你先不要问。局长等在上面，有任务交给你。我们走。

局长交给我的任务是写余所长的人物通讯，要求超水平发挥，至少上省报头条，当然最好能见诸《人民日报》，而且两天内必须拿出来。

局长说，事情来得突然。时间紧，任务重，最见真功夫，辛苦你了。

政委把一团烟吐出来，满脸的凝重，这是一场硬仗，你亲自操刀，不能请媒体帮忙，而且成稿之前要求保密，不得出半点儿纰漏。

我说，天一亮，我就上山。

八点准时走，由装备排车。政委看看时间，说，还剩几小时，你先和肖坤扯扯情况。他在局里等你，明早一同上屋脊。

还有几小时空当，我提出是否先把许美美的采访完成，因为她是主场戏。可现场没有许美美。政委告诉我，许美美让她表哥弄回去休息了。医生反正不准进病房探视，她搁这儿也是活受罪。政委否决我的提议说，不妥。这时候最难受的人非她莫属，得给她个缓儿，至少要推到明晚。

政委的话有道理。

四

辖区内的壶瓶山主峰海拔两千多米，是全省第一高峰，初中地理书上把它称为"湖南屋脊"。据说登临绝顶可瞰长江，日出奇观更是吸引游人。

我离开屋脊镇那年，镇街上还很乱。沿河一条老街，居民随心所欲住着，没有超过三层楼的房子。它的面貌彻底改观才是近些年的事情。旅游热兴起后，县里抓住"屋脊"大做文章，声称要把这里打造成山区"小香港"。

变化委实超出我的想象。一条新街四车道宽，炒砂铺就，中间用双黄线隔开，南北延伸两公里。街道两边商铺林立，人行道上铺满花砖，等距离栽树、放垃圾桶，十多层的电梯楼矗起好几栋，令我想起郭沫若先生《天上的街市》。老街就像一个风韵不存的弃妇躲在新街下面，撇开喧闹与繁华，沉浸在过往的辉煌里，独自聆听河水叮咚。

那对五保老人住西头。丁教导员耿言道，余所长没有生命之虞吧？

我摇头。

他似乎还是放心不下，说，你的口风真紧，不愧当政工主任的。

我说，真不清楚。

要不由一个社区干部带路？

算了。有人陪着，说话反而不方便。搞宣传工作多年，这种情况我碰到好多次了。

半途还是遇到了社区妇女主任，姓吴，矬个子。丁教导员介绍我们握手。听说是要采访，吴主任热情有加，咋咋呼呼地在前面引路。

老两口的房子是三间土砖屋。屋内地面上落着零星的鸡屎，老远闻到一股浊重臭气。我一步还没迈进去，就被吴主任拉住。她朝昏暗屋子内喊，韩嗲，来稀客了。也不待主人发话，她就自作主张地踅进屋去提两把椅子出来，就手从门边竹篙上扯过一条毛巾，扑打扑打椅子上的积尘，招呼我和丁教导员坐下。

被称作韩嗲的老人颤巍巍地移出来。吴主任指指丁教导员：韩嗲，你看看谁来啦？

韩嗲刺生生瞅一阵，好似在审一个贼，然后不冷不热地说道，不认得，找我么事儿？

丁教导员有点尴尬。吴主任自找了没趣。

我解围说，派出所余所长您认得吧？

韩嗲盯着丁教导员再看，还是疑惑地问，派出所有几个姓余的？

丁教导员马上纠正，我不姓余，我姓丁。

我答，我说的是余声。

老人反应过来。他是我儿子。他蛮久没来看我们了。你们是他朋友？

我把采访意图端出来。

韩嗲说，我这个儿子世上难找呢，是值得好好吹一吹，登报纸表扬一下。

我相信，韩嗲的"吹"绝对不是吹牛的"吹"。

我说，余声都帮您二老做过哪些事，说来听听。

多着啦！韩嗲扳着手指头如数家珍，他给我们申请低保、老龄补助、困难救济，还有五保户……

吴主任脸上起了醋意。她掐断话头说，韩嗲，这些事都是符合条件就能办的。余所长就是不帮你申请,我们社区也要给你解决。

呸!韩嗲使劲儿朝地上啐一口,你说的比唱的好听。那么多年,我们天天跑社区,没少找你,谁管过?嫌我们是一堆臭狗屎。

丁教导员见话不投机,向吴主任摆摆手,韩嗲,这些也算上,你再提供点儿别的素材吧。

什么叫也算上?本来就是。韩嗲一点儿都不给面子。

我有点儿烦。吴主任不请自来横插一脚,算自找没趣。丁教导员跟着现眼,还扰乱我的采访。

我说,韩嗲,我们都听说了,您这个儿子不是亲生胜似亲生,平时帮二老做了不少好事。

韩嗲这才转入正题。干儿见我们床上单薄,给我们称棉花弹新棉絮。前年大冬天,我绊了一跤,腿子动不得,老婆子瞎着,要不是他天天来帮我们跳水,我这把老骨头早就能当鼓槌了。他还给我家送谷种、化肥、旧衣服。这样的事儿,除了他,还指望谁干?

我心里有谱了,把丁教导员和吴主任先支回去。吴主任正好借台阶下,巴不得马上离开,走时要安排我们吃午饭,遭到丁教导员的一口回绝。

我知道,他心里颇烦。

五

肖坤是三天前和余所长一道进县城的。他们的任务是抓一个盗贼。

上个月,屋脊派出所办了一个团伙盗窃案,两名主要嫌疑人归案,还有一条"鱼"漏网。情况查清楚了,这家伙就住在城南一个小区的A栋四楼上,前不久有人发现他回过家。可是,肖坤和余声接连蹲守两个通宵,四楼窗户内始终没亮灯。

从人民医院接受任务出来,我就直奔局里,听肖坤介绍上述情况。

惊弓之鸟不会朝枪口上撞。肖坤说,我们只打算坚守最后一夜，想不到偏偏出事了。余所长是在岗位上累倒的，他为工作操碎了心。肖坤有些动情，他的眼睛发红。

我要他说具体点儿。

前两晚上，我俩待车子内一起守候。余所长说，这不是个办法，今天轮着来。我值上半夜。夜里十一点多钟，他来过一次，告诉我他就在附近一个朋友家休息，把我一个人撂车上总觉不放心，来看看情况。我知道他是担心我瞌睡误事，搞突击查岗。简单聊了几句后，余所长走了。走时有交代，有情况马上通知他，他会带人采取行动。结果，快到交班的时候，城关派出所的张副所长突然敲我的车窗玻璃。我打开后门，他把余所长从背上斜溜放进来，一个劲儿催我说，快，快开车，送余所长去医院。

叨咕半天，余所长出事时，肖坤和他并不在一起，而且多出一个知情人来。

我说，当时的情况你也不是蛮清楚。我得问问张所长。

肖坤说，随你，我就知道这些。

我马上打电话给张副所长。局里出了这么大事情，谁都别想好过，我也不怕打扰他休息。

电话一直到响铃结束也没人接，再打，还一样。实在不行，我只好和肖坤上他家敲门了。

没多久，张副所长电话回过来，声音发茶，含着很重的睡意。呵，熬夜呢，睡死了，是问余声的事吧。

还会有什么事儿呢？不急也不至于这时候闹你。

张副所长反问我，政委没跟你说？余所长在蹲守盗贼的岗位上突发脑出血，就这口径。

口径？你这话什么意思啊？他当时没和肖坤在一起，和你在一起。

哎呀，老兄，你就别太较真了。实话跟你说吧，我们几个兄弟玩玩小牌，余所长一直在旁边观战。后来，他往沙发上一倒，我们起先没理他，再就喊不应了。

他是有公务在身的，怎么和你们搞到一块去了？

你这话说出去多难听！警察的脸不要了。张副所长说，余声什么角色你不晓得吗？他在家里是待不住的。

我说，怎么回事儿？

哎呀，我说老兄，你是真不知道还是故意装糊涂？

我很自信地说，我这个政工主任还算称职的，全局每个干部的情况都心里有数，但我还真不知道你在玩什么深沉。

有人给余声头上戴绿帽子。张副所长不无揶揄地说，这种事应该归工会管，你不知道情有可原。

我说，张所长，我可警告你，这种话千万别乱说，尤其在这种时候。

我乱说了吗？刚才是你问的。

我还是有点儿好奇，你听谁说的？

我什么也没说。

那我问你，余声是不是和你们打牌了？

他抓我们壮丁，说盗贼一回家，要拉我们帮他抓人。

原来是这样！吓我一跳。我还以为有什么见不得人的猫腻呢。

那就先说到这儿，有什么疑问，我从山上下来再约你。

你最好直接约政委。

六

在韩嗲家收获挺大的。他和瞎奶奶抢着说，有血有肉，精彩纷呈，我唰唰唰记了好几页。

从韩嗲家出来没走多远，碰到一个黑皮女人赶着牛往山上走。她主动跟我打招呼。我问她是否知道韩家有个当警察的干儿子。女人肯定地说，有！就是姓余的派出所所长，经常看见他往土砖屋内钻，一身警察衣服特招眼。女人嘴皮子利索，很警惕地话锋一转，把声音压低，瞎婆子一张臭嘴，能把天上飞的老鹰骂落。他们家平时鬼都不上门，只有余所长爱去。你说，他们不亲不邻，走得比亲生骨肉还亲，这不是前世吗？

我急着要赶下一站，没耐心听女人叨咕。

正走着，路边发一声喊，喂，孙主任，过来坐坐，有情况反映一下。

我扭过头去，看见一块醒目的"申老二加油站"的牌子。申老板笑嘻嘻地朝我迎上来，老远就伸出蒲扇大的手。

派出所那一幕在我脑海里留有疑问，正好和他聊聊。

申老板把一个账本给我看。我一页页翻开，上面全是余所长赊账加油的明细。三年的账目，年月日、钱数、签名，没一笔含糊。

申老板说，余所长要我每年给派出所赞助五千元油费，超出部分年底结账。我开始想不通，不答应。后来一打听，镇上老板们都"表示"了一下，也就认了。我对余所长说，只要派出所在我这儿加油，就按你的意思办。我琢磨着，派出所每年总不至于只烧五千元的油吧？我蚀本倒算，捡回一个是一个。可是，你先前听见丁教导员的口气了吧？他纯粹就是想赖账！

一直没结算？余所长不跟你兑现承诺吗？

申老板说，账是算过，就是没钱给。余所长说，超出部分往下年度挪。我给派出所白加了三年油。今年只到三月，累积起来差我八千多元，连明年的赞助油都预支了。

我说，派出所经费困难，但困难是暂时的，有账算不赊，不会赖掉。

听丁教导员那口气，就像耍赖。他那人，穿一身警察黑衣，心肠也就变黑了。有人给我出主意，再不给警车灌油了。可是，我的钱没收回来，撕破脸就甩账了。再说，我们干这行，指不定哪天有麻烦，派出所我得罪不起。不过，硬是把我逼急了，我就上告。申老板拍着账本说，我这不是捏造事实，不算诬告，我不怕谁。

这是一个不好的信号。我说，申老板请放心，你的油钱会得到解决的，我敢作担保。

申老板等的就是这话，目的达到，对我恭维有加，拍马屁的话出口成章，什么鼓打千锤不如雷轰一声，什么官大一级压死人，等等，要多肉麻就有多肉麻。

最后，他留了我的电话号码。

回到派出所，丁教导员问我有无收获。我据实相告，反问他加油站的赊账咋回事。他说，余所长一手遮天搞的，我不清楚。

丁教导员的话里有情绪。按照局里财务规定，派出所的财务签字权在教导员手里。余声的做法出格了。但我不能放任丁教导员的情绪蔓延。

我说，余所长有私车吗？

没有。

那就是说，申老板那儿的油都加进警车油箱里了。他是为公，没什么好计较的。

丁教导员不以为然。那可不一定，他长期把车霸在手里，天知道为公还是为私？

我嫌丁教导员心胸狭窄了点儿，说，丁教导员，这就是你的毛病了，分那么清干啥？一口锅里吃饭，缘分比什么都重要。

丁教导员说，你是站着说话不腰疼。

我想，我是不腰疼，心有点儿疼。

七

兰妹个子不高，细瘦的身子看起来更显袖珍。她的家就在村口公路边。我们上门的时候，她正和几个妇女打麻将。

肖坤和兰妹老熟。兰妹停下牌，招呼说，肖兄弟，看你兰姐来了？

肖坤指着我，陪领导来采访你。

刚刚散牌的几名妇女对警察的突然造访毫不介意，散了牌场谁都没离开。其中一个追着肖坤问，看兰姐，余所长怎么没来？

她的话甫一落音，妇女们就嘻嘻哈哈，发出会心的大笑，像喜鹊窝里踩破蛋一样。

肖坤说，你们为什么笑？

有妇女一本正经地说，我们没笑。

明明笑了，还说没笑。

另一个妇女说，真没笑。

她们是舌根痒。兰妹随声音从屋内端茶出来。她表情平静，脸上却落满烟霞。

兰妹人乖命不乖。她男人贪嘴，在河里摸黑炸鱼，鱼没炸着，却把自己炸殁了。那时候，女儿英子刚上小学二年级，孤儿寡母的日子过得恓惶。余所长下村检查治安时，听村干部说了兰妹家的情况。当时，全市政法系统正搞一项亲民工程，要求每名警察必须联系三个农户。余声就把兰妹纳入自己的帮扶对象。这些年，余所长实打实地帮兰妹家渡过许多难关。兰妹自己也承认，若不得余所长搭把手，我家英子的书恐怕读不下来。

这些话空洞俗套，言之无物，是新闻之大忌。我需要货真价实的事例。我说，你尽量讲得细一点儿。

兰妹文化不高，她表述苍白，带着总结归纳性质。她说，余所长是个好警察，别的我也说不出什么。

我抛砖引玉说，比如，余所长帮你做过一件什么事情，让你感动不已，记忆深刻。

兰妹说，那就太多了，让我不知说哪件才好。他每学期给英子五百元生活费，五年了，开学那天准时送到，从没耽误。

兰姐，别紧张，慢慢想。肖坤在一旁循循善诱。

提起英子，有个妇女帮她拽回一件事。兰妹，那天夜里打炸雷、下暴雨，英子发高烧，我们都替你急得六神无主，后来才想起"110"，给派出所打电话。要不是余所长来得快，我们都束手无策。

我眼前一亮。大姐，你怎么记得的？详细说说。

妇女说，那天我输了钱，她们三吃一。英子一病，我连赶本的机会都没有了，所以印象特深。

有了这开头，兰妹的思路打开了。她说，她公婆户口本上的年龄比实际年龄小七岁，村里同岁的老人都领了每月六十元的老龄补助，公婆却迟迟领不到。镇民政所的人说，除非到公安局把年龄改过来。可改年龄不是一句话的事，手续办起来忒麻烦。余所长为这事到村里搞走访、座谈,调查证据,跑来跑去,材料整了一大本。上面批下来后,他又带人上门给老人办身份证。

……

半天下来,采访还算顺利。

在派出所吃午饭时,提到兰妹。丁教导员暧昧地说,余所长有时候不大注意影响。我想起那几名妇女的坏笑,问他是不是真有事儿。丁教导员说,反正一个寡妇,余所长该帮的都帮了,说他俩有什么事儿,我也没证据。丁教导员最后卖出一个关子,你猜外面怎么评价我们?

我想到的答案是:警民一家亲。

其实,这也没什么好奇怪。余声原本不过是一家国有农场的司机。农场改制时,他从上面闻到一点儿气息,凭着给场长开小车的特殊关系,提前在档案里做了手脚塞进场部保卫科。后来,公安厅收编时,余声顺理成章成了警察。就凭这点儿底子,我们还怎能要求他做一个道德完人?更何况眼下他身体出了状况,细枝末节皆可既往不咎,问题当看主流。

政委打电话问情况。我想起加油站赊账的事情,如果处理不当,对余所长和派出所声誉不利。鉴于丁教导员的态度,我不便当面说,只好借故躲到一边向政委汇报。屋脊派出所是政委的联系单位,这里不能出闪失,有脓包也得自己下狠手挤掉。政委让我无论如何先把申老板稳住,不要造出什么不好的影响来。派出所欠下的钱一定还,政委答应想办法,最后叹息说,这个余声啊,工作没挑剔,就是经济上有些扯皮。我听到过一些风声。

八

从山上下来,天就黑了。在家里简单吃点儿饭,我就奔许美美家。留给我的时间太紧,她的采访不能延宕。

开门的是个男人。见了我,他嘴里含混地唔一声,算是打招呼。许美美介绍说,是她表哥。这两天一直是表哥在帮她照顾家里内内外外的事情,她完全没有主张,需要一个体己的人。我说,也是。男人给我递烟,许美美替我挡了,孙主任不抽烟的。男人又转身去饮水机那儿给我倒水。他对这里的情况很熟悉,许美美看着他做完这一切,坐在沙发上始终没动弹。

我说,先看看余所长的东西。

许美美的双眼浮肿得厉害,脸上嘎白嘎白的。她翻出余声的一些物件给我看,最吸引眼球的是几张表格,有申请改名字的,有要求给新生儿上户的,有变更户口性质农转非、非转农的……事主都是屋脊镇的老百姓。

是从他包内翻出来的,每次回县城不落屋,只把家里当旅社,好像他是世界上最忙的人,比联合国秘书长潘基文都忙。我还以为忙什么大事儿呢,原来尽给人家跑腿,有他这么当所长的吗?

我说,一个派出所长,如果不太摆谱,帮老百姓干这些事儿也是可以理解的。

还有药。许美美一边扒拉药瓶一边抽噎。他从来都没告诉我他患有高血压,应该是去年检查出来的,怕我和孩子担心,把药瓶的标签都撕了,每次都撒谎说感冒,要不就是咽炎。我太大意了,没尽好一个妻子的责任,悔得心痛。许美美有点儿控制不住情绪,起身去卫生间清理鼻涕。

我趁机参观了一下房子。余声从别人手里买下的这套二手房,不到八十平方米,七楼,老旧,便宜。那年局里修电梯楼他有资格,而且打了很高的分数,但终因首付付不起而放弃了指标,转给了别人。我当时抽到装备股,协助建筑施工,对余声的转让颇感惋惜。事实证明,余声亏大了。电梯楼建起后,县城的房价像孙悟空翻跟头一样节节攀升,如今涨了好几倍。

沙发旁边搭着一件春秋装制服。许美美说,余声昨晚上出门时脱下的。他说出去执行任务,着便装方便,还没来得及收洗。我就手拿过来搜了搜衣袋,想看看都揣些什么宝贝。搞新闻的人大抵都这样,似乎到处藏着线索。

我从内面衣袋里翻出一张打印纸,展开一看,心里陡然忐忑一下。我马上掩饰住自己的错愕，照原样折叠好，塞进我的包内，不动声色地说，这个余所长，作风就是拖拉，一个半年总结催了多少遍，揣身上总是交不来。我替他收下了。

许美美说，余声最疼爱的人是女儿。女儿长相随他，都说是一个模子拓出来的。哪怕再忙，他每次回来都要去学校看她，给她送些零食。女儿今年高考，在文科班成绩不冒尖，只算一般般。她羡慕她爸爸当警察，想报考省里的警校，担心分数上不去，问爸爸有没有路子。余声说，现在搞关系没用，要凭硬本事。我知道，他是在敷衍孩子。别人的事儿他都能关照，唯独管不好自家的事儿！

许美美眼里一直汪着泪，说着说着，鼻涕涎水又下来了。坐在旁边的表哥很细心，马上抽纸片递过去。

许美美这话我不敢苟同。一个小警察，在外人眼里风光八面如何了得，但真正面临困难想去求人办事儿时，他的内心其实是脆弱和无助的。这一点，我深有体会。

很晚回到家，我把一天得来的素材整理一番，初步列个提纲，然后准备好好睡一觉，明天把初稿拿下来。掂量一下，我对完成任务还是满怀信心的。

想不到妻子给我泼来一瓢冷水。

你们那个余所长怎样了？

我说，还在重症监护病房接受治疗。

听到社会上怎么议论吗？

愿闻其详！

妻子平时并不关心我工作上的事情。她突然说出这话，我不能不引起重视。

余声根本就不是抓坏人时患病的。他和人家赌博，把兜内五千元公款都输完了，情绪激动，血压上来。妻子两手一摊，做出个死样子。

造谣！我义正词严地反驳。现在，社会上普遍仇官、仇富、仇警，什么不实之词都编造得出来。这种人太不讲道德良心了，人心怎么堕落到这种程度！

妻子说，你怎么只说人家造谣就不说自己造假呢？告诉你，和他一块打牌的正是我们单位同事的小舅子。人家说得有鼻子有眼的。余声连熬两个通宵，又把公款输得一干二净。他家那点儿底子输得起吗？血压不飙升才怪呢。我只提醒你一句，客观公正是新闻工作的起码要求。你不要让人家当枪使，最后让所有污水都泼到你头上，说你是个欺世盗名的新闻骗子。

妻子的话不啻平地惊雷。我决定明天约见张副所长，逼他说出真相。他上次的话里有蹊跷，不仅提到"口径"一说，还拿政委压我。我就不相信他们胆大包天，竟敢编造一个空穴来风的事实，要公开制造一场舆论骗局。

九

张副所长是条滑泥鳅。他一直不接电话，也不回信息，做贼心虚的嫌疑很大。

事情非同一般。我不得不硬着头皮去见政委。

政委驳回我的质疑。他胸怀坦荡地说，对一件事情发出不同声音是很正常的。余所长在组织抓捕力量的过程中意外碰到牌局，这丝毫不影响他的工作性质。我们必须拿出勇气自证清白，通过抢占舆论先机，以正气压倒邪气。

政委的话理直气壮，铿锵有力，让我深受鼓舞，重新找回自信。

你不要有压力。这是一场看不见硝烟的战斗，局党委是你坚强的支持者。

晚上，我突然接到申老板电话。他已经探听到余所长不祥的消息，问我加油的账怎么办。哎呀，我都把这件事情忘了。我告诉申老板，领导已经表态，容我稍后落实。

政委在电话里听说催账，气不打一处来。姓申的急什么，就算余所长死了，公安局也不会搬家嘛！我通知屋脊派出所丁教导员，让他做做申老板的工作。

丁教导员随后给我透底，孙主任，不只有申老板那一笔，余所长病危的消息不知怎么传开后，讨账的都找上门来，有商店烟酒账、餐馆饭菜账、旅社住宿账……林林总总加起来，一共二万七千多元。你跟政委汇报一下，我说不太好，怕他对我有看法。

十

余声如期死亡。

政委告诉我，他被送到人民医院急救室时，生命体征已经微乎其微，直接上的呼吸机。

凭着简单的医学常识，我心知肚明：打从入院的那一刻起，余声的心脏起搏只不过是一种机械性的维持，他的生命呈现出一种虚妄的存在！

四十八小时。这是文件白纸黑字写着的法定时间。患者从工作岗位上病倒后住进医院，四十八小时之内死亡的方可认定为"因公死亡"，超过规定时间则不予认可。这就意味着脑出血的余声必须在两天里终结生命，才能享受工亡待遇。而工亡将让家属多获得各种抚恤四十多万元。超过四十八小时，哪怕就是一分钟，对不起，这笔钱没有。

多么荒唐邪恶的逻辑！

对许美美这样的家庭来说，四十多万元是一个天文数字。如果现代医学手段最终保不住丈夫的生命，她只能选择让丈夫"活"完最后四十八小时。这是一种无奈和残忍。它像一个青面獠牙的魔鬼，化作一缕青烟，从瓶子里钻出来，堵在朝圣的路上，伺机拦截并掠走朝圣者的生命。你纵有问心无愧的虔诚，也不得不向它低下高贵的头颅。这是上帝对你的怜悯！

当又一个凌晨两点到来的时候，许美美和女儿在余声的死亡通知书上分别签下自己的名字。随之，医生将呼吸机和余声分离，一个苟延残喘的生命像一阵轻烟随风而逝。

接着，社会上传出杂音。说余声根本就不是在工作中病倒的，他是在桌边"修长城"累倒的,而且动了公款。还说余声雁过拔毛,在屋脊镇街上欠了不少债,现在人死债了。更难听的,说余声长期和某寡妇搞在一起,是玩女人的高手……

我纳闷,是谁在背后捅刀子?

十一

第二个礼拜,关于人民警察余声因公死亡的报道占据了省市各大媒体的版面。一名派出所所长长期在大山里奉献付出,最终在工作岗位上献出生命。他的英雄壮举绝非偶然。我在报道中写足了余所长那些看似平凡实则感人至深的闪光事迹,让受众完全有理由相信,这是一个来自生活中的典型,他接地气,有群众基础,不是那种不食人间烟火的高大全人物。

我的工作得到领导一致认可。那些微不足道的杂音被强大的舆论机器所发出的轰鸣声覆盖,人民警察的形象不容诋毁!

报道堵住了少数人的嘴,谣言最终不攻自破!妻子看完报纸,嗤之以鼻地扔到一边,一副不屑与我争辩的神情。她的挫败放大了我的成就感。我深深理解了政委的话:这是一场看不见硝烟的战斗!我是最后的胜利者!

余声事迹见报的第二天,我陪同政委到屋脊派出所,通知所有债户结清全部欠账。拿到钱的人都说,余所长真是个好人,可惜好人命不长,走早了,还只有四十多岁……

三个月后,余声"因公死亡"的各项抚恤批下来。我通知许美美来局里办手续。许美美说她有事走不开,能不能让她丈夫代领。丈夫?我怀疑自己是否耳朵发炸听错了。余声死去才三个月,尸骨未寒,许美美就另抱琵琶,未免也太快了吧?

我回她,必须你本人来。

带结婚证都不行吗?

我把电话挂掉。

三天后,许美美和她的新丈夫来局里,领走了余声"工伤死亡"的数十万元抚恤款。聪明的读者可能早就猜出来了,许美美的新丈夫是谁。这里,我还想给读者一个交代。你猜我那天从余声衣袋内掏出的打印纸上是什么内容。告诉你,是余声起草的离婚协议!他之所以没和许美美摊牌,应该是在等待一个恰当的时机,这个时机就是女儿高考结束!

次年春,局里人事调整。谁都没想到,城关派出所张副所长提拔到屋脊派出所当教导员,丁茂松成了屋脊派出所代所长。

我问政委,为什么是代所长?

政委说,先只能喂他半口,剩半口。这个丁茂松,一点儿大局观都没有。要不是照顾他的情绪,怕引发后遗症,他代都不够格。

送张副所长到屋脊派出所履任那天,见副驾驶座上的政委半放靠背休息,我盯了张副所长半眼。他很敏感,问我什么意思。我轻言道,你欠我一个解释。他磨叽一阵儿,然后指指前面的政委。

你们想讨论什么?

嚆,政委原来假寐。

(原载《福建文学》2016 年第 6 期)

厨子建业

许 震

建业姓楚,因在食堂工作,姓和职业就揉搓在了一起,大家都习惯于喊他"厨子",他也乐意大家这么叫。每逢大家喊他"厨子"时,他总是露出定格式的微笑,按一位数学学得比较好的朋友描述,他的笑以上嘴唇的正中央为原点,以齿缝到酒窝的距离为半径,每当别人"厨"字发出音韵的时候,他的嘴唇四周便迅速形成一个圈,并荡起层层花瓣,仿佛一朵盛开的向日的葵花。

一

建业在没有来我们派出所食堂工作之前,在部队一大首长家做饭,大首长很喜欢吃他亲手做的河南烩面。大首长有多大呢？根据相关人士描述，应当是一大军区的副职，中将军衔。一个文化程度不高，没有专门学过厨艺的农村兵，怎么会到大首长家里做饭呢？据说，有一年老兵复退时，部队这位大首长下连队检查后勤工作，一个说话不知道轻重的副连长无意中说，他们连有一个特别好的兵，连队很想留下他转志愿兵，可惜，就是留不下。

首长问，为什么？副连长说，没指标。

首长又问，这兵是干什么的？

副连长说，养猪，种菜，有时也当炊事员。当然，最精到的还是养猪，他能把连队的猪养得个个膘肥体壮，半年就能到二百多斤，把猪圈打扫得和战士宿舍一样干净利索。

首长说，好吧，这个问题我替你们解决了。

不久，小楚被转为志愿兵，调到军区司令部维修队，专门负责首长家中花园的杂草清理工作。

小楚是个勤快人，从来不闲着，清理完花园中的杂草之后，就把首长家里从楼上到楼下、从厨房到厕所统统清扫一遍，把首长家的瓶瓶罐罐按高矮胖瘦排齐，前后对正，左右看齐，好像时时等待检阅的士兵方阵。首长和首长太太看到这些，心里乐开了花，一到家里就像是在检查部队，有一种人上人的感觉，常常高兴得合不拢嘴。首长和首长太太的高兴对小楚来说，就是最大的快乐，就是最高的荣誉和奖赏。军人见红旗就扛，见荣誉就争，小楚也不例外。看到首长和首长太太高兴，小楚愈是干得起劲儿，愈是把活干得精细，首长和首长太太就愈是喜欢小楚。首长太太说，小楚比自己的亲生女儿强，女儿一天到晚在外边瞎混，连个影子都看不到，也不知道在外边干了些什么。

在首长和首长太太的鼓励下，小楚把首长家就当作了自己家，把首长和首长太太当作了自己的爹和娘。首长不在家时，小楚常常帮首长太太做做饭，有时也陪首长、首长太太聊聊天。首长特别爱吃小楚做的烩面，觉得小楚做的烩面比专门聘请的特级厨师做得好。就这样，小楚在首长家快乐工作、幸福生活着，小楚有了有生以来最美好幸福的时光，脸上的笑容也格外地灿烂，格外地让首长和首长太太觉得舒服。遗憾的是，小楚到司令部维修队工作不到两年，也就是说在首长家工作不到两年，部队的这位大首长突发脑出血死了。

部队处理完大首长的后事，维修队的那帮小领导就开始琢磨起了小楚。维修队队长阚尚吉说，小楚，首长死了，首长家里用不着那么多人了，你也该提前复员了。

小楚一听这话，就半弓着腰，用首长在世时的口吻，有些漫不经心地问道，复员？队长，您别给我开玩笑了！

队长阚尚吉立即拉长了脸，一本正经地说，严肃点儿！这是部队，不是开玩笑的地方。我给你开玩笑？你够级别吗？你看看你肩膀上扛的是什么？

小楚内心的灿烂立刻凋零了，马上立正，然后向维修队队长阚尚吉行了个军礼，庄重地回答：报告队长，我热爱部队，我热爱这身军装，我还没有服役期满，我想在部队服役满后再复员！

队长斜着眼看小楚一下，说，热爱部队很好，有这种想法也很好。热爱部队的就都能留在部队吗？我也热爱部队，能当将军吗？想当愿干是工作的一个方面，至于能不能当上那是另外一方面。服从命令是军人的天职，铁打的营盘流水的兵。你想走也得走，不想走也得走？这是命令。

小楚有些悲愤，质问道：这是谁的命令？

队长皮笑肉不笑地说，是上级首长的命令。我只听从上级首长的命令。

小楚无语。这是屁话。首长有下级吗？下级有命令吗？你是在糊弄三岁的孩子呀？

小楚还想再问，但不知道怎么问下去才好。他心里清楚，在部队一些浑蛋领导的眼中，所谓的命令就是无理的挡箭牌。当过兵的人都知道，命令在部队就是天，就是硬道理，就是不容置疑的服从。

这真是没有办法的办法，军令如山，胳膊拧不过大腿，无奈的小楚只好服从维修队队长阚尚吉的命令，很悲凉地提前复员了。

二

小楚复员后，用复员安家费在部队的驻地租了一间平房，靠拾荒过生活。白天，穿着没有军衔的军装，戴着没有帽徽的军帽，穿行于城市的大街小巷，跑步必提臂，齐步必甩手，别管跑步还是齐步都一律挺胸抬头，保持着特有的军人姿势和"一二一"的韵律。夜晚，小楚每天安排自己站岗两个小时，自己为自己放哨；每天列队点名，总结一天的得失。不过，答"到"的总是他自己。他觉得，自己虽然提前复员了，但没有尽完义务，还是一名战士，还应该保持部队时的作风和纪律，应当像战士一样要求自己。还有，无论刮风下雨，他每天都要做同样的一件事，用一块干净的白布擦一遍首长的石碑，一年三百六十五天，天天如此，像在部队时每日都要叠被子、整理内务一样。第三年的清明节，白玉兰花开得纷纷扬扬的一天，首长太太带着女儿来给首长扫墓，听陵园处墓碑的管理人员说，首长的汉白玉石碑像首长活着时天天都洗脸一样干净，每天都有一个小伙子来擦拭。首长太太听说后，感动的泪水湿润了眼睛，说，首长活着的时候，跑得最欢的那些干部们现在没有一个上门了，而帮过一点儿小忙的战士却天天为这死老头子擦墓碑，真是忠诚可靠。就这一点，连亲生儿子也做不到呀！于是，首长太太花钱托人联系了小楚老家的民政部门，要给小楚在他河南老家安排一份体面的工作。

小楚坚决不从，他阴着脸十分认真地说，他这辈子要感恩的人很多，最感恩的只有首长一个人。首长到哪里，他就保卫首长到哪里。首长到哪里，他就照顾首长到哪里。生是首长的部属，死是首长的护卫，永远是首长的人。拗不过小楚的首长太太，觉得不能委屈了小楚，特别是不能慢待他对首长的一片衷心，就依从了他，托人把小楚的档案从河南平顶山调到了部队的驻地，在首长墓地的所在区县给小楚安排了工作。就这样，小楚成了我们派出所的一名职工，他的主要任务是帮我们五十名民警洗菜做饭。

三

小楚是个苦孩子，生在河南平顶山，父亲老实能干，母亲高挑漂亮，不幸的是父亲被小煤窑塌方砸死了，母亲接过煤窑老板的赔偿款后，便再无音信。年幼的小楚由年迈的奶奶抚养，屋漏偏逢连阴雨，就在他当兵前半年，奶奶因肺癌也离他而去，他成了一个孤儿，一个名副其实的孤儿。小楚当兵之后，几乎没有真正休过探亲假，每次部队领导让他回家看看，他都以家里人好着呢、不用挂心为由推辞掉，还常常冠以难以琢磨的笑。他先是抬头，接着两个眼珠向上一翻，然后又极快地落下，最后是头一低，一朵有些羞涩的笑灿烂在唇边。不知道的以为，他的家乡有他心爱的姑娘，一提到家乡就想到那位心爱的姑娘而激动和羞怯。了解情况的知道，小楚心中有一种难以隐忍的痛，一种说不出的痛。小楚知道，说家乡人不好，就有人会说小楚忘本，狗不嫌家贫，子不嫌母丑，这样连狗都不如。说家乡好或者很好，对小楚来说，就有些亏心。所以，在别人提起家乡时，小楚只是笑笑，一种难以琢磨的笑，一种说出来就痛的笑。提到老家河南平顶山，小楚当兵之后，还是真正地回过一次的。具体时间，应该是他被部队领导指定提前复员之前。临行前，故乡的温暖和对故乡的思念充满了他的心，他花了两个多月的工资，到驻地一所最大的超市，买了许多家乡没有或者说有也很少见的东西，他掂了半天也没有掂起来。最后，他雇了一辆有托兜的汽车运到火车站，办了托运，光托运费就花了他半个多月的工资。可以这么说，他把对家乡所有的思念和感恩，都充实到自己所买的这些糖果、糕点和特产里了。他给本村里上千户人家都买了东西，最少的一家一袋糖果，最多的是村长家，买了两箱果脯、四瓶白酒、六只烤鸭。可是，没有想到，上火车转汽车，好不容易到了自家的房前，先闻到了酸臭的鸡屎味，又见如山的鸡饲料，最后听到了"咯咯"的母鸡叫！

小楚满心疑惑地敲开了自家的房门。伴随着鸡屎臭烘烘的味道，村长一脸笑容地迎了出来。

走时好端端的家，怎么成鸡舍了呢？他想不明白。自己父亲大半辈子卖命挖煤挣来的三间大瓦房，成了狗日的村长家的鸡舍？村长想方设法让自己当兵，原来一直以为是在帮助自己，哪里知道是在帮助自家的鸡，是在为自家的上千只鸡找个家呀！

小楚在自家的大院子转了一圈，看到半院子的鸡饲料和三屋子"咯咯"叫的鸡，想找村长理论理论。还没有等小楚真正说话，村长见小楚一脸的怒气，就先颐指气使地开了口。

村长双手杈着腰，指着小楚的鼻子说，老子到处托关系帮你找人，帮你当了兵，吃上了国家粮，你总得给我点儿回扣吧？这三间瓦房是村委会的，不信你看咱村委会的文件，白纸黑字写得清楚着呢！还有，这三间房子不是我白占的，我是花三千块钱买来的！三千是五年前的三千，不是现在的三千。

小楚说，房子是我爹当年花了几万元的积蓄盖的。我是他唯一的儿子，我还活着，怎么能充公呢？遗产应当是我的，村委会应当现在就返还我。

村长有些生气，吼叫着说，你是你爹唯一的儿子不错。但是，你知道你爹死后埋到哪里了吗？他被埋进了全村最好的地里，你当兵的这四五年光粮食就少打了多少？告诉你吧，村里没有了你的户口，就等于没有你这个人，所以更谈不上有你的一片瓦、一分地。你爹死了，你奶奶也死了，难道咱们村上还要为死人留着三间大瓦房吗？还有，这几间破房子，如果不是我养鸡占着，早被人推掉，被人偷光了，连一块砖头都见不到了。你今天能见到它，是你的福分，你应当感恩我，应当给我参观费，给我房屋保养费！

小楚被气得哇哇地暴叫，挥动着拳头向村长打去。愤怒的拳头还没有到位，四个彪形大汉已横在了小楚面前，死死地抓住小楚的手。他们的个头都比小楚高，他们的力量也都比小楚大，小楚再怎么反抗，也被他们轻轻地抬着扔出了小楚自家的院子。

无奈的小楚高高兴兴地回家探亲，除了见到父亲、奶奶坟头上的两堆土,再也没有见到其他亲人。他原来认为不是亲人胜似亲人的村长,竟是如此歹毒,为了给自家的一千多只母鸡安个家,霸占了他家的三间大瓦房,断了他对家乡的最后一丝念想。他恨透了村长,甚至是想杀了他。不过,小楚没有,他的头脑十分理智、清醒。小楚觉得他是一名军人,是一名中国人民解放军战士,他的身体和激情,包括战斗精神应当属于国家,拳头只能对准那些侵略国土的来犯之敌。他还记得新兵连时指导员的一句话,当人民解放军和人民群众发生矛盾时,应当以人民群众的利益为上,解放军没有自己的利益,要时时刻刻保卫人民的利益。

回到家乡第二天,一个夕阳西下的下午,在父亲、奶奶的坟头上磕下几个响头后,小楚装了半抔祖坟上的土,悲愤地返回了部队。

四

小楚来我们派出所工作后,不少人拿他开玩笑,他不急不恼,总是笑,憨憨地笑。他把我们所办公楼后边的一块空地挖了,有人问他干什么?他说种菜,用来丰富民警的菜盘子,闲着地光长草不长菜,太可惜。许多人想不明白,农村孩子做梦都想跳出家门,到了城里还想着种菜,小楚这人是不是有些犯贱啊?

也有人劝他,抽空歇歇吧,一天到晚,光伙房里的事儿就够你忙乎的。派出所的供应是政府供应的,没有钱吃饭了,所长找政府和地方老板磕去,用不着你一个小职工操心。你菜地里忙一年种的菜钱,不够所长的一顿饭一桌子酒席钱!小楚说了声谢谢,仍然忙他的。他想,每个人有不同的位置,不同的位置有不同的工作,只要不愧对自己的心就行了。自己作为派出所的伙夫,少花钱,让同志们吃好吃得健康是自己的本分。

还有,他从河里淘来沙子,在办公楼前晾晒。人家问他干什么,他说练炒菜。大家想不明白,沙子能当菜炒?沙子当菜炒后,给谁吃?他不作解释,只是笑笑,不知所措地摸着头笑。

另外，他把所里伙房的所有事忙完了，还抽空到农贸市场里去，拣些别人扔掉的老萝卜、蔫白菜，在食堂后面的空地上晾着。有时候腐烂的白菜发出阵阵酸味，警长闻到后问他干什么。他说，他要做菜。警长问，你就拿这个给我们吃？小楚赶忙回答，不，是他自己吃。警长把鼻子一横，回你老家做去！酸不溜秋的味儿，你这是让人吃，还是喂猪？小楚不听警长的话，仍然我行我素。对于小楚在食堂后面晾菜这事儿，大家总体评价不高，唯有一个人很高兴，就是出生在东北的内勤小丽。她说，小楚晾菜的酸味中，有她妈妈做菜的味道，让她时时想起家乡，想起远在他乡的爹和娘。

时间就这样一天天地过着，不管别人高兴还是不高兴，小楚每天忙着派出所里与伙房有关的事儿。伙房的饭菜由原来的萝卜、白菜、馒头"老三样"，日渐发展到几十个品种，光雪里红、酱黄瓜、腌辣椒等小咸菜就多达七八种。不少民警一日三餐都在派出所食堂吃，他们觉得一般的四星饭店也吃不到单位食堂的这种水平，而且是干净、卫生、放心。

不知道是大家见怪不怪了，还是这时代变化太快，各种想都不可能想到的事儿，时时刻刻地向人们大脑里灌，比如，七旬老太为争座位坐在四岁男童大腿上了，十八岁的小伙和八十岁的老太太同居，等等。大家没有精力和兴趣关注小楚了，关于他的新闻越来越少。在大家渐渐把小楚忘却的时候，一件事却把小楚推到了风口浪尖。这件事让小楚丢掉了工作，差一点儿被送进监狱，他感到从未有过的痛苦和无奈。

五

一天下午，我们所抓了一个女吸毒人员，关在了候审室。这位女吸毒人员个子不高，模样却很俊俏，男性怎么看怎么舒服、人见人爱的那种类型，可不知道为什么偏偏走上吸毒这条不归路。候审室有一个窗子，里面是推拉窗，外面是铁栏杆，正对着的是小楚开掘的菜地。在我们正常人的头脑中，吸毒人员一般不会逃跑，最多是毒瘾发作的时候自伤、自残。然而，就是这个女吸毒人员，竟然在那个夜晚，在两个保安四只眼睛的重点盯防下逃跑了。

外面的铁栏杆被拉抻了一个六十厘米宽的大洞！

我们调阅了当天晚上派出所门口的录像资料，未发现有外人进入。怎么回事儿？难道我们这个一直被上级表彰的派出所出了内鬼？我不相信，我们四十七岁半的所长周佛海也不相信。他说，当了三十年的警察碰见了最超乎想象的事儿，女吸毒人员在派出所里飞走了。一般情况下，我们会在罪犯当中发展我们的治安耳目，今天我们的警察或者保安居然充当了吸毒女的马前卒？

放走吸毒女的人，是相中了她的姿色，还是另有其他原因？

作为负责治安工作的副所长，我和所长对我们所内的所有人员，像扒玉米皮一样一个个地排查。首先，小丽、小芳这两位负责内勤工作的女警不可能，她们的力量没有这么大，从监控录像中也没有发现她们去候审室的影像。其次，老弱病残的男警不可能，他们即使有心也没有那么大的力量了。吸毒女再漂亮，只能当花看，不能娶到家中当老婆，更不能有别的非分之想。最后，那天没在岗的人员不可能。一般情况下，民警作案都是趁自己在岗时故意放走嫌疑人，不会再托付别人。多一个人知道，就多一份风险。还有一点是相当重要的，派出所围墙上没有攀爬的痕迹，进出门口的录像资料中没有非当班民警出入的记录。像国外电影演的那样驾驶直升机直接把吸毒女接走，那是幻想。因为，在我们国家，拥有直升机或者能调动直升机的人并不多。为了一个吸毒女调动直升机，这种可能性不大。

我和所长琢磨来琢磨去，最后定格在两个负责看管吸毒人员的保安身上。

我生了气，把桌子拍得啪啪响，质问了两位保安，问他们都是干什么吃的，两个身强力壮的小伙子，愣是把一个弱不禁风的吸毒女看飞了？

也许是被我的气势吓坏了，他们从没有见过我这个温文尔雅的副所长发脾气。也许他们根本没有把我这几乎声嘶力竭的号叫当回事儿。他们先是低着头吭哧半天不说话,费了半天劲儿,才吞吞吐吐地说了些对我们侦破这个案件没有多少用的话。他们说,食堂的饭菜太好吃了,就只吃菜没喝汤,半夜里渴坏了,就从饮水机里倒了两杯水喝下去。谁知道,水一下肚儿,就迷迷糊糊地睡着了。一觉醒来,东方大亮,他们定神一看,候审室里那个女吸毒人员已经不在了。顿时,他们就傻了,浑身冒汗。

我们在对内部人员进行逐个排查的同时,安排警长对吸毒女的家庭进行了走访。警长走访回来之后告诉我们的话,让我和所长都大吃一惊。他说,吸毒人员是一位部队首长的独生女儿,这位部队首长正是帮助小楚转志愿兵的那位首长。

事不迟疑,也决不能客气,我立即找民警把小楚控制起来,并对小楚进行了讯问。

我问他,你认识吸毒女吴倩不?他说,他认识。

我问他,你知道吴倩是因为吸毒进的派出所不?

他说,他知道。吴倩被民警抓获之后,那个帮助过他的首长太太曾经给他打过电话,要他帮助照看一下她的宝贝女儿。他也从窗子里偷偷看过那个嫌疑人,看到了她骨瘦如柴的样子,当天晚上,他还为她偷偷地掉过眼泪。

小楚还说,要是首长活着,吴倩绝对不会走上这条路,最次也会让她当个文艺兵。吴倩是首长女儿的名字。

我问他,是不是你把她放走的?

他坚决否认,呜呜地哭,拿头撞椅子,说拿党性、拿人格担保。他说,绝对不是他放走的吸毒女,要是他放走的,领导随时都可以枪毙他,等等。

我认为平时老实巴交的小楚骗了我,主观地推断,当年他给部队首长家打扫卫生时,就看上了这个吴倩。吴倩这次被抓进派出所后,终于给了他一次英雄救美的机会。于是,在吴倩被抓的当天晚上他挺身而出,先在食堂的饭菜里做了手脚,然后趁两个保安睡着了,撕开窗棂,把吴倩送出了派出所。

根据这个推断,我毫不犹豫地以小楚私放嫌疑人的名义,给上级打了报告,请求上级给予他行政开除处分。

也真是一日染毒,必将终身戒毒。一个月后,那个吸毒女吴倩因聚众吸毒再次被我们抓获。到了看守所,她交代,上次放走她的不是小楚,而是警长!警长在家访时收了她妈的五万元好处费。再后来,警长也交代了,人是他放的,后窗的铁栏杆是他撕开的,饮水机水里的安眠药也是他放的!警长还交代说,家访的那天,首长太太专门恶狠狠地骂了小楚,说是他是个死心眼的狗东西!白给他费劲八扯地调过来安排进派出所,一点儿忙也不给帮!

六

半年后,我拿着上级已经撤销的处分,找到小楚,要求他重新回到我们所工作。

他笑了笑,说没有必要了。谢谢副所长。我知道我应当干什么。

现在,小楚在我们派出所的门口,开了一家小餐馆,自己亲自买菜,亲自下厨,把小餐馆经营得红红火火。每当碰见我们所的老民警时,小楚总是邀请我们进去坐一会儿,然后,露出专属于他的微笑:以上嘴唇的正中为原点,以从齿缝到酒窝的距离为半径,画一个圆,四周荡起层层涟漪,仿佛一朵盛开的向日葵花。

现在,小楚的日子过得也有滋有味,那个干内勤的小丽成了小楚的贤内助。小楚每天买菜炒菜,小丽业余时间脱下警服招呼客人,有时也收收款。每每谈到小楚,小丽一脸的幸福,甚至有时十分骄傲。

二老陈的隧道

张　策

　　二老陈是老陈的弟弟。二老陈和老陈都是警察。

　　当年老陈从警校毕业的同时，二老陈从农村老家考上了警校。乍一见到二老陈时，警校老师们惊异老陈这家伙为什么又回来了？后来才知道这是弟弟。二老陈是极崇拜哥哥的，他是循着哥哥的足迹来上警校的。兄弟俩没赶上穿上白下蓝的警服，但穿过橄榄绿的，后来又穿了蓝色的，肩上还缀了亮晃晃的星。都是三级警督。传说老陈还要再升上一级的，但迟迟没有音信。

　　他们在城市里安下了家，娶妻生子。老陈的大儿子也穿上警服了，在市局指挥中心滴滴答答地打电脑。老陈骄傲地说，那是高科技。

　　老陈和二老陈其实都是普通民警。

二老陈的工作很特殊。他是地下铁道公安局 N 派出所的所长。N 是这个所的代号,不是时下小青年常挂在嘴边的那个 N。派出所很多,派出所所长也很多,而二老陈的特殊之处在于:第一,他的派出所在地下的隧道里;第二,在隧道里的 N 所只有二老陈一个人,既是所长也是民警;第三,这个所没啥任务,二老陈最多的时候就是看着那隧道发呆。

这其实是一条特殊的隧道。没有这隧道的特殊当然也就没有二老陈特殊的工作了。这隧道通向哪里,没人知道。当年二老陈接受任务时,也只接了四个字:军事机密。这四个字封住了二老陈的嘴,一封就是十几年。

N 派出所只有一间房,在 N 车站的站台上。一间房足够了,天天发呆的二老陈觉得这间房好大。N 车站从地铁建成的那天起就没通过车。它在隧道的中间停泊着,两头都是深不可测的黑暗。黑暗里,只有老鼠陪伴着二老陈。

二老陈发呆时就往左边的隧道看。他在想那里到底是什么,可想不出。他蹲在站台边上抽烟,烟头明明暗暗,像信号灯。

二老陈从没立过功。

侄子来看他,其实是来炫耀自己的奖章。这小子值夜班时接了一个电话,是个女孩子要自杀。二老陈了解侄子,这小子是个多嘴多舌的家伙,他猜一定是这小子唾沫横飞地把女孩儿说得回心转意了,就撇嘴说:这也给记功吗?你小子真是捡了便宜。

侄子红了脸,悻悻地,坐了一阵儿走了。

女儿说:爸,你真是,说人家是捡的,你咋不捡一个回来让我们看看呢?

老伴儿也说:你爸这十几年不知都干啥了。

二老陈想反驳说你说我干啥了?话到嘴边又咽下了。想想,妻女还真的不知道自己这些年在干啥。当年,他回家只是说自己当所长了,家里人还高兴了一阵儿。至于是哪个所的所长,二老陈从没说过。

女儿也问过:人家所长都忙得要死,咋不见你忙呢?

想想也是，哪有派出所所长不加班的。于是二老陈就时不时地晚回家一次，骗老伴儿说加班了。

但是，晚回家是很难挨的。二老陈是个很枯燥的人，不回家也没地儿去的，只好在隧道里发呆。久了，连站台上有多少块地砖都知道。

老陈是知道弟弟在干什么的。

有一回他想老二了，就到地铁公安局来找。居然，他问到的人都不知道有老二这个人。老陈惊异了，就去找了局长。老陈是市公安局人事处的，尽管没职务，可多少有些权力，上下人也熟悉。局长笑着想了一阵，才想起二老陈的岗位。

老陈到N派出所去了。

老陈说：你这也太僻静了，又不见太阳，不行，怎么能总干这个呢？我去给你说说吧。

二老陈想了一想说：哥，算了吧，啥也得有人干。

老陈撅着屁股往隧道里看，问：这里到底是哪儿？

二老陈说：军事机密。我也没问过。

老陈沉默不语。半晌，他说：老二，你做得对。

二老陈说：哥，你当刑警那会儿，也啥都没跟我说过。

老陈离开N派出所时，二老陈嘱咐他，别和家里人说。老陈说：我比你早当两年警察呢，用你说。哥儿俩哧哧乐了半天。

每天，二老陈要从地面走四十八级台阶下到隧道里。然后，打开一道厚重的铁门。这时，在他的手电光里，隧道就笔直地展现在眼前了。

走三十七步，就到了派出所的门口。没有牌子，挂牌子给谁看呢？进屋，打开灯，昏黄的灯光照亮了窗前的一片站台，再往外，仍是黑暗。

二老陈也想过，设这么个派出所有什么用呢？他每天这样上上下下有什么意义呢？其实，把门一锁，万事大吉，右边的隧道走到有人的地方大概得三公里，没谁会闲得无事顺着隧道摸黑过来。就算摸来了，还有一道铁栅栏门的。每次这样想时，二老陈都会有一阵沮丧，觉得自己这辈子……唉。

于是，二老陈一日日地越发沉默寡言了。

晚上，关好灯，锁好派出所的门，走三十七步，出铁门，锁好，上台阶，四十八级，于是，五彩缤纷的世界就又在他眼前了。

女儿考上大学了，是北京重点大学，全家都欢欢喜喜的。

老伴儿说：你从没休过假期，这回，送闺女上北京，你就歇一回吧。女儿也撒娇说：爸，我这一走就一年见不到你呢，我会想你的，你得去送我。二老陈笑得连连点头：好好，我答应了。女儿就在他脸上亲了一口。

可是，第二天，局长找他。

十几年没用过的隧道，偏偏现在要用了。军事演习，从隧道的深处，将有一件神秘的新式武器运出。

局长说：二老陈啊，你是十几年磨一剑呀。N车站这回要红火了。闹好了，你一定是个二等功。

二老陈半天没说话。

局长问：怎么回事儿？有问题吗？二老陈的眼圈却红了，他说：没问题。是我盼得太久了。

泪流满面。二老陈觉得自己的隧道要活了。

隧道里变得灯火通明。

N派出所又加派了四名年轻民警，小屋里有些转不开了。

二老陈要给大家排班，年轻人说：您老盯了十几年，该我们来了，您就甭排了。二老陈从大家眼里看到了尊敬，心里热腾腾的，女儿走时的泪眼，老伴愤愤的唠叨，都在心里淡了。

站台设备焕然一新，调试了一遍又一遍。二老陈在站台上走来走去，背着手，不时地指点几句什么。他对车站的熟悉让人们惊奇。人们奇怪那么黑漆漆的隧道，二老陈是怎么看到并记住那么多东西的。

其实二老陈自己也很惊奇。隧道亮了，有那么多细微的东西都明晃晃地在眼前了。离站台三十米，灰溜溜的墙壁上写了三个大字：我爱你。谁写的呢？谁爱谁呢？二老陈想不明白。他只是觉得隧道因为这三个字变得温馨了。远远的,仿佛有微微的春风吹来,二老陈心头暖了。

老陈突然倒下了。

他是在去郊区一个公安分局考核领导班子时倒下的。他生了点儿气,因为有人给他塞条子,要求咋样咋样。他就火了,说:我老陈什么时候——话说到这儿,人就站不住了。

他在医院醒来,第一句话是:不要告诉我弟弟,他正忙,十几年了,他好不容易才忙起来啊。话一说完,人又昏迷过去,而且,再也没醒过来。

兄弟之间也许真是有感应的。就在老陈咽气的那一瞬间,站在站台上的二老陈突发心绞痛。那一瞬间,他的心好像突然被切成两半似的,疼痛从裂开的伤口迸出,一下子把他打倒在站台上。

这时,离军用列车过站的时间还有半分钟。

警戒线上的小战士们已经庄严地端起枪来,立正。

二老陈站了起来,他咬着牙站了起来。他知道他不能倒下。十几年了,他好像等的就是这一天。

列车来了。二老陈站直了,敬了一个最标准的礼。

他没想到他的哥哥老陈。很奇怪地,他想到了他的侄子。那小子要结婚了,女方就是那个曾要自杀的女孩儿。

在列车的轰鸣中,二老陈笑了。

(原载中国公安文学精选网 2016 年 10 月 14 日)

罪案病理

朱 辉

一

市公安局的李天宇正着手一桩大案。半个月前，本市医药研究院的实验楼深夜失火，全部科研资料包括电子储存设备被焚烧殆尽；重要科研项目的负责人周长，在加班过程中逃命乏术，当场死亡。现场勘查表明，这是一桩人为纵火案，而且周长身上有生前被伤害的痕迹。准确地说，这是一桩杀人案，纵火是为了破坏现场，毁灭证据。

研究院戒备森严，几乎所有的关键部位都装有监控，奇怪的是，除了本院人员的正常走动，并未发现可疑的影像。夜间巡查的保安是在正常履行职责，他们似乎应该排除。但在最关键的时间点上，实验室大门并未发现有人进出，这实在违反常理。案犯不可能是土行孙，有遁地之术，也不可能变成一只鸟，从窗户出入。更仔细地检查和实地验证后他们发现，大楼后的消防门是一个监控死角，这个死角只有最熟悉内情的人才可能知道。可气的是，当夜值班的两个保安，一个在另一栋大楼巡查，这有视频为证；而另一个，也就是保安队队长齐天，正在值班室里休息，而研究院大门的监控只对着进出的车道，并不包括值班室里面。待大火已熊熊燃起时，可以看见那个巡夜的保安跑向大门的值班室方向，然后齐天也跑进大门监控的有效视野，他掏出手机报警。但是，此前齐天是否真的一直待在值班室里，无法证实。

案情重大。因为被害者周长手上的项目极具价值，凶案损失巨大。李天宇承受着极大压力。上面的指示是：这桩案子他必须要尽快破。

李天宇的手下并未放弃对其他线索的调查，但收效甚微。他是市局的头号刑侦专家，一时也别无良策。不知怎么的，他总觉得起火前的那个关键时间，不能忽略。齐天是研究院的保卫科副科长兼保安队队长，熟知各处监控的位置，有避开监控的条件；他对本单位的消防安全负有责任，这自不待言。事实上他面对警察时，也表现出了应有的懊悔和自责，但是，有一瞬间，他那特别的眼神还是没能逃过李天宇的注意。有点儿得意，甚至，带有一丝挑衅？这似乎有点儿夸张了。但这不正常。虽然只是一瞬间，他的视线却像刀子一样掠过李天宇的眼帘，让他难以释怀。

由于工作关系，齐天跟公安部门平常就有些联系。派出所的朱绛可以说跟他是老相识。从朱绛那里李天宇知道，齐天到研究院工作已经十年。除了正常的工作联系，他们还到齐天家里出过警。那是大概一年前，夫妻吵架，动了手，是齐天的妻子报的警。后来他们似乎又闹过，第二次出警途中朱绛就被齐天打来的电话阻止了，说没事了，他们已经和好了。朱绛第二天还到研究院把齐天说了一顿。因为这个闹剧，朱绛对他印象深刻。现在大案当前，说起这些似乎很八卦，但考虑到齐天前一阵离了婚，据说还有第三者，而且这第三者似乎就在本院，这就不失为一条线索。"他老婆长得不错，"朱绛笑嘻嘻地说，"很性感。"

李天宇笑笑，突然问："他老婆的那个第三者，你知道是谁吗？"朱绛一愣，说不知道。这是人家的私事，不知道是正常的，但李天宇突然想起，被杀的周长已经四十五岁，却是个单身，这其中会不会有某种隐秘的联系？在现在这个社会，独身、离婚、见异思迁之类已是普遍现象，但在这个案子里，李天宇不能再允许出现另一个监控死角。相关的调查立即就开始了。但结果却令人失望：周长已死，因为长期离群索居且性格孤僻，同事们并不了解他的私生活；而齐天的妻子半年前已出国，据说是医科大学的一个外国进修生把她带走了。

这条线索就此中断。但一些疑问李天宇却放不下。齐天结婚多年，却一直没有孩子，这是什么原因？他在配合调查时那瞬间的眼神，又透露了什么？李天宇总觉得，他有什么大事背在身上，或者说，齐天本就是一个做大事的人。但这样的怀疑现在看起来还只是莫须有，所谓的线索其实也只是似有若无，无迹可循，但李天宇怎么也丢不下这条思路。被杀的周长从事的是艾滋病研究工作，据说他的研究如果最终成功，将生产出一种疫苗，能够彻底防止艾滋病感染。这无疑是一项划时代的成果，研究院的领导在面对警察时，痛心疾首。李天宇对医药虽是个外行，却也感到案情重大，其损失绝不仅仅是烧了一栋楼，死了一个人。他显然已经全力以赴，但在这个节骨眼上，他却对值守保安的家庭生活表现出如此强烈的兴趣，还是让朱绛他们感到迷惑。只有李天宇自己，根据直觉判断，他不一定就走错了路。艾滋病属于性病，他为什么不能从一个嫌疑人的性和情感上入手？

在破案中，逻辑是强大的，不可违背，但有时逻辑中却也隐藏着蛛丝马迹，疑点之间隐藏着勾连，就看你能不能找到它。事实上，五年前的那个夏季，因为一桩银行抢劫案，他曾和齐天打过交道。

那件劫案至今仍是一桩悬案。案件发生在上午十时,一个相对安生的时间。因为发案储蓄所地处偏僻,位于城郊接合部,对案犯来说,同时又是一个相对安全的作案地点。案犯显然经过精心策划,他一定踩过点,但因为进行了精心伪装,侦办人员并没有找到确切的踩点人。他们仔细查看了案发当日及此前一个月的视频资料,除了知道案犯是骑摩托车、戴着头盔独自打劫,得手后快速驾车离去,最后也失去了继续追踪的目标。这件案子案值并不大,只有五十多万元,但案犯持枪,性质恶劣,必须有市局介入。李天宇接手后,立即追问案犯进储蓄所后,取过排队号没有?排队号上可能留有指纹。可惜的是这个储蓄所顾客稀少,设备也不正规,竟然没有排队机。他又从视频中发现,案犯在观察情况寻找机会时,填过一张单子,动手前把单子扔了。他们找到了单子,但依然令人失望,案犯连日期都没有写全,他戴了手套,也找不到指纹。李天宇当然并不指望案犯会随手填上自己的身份证号,但多写几个字,最好是汉字,总也不失为一条线索,但只这几个数字,鉴定价值几乎为零。从此,此案悬置,这几个数字却一直刻在李天宇脑子里。

这件劫案不知为何,现在却又重现脑海。有一现象曾让李天宇起疑。抢劫的总额是五十五万元,其中三十一万元是某一位顾客存进去的。这笔存款使这个偏僻的储蓄所存款大增,远超平日同一时间,直接增加了案值。对这个疑点当时进行过调查,却难以质疑:钱的来路和用途都没有问题,存款是为了买房,买下现在租住的房子;房主反对现金交易,有购房协议为证,存款人是个女的,是十点钟案发前十三个顾客中的一个,家就在储蓄所附近。警察上门时她的丈夫不在家,他们也就没有再继续追问下去。现在看来,这是一个巨大的疏漏!李天宇在面对眼下这个纵火杀人案时,从朱绛嘴里听到了齐天老婆的名字,他心里一激灵,差点儿跳起来。他强压兴奋,很快证实了那个张茵就是齐天的妻子,前妻。

案犯使用的"枪",案发当天就在一个厕所里找到了。枪是玩具枪。也许正是这个原因使警方出现了可以理解的松懈。但当时的疏漏,现在被这桩纵火杀人案凸显了。设想一下,如果是夫妻配合作案,案情就可以理通了:作案时间是精心挑选的,早上,银行通常放松警惕;此时银行里一般现金款额不大,但他们添进去,通过抢劫,就让自己的存款翻了番,银行并不能因为遭到抢劫就拒绝兑付。更严谨地说,即使张茵并未参与作案,只是在丈夫的安排下正常存款,齐天随后单刀赴会也有可能——可这么大的数额,却让妻子一个人去,即使他家离银行很近,不还是有点儿欲盖弥彰么?

李天宇通过研究院的组织部门,调取了齐天的档案。多年前的劫案资料也都还在。他要把劫案里案犯留下的那几个数字和齐天的字迹进行比对。

痕迹室很快回了话:检材太少,无法得出明确鉴定结果。但他们也拖了个尾巴,说不能排除样本间的同一性。

案件的串并既有规律,也有规定。这两件案子似乎风马牛不相及,但它们都隐约指向了一个人,那就是齐天。它们同时也指向了李天宇,他决不甘心就此被挡住,这是他的使命,也是他的习性。在茫茫人海中找到一个人是困难的,但击破他通常要简单得多。但齐天显然不是一个通常的人。他貌似正常的外表下,那一丝狡狯甚至是挑衅的眼神,虽很容易被忽略,但李天宇却如芒刺在身,念念不忘。他思谋良久,反复斟酌,决定用非常规的手段迎接挑战。这种手段当然不能违反法律,但应该直指人心。

他素有"神探"之誉,人脉广泛,现在都用上了。各个步骤在他的安排下,紧锣密鼓、有条不紊地向前推进。他让朱绛去通知齐天,要他这段时间辛苦一点儿,配合调查。齐天满口答应。

二

一张冷静的脸。明灭的光线勾勒出他的轮廓。电视机开着,图像在活动。

齐天倚在床头,木然地看着电视。下了班以后,他就再没有出去。看起来,他确实做好了"随叫随到"的准备。电视里的节目很遥远,无关痛痒,他之所以开着,只不过是因为他需要一点儿动静。那些平面里的人形虽然不会跑出来，但至少可以分散心思，不至于纠缠于自己的内心。

他随意地调着频道，每个频道都浏览了一遍，然后，从头再来。最后，他在石城卫视停下了。主持人正说着开场白，齐天脸上幻灭的光线稳定了。

这是一档小有名气的节目，叫《探案追踪》。他以前也看过的。但也不迷，撞上了就看。今天他不但撞上了，而且，只看了几分钟，就像挨了凌空一棒，猛地坐了起来。

案子并不复杂。模拟的剧情演示着案情。说的是一个蒙面歹徒抢劫了一个地方偏僻的储蓄所，反复调查后却无法破案。在展示了现场勘探结果后，警察一个个调查目击证人，"过筛子"。目击者依次被讯问，他们面临的问题几乎一样：当时是什么情况，你在做什么？你以前见过这个人没有？最近有什么值得怀疑的事吗？询问结束后，案犯被勾勒出来了：身材中等偏高，戴头套，持有手枪，灰色夹克。作案过程持续不过五分钟，抢得金额五十余万元。

案件在这里陷入了僵局。没有钱索，齐天浑身绷紧了，微微发抖。往事如兀鹰般从天而降。他一直压着这段记忆，很少触动，今天，它换个方位，突然出现了！它双翅如风，一头撞入他的卧室，立在他面前。齐天猝不及防，目瞪口呆。

这是怎么回事儿？那桩银行抢劫案难道已经破了？他们抓错了人，出了个替死鬼？但愿如此。且往下看。

电视里，主持人正在向观众提问："这个案子能破吗？如果是你来破案，你将如何打开缺口？"那主持人是个三流影视演员，经常在电视剧里出演坏蛋，现在倒一副正义在手、高深莫测的模样儿，他大声对台下的观众说："寻蛛丝马迹，撒天罗地网——请发言！"

观众被分成了几组，分别属于三个"神探"：克里斯蒂、波罗和福尔摩斯。各小组都有代表出来分析。有的说是蒙面人独立作案，有的说他一定有同伙；有的说同伙就在储蓄所内，属于内外勾结；有的说这属于突发案件，没有周密计划；有的认为应该进一步扩大调查范围，发动群众；有的却说应该继续在目击证人身上着力，深挖内奸……七嘴八舌说了半天，后来，各个"神探"也加入了讨论，彼此针锋相对，个个言辞凿凿。那主持人大概也听得昏了，手一挥道："大家已各抒己见，下面大家重新归队！"

所谓"重新归队"，就是观众按自己的见解重新选择队伍。三个"神探"的身后，观众们乱了一阵，各自找到了自己的代言人。那主持人扫了一下全场，见有个小伙子孤零零地站在三个方阵之外，问："你怎么不坐？"那小伙子答道："没有人能够代表我。他们说得都不对。""哦？那你——"那小伙子从边上找张椅子，坐在一边道："我自己代表我自己。"观众轰地笑了起来，还有人鼓掌起哄。那主持人反应机敏，立即找个牌子出来，在上面写两个字："奎恩"，塞在他手上。主持人扬声道："艾勒里·奎恩是著名的美国侦探。他长于推理，破案无数，比之其他神探是否真有过人之处，我们拭目以待！——下面，我们且看案情的进一步发展。"

齐天直愣愣地看着电视，心中黑云压城，电闪雷鸣。他一眼就认出了那个"奎恩"，不是别人，正是老熟人，派出所的警察朱绛！

齐天大惊失色。显而易见，这个节目是故意为之。大案当前，警方竟有闲心来这一招儿，绝对是冲着自己来的。大祸临头了！齐天的第一反应就是逃。他不能就这样束手就擒。门外这时响起了脚步声，他霍地站起，嗖地逼近房门。那个人吹着口哨，上楼去了。这是邻居，齐天顿时松软下来，倚到门上。

他回忆着往事，仔细梳理每一个细节。没有破绽。难道这个节目只是一个巧合？齐天浑身发麻，两腿僵硬，定在了电视机前。

案情接着推演。警察转换思路，开始调查储蓄所近期的存取款账目。一个女储蓄员在边上配合。片中的警察看着凭证，眉头锁了起来。那女储蓄员在边上说道："要不是这笔存款，他也抢不到这么多。他真是好运气！"警察丢下单子道："好运气？什么人给了他这个好运气？"他突然站起来，猛地一拍桌子……画面停了，电视上是女储蓄员惊愕的脸。齐天像挨了一枪，一屁股坐在床上。主持人面带得色地说道："再狡猾的罪犯，也斗不过好猎手。雪泥鸿爪，草蛇灰线,往往通向迷案之门。各位观众,你们注意到了吗?"

剧情继续。电视里警灯闪烁,警笛呼啸。审讯室里,一个中年男子戴着手铐正在接受讯问。他说:"……要干得够本,只能自己先存进去一笔……这么早动手,那里钱太少……"齐天瞪大眼睛,死死地盯着那个男人。他满脸沮丧,但相貌周正,恍惚间,竟觉得和自己有几分相像。齐天傻了,一时间竟不知自己身在何处。

一阵掌声把他惊醒。"我们今天成功的神探就是……"主持人卖着关子,聚光灯在观众区扫射,突然,光圈定住了,照在朱绛的身上,"奎恩"!掌声如潮,叫好声响成了一片。朱绛扬起手朝大家致意,右手做出了一个"V"字手势。一个特写。

这无疑是一个有针对性的节目,有备而来,故弄玄虚,敲山震虎!这绝对是那个李天宇安排的好戏!齐天第一次感觉到他的狡猾和狠辣。他为什么不亲自上节目?他为什么只当导演不当演员?一时间,齐天竟有些恼火了。

危险正在逼近。他们在这当口旧事重提,难道一切都已经胸有成竹了?

不!

如果他们真的掌握了证据,岂能手下留情?正因为无从下手,他们才这么旁敲侧击。"你也真够别出心裁的了!"齐天冷笑着,已打定主意:任何时候都不说自己看过这个节目。我装聋作哑,叫你白费心机。然而,他心中一闪,怔住了:刚才审问那个"罪犯"时,他似乎看见荧屏上出现过字幕,"犯罪嫌疑人贾大圣"。没错,大圣。那显然是个群众演员,可是他叫"大圣"。齐天大圣!

齐天的脑子里轰了一下。他像被捅了一刀,浑身的血液刹那间就流尽了。他坐都坐不住了,软倒在了床上。

这时候,门铃响了。同时,有人敲门。

来了。终于来了。无路可逃。齐天飞快地关掉电视,问着:"谁啊?"他镇定地走过去,打开了门。李天宇和朱绛站在门口。

"又麻烦你了。"朱绛微笑道,"你说过随叫随到的。跟我们走一趟吧。"

李天宇闪身进了门。他径直走到卧室，伸手摸了摸发热的电视机。他打开电视，石城卫视正在播送晚间新闻。"刚才的节目怎么样？我们谈谈观后感吧。"

三

在被带走的过程中，齐天一言不发，显得很平静。上了车，他对坐在身边的朱绛笑道："你还是靠近我一点儿。你们就不怕我跑掉？"两个人都没理他。汽车颤抖一下，拐上了大马路。

这是通往市局刑警大队的路。离大门还有五百米，汽车往右一拐，在公安局招待所门前停下了。李天宇，齐天，朱绛，三个人就像来住宿的客人那样进去了。

这原先是一间小会议室。现在四面白墙，去掉了一切装饰。陈设也很简单，一张条台，上面摆着几台仪器，一台电脑，一台打印机。对面是一把带扶手的椅子。齐天这时已镇定下来，至少看起来是这样。他说："你们盯着我是瞎来。纯属浪费时间。难不成失火的时候我当班，就要定我个渎职罪？"没人搭理他。一个不到三十岁的便装女人朝椅子一指，齐天笑笑，顺从地坐下了。

房间里开着空调，气温宜人，光线柔和。李天宇和朱绛一左一右坐在女人身边，不声不响地看着屏幕。这女人齐天当然不认识，但她无疑是今天的重要角色。她叫马丽，是市局的测谎专家。没等她走过来安放传感器，齐天就明白了，他们这是要进行测谎。

齐天双手放在扶手上，几根颜色各异的电线从他身上延伸出去，连接到仪器上。马丽调整着仪器上的旋钮，朱绛开口了："齐科长，今天是个必要的程序，倒也不是针对你一个人。你说过愿意配合我们。如果你真的配合，就请你放松心情，排除杂念，回答问题。"马丽说："你可以回答'是'或者'不是'，也可以说'知道'或'不知道'，或者'清楚''不清楚'，当然，你也可以保持沉默。"

齐天笑笑，不说话。

马丽道:"你可能已经知道,我们将要进行的测谎。这是一门科学,源远流长,古希腊人破案,就在讯问时要求嫌疑人嘴里嚼着干燥的米粒,同时回答问题。吐出的碎米被口水均匀搅拌,就认定他无罪;反之,吐出的碎米干涩口水少,就认定他撒了谎,因为心理压力导致他的生理机能发生了异常。现在的测谎技术大大进步了。这些导线把你的生理指数传递过来,仪器实时分析,我们将据此判断你说的话的真伪。"这是一段必要的铺垫和引导,李天宇并不认为必不可少。他希望是如迅雷不及掩耳之势,单刀直入,击溃防线。但他相信他的女同事的专业性。他点点头道:"开始吧。"

朱绛站起身,拿着纸笔走到齐天身边,说:"你写一个数字,0到9之间的任何数字,写好后你团好,放在扶手上,我们不接触它。"说完走开了。

齐天顺从地依言做好,马丽开始发问了。

"你叫齐天吗?"她的声音圆润平和,语速缓慢,不带任何感情色彩。

"是。"

"你是本市医药研究院的副科长兼保安队队长吗?"

"是。"

"你刚才所写的数字是0吗?"

"不是。"

"是1吗?"

"不是。"

"是2吗?"

"不是。"

……

"是9吗?"

"不是。"

条台前的三个人紧紧盯着屏幕,李天宇不时抬眼观察齐天。问完十个数字,马丽微笑着道:"是8。你写的是8。"朱绛走过去,打开纸团,朝齐天亮了一下。果然是8。

"8，"李天宇微笑道，"8，发，东窗事发。"

屏幕上的三道波形剧烈起伏起来，这是导入性问题所起的效果。这种导入性测试正是为了给被测者一个震慑。齐天对九个数字的回答均为"不是"。他这是在对测谎技术进行反测试。测试的结果令他十分失望。他本应该如实回答，现在这样，摆明了自己的对抗态度，而且被识破了。如果不是那个该死的节目，他绝不会如此失态。现在事已至此，他只能硬撑下去。屏幕上，他的生理指数剧烈变动，尤其是中间的红线，它所代表的皮电指标波动异常。上面的蓝色血压线和下面的绿色呼吸线也表现出相应的变化，但是转瞬即逝，这说明齐天正力图平抑情绪，而且转眼间就起到了效果。齐天瞥瞥朱绛手上的纸团，自嘲地一笑。

短暂的休息。测试需要平稳的基础情绪。朱绛给齐天端去一杯水。

这是个心狠手辣、意志坚定的人。他当过兵，见过世面，普通的测谎对他未必奏效。李天宇不是测谎专家，但他琢磨过齐天的心理。按照测谎理论，所有重大事件，尤其是凶案，必定在当事人心中留下深刻印记，必要的导入和唤起一定能激起他的生理变化。在测试前的准备工作中，马丽自信地说，根据她的经验，测谎的准确率达到了90%，她失手的次数寥寥可数。但是，还有那10%呢。李天宇认为，齐天一定是那10%中的一个。但关键是，他并不完全依赖测谎，测谎只是一个手段，齐天作案已不需要靠测谎来推定。他坚持这么认为。测谎的结果本来也不能作为逮捕定罪的依据。他要的是，通过这个过程击溃对手的意志。

测试题是精心设置的。测试的节奏，则完全是李天宇布置的。

导入性的数字测试有两个目的，一个是获得基础数据，另一个就是在心理上让被测者折服。

"你知道本市医药研究院发生了纵火案吗？"

又一组测试题开始了。齐天仿佛没有听见。沉默。这是个明知故问的问题，齐天当然有抵触。马丽继续以播音的速度问："你知道周长是被杀的吗？"

"不清楚。"

"你知道他是在实验室被杀的吗？"

"不清楚，"齐天说，"我只听说他死了，难道他不是被烧死的吗？"李天宇抬手制止了他的话："你不要说这么多，按要求回答。"

"他是在晚上10点左右被杀的吗？"

"不知道。"

"他是在晚上11点左右被杀的吗？"

"不知道。"

"他是在晚上12点左右被杀的吗？"

"不知道。"

"他是被木棍击打致死的吗？"

"不知道。"

"他是被铁棍击打致死的吗？"

"不知道。"

"周长死前曾请凶手喝茶，请凶手吸烟吗？"

"不知道。"

"周长被杀前惨叫了一声吗？"

"不知道。"

问到这里，马丽顿住了。所有的问题，齐天都回答"不知道"。屏幕上显示的波形很奇怪，每回答一个问题，三道线都略有波动，但又立即恢复平稳。这说明他在压抑内心的慌乱。更值得注意的是，当问到"周长被杀前惨叫了一声吗？"的时候，波形虽还是先动后稳，但波动的时间明显加长了。这说明击中了要害。他在回忆。他不由自主地回忆着当时的一幕。必须乘胜追击。

"我们已经知道，研究院被烧是人为纵火。你知道罪犯用什么装的汽油吗？"

"不知道。"

"是玻璃瓶吗？"

"不知道。"

"是塑料桶吗?"

"不知道。"

"是塑料袋吗?"

"不知道。"

现场的勘查结果表明,纵火所装的汽油装在塑料袋里,它比任何其他器具都更容易在火中销毁。如果不是发现了几滴聚乙烯残留,几乎不能确定容器。齐天在回答这个问题时,波形出现了反应。且慢,继续问。

"周长被杀与研究院被烧,是流窜作案吗?"

"不知道。"

"是因为私仇吗?"

"不知道。"

"是他的同事所为吗?"

"不知道。"

"是熟悉保卫工作的人所为吗?"

"不知道。"

问答暂停。这一连串的问题下来,齐天的波形竟然基本正常。他在压制,在顽抗。他肯定知晓,测谎并不能作为法律证据,尤其是大案;他更自信,他能够绝对控制自己的心理。可惜他看不到屏幕,他不知道,转瞬即逝的慌乱和短暂的对抗,也会留下痕迹,虽然相对轻微。

但是,李天宇他们似乎知道得很多。远比预想的要多。而且,他们掐准在那档电视节目后把他带来,却偏偏对储蓄所的案子绝口不提——齐天简直期待着他们就此发问,但他们就是不提——这实在是太阴险了。齐天决定以不变应万变,兵来将挡,总之就是三个字,"不知道"。

又开始询问了。依然绕开了储蓄所的案件。但下面这个问题他只能明确回答了。马丽问:"你离婚了,是吗?"

"你们,明知故问。"

李天宇说:"你回答是,或者不是。"

"是。"

"你前妻有婚外情,是吗?"

"不知道。"

"你前妻的婚外情对象是周长,是吗?"

"不清楚。"

"你有婚外情,是吗?"

"我没有!"

"你前妻离婚后出国,你很痛苦,是吗?"

齐天不回答。他的目光恼怒地射向面前的三个人。所有人都沉默。马丽稍作停顿,继续问。

"你和前妻没有孩子,是你的原因吗?"

齐天不吱声。

"是你前妻的原因吗?"

齐天还是不回答。他冰冷地看着李天宇他们,反唇相讥:"你们这是在测谎吗?你们是在挖人隐私。我会告你们!"

李天宇他们不予理会。按照一般的测谎要求,确实不应该设置这样的题目,但此案非同一般。他们不是要在众多嫌疑人中找出罪犯,他们是认准了一个人,要征服他。这是一次测谎,更是一次"测真",李天宇期望的,是通过连珠炮般的题目,多方位出击,摧垮他最脆弱的部分,得出真相。李天宇轻轻笑一下,轻描淡写却又字字清晰地说:"据我们所知,你的前妻张茵在国外已经结婚并且怀孕。当然,这个孩子的父亲不是你。"

齐天的生理指数忽然呈现出剧烈波动。这很正常,这是他的痛处,关心则乱。马丽看看面前的题目,正要继续发问,李天宇的手机响了。他轻轻"喂"了一声,"是我。哦,我知道你……张茵你好。什么……是吗?"他的脸色严峻起来,站起身出了门。对方显然说起了重要的事情,李天宇的声音大了。他站在走廊里,但依稀可以听见他的声音。"事关重大,人命关天,口说无凭啊,你必须提供证据。哦。很高兴你能对我们有所回应。我们希望你能回来,把事情说清楚。"他边说,边往走廊深处走,声音听不见了。马丽和朱绛紧紧盯着屏幕。

片刻之后,李天宇回到房间。马丽指了指屏幕。李天宇笑笑,那意思是没出他的预料。齐天以为李天宇会说起刚才那个电话,他不知道那个可恨的女人说了什么,到底说了多少。但李天宇绝口不提,只说:"下面我来问。你了解周长的研究方向吗?"

"不知道。我不懂这个。"

"周长的研究,将攻克艾滋病防治的难题,你知道吗?"

"不知道。"

"周长之所以被杀,与他的研究课题有关吗?"

"不知道。"

"杀死周长,烧掉实验室,是同一个目的吗?"

"不知道。"齐天不安地在椅子上动了一下。他一问三不知,就是个不知道。朱绛忍不住了,他不像李天宇那么沉静平和,他咄咄逼人:"你不知道,我们可知道!人死了,数据全烧了,一个即将取得成果的课题被毁掉了。作为他的同事,你不觉得惋惜吗?"

齐天还是不说话。适当的惭愧和自责是应该的,但他这时已摆不出这样的表情。朱绛继续问:"如果凶手的主要目的是毁掉成果,你觉得这应该吗?"

"我不知道。"

"这你也不知道?"朱绛忍不住站起来,"你是滚刀肉,一问三不知!"他黑着脸,像只老虎,恨不得扑过去。李天宇瞥了他一眼,示意他坐下。三人对视一下,看看屏幕。马丽一直正襟危坐,已许久没有说话,这时她说:"我来跟你说几句吧。你了解法律上的从宽条件吗?"她的声音醇厚平和,脱离了测谎时的播音速度,突然间浸润了感情,一个邻家女人,一个温情脉脉的女人开始说话了,"假设作案者有一个情有可原的目的,这才起意作案,他或许在审判时能够得到同情。我知道,是生活里的重大变故造成了你的伤痛,是伤痛导致了你的偏激。"她柔声道:"我想我读懂你了。"

屏幕上的波形开始了迄今为止起伏最大的波动。峰值出现了!这些话已经超出了测试,而是在暗示,在撩拨。在测试前的准备工作中，马丽已详细了解了案情，包括李天宇他们的推测。直觉告诉她，是隐情诱发了齐天的疯狂。她甚至比李天宇想得还要细致。预先拟订的测试题里并没有她最后的这些话，但她临时决定大胆一试。这类似于改头换面的催眠术，果然收到了奇效……这时，屏幕上的红色波形突然消失了。她吃惊地看着齐天，看见他慢慢摘掉了手指上的传感器。

四

最轻柔的话，恰似一根最轻的稻草。巨大的骆驼站不住，垮了下来。

齐天这时已不记得他们问过些什么，那些问题纠缠着他混乱而狼狈不堪的生活，乱成一团；他作过的那桩案子，却在造山运动般激烈的心理震荡中，山脉一样升出了水面。对面的马丽温柔地看着他，李天宇和朱绛鹰隼的目光交叉射来，锁死了他。他的脑子里早已如熔岩涌动，是他的意志大山似的压着，才不至于喷射而出。现在大山坍塌了，分崩离析，他的脑中山呼海啸。他摘掉手指上的传感器，把腕上的也摘掉了。齐天长长叹了口气，竟奇迹般地平静了。他轻轻拉掉伸向胸口的导线。屏幕上最后一根曲线消失了。

"够了。真的够了。"齐天慢慢把那一束线理好，站起身，轻轻摆在马丽面前。"你们别费心了。都是我干的。"

这并不出乎预料。测谎立即变成了审讯。

仪器被搬到了条台下面。李天宇端坐当中。朱绛记录。马丽本已可以退场，却又觉得这是一次难得的机缘。这样的案例或者说病例，弥足珍贵，不容错过。她征得李天宇的同意，继续坐在边上。

这可以看作正式的审讯。但因为尚未履行正式手续，他们没有给齐天戴上手铐。齐天很平静，很主动，没有等人讯问就开始交代了。

他似乎十分熟悉审讯的程序，姓名、性别、年龄、职业、住址，连次序都没有颠倒。李天宇他们不插话，由他自己说。"周长是我打死的，火也是我放的。呵呵，死了，烧了！你们觉得他不该死吗？他的研究难道不是倒行逆施，违背天理吗？"他一副理直气壮的样子，咄咄逼人。朱绛觉得匪夷所思，简直不敢相信自己的耳朵。正要接口，李天宇摆手制止了他。

齐天停顿了一下，有条不紊，侃侃道来。他把杀人纵火的过程全盘托出，只是在遇到一些关键的细节时，他们才需要追问。齐天已经不是在交代，而是在倾诉。往事如流水般潺潺而出。他说说，停顿一下，想一想又接着说，脸上浮现出沉醉的酡红，梦幻般的表情。突然，他笑了："你们还记得前一阵街上有不少人被针扎吗？说是艾滋病病人抽了自己的血，用针扎。"他得意地、阴阴地笑，"告诉你们，艾滋病病人的血是没有的，但这足够吓吓那些不检点的人了。"李天宇一惊，平静地问："这也是你干的？"

"是啊。我这是善意提醒。我要提醒人们，这世界上还有个艾滋病，你们不要太放肆！"

条桌前的三个人面面相觑。齐天说出这个额外的案子，已然透露了他对周长最隐秘的仇恨。但这听来也太不可思议了，难以置信。马丽问道："因为这个社会存在性放纵，你认为只有艾滋病才能让他们有所顾忌，而周长的工作却是战胜艾滋病，你就认为他该死？"马丽摇了摇头道，"你认为你是在替天行道吗？"

"对！"

朱绛忍不住笑了起来。"你这也太'高大上'了。我看，恐怕还是你认为周长跟你前妻有不正当关系，更说得过去。"

"我有这个怀疑，但是没有证据。但没有证据不代表没有事实，你们不就这样对待我的吗？"齐天淡淡一笑，"我经常要值夜班，她有机会，但她不承认。没想到她最后竟跟个老外跑了！这烂女人，行为放荡，水性杨花！她跟周长没有一腿她干吗要举报我？这烂货！"他的眉头紧锁，脸可怕地扭曲着。"我还是心软，让她跑了。可她竟然敢揭发我。"齐天暴怒起来，"如果不是她，我好好一个家怎么会毁了。如果不是她，我怎么会被你们搞在这里？你们不能放过她！"

"你什么意思？她怎么了？"李天宇问，"你是要说说今天晚上电视节目的观后感吗？"

"好吧。那件案子是她和我一起干的。我那时胆子可没那么大。主意全是她出的。我执行。"

"我提醒你，你不要出于报复胡乱攀诬。"李天宇刚才接的那个电话，并不是张茵打来的，他巧作安排是为了意外一击，当然他现在不会说破。"张茵答应回来协助调查，如果她有案在身，我相信她将会选择不回来。所以你说她是抢劫案的共犯，我们迟早会搞明白。"

这句话竟又激怒了齐天："你们爱信不信。反正她是个贪心不足的烂货……"他咬牙切齿喷出一连串的脏话，对面的马丽皱起了眉头，他的话太难听了，齐天看见她的表情，越发激动："实话告诉你们，我被她传染过性病！这个你们调查出来了吗？没有是吧？"他低下头，死死地揪着自己的头发，"后来我治好了。不跟她上床我就治好了。你说那个老外会不会中标啊？哈哈，他肯定跑不掉。"他嘻嘻笑了起来。

他时而亢奋，时而沮丧，表情变幻莫测。马丽一直在观察。这是一个样本，即使他说的不全是实话，他也是一个难得的样本。她问："因为她曾让你染上性病，而性病能够治好，你就认为只有艾滋病才能吓阻人类的放纵行为？因为周长马上就能战胜艾滋病，你就要把他杀掉？"她的问题像连珠炮，"可是有多少人也缺钱，他们没有去抢劫；有多少人的婚姻破裂了，可他们并没有去杀人。"

她这是在质问，更像是在质疑。这种疑问的口吻立即让齐天再次暴躁起来。他昂起头叫道："他们没有我的担当啊！他们是庸人！他们头痛医头，脚痛医脚，只有我才抓住了关键！"他霍地站起，走向窗户。朱绛把手上的笔一拍，立即跟了过去。齐天回头道："我不会跳楼。"他一把推开了窗户。外面燥热的风顿时侵入，窗帘哗哗飘舞。齐天指着防盗窗外璀璨的灯火，指着对面一家星级酒店说道："你们看啊，桑拿、按摩、歌厅都开到你们身边来了，你们都看不见！你们熟视无睹，视而不见了。可你们不能否认。"他再往前一指，手臂直戳窗外，"好个温柔之乡，好个浮华世界啊！那些四通八达的大街小巷里，有多少人在勾搭，在交易；有多少女人躺在别人丈夫的怀里？你们不知道，但我知道。我看见了……"他转过身，闭上了眼睛。他痛心疾首地仰天长叹道："这万家灯火下，本该是家庭和睦，夫爱妻贤啊……"他陡然睁开眼睛，侧着脸，森然说道："可是他们在出轨，在放纵，他们动物一样地哼哼着，难道你们没有听到吗？"

李天宇他们瞠目结舌。半晌，朱绛问："这就是你杀害周长的理由？"

"对啊！"齐天坦然承认。"这还是我毁掉实验室的理由。"远处霓虹灯的灯光映在他的脸上，呈现出一种奇异的血色。"周长不仅是我的敌人，更是人类之敌，上天之敌。他妄图毁掉人类最后的道德防线，他是放纵的帮凶，他的成果是堕落的催—化—剂。""催化剂"三个字他是一字一顿说出来的，拉长了腔调，抑扬顿挫。"你们不要以为我就不懂科学。周长才不懂科学，他只懂技术。可我还懂哲学！你们想，如果艾滋病都能治好了，他们将肆无忌惮，有恃无恐，无所畏惧。那是个什么情景啊——人类将在纵欲中毁灭！"齐天仰天长叹道，"我爱人类，所以我必须杀掉周长！"

巧舌如簧，居然也能自圆其说。李天宇紧锁眉头，注视着齐天。朱绛呆了，早已忘记记录，桌上的录音笔在代替他工作。马丽端坐不语，她觉得难以置信："你认为，艾滋病是老天对人类的警告？你真的这么想？"

"岂止是警告，它是救星啊！"三个人目瞪口呆。他疯了吗？齐天陶醉在自己的慷慨陈词中："艾滋病病毒比一千篇说教文章管用，比人手一本佛经都要管用！法律啊，道德啊，对有些人，有用吗？你磨破了嘴皮，喊破了嗓子，你苦口婆心，却顶不上艾滋病病毒锋芒小试！"此时此刻，这个曾手头缺钱、身染性病、妻子出墙的窝囊男人冲天而出，傲立于世了。他轻轻吟唱道："做人一地肝胆，做人何惧艰险，豪情不变年复一年；做人有苦有甜，善恶分开两边，都为梦中的明天！"他声音大起来，引吭高歌了。

他昂头唱罢，一个亮相。雪白的墙上，一个力挽狂澜、独木擎天的英雄形象。一个巨大的黑影。

马丽待他唱完，质问道："可你难道不知道，这世上并非所有人都是因为性混乱才感染了艾滋病吗？那些母婴传播和输血感染的人，完全是无辜的，他们没有一点儿错。"

齐天一愣，这是他这番论辞的盲点，可他嗤一声说道："哪个庙里没有屈死鬼呢。他们就算是为人类献身吧。"他慨然总结道："要奋斗总会有牺牲。我只能以天下苍生为念。"

他的话令人周身寒彻。李天宇一直注视着这个冷血杀手，在齐天唱着要再活五百年时，他在心里就骂："去死！"这时他讥诮地一笑道："还有个理由，你怕是在故意回避吧。"他的脸上露出刻薄的表情，"你不光得过性病，很可能那方面还不行，所以你仇视别人的性爱，我说对了吧？"

齐天怔住了。这似乎戳到了他的软肋。他闭了嘴，在椅子上动一下身子，合上眼睛，粗重地喘了几口气。他平静了下来，又突然睁眼，直愣愣地看着马丽。她容貌秀美，身材窈窕，散发着难得的书卷味和性感气息。马丽一贯对自己的外貌、身材很自信，但被一个杀人嫌犯这样看着，不由得局促起来。

齐天脸上发生了一种奇异的变化，他面色潮红，双眼迷离。他抬起手，懒洋洋地指着自己的两腿中间说道："我行不行，你们可以检验。"

马丽脸色刷白。李天宇和朱绛都愣住了。齐天狂躁起来，他腾地站起，嗖地解开了皮带，一挥手，皮带像鞭子一样地呼啸一声。"我看到她就有反应。你们来看啊！"

朱绛见状立即扑了过去，把他按在椅子上，马丽站起身，快步走出了房间。李天宇跟过去，抱歉地说道："对不起，真对不起，我没想到他会这样。"

"这怎么能怪你？我也算长了见识。他倒像是在给我们上课，太投入，疯掉了。"她苦笑着摇摇头，"他也有点儿可怜。我建议，你们给他做个精神鉴定。"

"好，这个程序必不可少。"李天宇说，"他也许是有点儿可怜，但更可恨！他即使真有精神病，但作案时是不是处于发作期，我看不见得。"李天宇这次一箭双雕，连破两案，再加上那个在街上用针扎人的治安案件，那就是一石三鸟。他经历了从如临大敌到如临深渊、如履薄冰最后又如释重负的奇异过程，回想起来简直像是一个梦。多日以后，对齐天的精神鉴定结果出来了，他患有间歇性精神病。这就是说，法律并不会免除齐天的罪恶。

（原载《芙蓉》2016 年第 5 期）

我说红烧，你说肉

初日春

仇正

雨下得有点儿急，顺着风，斜扫过光秃秃的枝丫，敲打着玻璃窗。仇正就是被这细小的声音惊醒的。

窗子关得严实，但仇正还是觉得有阴冷的风吹进来，裹挟着潮气，夹杂着一股土腥味儿。黑洞洞的夜幕笼罩着仇正的双眼，让他的情绪降到了冰点。他舔了舔干裂的嘴唇，索性坐起来，把手伸向床头，摸索了半天才发现，床头柜上没有台灯，也没有水杯，除了一身叠得整齐的军装，就只有大檐帽和武装带了。

仇正不再恍惚了，他终于意识到自己几个月

前已经离开了家，现在住的是部队集体宿舍。臭烘烘的脚丫子味儿，加上酸唧唧的汗渍气，让他呼吸有点儿困难，甚至会有瞬间的眩晕。如果不是忽紧忽慢、时长时短的呼噜声灌进耳朵里，他会怀疑自己是在梦里。

雨声、呼噜声，还有一切琐碎的声音，都被无底的黑夜衬得异常清晰，这些超乎寻常的感观让仉正打了个寒战。什么鬼天气？都寒冬腊月了居然下起了雨。如果窗外飘着的是雪花，那一定是美好的。"雪花上千次落向一切大街"，仉正的脑子里冒出了奥地利诗人里尔克的这句诗，诗歌是浪漫唯美的，但在这特定的时刻，却显得不伦不类。这里的一切又把仉正拉回了现实。

该死的部队，该死的军装，仉正把身上盖着的军被扯到了一边，屈起两条腿，把脑袋搁在了膝盖上。虽然宿舍里温暖如春，但他就是想让自己着凉感冒。仉正不是怕吃苦、怕训练，他是想用这种自虐的方式惩罚自己。

按理说，依仉正的脾性，既然选择了当兵，哪怕有天大的委屈，他也会把苦水咽到肚子里。但自从他发现了现实与理想的差距之后，心里就开始别扭了。说一千，道一万，都怪自己信了别人的话，傻乎乎地以为到消防部队能当什么文艺兵。

老实说，仉正曾经偷偷哭过鼻子，但他怪不得别人，只能怨自己不长脑子，居然天真地认为父亲是为他好。真是应了那句话，鬼头仉嘴里要能蹦出半句实在话，鬼都得感动地下跪磕头。鬼都不信的人，仉正居然信了。可是鬼头仉当时就是那么说的，只要你去当兵，保证让你进部队的文工团。

鬼头仉不是别人，是仉正的父亲，一个在市民眼里响当当的人物。谁能不服气？才三十几岁就干上了市委副书记，就这速度，这辈子整个副省级跟玩儿似的。这不，在仉正当兵之前的头几天，人家刚被任命为市委书记。仉正虽然不关心这些事儿，但他还是听到了别人的议论，说仉贵书记能把"副"字抹去，隔着市长的职务蹦到市里的一把手，肯定来头不小，瞧人家掌柜的，根本不需要上党代会，省委组织部直接任命了，关键是人家才四十四周岁呢。这话一说，马上有人纠正，说关键的问题不在年龄，而是宣布掌柜的任职命令那天，省委书记都亲自出席了全市领导干部会议。说不定中央有人呢。屁！我还是那句话，他鬼头仉嘴里要能蹦出半句实在话，鬼都得感动地下跪磕头。这话刚一出口，就有人端着酒杯打起了哈哈，说你个家伙又喝多了，狗嘴里吐不出象牙，论能力、论人品、论智商、论情商，掌柜的早该提拔了，罚酒，罚酒。说这话的时候，端酒杯的人眼珠子滴溜溜转，慌里慌张地瞅了仉正一眼，就把目光聚焦到那个把仉贵称作鬼头仉的人身上。坐在仉正身旁的女人赶忙拉起他的手，还没说话脸上就堆满了笑，可不是嘛，人家仉书记的名字起得好，仉贵，想不当掌柜的都不行，来，大侄子，吃菜，吃菜。瞧这孩子瘦得跟干巴猴子一样，嗨，没妈的孩子啊，往后啊，你就把阿姨当亲妈。这些个议论仉正压根就没当回事儿，他连头都没抬，正鼓着腮帮子嚼一大块肥肉，他只听到一个声音——肥肉进了喉咙，顺着食道"咕噜咕噜"地撒着欢儿滑向了肠胃。每到这个时候，仉正全身的汗毛孔都会争先恐后地张开，好像要抢着发表言论，反正是舒服极了。

仉正真的不在意酒桌上的那些话，他从来不关心酒桌上有谁，他只在乎填饱自己的肚皮。就像那次酒席，是他同学的父亲，一个区长安排的，说是为他当兵送行。糊弄谁啊，还不是想跟鬼头仉套近乎？仉正几乎能想象得到那个同学的母亲，就是那个要给他当亲妈的女人在心里想什么。她肯定在笑话我吃个饭都没教养。鬼头仉就没少朝他发火，说他吃没个吃相，站没个站相，整个一街头混混，不争气的玩意儿，哪怕遗传自己百分之一，就吃穿不愁了。

刚开始，仉正心里还很不是滋味，觉得鬼头仉神经不正常，跟别人都是慈眉善目的，唯独跟自己的儿子脸不是脸、鼻子不是鼻子。管他呢，就当他心理有问题。当然，仉正有自己的招数，只要喊一声掌柜的，父亲就会收起一脸的严肃。瞧这官瘾得有多大啊。

仉正离开家那会儿是开心的，他想逃避那个压抑的环境。原因并没有那么复杂。

仉正只在照片上见过母亲，老人们说是他命硬，在生他的时候母亲难产死了。作为父亲,仉贵又当爹又当娘,忙里忙外把他拉扯大,他本该是感激的。但他对父亲所有的辛苦都视而不见,这些跟叛逆无关。谁让他行为不检点呢。喜欢谁就把谁娶回家,我仉正不是不懂事的孩子,为什么要瞎折腾。世上没有不透风的墙,你不怕别人说三道四,我还觉得丢人哪。唾沫星子都能淹死人,这道理谁都明白。可是,仉贵偏偏喜欢干些偷鸡摸狗的事儿。还有那个同学的母亲,一脸的暧昧,跟父亲那见不得人的事儿,难道就不怕被家里人知道?如果那不堪入目的画面也被我同学知道了,他会是什么反应,也会跟我一样选择逃避吗?如果他也发现了自己母亲跟我父亲的勾当,再跟我见面得有多尴尬啊。那些人说得没错,父亲仉贵这几年很顺,官越做越大,有些东西也越来越膨胀。也只能这么形容,因为他居然领回来一个比我大不了多少的女孩儿,夜里弄出来的动静真叫人脸红。可是,仉贵丝毫不顾及他的感受。

仉正只是想换个方式生活,但没想到会是一场骗局。仉正安慰自己,既然怨不得别人,那往后的日子只能靠自己了。

仉正迷迷糊糊地睡着了,再次醒来时,居然看到了雪花。它们在窗外飞舞,像精灵一样,扑向窗子,又猛地打了个旋儿,扭转了身子,欢快地飞向远处。仉正眯缝着眼,注视着窗外,远处、近处、山间、田野、操场上、树梢上,目光所及之处都是白茫茫的一片。就连天空也是灰白的。仉正兴冲冲地跑出宿舍,嘴里呼出的热气,在他的眼睫毛上萦绕了一层薄薄的雾气。他激动地伸出手,在眼前抓了一把,一切都像是在梦中,一切又都在按部就班地进行。

仉正得感谢一个人,这个人叫张义,是他的指导员。原本两个人不会发生交集,既然到部队的梦想破灭了,那就混日子吧。但没想到的是,张义看了他的简历,跟他谈了心,鼓励他别灰心丧气,有梦想就努力。末了,还特批他可以自由出入俱乐部,想弹吉他就弹吉他,想唱就唱。这让仉正比吃了红烧肉还熨帖。忘了说了,仉正最爱吃的就是红烧肉,特别是半肥半瘦的那种,一咬一嘴油,香而不腻,感觉倍儿爽。

起初,仉正怀疑张义是知道了自己的身世,想通过自己拉关系，很快他就发现，自己有点儿小人了，人家张义是支队政委的女婿，据说都已经领了结婚证了，就差搞个婚宴，把大家心知肚明的事儿公开一下罢了。政委可是消防支队的一把手，人家也算是有来头的，完全没必要跟自己套近乎。这样一来，仇正对张义就多了分亲近，他经常想，有这么个哥也不赖，一个姓仇，一个姓张，也怪有缘分的。想归想，仇正张不开这个嘴。

　　人生在世不称意的事儿多着呢，连李白都为这个写过诗，我仇正算老几，有什么资格去怨天尤人？再说了，士为知己者死，仇正心里有杆秤，既然人家张义对咱那么信赖，别的不说，光自由出入俱乐部这一条，就算是特权了。消防队是纪律部队，讲究的是直线加方框，刚入伍的新兵，没那么自由。就凭这一点，不好好干工作根本对不起张义。也正是这个原因，仇正对张义交办的事儿格外用心，也对张义的一举一动多了分留意。

　　仇正发现，张义始终闷闷不乐。虽然张义不管对自己还是其他战友，一直都是笑脸相迎，但那笑容是呆板而且没有生机的，就像菜地里的菠菜，蔫头耷脑的，总感觉缺了点儿什么。仇正后来听别人说，张义的婚事要吹，否则，一个支队政委的女婿，不可能被发配到基层中队干指导员。这些传言到了仇正的耳朵里，经过过滤变得有些沉甸甸的，比如"发配"这个词儿，就分明带着很多情绪。直到这个时候，仇正才知道了一个潜规则——好多年轻干部不喜欢在基层中队当主官，苦点儿累点儿不要紧，跟火灾打交道才可怕，水火不长眼，指不定哪天出啥事儿。更多的人喜欢在大队或者支队当一个防火干部，那个岗位虽然也不轻松，但最起码有那么点儿权力，到地方单位转一圈，谁不得点头哈腰。这样的事情仇正一点就通，他虽然明白这些都是个别现象，但因为父亲的原因，仇正特别排斥。张义情绪不高，仇正不得不将这些传言扯到一块儿想，但他骨子里希望张义不是这类人，他更愿意让张义成为自己心目中的一个偶像，一个没有任何瑕疵的英雄。

张义

仉正下队前的头几天，张义刚到这个中队报到，当时，政治处主任和防火处处长都从机关赶了过来。论业务能力，张义在支队防火处数一数二，说他能挑大梁也毫不夸张，这样的人怎么就到基层中队了呢，很多人都在猜测。有的说，人家是支队政委的女婿，到中队无非走个过场镀镀金，没瞅见嘛，一个年轻干部到基层任职，两个常委到场，这种规格在支队的历史上从未有过。更何况人家政治处主任撂下话了，说支队党委是要把年轻干部送到基层岗位上锻炼锻炼，这样有利于个人将来更好地发展。也有人说，张义摊上事儿了。刚开始，后一种说法传播的范围很小，言辞也比较含蓄，但没几天的工夫，就在私底下传开了。甚至有人言之凿凿，说自打张义到中队，就没见他外出过，更没见女朋友来找过他。话里话外的意思很明显。

无论在哪个单位，总会有那么几个好事之人，他们传递某些信息的速度不亚于媒体记者，编故事的能力不比小说家差，点评的水平比报刊评论员还要强。他们私底下把张义的事儿定性了，说他是被发配到了基层。好事者还在寻找其中的蛛丝马迹，想为自己的判断提供依据。很快他们就发现了一个线索，说张义到中队后居然练起了毛笔字，年轻人哪儿有练这个的，都是那些没前途混日子的人才玩这个。所有传闻都传到了张义的耳朵里。这让他如坐针毡。

张义的确是在练习书法。在那间八平方米的小宿舍里，除了一张单人床外，就是一张大桌子了。桌子上铺着块毛毡，摆着笔墨纸砚，还有两个盛满了水的罐头瓶子，一个是用来涮毛笔的，另一个是用来蓄水的。张义在窗台上放了一个小小的透明花盆，里面有一株水仙，水仙是他到中队报到几天后植入的，那时候通讯员还把它当作了一头洋葱。虽然只是一株水仙，但张义却很讲究，他每天都要给水仙换水，水是从水龙头接来的，他会让这些水在罐头瓶里搁三天，然后只取瓶子上层的水来用。练习书法的空当，张义会盯着水仙看。此时的水仙已经很有些样子了，狭长的叶子在阳光的映衬下青翠耀眼，给小屋添了不少生机。张义临的是柳体，他喜欢柳体是因为柳公权的书法棱角分明、骨力劲健，这跟他的性格有关。这次职务调整，他心里也很不是滋味，但他觉得这样也好，可以静下心来好好思考一些问题。每天夜里查完铺、查完哨，张义就独自回到宿舍，泡一杯浓茶，拿本字帖，开始临摹。不知不觉就进入了另一个世界。他已经慢慢习惯了这种生活。以至于沉浸其中不能自拔，他很想找回一些失去的东西。

这天晚上，张义写字的时候总是走神，他一改往常的姿势，握着笔佝偻着身子趴在桌前，直到胳膊有些僵硬了，才发现墨汁已经滴到宣纸上，透过纸张浸染了毛毡。张义放下毛笔，习惯性地把目光投向窗前的水仙，这一次他没有理会绿意盎然的叶片，只是呆呆地盯着水里的根须。嫩白的根须早已向着盆底舒展开来，它们之间错综相连，跟他此时的心情一样，乱糟糟的。

张义跟很多部队当兵的人一样，婚姻是别人介绍的。从某种意义上讲，张义是被动接受了这门婚事。

介绍人一说对方的情况，张义就拒绝了。那个时候，岳父还是支队长，党内职务是支队党委副书记，算是二把手。倒不是张义对另一半要求多高，他实在是不想落下个攀高枝的名声。介绍人乐了，说你张义是什么人，谁不知道？再说了，你自己心里清楚，不是为了借助婚姻找靠山，干吗要在乎别人的看法。就算是你真有这个想法，也不用计较别人说什么，喜欢论人是非的就让他折腾去，有本事自己也去找个当官的女儿结婚。张义想这话说得倒也在理，也就稀里糊涂地去相亲了。不去不行啊，介绍人说，无论如何得给他留个面子。

还好，张义的另一半都郁比想象中要强很多。她在相貌上给张义留下的第一感觉不错，脾气性格上更是接近满分。时间长了，张义发现，都郁不撒娇、不化妆、不逛街，虽然算不上女汉子类型，但还是喜欢时不时地强势一回。慢慢熟悉了之后，张义问都郁，你这大大咧咧的样子，遗传的谁的基因啊。都郁笑得前俯后仰，说我不随爹也不随妈,我随我的老祖宗。张义这才知道,都郁的祖先是蒙古族后裔,而且还是成吉思汗的黄金氏族。但都郁的母亲在整个家庭中属于另类。老人家计较细节,喜欢跟别人攀比。

这不,一到谈婚论嫁阶段,都郁的母亲就把话挑明了。说是买房子、买家具由张义负责,装修的钱老都家出。当然了,买什么房子,置办什么家具,找什么人装修,装修成什么样子,全是都郁母亲说了算,张义只需要乖乖地掏钱埋单就行。麻烦的是,两口子登记之后,岳母越来越挑剔了,给张义的感觉是,好像娶了都郁占了很大便宜。都郁劝张义别在意,说当妈的疼女儿理所当然,冒出个婚姻恐惧症啥的纯属正常,只要咱小两口好好过日子,别人谁也说不出啥。

都郁的话让张义很感动,他恨不得马上把心爱的女人拥在怀里,用唇印从头到脚都盖上自己的印记。但他万万没想到,自己会在某一天伤了对方的心。

张义有一个优点,他能很快地调整自己的情绪,应对方方面面的压力。这可能也是岳父选择他做乘龙快婿的原因之一吧。既然婚姻亮了红灯,那就不要再纠缠儿女情长的事儿了。解决失意的最好办法不是练习书法,而是拼命工作,把自己忙得团团转。

仉正这批新兵下到中队之前,张义就忙活开了。他不但要熟悉中队的全面情况,还要重点关注兵们的思想动态,在这个节骨眼儿上,作为新调进的干部,得先把老兵们安抚好了,才有精力去带好新兵。恐怕所有兵种都这样,老兵退伍、新兵下队,还有像入党、考学、年终评比涉及士兵成长进步的时间段,都算得上管理的敏感期。张义虽然长期在机关工作,对一些基本常识还是深谙其道的。在新兵下队前的头几天,张义也顾不上练习书法了,他带着老兵一起为迎接新兵作准备。欢迎新战友的标语写了,各种文体器材准备好了,所有该置办的都置办了,就连中队食谱他也亲自审定。部队有句老话,一个司务长顶得上半个指导员,把伙食调剂好了,兵们才能安心工作。张义明白这个道理,也因此更加关注兵们在饭桌旁的状态。

仇正的吃相令人恐惧，有点儿像久未进食的恶狼，眼神里带着贪婪的光泽，又有点儿像栏里圈养的猪猡，咀嚼时伴着怪异的声响，特别是在吃红烧肉时，他鼓着腮帮子，眨巴一下眼睛就咽进了肚子。看着仇正瘦瘦弱弱的样子，张义有些心疼。这一定是个家境贫寒的农村兵。

饭后要查查这个兵的家庭情况，找个时机跟他谈谈心。张义刚做好打算，就看到仇正捂着肚子皱起了眉头，豆大的汗珠从双鬓滚到了嘴角。送到医院一检查，仇正因为大量进食油腻食物，加上水土不服，得了急性肠痉挛。

仇正完全可以有另外一种活法，因为他有一个当市委书记的父亲，这样的家庭条件一般人望尘莫及。仇正是独生子，在所有人眼里，他都应该是个娇生惯养、不谙世事的干部子弟。可是，在仇正治疗期间，张义才知道了他的身世，而且发现这是一个非常懂事的孩子。他完全没有现在一些年轻人身上的世故和圆滑，说话办事都非常坦诚，那些毫无修饰的言谈叫人心疼。张义能感觉到，仇正在有意识地回避与父亲有关的话题，但他还是不可避免地牵扯了一些。如果换作别人，早就以另外一种姿态到处炫耀了。仇正向张义抱怨，责怪父亲不负责任，根本不考虑他的想法，把自己骗进了部队。为了安慰仇正，张义说，你是好样的，诚实稳重，别人根本看不出你有这么好的家庭背景。仇正淡然一笑，说人不能光靠直觉，眼睛看到的并不一定是事实。这句充满哲理的话引起了张义的共鸣，而且在心里掀起了不小的波澜。都说眼见为实，可这个主观性极强的老古话，真把自己害惨了。张义逼着自己不去想那些七七八八的事儿。

中队主官职务不高，事情不少。执勤训练、政治教育，还有兵们的吃喝拉撒睡，得面面俱到，哪一点考虑不周全，都可能出点儿小乱子。张义不怎么爱表达，但他能根据每个兵的实际情况作分析，进行风险评估。这是他在支队防火处工作时养成的习惯。他会把职责范围内的所有目标单位，也就是需要他进行消防审核验收的社会单位都列一个表格，每个技术指标都统计下来，用专业数据去分析，不符合《消防法》的他一向铁面无私。现在，他把这个个人悟出来的经验移植到了队伍管理上。张义认为，只要是管理，不管对象是谁，道理都是相通的。比如仇正，他既然喜欢文艺，那就给他创造条件，尽可能地让他实现理想。那么多兵每个人都有自己的思维，都需要对症下药，张义之所以对仇正多了一分关注，跟对方的家庭背景无关。如果真要找个理由的话，张义觉得仇正跟他有点儿同病相怜。

张义听说，仇正的父亲虽然年轻，但在工作作风上是硬朗的，这个词放到家庭当中就是霸道了。都郁一家人给张义留下的感觉多数情况下是好的，这个好可以用温馨来形容，也可以用其他好多幸福的词汇来比喻，但有一点，他的岳母会时不时地出个难题，并且从来都是说一不二。

如果岳母不强逼着买婚房，那事情或许不会这么糟糕。

都郁

都郁跟张义相识在一个秋天的上午。那天，父亲的同事安排几家人搞了个家庭聚会，张义是唯一的同龄人。聚会安排在城市南边的山区里，那里不但有农家宴，还可以欣赏风景。事后，或者说在跟张义确定了恋爱关系之后，都郁才发现，在聚会地点的选择上，介绍人非常用心。

那里的环境和氛围太适合谈情说爱了。

刚开始几家人围成一堆，谈天说地，张义身在其中有些拘谨。也不知是谁出的主意，说分年龄段操练。操练是他们训练场上的术语，也是他们的口头语，好像生活中除了消防那点儿事儿就没有别的了。分头操练的提议得到了大家的认可，父亲和那些同事就散坐在池塘边钓鱼，女人们就嘻嘻哈哈地带着孩子到果园里采摘了。只剩下张义和都郁。都郁主动提出，让张义陪她四处走一走。

秋风吹过，带来一阵花草的清香和果实的芬芳，田野间的乡土气息令人陶醉。金黄色的落叶随风飘飘悠悠地落在了地上，给大地铺上了一条金灿灿的地毯。阳光透过树叶星星点点洒到了地上，张义小心翼翼地躲过阳光的斑点，行走的姿势像是在跳跃，轻盈的身影很有韵律，让都郁产生了幻想和错觉。就在这个时候，张义回过头盯着都郁看了好大一会儿，莫名其妙地问了句，你脸怎么红了。都郁羞赧地指指远山，说被红叶映红了。远处的枫叶全都像涨红了的脸，山上、山下，红彤彤的一片，点燃了秋天，也点燃了他们之间的爱情。

都郁心里清楚，父母对张义各方面条件都很满意。父亲对张义更是赞不绝口，他的态度非常明确，那意思是都郁这辈子如果不嫁给张义，就别回来认他这个爸爸了。奇怪的是，母亲总是冒出些稀奇古怪的想法，非得让张义买婚房。张义大学毕业到消防部队没几年，父母都在老家乡镇当中学老师，怎么可能拿出这么多的房款。为这事儿都郁没少跟母亲闹腾，但母亲也有她的道理，说什么老都家虽然算不上名门望族，但在市里也是有头有脸，名声在外，嫁女不能太寒酸落人话柄。都郁吵吵说，要想场面也可以啊，现在谁结婚不是男女双方共同买房子。母亲也很较真，说一码归一码，女方掏钱买房子不吉利。都郁认为母亲在强词夺理，母亲就咧开嘴带着哭腔哼唧，说什么女大不由娘，都怪你爸爸，当初非要给你起个名字叫都郁，两个大耳朵，不听自己爸妈的，偏要听别人的。母亲说这些的时候，总是免不了唠叨过去，向都郁数落父亲，埋怨他当年只知道拼命干工作，不顾家也罢了，自己也得跟着遭罪受气，这辈子真是瞎了眼，嫁给你爸爸也把整个人搭给了消防。母亲一副苦大仇深的样子，让都郁不忍心再理论下去，她只能安慰自己，母亲这是到了更年期，让着她也无妨。庆幸的是，张义对母亲的这些要求没有太多异议。虽然话里话外透着不满、带着牢骚，总还是能够相安无事。

都郁说服不了母亲，只能把希望寄托在父亲身上，虽然她知道这种希望很渺茫。别看父亲在部队上说一不二，但在家里绝对处于劣势，所有事情几乎都听母亲的。自从都郁跟张义谈起了对象，父亲在家的时间都明显多了起来。

父亲喜欢跟张义聊天，他们的话题很宽泛，天文地理、时事政治、社会民生，没有他们不聊的，聊来聊去最终都会聊到一个话题——消防安全。母亲一听到这里就皱眉头，说工作上的事儿你们去办公室谈，别在家里扯皮，这地球离了谁不转，就差你们消防？真是上管天、下管地、中间管空气。每到这个时候，父亲就会冲着张义使眼色，一前一后端着杯子去书房，继续探讨他们的话题。

张义跟父亲的争吵让都郁感到意外。连母亲都被吓得在客厅里不敢吱声。在都郁的印象中，父亲年轻时冲家人发过几次火，之后那么多年无论在外面多累多辛苦，也不会把情绪带回家里。跟张义交往了这么长时间，都郁心里也有数，张义从来都公私分明，更不会随便为点儿事情就怒形于色。都郁的母亲有些紧张，说这爷儿俩犯病了，让都郁到书房里劝一劝，调解一下。都郁没理会，她知道这个时候，做什么都会无济于事。她只能支棱起耳朵，捕捉一些信息。都郁隐约听到，张义在跟父亲争论一个单位的消防审批手续，而且父亲对这件事情反应强烈，嗓门比平常高了许多不说，还偶尔蹦出个脏字，骂骂咧咧的。那次争吵之后，都郁发现父亲再见到张义就有那么一点儿尴尬，也不像往常一样坐在一起谈古论今了。都郁倒是问过张义，张义轻轻叹了口气说没事儿，工作观念上有分歧。

又过了些日子，张义跟父亲再次发生了争吵，跟上次不同的是，张义的声调有些高，情绪有些失控。都郁影影绰绰地听到，张义似乎在跟父亲辩解什么，还说身正不怕影子斜，消防干的都是良心活儿，发誓不会做对不起良心的事儿。

之后，张义就找借口不肯跟都郁回家了，后来甚至不肯跟她见面了。都郁觉得蹊跷，就跑去问父亲，没想到的是，父亲只撂下一句话，散了吧。

哪儿能说散就散呢？婚姻又不是儿戏。已经登记了，这在法律上是合法夫妻了，要散就得去民政局办离婚证，总得给我个解释吧。可是，怎么着也联系不上张义了。张义调整了职务，去了中队，每次约他，都会说基层工作忙，刚到单位得熟悉情况。转过头来问父亲,也讨不来只言片语,两个人好像商量好了,在这个问题上讳莫如深。

都郁非常痛苦,她开始拒绝跟任何人来往,成了大门不出、二门不迈的宅女了。都郁不敢上街,别人随便瞥她一眼,她都会觉得是在盯着她看。可悲啊,我都郁被别人踹了,成了离过婚的女人啦。可不知怎么了,都郁始终对张义没有怨恨,即便是知道了事情的原委,她依然恨不起来。

都郁跟父亲已经冷战好长一段时间了,她想用这种沉默的方式抗拒父亲,她想知道为什么他要让自己跟张义离婚。她甚至在一些细节上暗示父亲,不在沉默中灭亡就在沉默中爆发。但对当了大半辈子消防兵的父亲来说,这些小伎俩一眼就能看破。都郁觉得父亲有些狠,她决定换一种方式,打亲情牌,想办法撬开父亲的嘴。

都郁的变化让父亲喜出望外,女儿终于想开了。实际上,他在心里为女儿感到委屈,闺女真是命苦啊,在婚姻的事情上栽了跟头,这往后就是"二手货"了,什么东西一倒手就不值钱了,更何况一个如花似玉的大活人呢。女儿一直跟在屁股后面问原因,后来还闹起了情绪,可有些事情根本就没法说,也说不出口。说女儿可怜还不如说自己可怜,支队上下都知道张义那小子喊自己岳父了,连地方政府的朋友都嚷嚷着什么时候喝喜酒,冷不丁地冒出这么个腌臜事儿,脸算是丢尽了。谁也不能怪,都怪自己瞎了眼。可是,这事儿还真没法公开,只能打掉牙往肚里咽。人家实名举报你张义,按理得让纪委查一查,可这事儿没法搁到桌面上,丢人哪!

为了回应女儿递出的和好信号,都郁的父亲把手机扔给了女儿,让她帮忙下载微信,说现在大家伙儿都用上微信了,再不操练就落伍了、掉队了。都郁笑了,父亲用的词儿还是操练。

都郁终于找到了答案。

都郁帮父亲下载并注册了微信之后,无意中看到父亲手机里的一条短信。短信里有一条举报信息,说是张义收了盛海开发公司的二十万元现金,都是从银行刚取的新钞,连着号。短信还说,张义跟一个女人有私情,回头给你发个彩信。都郁慌忙查找那条彩信,总算找到了，这条彩信跟短信显然不是同一天发送的。都郁来不及琢磨太多，她怕手机在自己手里耽搁太长时间引起父亲的误会。

彩信里有两张图片。一张是一个年轻女子跟张义在床上的自拍，张义红着脸像是睡着了的样子，那个女子把脸靠在张义旁边，冲着镜头绽开了萌萌的笑容。另一张更是不堪入目，张义赤身裸体趴在大床上，还好，没有把所有隐私暴露出来。枕头旁边有一个女人的文胸，还有一个红色的内裤。内裤是都郁为张义买的，再熟悉不过了，还有那张床，是她和母亲一起在家具城挑的，闭上眼都能说出什么样子。这条彩信让都郁一下子坠入了无底洞。张义啊张义，道貌岸然的家伙，居然把女人领进了刚装修好的婚房，那张床应该属于咱们的洞房之夜啊。都郁偷偷记下了那个电话号码，当天晚上就打了过去。一说张义，对方就"嘿嘿"一笑挂了电话。再打就拒接，再打就干脆关机了。

都郁蒙着头哭了一宿，第二天给单位打电话，请了几天事假。单位上的同事说该忙就忙，马上要结婚的人了，需要忙活的事情多。都郁强忍着泪水，挤出了一声苦笑。

不到一个星期的时间，都郁就胖了。别人睡觉的时候，她也躺在床上，瞪着两只大眼瞅着空洞洞的天花板，瞅的时间长了，她发现天花板上也生出了眼睛，白眼球黑眼珠，大大小小层层叠叠，都在盯着她看。天花板上的这些瞳孔时而虚幻时而真实，让都郁恐惧得无法入睡。都郁只好爬起来，冲杯咖啡，从床头捡起一本书，胡乱翻几页。都郁不是在看书，而是在消磨时间，夜半时分，她会跑到厨房给自己做吃的。都郁没有吃零食的习惯，她在厨房里随便找点儿吃食，再拿上一瓶红酒回自己房间。她得保证这些不被父母发现。父母看到都郁胖了，也没怎么细想，他们并不知道女儿发现了彩信里的内容。

都郁想，是福不是祸，是祸躲不过，张义你完全可以跟我面对面地把事情说清楚。但张义始终不肯露面。

假期结束的前一天，都郁到花市买了个透明花盆，还有一个经过催芽处理的水仙球，托人捎给了张义。都郁用这盆花向张义传递了一个信号，她想讽刺张义，嘲笑张义的不忠。

水仙送出去之后，都郁就开始不断回想秋日的那个上午。

张义和仇正

张义非常爱惜这盆水仙。他脑子里冒出了一句英语：language of flowers。对，花语，都郁是用这盆水仙来表达她对我的理解和支持。没错，水仙代表思念，表示团圆，这说明都郁想念我，希望早日跟我团圆。水仙还代表纯洁的爱情和妇女的德行，看来都郁相信我是无辜的，她应该是想告诉我，她会等我给她一个答复。

张义转念一想，都郁知道那些事情吗？父亲会跟她说吗？应该说了，否则这段时间怎么不联系我了。知道了更好，这说明我们之间的爱情经得起考验。

这些良好的心理暗示，让张义激动不已，他拿起毛笔，在宣纸上写下"衣带渐宽终不悔，为伊消得人憔悴""两情若是久长时，又岂在朝朝暮暮"之类的诗句。但是，更多的时候，张义体味的还是苦闷和憋屈。

仇正就是在这个时间段闯入了张义的生活。在张义眼里，仇正活在别人的影子里，父亲是市委书记，父亲身上的各种风光掩盖了他的天分。这个小家伙跟自己一样可怜，他摊上了一个强势的父亲，自己摊上了一个强势的岳母。如果岳母不逼着买婚房，他就不会向盛海开发公司借钱，就不会发生后来的事情。张义决定帮仇正一把，挖掘他身上的闪光点。

张义鼓励仇正坚持自己的爱好，给他买了一些音乐方面的书籍，让他自学音乐创作，把爱好变成特长。张义对仇正的重视，让仇正喜欢上了部队。确切地说，仇正是从心底里膜拜张义。他觉得张义说话办事都干净利落，一举一动都干练潇洒，他恨不得天天像个跟屁虫一样待在张义身边。

仇正已经感受到了，无论张义多忙，都会找个空闲，听他抱着吉他弹唱。张义说，我给你的书要好好学，将来学会写歌，给消防写歌，让更多的人了解消防。仉正在吉他上弹了个和弦，表示应允。张义问他有什么困难，仉正说光看教材还有些困难。张义承诺给他请个老师。

仉正身份特殊，张义对他过分关注，免不了引起别人的误会。但张义不怕别人说三道四，跟都郁谈对象不怕，受到别人的诬告不怕，现在对仉正好一点儿，他更不怕。他怕的是仉正过于迷恋文艺，什么事情都是物极必反。还好，仉正头脑清醒心里有数，工作和爱好之间，他处理得当，游刃有余。仉正的表现让张义非常满意，最关键的是，张义请来的辅导老师告诉他，仉正进步神速，在音乐方面很有天赋，可以称得上是天才。

张义在一次"六熟悉"训练中把老师的话转告给仉正，让他抓紧学、好好学，争取早点儿自己写歌。仉正说，行，但你得请我吃红烧肉。张义看着仉正的一脸坏笑，喜滋滋地答应了。

张义是一个十足的军事迷，没穿军装前，《孙子兵法》他几乎倒背如流。到了消防之后，张义先是有点儿失望，觉得消防离现代战争太遥远，先前研究的那些军事理论跟消防搭不上边，等他了解消防之后才发现，和平年代的消防更不容易。虽然之前一直在机关工作，但张义始终没有忘记钻研一些执勤灭火常识。就拿"六熟悉"训练来说吧，他一看内容就想到了"知彼知己，百战不殆"，这句话出自兵法里的《谋攻篇》，对应《谋攻篇》的前一篇《作战篇》，道理浅显易懂。因为"六熟悉"就是要熟悉责任区的交通道路、水源情况；重点单位的分类、数量及分布情况；主要灾害事故处置的对策及基本程序；重点单位建筑物使用及重点部位情况；重点单位内部的消防设施情况；重点单位的消防组织及其灭火救援任务分工情况。换句话说，基层中队的中心工作就是灭火和抢险救援，只有有的放矢地掌握辖区的特点和重点单位的情况，才能打有把握之仗。因此，张义非常重视"六熟悉"训练，他亲自带队在辖区内开展这个训练科目。

临近傍晚，在兴城大厦门口，张义和他的兵们被保安拦了下来。保安说经理有交代，消防的来了不伺候，其中的一个班长听着不顺耳，就吵吵了几句。这下子可捅了马蜂窝。整个楼的保安都聚集在门口，过往行人都看起了热闹。为了不发生冲突，张义赶紧安排班长带其他兵归队，只留下仇正和他一起跟大厦管理人员交涉。

兴城大厦是市里的地标性建筑，张义还在机关工作时，对这里的情况就了如指掌了。张义对保安经理说，你们这个大厦地上66层、地下3层，共69层。地上高323米，占地3.3万平方米，地上建筑面积超过17.5万平方米，地下5.3万多平方米，总建筑面积超过23万平方米。保安经理是东北人，用大嗓门打断了张义的话，别他妈的给我扯犊子，跑俺这旮旯背课文哪，你给老子整明白了，消防，这旮旯不欢迎，爱咋咋地。张义憋着心里的火儿，说，你这儿的建筑规模相当于十三条胜利街，又是商业，又是办公，还有娱乐和餐饮，是标准的人员密集场所……保安经理早就不耐烦了，他硬生生地打断张义的话：滚犊子，有本事找老总。

张义被戗得面红耳赤，叹了口气，从兜里摸出了手机。仇正没注意电话当中说了什么，他满脑子都在想，胜利街，那可是远近有名的购物步行街。小时候，仇正的家就在那儿，听父亲说那条街道唐朝的时候就有了，中华人民共和国成立后成了地区专署的办公地点，老街道改了个名字才保留了下来。那条街道的沥青路面还是父亲带人修的，他恢复了街道路面，仿照大炼钢铁时候揭走的青石板制作了一批乌黑色的石板，勉强还原了街道原貌。仇正记得，胜利街建好后，父亲带着他在石板路上奔跑，"噔噔噔"很带劲儿。那条街怎么着也得有四百米吧，乖乖，这个大厦的规模居然顶得上十三条胜利街。

就在仇正胡思乱想的时候，一个戴着墨镜的胖男人出现在他们面前，看着那些保安唯唯诺诺、毕恭毕敬的样子，仇正猜想这个人来头不小。果不其然，胖男人对张义伸出去的手视而不见，他指着保安经理骂：你们这群王八蛋，把你们的狗眼抠出来看一看，人家小张是谁啊？咱们消防支队的大拿，人家审批过多少项目？你们一个个猪鼻子插大葱——装象，给个棒槌就当针认，要知道自己能吃几两干饭，别门缝里瞧人把人看扁了，人家小张的岳父可是咱们消防支队的政委，一把手呢。

张义顾不上理会那些指桑骂槐的话，他上前一步问，刘总，大厦什么时间开业的，消防手续都合格了吧？

这个问题得问你岳父，要么你就去问市委仇书记，我们民营企业嘛，是在为地方经济建设作贡献，消防也得服从地方党委政府的领导，是不是？胖男人拍拍风衣下摆，鼻孔里曲里拐弯儿地发出了一个"哼"字。

市委书记？屁！

仇正的这句话让转身正要离去的胖男人回过了头，他冲仇正笑笑，说这小家伙有点儿意思。然后从背后传过来半句话：给你岳父问声好。

这场闹剧败坏了张义的情绪，但是他还没忘之前跟仇正的约定。

张义带着仇正去了一家餐馆，点了几道菜，其中就有仇正爱吃的红烧肉。看着张义不开心的样子，仇正说，指导员，我想写首歌，歌的开头我打算来段RAP。张义心不在焉地回答，说好，就没了下文。等仇正想张嘴唱那段RAP时，张义已经让服务员上了瓶二锅头。

仇正第一次觉得红烧肉吃得没滋没味，因为张义喝醉了。张义先是唠叨，咱们有"五条禁令"，我不该喝酒。然后就舞舞咋咋地骂娘。仇正第一次听到张义嘴里蹦出脏字，他过滤了那些脏字，勉强把那些前言不搭后语的话串联起来：骂我猪鼻子插大葱——装象，不符合消防审批手续，我坚持原则，有苦难言，早晚得出事儿，得举报。

仇正说，对，得举报，回去就操练。不知什么时候，仇正也学会了"操练"俩字。

这天晚上，张义趴在宿舍的桌子前写字，不是写书法，而是写举报信。他写了撕，撕了写，一会儿的工夫桌子上和地下就变得乱糟糟了。那些飘散的纸张碎片变成了一张张嘴巴，它们在张义的耳边一个劲儿地争吵——

张义，你别不自量力，人家都说了，消防要服从地方党委政府的领导，你瞎操什么心？

张义，你得想好了，这事儿没有你岳父点头，肯定批不下来，本来就跟都郁没法解释，再举报你岳父，那婚事肯定得吹。

张义，你身为消防举报消防，不管结果如何，肯定牵扯出一大批人，把大家伙儿得罪了，你还想在部队干下去吗？唾沫星子都能淹死人哪。

张义，你说的良心哪儿去了？喂狗了吗？

……

张义的心里乱成了一团麻，他拍拍疼得有些发胀的脑袋，把目光凝聚在窗前的水仙上。张义把花盆小心翼翼地捧到面前，水仙球茎上早就生出了翠绿的叶子，叶子中间发出了六支花茎，顶端已经生出了花骨朵。要开花了，春天就要到了，我不能让它乱下去。张义从花盆里拽出了水仙，用剪刀把错杂在一起的根须拦腰剪断。张义用欣赏都郁一样的眼光深情地看着水仙，他似乎闻到了一股花香。

张义趴在桌子上睡着了，一夜无梦。一直到仉正来敲门。张义醒来的时候，一眼就看见了那株水仙，花盆坐在暖气片上，先前生机勃勃的水仙已经开始枯萎了。张义气急败坏，冲自己发起了无名火。多大点儿事情，非要喝那么多酒，现在好了，水仙被暖气烤死了，回头拿什么礼物送给都郁？仉正说，指导员，这可是不吉利的征兆啊，该不会是要出什么事儿吧，呸呸呸，乌鸦嘴！

就在这个时候，电铃响了，仉正顾不上拿出昨天晚上刚写的歌词，只能跟在张义身后，冲到了停车场。消防车拉着警铃呼啸而出，仉正看到，张义紧绷着脸注视着前方。

我

从看到电视新闻的那天起，我就觉得会出事儿。但没想到事情会来得这么快。这样也好，最起码我可以不用夜夜做噩梦了。

这几天的夜里我都会做同一个梦。梦里，有一群看不清面目的人围在我身边，他们簇拥着我往楼道走，我想推开他们，可是，手还没触及他们的身体，他们的身上就"噼噼啪啪"地冒出了火星，紧接着，这些人就变成了火球，空气中弥漫着呛人的焦糊味。他们都抬起了头，用黑洞洞的眼睛盯着我，只是流泪，不说话。我想逃出人群，他们又争先恐后挡住了我的去路，面目狰狞地向我扑来。我听到了消防车的警报声，我看到张义踩着云彩出现在我的面前，我向他伸出手，却被一把刀砍断了。仉贵举着血淋淋的刀横在我的面前，他放肆地笑着，那张胖胖的脸又变成了仉正的脸。我歇斯底里地喊，张义，救我！却被人推向了无底深渊。我听到了熟悉的笑声，是刘总的笑声。我看到了那些着了火的人，他们跟我一起坠入深渊。

梦醒之后，我大汗淋漓，浑身酸痛。我知道，这是报应。

我是经人介绍进的盛海开发公司，刘总是我们的头，负责兴城大厦项目的开发。原本我的目标是考个公务员或者当个老师，领一份旱涝保收的工资，对于女人来讲，这样的选择是很理想的。

我没有多大的理想抱负，我只求安安稳稳地过日子。没考上公务员不要紧，那就争取当个老师吧。到一家学校应聘的时候我才发现，老师这个行业还得有教师资格证。老家的亲戚笑话我，说我光顾着读书，两耳不闻窗外事，想当老师居然连基本的条件都不知道。这确实令我尴尬。有人就替我解围，说这算啥，这说明孩子老实，估计上大学时连恋爱都没谈过吧。替我解围的是刘总，我的远房堂叔，在我老家那里算，应该是没出五服，他在我们家族里很有名望。谁都不知道他用了什么法子，居然在外面混得人模人样，还当上了市里的人大委员。很多人都把他当成了神，恨不得把他的照片请回家，摆在案桌上当成财神供着。我祖宗八代都是农民，父母除了会刨土坷垃就不会干别的，他们省吃俭用供我上大学，本来是指望着我能有份好工作，彻底改变家里的情况，但他们没想到，我大学毕业之后居然找不到工作。我父亲成宿成宿地捧着烟袋锅抽烟，好不容易睡下了，也能被自己咳醒。他怎么也搞不明白，大学生咋就这么不值钱呢。别说他搞不明白，社会变化这么快，普通群众哪儿能看得懂？普通群众这个词儿是我从仇贵那里听来的，在他嘴里，这个词儿出现的频率极高。什么为普通群众谋福利啊，要密切联系普通群众啊，当官要对得起普通群众啊，等等，好像他整个人都是为这个词儿生的。我经常想，我，我父母，还有老家的那些街坊邻居们，我们都是普通群众，那谁是特殊群众呢？我堂叔刘总说，他就是特殊群众。

家里还有两个弟弟在上学，父母能供我一个女孩子上完大学已经很不容易了。我不能一直待在家里，必须工作。我大伯是村里的书记，是整个家族的明白人，他以村里小学建成使用三周年的名义，把刘总请回了老家。那所小学是刘总出资建设的，他说致富不能忘了众乡亲，他理所当然地享受金钱带给他的荣誉。刘总本来推辞了村里的宴请，说要赶回市里，有一个很重要的项目在谈，后来，我才知道，他正在跟消防支队交涉兴城大厦的消防验收问题。他是看到了我才留下吃了顿饭。在饭桌上，他替我解围，并向我大伯承诺，只要跟着他干，不出几年就会富起来。他还说，如果不想在企业里干也行，赶明年再考公务员，他替我找人，准保能安排上，现在没关系还想考公务员，更别说是学音乐的，除非太阳打西边出来。我大伯替我应下了，末了还往他车上装了两桶花生油。他很愉快地接受了。他一只手搭在我的肩膀上，另一只手指着花生油，笑眯眯地盯着我说，这个好，纯绿色。我当时下意识地躲了一下，村里人哄然大笑。他们说，这小妮子跟自己叔叔还扭扭捏捏的。刘总也跟着眉开眼笑了，他用拍我肩膀的手一把搂过了我的肩头，说都是一家人还生分个屁。说完这话，他的手已经滑到了我的胳膊上，他捏了捏我的胳膊，手劲儿有点儿重，但我没好意思吱声。

所有人都会把这个亲昵的动作当成是长辈对我的关心，包括我在内。到公司上班之后，我堂叔刘总安排秘书给我买了几身衣服，天，贵得吓死人，比我大学四年的学费和生活费加起来还要高。他带着我跟各种人应酬，走到哪儿都忘不了介绍，说我是他的侄女，刚从大学毕业，是一枝含苞待放的山桃花。跟张义第一次见面的时候，他就是这么说的。

我记得很清楚，张义冲我笑了笑，自顾自地吟诵："村南无限桃花发，唯我多情独自来。日暮风吹红满地，无人解惜为谁开。"我堂叔刘总带头鼓掌，说部队上真是藏龙卧虎啊，小张兄弟真是才子，李白的诗张嘴就来。我不知发了什么神经，接着就给他纠正，这是白居易的《下邽庄南桃花》。刘总拍拍自己的脑门就笑，对对对，还是大学生说得对，是白居易的，不是李白的，来来来，给这对才子佳人敬杯酒。那天晚上我喝醉了。

有些事情我这辈子都不想去回忆，可是现在我不得不去揭开那个伤疤。

堂叔是个道貌岸然的畜生，可是我发现得有点儿晚。他不但把我那个了，还给我拍了照。我实在是没脸在这个世上活下去了，我用刀片割了手腕。殷红的血顺着手指流到了指尖，又从指尖滑落下去，摔在了地板上，我有些恍惚。后来我被抢救了过来，堂叔让我要死滚到别处去死，别脏了他的地方，败坏了他的名声。究竟是谁败坏了谁的名声？我想起了地板上的那些血渍，像一朵朵盛开的桃花，我还想起了张义吟诵的那首诗。我也忘了我是怎么活过来的，反正我是想开了。都说人无千日好，花无百日红，桃花不为我开也不会为我谢，我的生命很渺小，身子也不值钱，但我活着就得活出个样子，像桃花一样开出一片灿烂。

我沦为那个畜生的一个工具。我学音乐，会唱歌跳舞，他用我来对付形形色色的官员。我知道我做的事情都见不得光，但我很纠结，放纵自己可以换来一丝快感，那种快感里带着仇恨，我想让所有好色之徒都身败名裂。

可是，我必须承认，对张义我下不了手。堂叔说，做完这件事就放过我，我才答应了他。

在酒桌上我才知道，张义买房子借了那个畜生的钱。那个畜生说，钱不钱的无所谓，只要早点儿把兴城大厦的消防手续办妥就一笔勾销。张义不干，说，不能违反原则，不能违背良心。那个畜生就说，原则是什么？良心又是什么？你小张兄弟不肯高抬贵手，我也不强求，回头我去找你岳父。张义说，不可能，我岳父比我还讲原则。那个畜生冷冰冰地笑了半天，一字一顿地说，你们一家人都是共产党员，我就不信你们小胳膊能拧过大腿。说到这里，那个畜生的笑声戛然而止，他收住挤出来的笑容，脸面上带着戾气。

张义很快就喝醉了，就算没有心事，他的酒量也不如我。那个畜生用眼神命令我，让我把张义送回家。在张义的婚房里，我把他扶到了崭新的大床上。他口齿不清地咕噜了很多。我很想把自己的身子给他，在我的身体里孕育一个传承他血脉的生命。我已经脱下了自己的衣服，但他拉着我的手喊我都郁。我一下子清醒了，但该做的事情还是要做，我拍下了几张照片。

那个畜生把照片要了去，发给了张义的岳父，然后真的放过了我。事实上，也算不上是放过了我，他把我当成礼物送给了市委书记。

我要抓住这次机遇，我必须逃离那个畜生的魔掌。我使尽了招数，把仇贵迷恋得不轻。他把儿子打发到了部队，说要娶我为妻。我说，这样对你影响不好。他说，还是宝贝心疼我，为我着想，不过也没什么不好的，领导干部也有七情六欲，我娶了你也等于联系了普通群众。说完这话，他就翻身趴在了我身上，龇牙咧嘴地联系普通群众了。

一场大火烧了兴城大厦，我在新闻里看到了，死了不少人，张义也受伤了。这把火惊动了省委巡视组，他们把我请到了这里，让我交代情况。我该怎么办？我不能竹筒倒豆子，最起码不能牵扯仇贵，他是我生命中的贵人，也是我唯一可以抓住的稻草。我已经拖了好几天了，我实在想不出为他开罪的法子。没事儿，只要我咬紧牙，啥都不说，他肯定能躲过这一劫，再说了，一场火灾怎么可能毁掉一个市委书记。今天的电视新闻还播了，他去医院看望了张义。

一想到张义，我的头就疼了起来。不行，不管怎么样，我得跟他们谈个条件。我要见一见张义，不亲口说个"对不起"，我良心上过不去。

在医院的病房里,我见到了头上缠满了绷带的张义,他用眼神冲我示意。可怜的人啊,到现在都不知道,我拍的那些照片已经到了别人手里。仇正怀抱着吉他坐在床前,他看了我一眼,从他的眼神里,我看不到任何感情色彩。他恨我吗?

吉他的旋律响了起来,仇正闭上了眼睛,唱起了RAP——

> 我说红烧,你说肉,红烧,肉,红烧,肉。
> 我叫仇正,我爱吃肉,我爱吃的是红烧肉。
> 我叫仇正,我来当兵,我来当的是消防兵。
> 我叫仇正,你叫张义,我们两个亲如兄弟。
> 你说水仙,她说花,水仙,花,水仙,花。
> 你叫张义,爱养水仙,你最喜欢的是水仙。
> 你叫张义,爱着都郁,你最爱的人是都郁。
> 你叫张义,她叫都郁,你们两人天赐良缘。
> 我说消防,你说棒,消防,棒,消防,棒。
> 我们消防,执勤训练,为了给大家保平安。
> 我们消防,灭火救援,为了给群众祛风险。
> 我们消防,出生入死,为了让人生活甜蜜。
> 我说红烧,你说肉,红烧,肉,红烧,肉……

仇正的泪水滑落脸颊,掉在了吉他的琴弦上,我听到仇正唱破了一个音儿,里面夹杂了一个低沉的和声——红烧,肉——我看到张义也张了张嘴。

我逃出了病房,慌里慌张地险些跟一个女人撞个满怀。女人抱着一个透明的花盆,里面养着一株水仙,我猜她是都郁。没错,都郁缓缓地对我说:我认识你,也恨过你,但我不会让你的阴谋得逞,别说张义被火烧得破了相,他就是变成植物人,我也会陪他一辈子。

噩梦该醒了,我想我知道应该向巡视组的人交代什么问题了。

但，他们让我先等等。因为他们收到了一封实名举报信。后来，我才听说，那封信是举报市委书记的，是他亲儿子写的。

看来，我已经不重要了。

不，有件事很重要，我得帮仉正修改一下那首RAP——我说红烧，你说肉，红烧，肉，红烧，肉……

（原载《西藏文学》2016年第5期）

上帝的罚则

张 军

新航线启程

政治处主任臧有良走进会场时脸上挂着霜,上来就是一顿狠撸:"干政工时间长了脑瓜儿都木了,郭德纲说,脑仁像松子儿一样,打开就一碗卤煮。说谁呢?就说你们哪!这点儿事咋就听不明白呢?市局要评选的是道德模范,不是劳动模范!把以前的方案改改就给我端来啦?老地图上找不到新航线。都说说,你们眼中的道德模范长啥样?今儿咱们就一块开开脑洞。"说着,他便将手中的评选方案像拽一摊狗屎一样拽到了桌上。

方案是我写的,我没有丝毫忐忑。分管副主

任向我传达部署,在这之前,我没有直接听到领导的声音,这怪不上我。看似对大家发火,实际是说给一个人听的。我瞟了一眼杨副主任,他面沉似水,波澜不惊。我暗叹,都是千年狐狸。

听音儿、看脸儿是机关干部的基本功。一贯是打酱油的抢先发言,秘书科科长说:"道德模范首先得人品过硬,不能有信访举报和查实的投诉问题。"人事科科长说:"道德模范要有群众基础,首先要群众认可。"工会副主席说:"道德模范重要的是荣誉积累,名不见经传的不行……"

说着就轮到了我,我打了一个比方:"我理解,这是要找咱们队伍里的雷锋呢。"

臧有良一拍桌子叫道:"好!"众人吓了一跳。"这个说法太好了!"等了半天,他好像就在等一句话,结果我说了出来。我不想出这个风头,可你们几位说得真不在点儿上。接着,他话音一转,"以前评选先进主要瞄着工作业绩,什么业务能手、岗位标兵、爱民模范,评的都是一道杠儿。市局搞这样一个评选,不是独出心裁、标新立异。契合、弘扬和践行社会主义核心价值观,这是市局下的一盘大棋啊。没吃过猪肉还没见过猪跑?你们看看中宣部、新华社、人民日报社天天宣传的那些道德模范就明白啦。"

顿了顿,臧有良语气加重:"我们队伍里有没有自己勒紧裤腰带悄悄捐助留守儿童的?"接下来,每说一个"有没有",他就用除拇指外的四根手指拍打一下桌沿。"有没有十几年义务献血够一洗脸盆儿的?有没有捐肝、捐肾、捐造血干细胞的?有没有下班就往敬老院跑,像照顾亲爹亲妈一样照顾鳏寡孤独老人的?有没有把捡拾的弃婴培养进清华、北大的?"桌子啪啪地响过四下,各位醍醐灌顶。

臧有良接着说:"你一天抓十个贼,那是警察应该干的。跳河救人?您要是普通群众那就是见义勇为,活着是英雄,死了叫烈士!您要是警察,那也是应该干的。讲官话听不懂,那就按乌铭说的,找队伍里的雷锋。如果还听不懂,再说白点儿,专找队伍里'不务正业'的。"满座轰然。他可能觉得这个大白话虽然说出了自己想表达的意思，但又似不妥，有诋毁英雄之嫌，忙补充道："我的意思是，这次剑走偏锋，道德模范的事迹别和工作沾一点儿边儿才好呢。"

领导拨乱反正，可我费劲巴拉写的材料转眼就成了废纸。这就叫工作不顺利！开会的人不少，但散了会就会像风一样转眼无踪，很多会实际上就是给一两个人开的。此时的我心里就像塞了一把草。领导叫问我："乌铭，你有没有信心？"我说"有"，眉头却攒在了一块儿。

他把心里的草塞给了我，幸灾乐祸不自觉地就飘上了嘴角。见到领导笑容如见雨后霓虹，同志们的心情都随之大好。臧主任注意到了我的态度，说："乌铭，你别摆一副拉不出屎的样儿，方案好调。"说着他便转向坐在自己旁边刚才夹枪带棒批评过的副手，"这事儿难在事迹挖掘。杨主任，你们还是打整体仗，一竿子插到底，指望下边给你报材料，报上来还是王八蛋样儿。"杨副主任极其诚恳地点头。

臧领导又问："乌铭，有没有信心？"我说"有！活儿都安排到这样了，没得可说了。"说完，我觉得表态不到位，又大声补充道："这次是真的有！"会场又是轰然。领导最后交代："咱们潞城分局必须出一个，晚上八点听工作进展汇报，散会！"

人一走下去，情况就兜了上来。当天晚上各组带来了不同的信息。听着听着，臧有良似乎听出了点儿味道，来了几个电话，他都掐了没接，一直兴致勃勃地昂着头。

秘书科科长迫不及待地爆料："咱们身边就有人潜伏着呢！"说完有意卖了一个关子，看大家眨巴着眼睛把身边人都猜了一遍，才说，"我们科的小宁，去年参加工作的那个研究生，老家是山西太行山的。"大家七嘴八舌，都说印象里这孩子朴素节俭，没看出来。潜台词就是，山沟里出来的能有多大方？小宁看到一部中国西部长年缺水的电视专题片——一位老农站在龟裂的黄土地上，嚅动着比黄土地还要干裂的嘴唇说："我活到七十五岁了，还没洗过一次澡。"看完这个纪实报道，小宁一口气喝了三瓶矿泉水。渴！是她从没有过的强烈感受。她觉得广袤的中国西部每一寸土地都朝天张着焦渴的小嘴。她立即上网搜索相关信息，毫不犹豫地报名参加了"大地之爱·母亲水窖"公益行动，寄出一千元捐建了一眼集雨水窖。

人事科科长说："装财处的会计耿姐，太不容易了……"突然他哽咽了，控制了一下情绪，又接着说，"她和丈夫是高中和大学同学，婚后第三年，丈夫被查出直肠癌，一年后撒手人寰，那一年她才三十出头，闺女两岁。丈夫是独子，一个上有老下有小的家庭就压在了她的肩上。祸不单行，也是那一年，公公突然脑栓塞，抢救及时保住了一条命，人却瘫了，婆婆还是多年的'老糖'。耿姐二十年照顾公婆，一直未嫁。人家那孩子也出息，考上了北京外国语大学，今年毕业后进了外企，孩子把第一个月的工资全都孝敬了奶奶。奶奶激动地说，这孩子，真像她妈妈！现在他们一家四口还生活在一起。"

领导的情绪被感染了，说："这在过去，是要载入县志的。"然后，对工会副主席说，"现在不讲究入县志了，你们还是应该关心一下，去看看老人，顺便劝劝小耿，孩子大了，趁年轻再走一步，不然就真晚了。"

工会副主席说马上落实，接着又讲了一个更苦情的："刑侦支队的内勤贾大姐五十多岁了，公公和婆婆先后得癌，今年春天，她妈妈又查出了胰腺癌。贾大姐天天跑医院，日子过得凄惶。可是她十分要强，不是实在忙不开，不会向单位领导请假。"领导插话："这事我知道，红十字会有帮扶，还发起全警捐款来着。"工会副主席说："可能就是这捐款闹的，贾大姐说不能对不起组织和大家的关心……"臧有良唉了一声，没有说出话来。

我了解到的情况是，预审处的预审员孙洺一直在照顾一名在押人员家属。

臧有良问："一直是多长时间？"他的思维永远是一只不安分的兔子，下属汇报工作时经常蒙圈，我又一次当众蒙圈。算计着时间，我语无伦次："2005 年的案子，到今年……应该十年了，听说那个服刑人员今年就能出狱。"臧有良又问:"孙洛跟他有亲戚关系吗?"我说:"好像没有,要是有亲戚关系,看守所的老盛也不会当线索给我。"听说、好像、应该,我说着都有点儿心虚,被打了一记闷棍,一句也不敢多说。

臧有良问:"是盛国强?"我说:"对,是他,我们约好明天详谈。"这个人曾任鼓楼派出所所长,到了最高任职年龄退居二线,到看守所当了一名管教员。

见大家都说完,臧主任合上了笔记本。别人说话前习惯打开笔记本,即使不看,也有个寄托。他与众不同,说话之前习惯先把笔记本合上,这正是他的厉害之处。他说:"道德展开了讲,不外乎社会公德、职业道德、家庭美德、个人品德,职业道德和个人品德,没啥可说的。刑警的内勤和装财处的会计的事迹都挺感人,但她们与亲属有特定的人伦关系,说应当应分,也说得上。可是,能做到这样实属不易!家庭美德值得弘扬。最能打动人心的还在于社会公德——就是那些本来和你不沾边的事儿,你揽在身上,这个,是社会最缺的。什么东西缺失,什么东西就金贵。小宁捐建母亲水窖的事儿也挺好,但是就一次吧?毛主席说,一个人做一件好事并不难,难的是一辈子只做好事,不做坏事。相比起来,孙洛的事就更有意义了。你们想啊,十年,也是一段不短的人生了。这个人一定要挖出来。"

然后,臧主任盯了我一眼。时下已至寒露,他说"挖出来",我的头脑中立即出现了红公鸡、绿尾巴、脑袋埋在地底下的大红萝卜。不对,道德模范就算是萝卜也应该是外表朴实无华、心里美的水萝卜。我脑袋里萝卜乱转,领导的指示又到了新的高度:"挖掘事迹一定不要忽略支持他的动机。孙洛为什么能够十年照顾一个与他无亲无故的在押人员家庭?是扶贫济困?还是体恤弱小?你要打消我脑子里的这个问号。"他指了指自己谢了顶的脑袋,那里充满智慧,却草木荒芜,头顶泛着一层亮亮的油光。"这个捣鼓不清,事迹再好也是空中楼阁,人家只有一个感觉——不可信!"

可不,这个问号不仅存在他的脑子里,在我脑子里也突突往外撞。有谁能将一件事儿，而且为别人的事儿坚持做上十年？如果能做到，这个人就不是凡人。这也是道德模范稀缺的原因吧。

县委书记的好榜样焦裕禄家喻户晓，可是对他的发现也一波三折，看来"挖出来"这个环节注定周折。挖出来，一旦搭上市局开辟的这条新航线，直抵"感动中国"颁奖台也未可知。想到此，我有一种跃跃欲试的冲动，迫不及待想再次见到那个可爱的老头儿。

获得这条线索纯属偶然。要不是老盛，在这个会上我将非常尴尬。分组时我动了点儿小心眼，把看守所圈在了自己名下。之所以把看守所抢到手，你想啊，道德，多么高洁神圣的字眼，道德上堪称模范者神奇卓异，超凡越圣，让人高山仰止。劳动模范好比是开得轰轰烈烈的牡丹，能招蜂引蝶；道德模范则是空谷幽兰，不以无人而不芳。他们隐藏于芸芸众生，锦衣夜行，和光同尘。看守所老同志多，了解这类事迹一定要找老同志，他们一直是这个地方的目击者，对潞城的一草一木都知道前世今生。

哈！我这个小心思还是留对了。看守所按照我的意思临时攒了一个座谈会。八个老前辈的年龄加起来能追溯到明代了，本以为能从他们肚子里捞点儿干货，谁想到这几个前辈喷了一个小时都与此事无干。他们说起自己当年抛头颅洒热血的牛掰事儿两眼放光，为了争论当年的一个事实自然形成两派，最后闹得个个脸红脖子粗。看着他们愤懑又认真的表情，我心生疑惑：这些人曾经都是领导吗？怎么离开了职务，人就没了灵气？这刚退下几年啊！看来，有的人哭着喊着想多干几年不是为那点儿工资，他们是怕老啊。

会场上有一个老同志话语不多，像是想着什么事儿，也许想说的和他们说的不搭调，一直没插上话，自己独自抽着闷烟。散会后我趋身向前，尊称前辈，才知此人就是早就听说过的鼓楼派出所前任所长盛国强。老盛处事和他满头黑白参半的头发一样有条不紊，他把所有事儿都问明白了，才慢慢吐出一句："预审处的孙洛一直在照顾董宝子一家……"

老盛说完这句话，抬眼看了一眼墙上的石英钟，稳重劲儿顿时没了，慌脚鸡一样往外就走。原来到了幼儿园放学时间，准时接送孙子，对一个即将退休的人来说便是头等大事。

"挖萝卜"行动

走三家不如坐一家，我一头扎进看守所开始了"挖萝卜"行动。

盛国强是管教民警，他每天的工作就是对在押人员进行谈话教育。在管教室坐定，老领导的严谨劲儿又回来了，我把评选方案从头到尾又向他嘀咕了一遍，还是没能将之引入正题。不知这老头儿葫芦里卖的什么药，也不敢贸然抢问。当过领导的人都不喜欢让别人牵着鼻子走。

一根烟吸完，老盛终于开了腔："咱们先说好喽，说说可以，就是跟谁都别说是我说的。"

我不解其意："您又不是举报，我不是纪委的。"

老盛说："据我了解，这么多年他一直在悄悄地帮助董家。悄悄地，就是不想让人知道。他不想让人知道你偏要让人知道，等于在挖人家隐私。你的隐私让别人知道了，你高兴吗？"

我连忙摇头："明白，我就说是和邻居、居委会、董宝子爸妈了解的。先说说，您是怎么知道的？"

饭要一口一口吃，眼下先把这个老头儿搞定。老盛又不紧不慢地点燃一根烟，把自己的头包围在烟雾中。

"现在的商圈转到东关和苏荷广场一带了，十年前鼓楼才是潞城最繁华的核心地带。繁华对公安来说不是什么好事儿，人一多，事儿就多。天天抓人破案还天天发案，鼓楼地区被市局挂了治安乱点的黄牌。我琢磨来琢磨去，得有招儿啊。我抽调警力组织了巡逻队和打击队，巡逻队主要针对街头犯罪，控制社会面；打击队主要打击'黄赌毒'，鼓楼地区是老街区，辖区最突出的治安问题是涉黄场所多。老年间，北京不才八大胡同吗，我那片儿有十八条胡同，小理发店、小美容店、小旅店、小浴室、小歌厅多如牛毛，这些小店藏污纳垢。现在是卡片招嫖、网上招嫖、手机招嫖，花样多了。那时的小姐也土气,就是站街和坐店,晚上你想遛个弯儿,没那想法最好别往那片儿去,一搭上讪就给你拽进去。打得紧了,站街改坐店,屋里亮着粉红色的灯光,小姐坐门口露着白白的膀子,撩起裙摆,两条光溜溜的白腿一张一合,向过街的男人挤眉弄眼。再打得紧了,就拉上窗帘,露一张浓妆艳抹的小白脸,像狼盯着猎物一般看着外边的行人。只要见到男的就笃笃敲窗,开始你还不知道这怪声从哪儿来的,歪头,冷不丁看到一张鬼一样的脸朝你笑,吓得你心突突的。那街上还有正经过日子的老百姓呢,意见很大。"

说话间,一根烟即将走到尽头,他又续了一根。为了照顾我的感受,他起身把身后的窗户打开,接着说,"那些小店像春天的韭菜似的,割了一茬儿又长一茬儿。今天打了三家,明天就会新冒出两家,她们就认准了这块地儿。物色打击队队长时,我注意到了孙洛。孙洛是警察学院毕业的,在派出所干了七八年社区民警,按年龄和工作经历来说正好。那小子鬼,老是不断给你出新点子,更主要的是执行力强,你说话时他两眼不动眼珠地盯着你,照你的意思去办,不走样儿。真是一颗好苗子,只是后来……"

"后来栽啦?"

"你怎么知道?"长辈和年轻人谈话是放松的,在这样的氛围中老盛坐在椅子里的身子一点点儿滑下去,听到我这句话,他突然坐直了。

"我一个外来户能知道啥,是猜的。您想啊,我是干宣教的,却没听说过这个人,那不是栽了嘛。"我为自己的小聪明颇感得意。

"不,他调换了工作岗位,到了预审处就甘于平庸了。"

我有意奉承:"他在您手下风生水起,换了地方就不一定了。遇人不淑是常有的。都说人挪活,树挪死。我看不完全对,也有人挪死,树挪活的。"

老盛笑纳了这个吹捧,说:"把打击队交给他,不到半年就干出了成绩,抓了五十多对。打出名气不在数量,而在质量。鼓楼这地界儿人杂,一网下去,乌龟、王八都有可能被捞上来。一次抓了一个国家尖端科技项目带头人,那老头儿七十多岁了,一报身份把警察吓住了。老头儿说他第二天就要主持一个国际项目论证会，把他扔拘留所国家损失就大了。孙洛便在现场请示我。我说，他的手机你先缓收，真的假的一会儿就知。果然，局长的电话立马追过来了。"

我以为是一个刚正无私的故事，听到这儿叹了口气，说："后来就没有后来了？"

老盛嘎嘎地笑了："咋没后来？请托的不知什么来头，反正后来局长带着我给人家当面赔礼道歉。局长跟那带头人说，以后您闷了欢迎常到我们这儿走走。"

我笑了："您不仅会讲故事，还会讲笑话。"

老盛言辞凿凿："这是真事儿！我们还抓过潞城的一个局长呢。这个人你肯定认识，以前经常在电视上露面，姓名我就不说了。"

"这次，您也给人家道歉了？"

"嘘——"老盛不屑，"警察不能老当孙子，该当爷爷就得当爷爷。孙洛把他给办了，把手机一收，直接报分局指挥中心。说情的电话打过来，我还什么都不知道呢。我说，气死我了，这个所太没规矩了，眼里不夹我，越级报啊！我一定查出是哪个王八犊子干的，跟他没完。实际上，我心里这个乐呀，这个孙洛真他妈会办事。科学家是国宝扔进去国家有损失，这样的无良贪官扔不进去国家才有损失。后来这个局长丢了官，再后来弹弦子了。"老盛声情并茂，学赵本山的小品比画了一个滑稽的弹弦子的动作，"现在他天天拄着一个轮椅在苏荷广场遛弯儿。依我看，他毛病没改，早晚还得死这上头。一个年轻的小保姆陪着，全须全尾儿的保姆坐轮椅，他推着。"

他的话语明显带有对这个去势官员的不屑。我反驳道："人家那是练胳膊练腿呢，不是没事儿馊得慌。"我笔走如飞，终于抓到一点儿有用的东西了。

老盛的讲述透着一些扬扬得意："孙洛是个狠角色，后来抓了医院的，卫生系统就地震了；抓了税务局的，税务系统就地震了；还抓了警察。"他补充，"别的分局的。局长骂我，盛国强你是不是疯了！这样震了几次，孙洛的名气就打了出去，再报功请奖就是很容易的事了。鼓楼治安乱点的牌子不仅是我脑袋上的一块疮，也是分局领导的心头刺啊。那几年，只要往上推荐先进就没别人的事儿。潞城岁数大一点儿的警察都知道他。"老盛看了看我，判断着年龄，"你应该听说过啊，那时候铺天盖地地。"我解释，我那时在市局还没调回来呢。心想，什么典型宣传都是一阵风，谁都想永远活在人们心中，可老百姓心里装不下那么多英雄。

"后来孙洛找我说，再宣传这活儿就没法干了，前几天抄了一家'鸡店'，墙上贴着他的大照片，人家不是当财神供着，是当贼防着呢！问照片是从哪儿来的，鸡头说是从网上下载的。打击队现在就是化装也会被他们撒出来的'眼'认出来。我们琢磨他们，他们也一直在琢磨我们呢。他一说，我愣了一下，这事还真让我忽略了。"桌上的烟缸已经插满了烟蒂，老盛不再摸烟，可能是说累了。他瞟了一眼墙上的石英钟，我才注意到，不知不觉中快到中午了。

我问："您中午也要接孙子?"老盛摆了一下手："中午不用，幼儿园有饭。"我说："咱爷儿俩在外边找个小馆，边吃边聊吧。"难得老爷子打开了话匣子，这个怪老头儿，保不齐说断电就断电。见他犹豫，我又说："说半天了也该充充电了。"老盛说："充不充电先别说，我得找地方放放水。"这就是老同志的智慧，不好意思直接答应，拐个弯儿，等于说妥了。

打击队

看守所建在市郊二十里外的凉水河边，周边想找个像样点儿的饭店也没有。出了看守所的大门向西几百米有一家小馆。

老板热情地上前招呼，显然和老盛相熟。我看中窗下的一张桌，拉开椅子就要落座。老盛向里一努嘴，老板将我们领进了一间雅座。雅座也好，私密些。老盛说："这会儿还早，一会儿你看，那些探监的家属都往这儿来，这儿附近就这一家。"老板一直跟在身后，没用我们点菜，推荐了几个，老盛点头说行，菜单就传下去了。

老板问:"您今儿喝点儿?还要扁二?"老盛大概好这口儿。他犹豫了一下,说:"拿一个来,今天别的不干了,就这事儿了。"又对我说,"你们要是不搞这个评选,这点儿事儿就烂在我肚子里了。"

酒和菜同时上桌,四个菜:红烧牛尾、焦溜咯吱、酱爆鸡丁和散炸芝麻羊肉,酒是二两装的牛栏山二锅头,56度小绿瓶,对嘴撅的那种。老盛把黄盒"红梅"掏出来扔在桌上,说:"这两样老伙计跟着我大半辈子了。"

老盛手指焦黄,喉咙里啸着呼呼的痰音,我隐忧地说:"您这身体……"

"冻过的萝卜——早糠了。明儿死说明儿个的,今儿就是今儿个的。"说着,一口酒已经下肚。"当警察有几个身体好的?天天熬着,离不了这两样,别看你警龄不短了,还没入行呢。"

说起来惭愧,我确实没怎么干过业务。既然前辈说咱嫩,索性就摆出一副虚心的样子:"盛老,抓嫖是不是挺有意思的?"自此改口,称之为盛老。

"你也不是生瓜蛋子,公安工作哪有有意思的?你以为抓嫖就那么好抓!嫖娼、盗窃、贪污、贿赂这些事都是暗室亏心,瞒心昧己的事都不好发现。拿贼拿赃,嫖娼你不抓到现行他不会认。抓到现行,他还说是搞对象呢,实在遮掩不过去,说搞破鞋也不承认卖淫嫖娼。话说回来,现行就那么好抓?你想啊,就那么一会儿,十分钟,二十多分钟,早泄的搭边儿就完事了。有的人时候长些,有的人时候就短,孙洛打眼一看穿着打扮就知道这主儿的性气是急是缓、马力强弱,由此判断要费时多长能臻佳境。对渐臻佳境时长的判断就是一个优秀厨师凭经验掌握的火候。"老盛用筷子夹起一块鸡丁,"从进门后开始掐算,就等于把菜放进了锅里,五分钟也好,十分钟也罢,破门时肯定撞见男的撅着屁股颠鼓得正起劲儿。火候拿捏得不老不嫩,这是门功夫,也是门学问。这事儿,让孙洛琢磨透了。他算得上一个好厨子,给证得给个特级!"说着,他撇开鸡丁夹了块黄瓜丁儿扔进嘴里,"嗯,这黄瓜火候也好,一定是临出锅时再搁。留心处处皆学问。"说着，他推了下餐桌转盘，将酱爆鸡丁稳稳地停在我面前。

我接受他的推荐，夹了块鸡丁入口，感觉肉质紧密弹牙，以前从未遇到过的口感，套用网络搞笑语，我故作幽默："不想当厨子的裁缝一定不是个好警察。"

老盛没有被我拙劣的表演搞笑，接着絮叨他的抓嫖经："那些场所个个都有后门、后窗，有装防盗门、卷帘门的，还有在大衣柜后面装假门的，比当年老百姓对付日本鬼子的手段多多了。孙洛在那片儿干过七八年片儿警。这小子有心，干片儿警的时候把所有的门脸，"他强调，"是所有的门脸，店内结构都摸清了，在电脑上一家一家画图存档。这些门店关关停停，别管改变什么用途，在他手里都有一本账。所以说，孙洛这个人有很多地方让人佩服。"

老板送来一碟五香花生米。雅座的门对着大厅，外面乱哄哄的，看来没坐外边是对的。老盛示意关门，老板躬身退去。老盛指着老板刚才站的位置，似乎老板还躬身站在那里："被专政过，三年，进去时浑身毛刺儿，出来的时候就让我给归置顺了。跟我商量想干点儿啥，我说这地方关押量挺大，每天探监的、给亲属存钱送物的人不少，你开家小饭店吧，就这样支巴起来了，现在你看——"

"噢，看来生意不错。"我端起水杯向前辈致敬。我已经想好啦，就是孙洛这个萝卜挖不出来，老盛也和萝卜沾边儿。这个老头儿挺可爱。

"不说他了，还是说孙洛吧。所里提供给打击队一辆便车，一套秘录设备，一套照相机。孙洛抓嫖一般用两辆车，一辆便车，一辆警车。便车侦查用，警车在边上候着，抓到卖淫嫖娼的得往警车上塞，形成心理压力，上车就地突审。能不能拿下来，带上警车后的一分钟内最关键；还有，戴不戴铐子是两回事，有的人没上铐儿之前牛着呢，一上铐儿立马耷拉脑袋；那些有点儿身份的就怕相机，闪光灯噼里啪啦一闪就蒙了。照片拍到手，你拿它干什么用，他心里没底儿。有的人央求警察，警察就牛掰了，吓唬人家说，这些保安员全是雇的，一点儿素质都没有，我向你保证不外泄，可他们不靠谱。这事儿你要好好说，我赶紧把照片给你追回来。剩下半句话你自己琢磨去吧。孙洛带回所里的先生、小姐没有穿衣服的，裹着床单或门帘子，就是不能让他们穿衣服，俗话说慈心惹祸事儿，裤链一拉上他们又人五人六了。你光着，说明抓的你现行，讯问时警察占心理优势。冬天，小凉风一飕，哼哼，拿下的时间就更短些。"

"咦，您还真有一套耶！"我赞道。

"不是我有一套，是孙洛有一套。"老盛夹菜的频率变慢了，数着盘子里的花生米，酒瓶却举得越来越频繁。"要不，再给您来一瓶？"可能正问到心坎上，这次他没犹豫，跟着应道："来一瓶！"我起身叫酒，开门看到一个中年男子站在门口，向雅座里面张望。他见了我，转身去了厕所，楼道里飘着一股酸酸的汗味。

回到桌上，老盛继续说："孙洛还特会使人，董宝子是他发展的眼线，就是把人打成重伤进去的那个，家就住鼓楼西顺城街。人熟、地熟、情况熟，提供的线索准，当警察没这一套不行。他们哥儿俩的交情可能就是那时开始的。"

在酒精的作用下，老盛进入兴奋状态，扯出的话头一个接着一个，我觉得有点儿乱，有必要给他重新搭上一根，就问："孙洛那次找过您之后，是不是很快就调岗了？"

老盛顿了一下，接上了刚才的信息："派出所的打击数很快下来了。我分析了那些数据，有问题，用现在的话说是断崖式下跌。真像他说的那样，是我们宣传出了负面效应，还是那些'鸡店'在和警察的斗争中集体长智慧了？那时候派出所有小金库，我给他们追加了打击费。当所长没这一套也不行，一是想调动积极性，二是有高薪养廉的意思。那次，我和他深谈了一次。"

"您是说孙洛？"我盯着他亮油油的脸膛，小心地问。如果真有问题，这个萝卜挖着就悬了。老盛表情讳莫如深："嗯，到现在我也没搞清楚，我们的行动往往扑空，反正没见效。皮裤套棉裤必定有缘故。"

我松了口气，尽管到现在还没和孙洛见面，我愿意孙洛的形象是完美的。

老盛接着说:"余则成机智神勇,那简直就是智慧的化身。那不是他智慧,是编剧智慧。实际上吃亏的事儿不少,只要有敌我双方,就你中有我,我中有你。一次,治安支队调动其他派出所异地用警,想打一家洗浴中心。事前严格控制知悉范围,集结好了警力,收了手机才部署任务,可还是跑风漏气了,挺蹊跷的。不久,董宝子出事了,失去了这个眼线,孙洛便一落千丈,后来就申请调走了。他一走,打击队就趴窝了。"老盛叹了口气,"跟你说实话,他就是不提出来,我也不想让他干了,我宁可让市局把治安乱点的黄牌挂回来,只不过那件事促成了他的转岗。"

"哪件事?"我问。

"董宝子那件事啊。刚开始那会儿,小姐都不知道怎么偷奸耍滑,就接大活,实打实地干,挣的纯是卖肉钱。时间长了,小姐都学坏了。价码是活的,能多宰就多宰点儿,反正到这儿来的都有俩骚钱。后来,才有了打飞机、推油、双飞各种各样的鬼名堂,不出力还想法儿糊弄钱呗。这条街的小姐为什么招人恨啊?盗亦有道,干什么都得讲规矩,你要是真卖,人家花点儿钱也不亏,可她们把规矩坏了,不玩活儿了,顺手能偷就偷,能骗就骗。那次,一个嫖客脱完衣服先去冲澡,出来发现自己放外屋的钱包少了两千块钱,朝小姐要。那不是狗嘴里抢骨头嘛!小姐翻脸了,叫来几个看场子的,给那孙子一顿胖揍。那孙子拐拉拐拉到派出所报案,我真想说,你活该!好歹把那孙子打发走了,过两天他拿法医鉴定又来了。骨折,构成重伤,想不立案都不行啦,那就立吧。立案不一定能破案,警察想破的案子不一定能破,想不破的案子,一定破不了。警察保护好人,不保护坏人,是吧?值班时我翻看那孙子的笔录,他说,把他腿弄折的是一个留盖头的瘦子,一米七多。这不是董宝子吗?这事儿要是董宝子干的,离我想知道的真相就不远了,这案子得查。"

"你们就把董宝子抓了?"我问。

"抓了,直接抓别想审出来,下了个套儿。我们找了几个东北口音的生脸砸场子，告诉那鸡头，这块肥肉别你一个人吃，不分一杯羹，就请你滚蛋。在鼓楼，看场子的东北人居多，让东北人出场可信度高，为的是把董宝子招出来，看场子的一露脸，还真就是董宝子。"

"那一次，孙洛？"

"我提前放了他的年假，去外地旅游了。他回来质问我，动他的眼线为什么不提前言语一声。我说，对他们这些人就是打打拉拉，保不住就不保了，大不了，再物建。孙洛说，你说得轻省，培养一个眼线比培养一个大学生还费劲呢。这话不假，现在培养大学生很多父母一点劲儿都使不上，就是做后勤保障，花钱报班，花钱求一个心安。培养这类人物除了经济投资还讲感情投资。最后，孙洛翻脸了，说，这个人保不出来，他就不干了！"

老板端来一壶茶，又过来献殷勤。老盛说："哎，你别让他在外候着啦，让他该走走吧。"我想起了刚才在屋外看到的那个中年男人，原来老盛早就注意到他了。

"他想给您结账，您看……"老板低眉顺眼地请示。

"好啊，他不是想要照顾吗？回去我就给他儿子砸上镣子。"老盛斜了老板一眼，把筷子掷在桌上，"你是不是没钱挣啦？"

"这不是没结嘛，"老板咕哝，"您老死了也就这脾气了！"

雅座的门开了，门口不见人影，我起身随老板去埋单。回来时，第二个扁二已经见底。"看见没，一个破管教还有人盯着下蛆呢。"说着，老盛就起了身，走路依旧路平墙直。

到了看守所门口，老盛说："得了，喝了点儿酒，我也别为老不尊去单位瞎晃荡了，搭你的车回去吧。"上了车，我想着话还没说完呢，就问："后来呢？"

"后来，你不就知道了嘛，董宝子因重伤害罪判了十二年，孙洛调走了。"

"说了半天，您是怎么知道孙洛在照顾董宝子一家的？"

"他妹妹出过一档子事儿。我就觉得，只要涉及他家的事儿孙洛就特别上心……"

我支着耳朵想听下文,后面却传来了老盛断断续续的呼噜声。

两起陈年旧案

我把老盛提供的线索先消化了一下。

董宝子的妹妹董英子,在鼓楼街上开了一家发廊,不加引号的正规发廊。董家两个孩子在念书上都没有什么天分。董宝子初中毕业就挣钱养家了,董英子比哥哥小六岁,考的是职高,学的是美容美发。董英子毕业那年,正赶上董宝子折进去,这个变故让一家子的生活全乱了。董英子找不到什么正经事做,闲了半年,还是孙洛帮忙在街上租了一家门脸。

这都是我提前做的功课。

董英子的发廊没有和那些没有理发工具的"发廊"开在一起,位置有点儿偏。隆隆的摇滚音乐给这边街道增加了点儿生气。音乐声逐渐清晰,我看到了"炫酷造型"的钛金招牌。一个姑娘在靠近门口的工位上忙着,另一个半蹲在顾客身边介绍着发型。即使是两个人,她们也着同样的工装。见有客人来,门口的姑娘招呼说:"您还要等一会儿。"

"要多长时间?"

"她这是连烫再染,至少还得一个小时。"

"不急。"

"您不是来理发的。"那姑娘很喜兴,模样小巧可爱。

"你怎么知道我不是来理发的?"

"您这头型一看就是老师傅的手艺,我们这儿打理不了。再说,到我们这儿来,很少有人说不急的。"

我笑了,自己的寸头从来都是在西顺城街老曹理发店打理的,顶多十多分钟,修理得就像苏荷广场的草坪一般平整。我说:"我是来找董英子的。"

"英子,有人找!"本想着她就是董英子,错了,那姑娘朝里喊了一声。"来啦。"里面姑娘应了,直到顾客选定才走过来。我说明来意，董英子又回到顾客身边。"今天我们少一名大工，大姐剪完发还要挑染，完事儿要半天时间。你们这个事儿做得好，我愿意说说孙哥的事儿。可是，今天恐怕……真的没时间。"

我说："你忙你的，咱们就随便聊聊，一边干活儿一边说，两不耽误。"毕竟在别人的专属时间里一鱼两吃，我还是客气地征求了一下那位大姐的意见。

"不碍事，唠你们的。"那位大姐回答得干脆、爽气。

咔嚓咔嚓，在细碎的节奏声中进入下一个工序，董英子也开始了她的讲述："从何说起呢，就说这个店吧。毕业后我在家闲了一段时间，父母年岁大了，我不能在家吃闲饭啊，就去了家歌厅。我嗓音好，天生的，在歌厅上晚班，就是陪唱，客人点歌，赚点儿提成，也有给小费的，一个晚上运气好能赚上几百元。后来，孙哥知道了，说那地儿复杂，不让我在歌厅干。他说，英子你得干点儿正经事儿。我说，我最大的愿望就是开家理发店，不然这几年就白学了。可是，我没有资金，就是开一家小店，没有十万打底儿开不了张。孙哥说这事儿他知道了，就从头到尾给我张罗这事儿。"董英子敲了敲墙壁，发出咚咚的声音，"这墙是用石膏板隔的，本来是一家，他找人家一分为二，才有了这家店。里里外外都是他找人给设计的，用的装修材料、地砖、墙砖、灯具、装饰画啥的都是他帮我参谋的，装修了两个月，他比自己的事儿还上心呢。没有他，这家店开不起来。"

董英子长发披肩，亚腰，臀部微翘，穿着棕色的一步裙。她随着剪刀的走向不时调整着小碎步，围着顾客转来转去。我坐在董英子的身后，她真实的一半在镜子里。为了能看见镜子，我不时调整着坐姿。

我对着镜子问："他为什么这么做呢？"

"人心好呗。"董英子甩了一下长发，一张秀气的脸露了出来，"他和我哥是哥儿们，我妈说，这叫一贫一贱，交情乃现。他对我爸妈也没得说，有一次我爸心绞痛住了院，我不想麻烦孙哥，就没跟他说。他知道后跑到医院，朝我发火，说万一出了事儿，他怎么向我哥交代？记着，家里有什么事儿必须跟他说。这些年，我爸妈住院不下十次，每次他都跑前跑后，同屋的病友直羡慕，跟我爸妈说，看你们多有福气，儿子真孝顺！"

董英子吃吃地笑了："要不是孙哥，我妈的那条腿恐怕就保不住了。前几年，我妈膝关节老是疼，越来越重，都走不了路了。到区医院诊断是膝盖骨老年性钙化，大夫建议手术换两个人工关节。我想起他跟我说过的话，便没敢瞒他。他咨询学医的朋友，说这种手术风险很大，我妈的病还没到非做手术不可的地步。他带我妈跑市里几家专科的大医院，在一个老中医嘴里打听到一个偏方，用洋大麻子花，就是华佗发明麻沸散用的那个曼陀罗花，花色有两种，白花在路边和野地里常见，紫花要去深山沟里找。要用紫色的曼陀罗花和细辛一起泡酒，擦病变关节。这个偏方有大毒，用了一段时间，后来两个膝盖竟然痊愈了，到现在也没复发。这些事我都记着呢，我哥就要出来了，到时候我一件一件说给他听。看看，你这个朋友没白交，瞎吃瞎喝的那些有啥用，有事儿都躲你远远的。我爹妈常念叨，要不是孙洛这几年帮着，我们家难去了。我妈还跟孙哥说，孙洛啊，宝子不在，我能认你当干儿吗？孙哥说，您还认啥？我就是您干儿！"

做头发的大姐不禁感慨："这样的人少找。"

"嗯呢，可不是嘛。"董英子说。

我记着盛国强说过，董英子出过一档子事儿，不知是什么事儿，我拿不准向本人求证好不好，便犹豫了一下，还是没憋住。董英子微微愣了一下，不自然地说："都过去好几年了，还提它干什么？"我马上跳了一个话题，以遮饰被拒绝的尴尬："能找你的父母聊聊吗？"她爽快地告诉了我住址，趁着顾客头发定型的空儿，她还给她老妈打了一个电话。

我出了"炫酷造型"，一时不知何去何从，董英子的父母很少出门，什么时候去都方便。孙洛，我打算最后找，全打探清楚了，找他就是核实细节，挖掘动机。农村的生活经验告诉我，拔萝卜不能直接薅萝卜缨子，要深掘慢起。反过头来还是得找老盛。想着，我就掏出了手机，上面有一条未读短信："董英子的事儿，你可以先去分局档案室查档案，我到海边去几天，休最后一个年假。盛国强。"

查档案，这也是条道儿啊，我怎么就没想到呢。我抬眼一看，不觉已经走到了鼓楼主街上，现在的鼓楼街道经过一次复古式改造，原来那些小发廊、小歌厅、小洗浴都不存在了，街面店铺都成了上下两层几百平方米的大店，老家肉饼、呷哺呷哺、一对一课外辅导班，还有更远的建设银行、肯德基……街景街貌与十年前已经大不相同。"鸡"不站街了并不说明她们的买卖黄了，那种黑色行业在看不见的地方无形地发展、整合和升级——合理、不合法地存在于这些光鲜产业的背后。孙洛不在了，可"孙洛们"依然固守阵地，在和她斗智斗勇。

出了鼓楼主街，左拐进入东关大道，再行百余米就看到了分局十二层玻璃幕墙大楼，档案室设在一层。我让档案员检索事主姓名董英子，电脑上弹出的案件类别竟然是"强制猥亵"。怨不得，董英子怎么好意思对一个大老爷们儿说这事儿。

按照索引号档案员很快找到当年的案卷，送到了阅档室，案卷在我手中一页一页过录。嫌疑人叫薛刚，某建筑集团部门经理，三十二岁，某日酒后和生意伙伴到董英子工作的歌厅K歌，见董英子冰肌藏玉骨，衫领露酥胸，就起了淫心，将董英子拉在包间沙发上挨挨蹭蹭，几曲过后，将一沓钱塞到董英子手里，以为交了过路费就畅通无阻了，一只手下作地向她大腿内侧摸去。董英子还是个姑娘家，一触即跳。那孙子是个采花老手，董英子一跳起身才发现自己乳罩后面的小钢钩不知什么时候给解了。松弛下来的胸部让她大窘，扬手扇了那孙子一耳光。薛刚气急败坏，趁着酒劲儿把董英子按倒在沙发上，用脑袋拱董英子的胸脯。笔录上的一段话被荧光笔标红——

问：请说下他侵害你的具体行为。答：他嘬我的乳房，把左边的乳头含嘴里了，还用力嘞。我的一只手揪住了他的耳朵，他不撒嘴，我就把他的脸挠了一把。问：接着说。答：后来，他们一起来的人把他拉开了，我报了警。"

这段话，不知是被办案人员、检察官还是法官标红的。再往后翻，在证人证言部分，薛刚的同行者只证明俩人因为纠纷发生打斗，具体什么事儿不知道。当时包间内灯光暗，也没看清两人的具体行为。在犯罪嫌疑人供述和辩解部分，薛刚不承认有猥亵行为，说两人因为服务消费问题发生争执后动了手。至于细节，薛刚反复说自己喝多了，记不得了。证据部分有法医中心的两份鉴定意见，大致是说 DNA 样本认定同一，全是专业术语，我没怎么看明白。判决书上载明，薛刚因为强制猥亵罪被判刑五年，这难道是一起零口供起诉、判决的刑事案件？

放下案卷，我突然想起，董宝子也应该有案可查啊。记了几个关键点，还了这本案卷。我向档案管理员提出新的要求。他敲了几下键盘，电脑屏幕上弹出了案件索引号，与刚才不同的是，在案件索引号下面多出一栏"历史查询记录"。他双击鼠标，屏幕跳出"查询人：孙洛，时间：2006 年 12 月 3 日。"

"这是什么意思？"我问。

档案管理员解释："很好理解，这个叫孙洛的人在这个时间查过这本案卷。"

公安业务档案卷随案走，法院审判完毕，向公安局档案室一年返一次卷，董宝子的案子发生在 2005 年年底，就是说这本档案刚归档，孙洛就过来查卷了。

他迫切想知道什么？他从中又获得了什么信息？预审处经常到档案室查嫌疑人前科，有一种可能，借这个便利条件，他关心了一下自己的兄弟，或者说，关心了一下自己想要关心的事情。

董宝子的伤害案经过和老盛讲述的差不多，只是多了一些细节。几个"鸡店"老板的证言是我之前没听说过的：甲说，董宝子每月都带几个铲地皮的到各店收三千元到五千元不等的保护费，街上的店大多数都是他罩着。乙说，董宝子可厉害了，谁不交钱谁就等着倒霉吧，早晚得折进去。丙说，辛辛苦苦挣的钱，谁愿意交啊，不交这买卖就干不下去，听说董宝子也就是一个马仔，背后有人撑着。

办案人员围绕敲诈勒索审了五六堂,每次都形成一份材料,看来这是他们想重点突破的地方。但是前几次材料内容变化不大。最后一次,董宝子崩了,承认半年时间前前后后收了六家"鸡店"十万块钱。

预审员:"是有人指使你?"董宝子:"没有。"预审员:"你再好好想想(法制教育)……"董宝子:"不用想,没有就是没有。"预审员:"那,你要挟他们的手段是什么?"董宝子:"举报,谁不给就举报谁。"

合上案卷,我看到在案件类别一栏除了涉嫌故意伤害(重伤)外,还有涉嫌敲诈勒索这个罪名,难怪判了十二年。孙洛和这个眼线到底有没有瓜葛?这个曾经让我热血沸腾的形象忽而清晰,忽而模糊。

老盛提供的这个信息到底是什么意思?

邂逅

手机铃声响时,我正在单位食堂吃早点。是一个陌生号码,接通后,电话里说:"兄弟,我是预审处的孙洛。"绝对出乎意料,我忙说:"孙哥你好!评选的事儿你听说了吧?我正想找你聊聊,你什么时候有时间?"

孙洛说:"我给你打电话不是想感谢你,而是想求你,这件事儿到此为止。这点儿破事儿算不上事儿,谢谢组织关心,请考虑别人,我不愿意参加这个评选。"

孙洛这个态度在我的意料之中,很多人都不愿意张扬,所以我没敢轻易碰孙洛。但是,这事儿要是黄了,自己前期的辛苦白搭不说,怎么向领导交代?

我赶紧说:"别介,孙哥,我这两天净听别人说你的好了,是不是顾忌董宝子是您的工作对象啊?这些,材料都是可以处理的。这事儿宣传宣传对你来说没什么坏处啊。"

孙洛的语气有些僵硬："我说过了，这件事儿我不想对外说，请你们另选他人，谢了！"说完就挂了。

孙洛是这个态度，我转动着手机发呆。我的决心没有因为他的态度而动摇。采访继续，最后怎么办再说，先把素材拿到手。手里有粮，心中不慌。那个鬼怪的臧主任要是再兴师问罪，我就能说得头头是道了。

一抬头，杨副主任端着餐盘坐在了我的对面。他问："怎么样了？"我把这两天采访的情况简要向他汇报了一下。杨副主任听完，淡淡地说："事迹一般啊，和臧主任说说，建议另选他人吧。"我很诧异，几天走访，我的感觉和他恰恰相反。我问："是您跟臧主任说，还是我跟臧主任说？"他没抬头："你说吧。借你口中言，传我心中事。"我瞬间明白了，孙洛不愿意参加这次评选，是不是托到他这儿了，他在帮孙洛的忙。我口中应着，心里打定主意要来一次阳奉阴违。现在事迹挖掘倒在其次了，逆流而上，我想弄明白他们到底在回避什么。

董宝子家住在西顺城街周仓庵胡同 15 号，街门开在一排青砖倒座房的一角。我迈进大门，门道一侧堆满杂物，通道狭窄、幽暗、潮湿。走到尽头右转，见一院落，这是一个有着三户人家的大杂院，董家居东。进到屋里，一股西药味直钻鼻孔。靠窗倚着一张红漆老墙柜，柜面油漆斑驳，上面摆满各种药盒。董宝子的父亲，一个眼袋严重下垂的干瘦老头儿，颤颤巍巍地搬过一把小凳子，我赶紧接过来，靠着墙柜坐下。

你们要是不搞这个评选，这点儿事儿就烂肚子里了。

董宝子的母亲体胖人虚，说话有气无力。如果有足够体力，她的语速定会更快更强："孙洛这孩子好啊！你就说，冬天买煤，夏天苦房，搬个重东西，家里没男孩儿行吗？你今儿正发愁呢，明儿他就来了，把日子掐得准准的。每年春节，他先到我这儿吃完饺子，再去看自个儿爹妈。有时候，把老婆孩子一起带过来，就是为了给我们添个乐儿。赶上值班，他就让媳妇来。这些年一年不落。我说，你别老是往我们这儿跑了。他说，年年三十儿吃两顿饺子，多好啊!"

董父干咳了一下,老人的不高兴写在脸上。董母翻了老伴儿一眼,说:"我就说!不让我说,憋死我呀!哪一句是瞎话?人家对咱们好,咱们得对得起自己的良心。"

我诧异:"伯母,什么情况?"

"孙洛这孩子交代过,不让我们提这些事儿。人家这是上级,咱们不主动向上级反映情况,上级跑家里来调查了,你再不说点儿实话对得起孙洛吗?你就说,咱们拿什么给孙洛,说点儿现成话还不会,就你老实在!"

妇强夫弱,又是这种家庭标配。数落或唠叨在这样的家庭结构内是家常便饭。如我所料,董父避其锋芒,索性拿起喷壶去屋外灌水浇花。"别理他,咱们接着说。我们宝子一进去,我难去了。以前我在西顺城街有一个炒货摊儿,卖花生、瓜子、核桃、栗子什么的,做买卖都讲究扎堆,扎堆也好也不好,一条街就四五家,卖家多了就竞争。宝子出事后,我干啥都没心思了,可日子还得过,歇了几个月后我强打着精神出摊儿,隔壁摊位的老高幸灾乐祸,故意问我:'呦,大姐,宝子今天怎么没过来帮忙啊?'我假装没听见都不行。只要有人往我摊前一站,他就明目张胆地抢生意。'哎,这位先生,您还是来这边瞧一瞧吧。'压低声音,还故意让我听到,'那家啊,东西不干净。'给我气得浑身哆嗦。我说:'你不要欺人太甚。'他回敬说:'你儿子都进去了,你还牛什么?'那次恰巧让孙洛碰上了,给劝开了。后来,我听说孙洛为这事儿单独请他喝了顿酒。两人在酒桌上不知说了什么,反正以后老高就毛顺了,又像以前一样客客气气,有时候忙不开,还主动帮忙卸个货。后来我腿脚不行了,就不干这行了。"

老人将一直捏在手里的小药片儿揉进嘴里,顺便给我倒了一杯白水。我想,没有宝子的日子,他们的生活也像这杯白水一样寡淡无味吧。

"宝子判了后,就让探监了。第一次,孙洛买了应季的衣裳还有宝子爱吃的东西,拉着我们一家子去了监狱。他让我们先说。说啥呀,净哭了。最后快到点儿了,他说,他跟宝子说几句。隔着大玻璃,拿电话说话,声音听得真真的。不知那天他咋那么激动,朝着电话那边喊:'兄弟,我对不起你!让你受罪了!家里有我呢,等你出来的那一天,我把他们好好地交给你!'说着,他把那大玻璃拍得咚咚响。哥儿俩一个在里面,一个在外边,小牛一样哞儿哞儿哭。以后,都是他开车拉着我们,东西全是他置办。哪回他都嘱咐宝子在里面好好挣分。一开始我不明白挣分是啥意思,原来表现越好,挣的分就越多,挣的分多就能减刑。前前后后减了三次,一共两年零三个月。现在好了,熬过来了。我掐日子,下个月就回来了。"说着,老人望向窗外。秋天的天空明朗、深远,她久已干涸的眼中泛起了一汪儿湿润的水色。

董母又说自己和老伴儿的身体,这些董英子都讲过了,我还是犹如第一次,耐心地听她絮叨完。她最后嘱托:"这孩子,你们要好好表扬表扬!"

从董家出来时天已擦黑,行人、车辆挤挤挨挨,填街塞道。我坐了一下午肩酸背痛的,浑身筋骨似乎都皱巴到了一起,出了西顺城街,我向苏荷广场走去。忽然,我看到了一个与众不同的步态,那个身影一耸一耸缓慢向这边移来。男人推着轮椅,老态初显,用老盛的话说,拄着轮椅,身边陪伴着个中年女人。这个保姆,老盛称之为的"小保姆"并没有坐在轮椅上。那个男人还真是个熟脸,他表情木讷,目光倔强地看向前方。每一步,他的腿脚都严重背叛着大脑,其轨迹艰难地保持着一条直线。

一个小孩儿踩着滑板猛地冲到了我的前面。"这孩子,你慢点儿!"身后的大人跑了过来,孩子却掉头转向,哧溜跑了。

"哎,盛老!"我居然意外地见到了老盛,"这是您孙子?您不是外出度假了吗?"

见到我,老盛也颇感意外。他说:"我昨天回来的,到止锚湾住了几天,现在叫东戴河,山海同湾,在那儿买了套房子,一年要不去一趟,房子空着不住就觉得亏得慌。"我说:"您把自己退休以后的事情全安排好啦?羡慕。"

我们在身后花坛的坛沿上坐下，老盛摸出了他的黄盒"红梅"。孩子精灵一样闪现，一下抢走了他的打火机。老盛央告："一根，就一根。"那小哥儿笑着："不行，不行，就是不行。"说着又滑走了。我乐道："有人管着多好啊。"老盛无奈地将已经夹在手里的烟又塞回了烟盒："哼，爷爷？谁是爷爷？你是爷爷，我是孙子。"

我把查档情况和老盛说了一下，老盛说："董英子的那个案子更是没有孙洛就瞎了。现场没有录像，双方各执一词，在场的证人都是嫌疑人那边的，谁得罪自己的客户啊？没人说实话。我一看要瞎，提前咨询了一下法制处。法制处说口供拿不下来，这个人进不去。那孙子酒醒了，哪承认啊。孙洛来了，我把情况一说，他急了，说，这个浑蛋必须装进去。那语气，好像他是所长，我是办案民警似的。他也不想想，他不过是一个已经调走了的民警，啥时候也轮不上他这样跟我说话啊。我说，我他妈的不想给他装进去呀？这种情况咋弄？你说咋弄？他拿起案卷半天不言语，一页一页看完后说，这个案子还有工作可做呢。"

老盛的孙子不时回来一次，在老盛怀里一扎，撒一下娇又跑掉。老盛说，他这个"爷爷"只有睡着的时候能老实会儿。

"我们这些老货都习惯拿口供，孙洛不介，他注意了两个细节，那孙子主要的猥亵手段是啃董英子的乳房，董英子把他挠了一把。孙洛问，乳房上的唾液提取了吗？我愣了，说没有。实际上我不太了解这些刑事科学技术。他说，联系法医，擦拭子提取。那孙子脸破了吗？他又问。我说，破了。那董英子指甲缝里的皮肤组织提取了吗？我说没有。是没提还是没提取到？我说没提。你瞧我这跟头栽的！零口供起诉，凭法医鉴定给判了。乳房上提取唾液，这事儿以前哪听说过？也亏他想得出。这个案子被分局当成典型案例，局长大会小会一直说到年底，让民警办案注意增强证据意识。干了一辈子，我没服过气，这回……"他剩了半句话，在嘴里。

案卷上的那段话不是法官、检察官、办案人员标红的，而是孙洛标红的。

老盛向多个行人借火，他运气不好，没有一个人吸烟。好不容易见到几个抱着啤酒、夹着烟卷的民工，老盛跑上去跟人家对火。这时孩子又滑了回来，他做贼似的把刚点燃的烟在屁股后面悄悄按了。

我说："戒了吧，盛老。那东西一点儿好处也没有。"

安魂所

别的组进行得比我顺利，有的组材料已经上交。好饭不怕晚，那些到手的素材就是一份份新鲜食材，经我这个大厨加工，会变成一道美味大餐。

孙洛的事迹都浮在表面了，组织起来不是难事，可是我脑中的问号依旧存在。我想起了臧主任的提示：他的动机是什么？难道用董英子的话说，仅仅是人心好？人可是最没长心儿的动物。善恶只在一念间，人心好能不能支持他十年？还是孙洛不想放弃这根眼线，继续经营，进行着感情投资？如果是这样，我搅和进来就纯属添乱了。

我觉得董宝子还是要见一见。

"这里是不是亚洲最好的监狱？"我问陪同的管教队队长。

"不好说。"他的回答让我赞赏有加，这个人实在！平心而论，监狱硬件条件确实不错，多功能厅足以和任何大学校园里的礼堂媲美。穹顶灯光灿若星空，舞台底下排排座椅向上延伸，空无一人，又似满场观众。那些被改造人员身着礼服整齐排列在舞台中央，绅士般文明高贵。柔和的光线打在他们安详静谧的脸上，款款深情、如痴如醉的歌声在这个高屋广厦间缓缓流淌："半个月亮爬上来／咿啦啦／爬上来／照着我的姑娘梳妆台／咿啦啦／梳妆台／请你把那纱窗快打开／咿啦啦／快打开／咿啦啦／快打开……"

夜风习习，月色溶溶，宁静的夜色下，他们用歌声轻轻叩打着心爱姑娘的心窗。我心头一震，被那份纯真美好的感情吸魂摄魄。就是凭借这个曲目，他们闯进全市监狱系统文艺汇演的复赛，正在竭力备战决赛。我的出现打破了这里的和谐，那个队伍起了小小的波动。

"董宝子！""到！"随着应答，一个面部消瘦的男子跨出队列，随即跑了过来，所有目光望向我，这个来自大墙之外的人。看到他的一瞬，我想到了他的父亲，那个坐在我的面前始终一言不发、眼袋严重下垂的垂暮老人。

管教队队长为我们提供了一间环境温馨雅致的会客室。我开门见山："我是为了了解孙洛的事迹来的。"

董宝子的反应不同于他的家属，甚至略有惊异："他，什么事迹？"

"你服刑这些年他一直在照顾你的家庭，这个你知道吗？"

"噢，这个，我家人都说过，孙哥够意思，我感谢他。"

我希望他继续讲下去，像他的母亲一样滔滔不绝，可是他茫然地看着我，目光空洞、语言匮乏。他不是直接受助者，感觉可能没有他的亲属细腻而强烈。我换了个话题："说说你们哥儿俩的交情吧。"

董宝子沉默了四五秒钟才开口："孙哥参加工作就在鼓楼派出所，去的时候我在派出所当保安。老百姓管我们叫狗腿子，警察的狗腿子。只要是警察不愿意干的差事儿，就会指使我们干。有的警察对我们吆喝来吆喝去，看他们就烦。你让我干活儿，我也应，就跟伪军糊弄皇军似的，在活儿上找齐儿。孙哥不一样，他对我们真像对自己的弟兄一样。派出所工作没时没响，跟他出去，回来错过饭点儿就带我们去派出所边上的饭店。好赖不说，能吃口热乎的。开始我们还以为派出所给报销呢，后来才知道是他自己掏腰包。他把人当人，我们保安都愿意跟他干活儿。"

我感到很吃惊："你在鼓楼派出所当过保安？这个情况老盛一次都没和我说过啊。"

"老盛？盛国强啊？"董宝子露出不屑的表情，"他没和你说，那是他没脸说。"

"那次是一起租房纠纷，一个小伙子给房主新刷的墙上蹭了个大脚印子，退房时房主不干了，要扣他五百块押金。两家说不到一块儿，小伙子就报了警。孙哥和我一起去的，这种事儿一般都是两头抹,孙哥说完那小伙子,又说房主。意思是说小伙子不对,但您这钱要的也忒多了点儿。刚一开口,那房主就不干了,质问孙哥,你和他什么关系,向着他说话?这是哪儿跟哪儿啊。你一句我一句,越说越岔。后来,那房主就骂上了,骂孙哥、骂警察、骂社会、骂政府,整个一个精神病!足足有半个小时,孙哥没搭理她。没法谈了,孙哥说,这是纠纷,不行我留个证,你们去法院起诉吧。房主拦着警车不让走,必须让警察说出个一二三来。我看孙哥那火憋得腾腾的,可警察不敢跟老百姓怎么着,只要群众一投诉,督察先把你查个底儿掉。后来还动上手了,那房主把他的帽子打飞了,警号揪了。孙哥不怕流汗,不怕流血,他怕流泪。我看到了他在流泪,他的泪没有淌在脸上,一股子一股子流在心里。我大嘴巴子就呼上去了。我他妈不是警察,我怕啥?出手那一瞬我就想好了,豁出去这差事不要了!"他咕隆喝了一口水,"这事儿出了,人家到处告。孙哥找所长,说光处理保安不行,她的行为构成妨碍公务了,也该拘。所长怕人家上访,再加上有人托情,那边没追究,就给我开了。您说,涉及民警切身利益的事儿都不敢出头,一碗水端不平,还向外洒。他有什么脸说?这个事儿我不作兴他。"

董宝子给老盛打了一个大大的差评。看来,这个性刚气傲的盛老也有令人嗤鼻的腹黑之处。

"不干保安了,我就在街上拉黑车,以前下班后干,没了工作干起来就更专业了。为这事儿,孙哥老是觉得亏欠我,我没觉得咋样。在裉节儿上,谁也别装逼,不在一起干了我们还是哥儿们。"

董宝子语调不高,听来却铿锵有力,透着很多人早已丢失的义气。我仿佛看到了肝胆相照的李逵和宋江,在心中为之点赞。《水浒传》里面说,知恩不报,非为人也。人情大似圣旨,孙洺是应该好好回报人家。

董宝子向我介绍了他们的积分管理制度、一日生活制度,领我参观了供服刑人员和家属聚餐用的亲情餐厅,挂满书法、绘画、十字绣的文化展室,看他们的图书室和自办刊物《新航报》,居然还有一间取名"茧吧"的心理辅导室,意为服刑人员犯罪是作茧自缚，经过漫长的孕育，他们会蝶蛹蜕变，变成美丽的蝴蝶飞出高墙，翩翩起舞。

这几年他并没有在此浪费光阴，自学拿下了高等教育自学考试法律专业十几门课程，大专文凭即将到手。有的服刑人员竟然拿下了大学本科文凭，还有的人搞出科技发明，申报了国家专利。

这里和我想象中的监狱大不一样。上帝爱民如子，普度众生。在他们漫长的旅行途中设置好了客栈，供这些疲惫的同行者在此歇脚打尖。路途上，人的灵魂躁动不安，进得门来，他们的灵魂淡泊安宁。他们在此洗心听经，涤尘除垢，欢聚一堂。监狱更像是安魂所和修道院。这里，真是个神秘又神奇的地方。

压死骆驼的稻草

我的写作从晚上开始，加一个白天，材料就大体成型了。磨刀不误砍柴工。杨副主任午间走进办公室对我说："道德模范的事儿臧主任定了，向市局报孙洛，其他人员局内表彰。材料尽快出手，你们科的人全部转向支援人事科，参与组织退休民警荣誉勋章颁发仪式。"

那天下午，我抓紧时间对材料作上报前的最后一次修改。办公室的门被推开了，一个中年男人进来问我："你是乌铭？"听到肯定的回答后，他说，"我是孙洛。"说着，他就坐在了我的面前。他看着我，我看着他的事迹材料。光标已经走到了最后一行，材料里的主人公从干巴巴的文字中走了出来，我怎么也不能把面前的这个人和文字里面的光辉形象联系起来，有一种恍如隔世的不真实感。我心怀忐忑，一时猜不透他此行的目的。

"你们确定了？"他面无表情，声音低沉，显得很疲惫。

我说："领导定了。本周三是最后的截止日期，如果您还有什么事儿向我说，我协调一下，晚报两天估计也没问题。"

"报上去会怎样？"他问。

"市局将与电视台合作，策划一场温馨感人的颁奖晚会，请相关人员上台讲述你们感人的故事，然后在电视台播出；组织报告团搞一场大型报告会，然后在各分局巡回报告，按照策划还会走进校园，把警察的光辉形象植根在孩子心中；与歌舞剧团、话剧团合作，创作舞台剧、话剧，以艺术的形式弘扬警察大爱；还会请知名作家走进警营体验生活，创作报告文学，结集出版向社会公开发行，还有报纸、网站、微信公众号……"

不是我信口开河，这是市局的策划案。他们将竭尽全力为道德模范这顶高贵华丽的王冠装点上一颗颗璀璨的宝石。存乎人者，莫良于眸子，他的眸子应该熠熠生辉，可是我没有见到一丝光亮。躲闪、犹疑，还有一种说不出的……他的目光从我兴致勃勃的脸上草草地掠过，那凌乱的目光让我瞬间稳稳抓住了来自于他内心深处的、一种莫名其妙的情绪——怕。

那是怕啊！在他看来，这些不虞之誉并非一步步台阶，更像是要压死骆驼的一根根稻草，叠加，再叠加，他终于不能承受生命之重。

"够了！"他打断了我的喋喋不休，长叹了一声，"唉——报我，你会栽跟头的。"我不解其意，难道事迹都是假的？不可能！材料都是我一手获得的，没有一件事来自道听途说。我不以为然，你不愿意宣传也用不着吓唬人。"鼓楼分局会出笑话的，大笑话！"他又说。

我在想另外一个问题，如果他说董宝子是他经营的眼线，我将如何处理？这确实是个问题。可他并没有这样和我交涉，我的担心成了多余。

"能不能告诉我，是谁向你们提供的这条线索？"这大概是他此行的目的吧。我没有忘记对老盛的承诺，答案早已备好，现在这个问题姗姗而来。

"听居委会阿姨说的，她们早就想把你当'身边好人'上报区文明办。"董宝子母亲的性格让我对这个谎言过关充满信心。

他摇了一下头，坚决地说："不可能！"那神情不容人反驳，他只是想再证实而已。

我们沉默下来。少顷,他拿起桌上的那本台历端详了几秒钟,又拿出手机翻看自己的备忘录。他合上眼睛,像是算计着时间,我看到了他眼角密集的皱纹,二十几年警察生涯沧桑与辛劳全渗透在那一条条的沟壑里。

"你们不会提前上报吧?"他像是想好了一件事,突然睁开了眼睛。

"不会,只能迟报,不会提前报。"

他没再说话,眼睛突然亮了。忽地,他像一棵树一样拔地而起。转过身去,他瞬间在我眼中就面目不清了,那微驼的背影淡出了我的办公室。

上帝的罚则

潞城公安分局首设退休民警荣誉勋章授予制度。从警期间零违纪,退休时平安着陆的民警将获此殊荣。是开始,不是结束。在人生即将迈进第二个春天的门槛,应该有个仪式,如同入警的光荣时刻再次来临。周二,分局策划的退休民警荣誉勋章颁发仪式隆重举行。

二十多位退休老同志胸戴大红花腰板笔直,我见盛国强神采奕奕地坐在头排中间位置,目光炯炯。会场一改往日的刻板、严肃,每个角落都洋溢着温暖和感动的气氛。第一项,全体起立,奏《人民警察之歌》,那些老同志泪光闪闪,嘴唇翕动,轻声跟唱;第二项,分局领导致辞《战友再见》,老同志的手掌如两排山在猛烈撞击;第三项,退休老同志上台,分局领导为他们赠送个人工作照影集;第四项,将整个活动推向高潮,分局领导走下主席台,为退休老同志逐一颁发、佩戴退休荣誉勋章。

这些从人生大战场上退役的光荣战士,摩挲着金灿灿的荣誉勋章,目光流露出喜爱和珍惜。此时,颁奖完毕,音乐声止。老盛的手机就在这个时候响了,衔接得如此紧密,就像事前经过彩排。他忘记把手机调到静音,与会场气氛极不协调的手机铃声《月光下的凤尾竹》让所有在场的人瞠目结舌。

老盛看了一眼手机,竟然接通了电话。这是什么重要电话,竟然让他在这样的场合无所顾忌?此时,领导回到座位等待下一个议程。臧有良的目光嫌恶地看向这边,人事科科长疾步上前,扯着老盛的袖子。老盛没有说话,手机紧贴耳郭静静地听着,他面色凝重,脸上的骄傲和喜悦在众目睽睽之下正在一层一层褪去。

主持人机智地说:"下面,进行第五项,请退休老同志代表盛国强发表退休感言。"

人事科科长又一次扯了扯老盛的袖子。老盛醒了,他慌乱地从兜儿里翻出事前写好的稿子,犹疑地走到了发言席前。停顿片刻,发言稿被他揉成一团,草草地塞进裤兜儿。

老盛把麦克风捋直,他的声音在会议室廓落的空间里瑟瑟抖动:"本来准备了一份发言稿,突然觉得上面的话不是我想说的,就随便说几句吧。以前,民警退休办个手续就把人打发了,有人情味儿的单位会开个座谈会,从没像今天这样搞过。分局搞这样一个仪式,我不仅体会到了被尊重,更懂得了敬畏和珍惜,这是警察应该得到的礼遇和尊荣。在拿到勋章的一瞬,我突然想,这个荣誉应该属于每一名警察。可是,有的人却拿不到它。我在想一个问题,我有没有资格拿到?对于带兵的人来说,我们不仅自己要拿到这枚勋章,更重要的是,让你手下的每一名民警都有今天——得到他们应该得到的礼遇和尊荣!"

就像一列突然停驶的高速列车,它任性地将所有乘客搞了个人仰马翻。一个人辛苦地走到现在就可以居功自傲了,居功自傲的人就没必要瞻前顾后了,随它去吧。混乱中,他有条不紊地摘下胸前的红花和荣誉勋章,将它们整齐地码放在发言席的台面上。他抹了把眼睛,怅然若失,丢了魂儿一样兀自走出了会场。

老盛显然被那个莫名其妙的电话搞乱了,我隐约觉得这件事和孙洛有关。追出会场,我没有见到老盛的身影,微风拂面,头顶湛湛蓝天澄澈如洗,我的手机这时开始嗡嗡震动,是孙洛。

"兄弟,你既然闯了进来就负责到底吧,拜托你一件事。下个月宝子就要出狱了,本来应该是我陪伯父伯母和妹妹去接他,现在不可能了。拜托你带他们去吧。我答应过宝子,把好好的父母和妹妹交给他。"

"刚才是你给老盛打的电话?"我急于求证,怕他挂掉电话,连忙追问。

"我告诉他,不用怀疑了——是我。"他轻轻吐出最后两个字,语气从容淡定。

我瞬间明白了孙洛的意思——他是当年董宝子敲诈勒索案遗漏的同案嫌疑人。

这个身份显然与道德模范相去甚远。问号打开了的那一刻我心生感慨:你是你的上帝,你的上帝存在于自己的内心。上帝是公平、公正的,你逃避一种惩罚获得了肉体的自由,可是灵魂被套上了沉重的枷锁,这种惩罚更痛苦。总之,惩罚不可豁免。时下俗语如是说:在外混,迟早是要还的——这就是上帝的罚则。

主持人还在极力救场,但是已经不可救药。无声的炸弹在会场炸响,整个会场硝烟弥漫。人们小声传递着一个消息:孙洛已到分局纪委投案自首。

众人无一不表情疑惑,他们都在追问同一个问题:他?他能有什么事儿?

晨光乍泄,董宝子的父母和妹妹迫不及待地锁好家门,翘首等在街上。头顶那棵老槐树正在簌簌落叶,他们站在树下,黄叶满身。我开车接上他们,车跃上顺城街,地上的落叶像一群黄色的蝴蝶倏忽而起,它们追随飞转的车轮上下左右翻飞。继而,一群群欢快的蝴蝶忽起忽落,一路随车而舞,直至欢送我们拐出鼓楼老街。

(原载《啄木鸟》2016年第12期)

变　焦

付旭东

　　我喜欢捣鼓相机。其实我对拍摄的内容并无多大兴趣，倒觉得拍照的方式——不断调整焦距，然后由虚入实或者由实入虚——很有意思。渐渐的，我发觉变焦是一种哲学，既可以使模糊不清的事物还原其本来面目，也能让显而易见的事物变得一片朦胧。作为一名画像专家，我觉得变焦的原理同样适用。目击者的记忆总是游离于虚实之间，对记忆的探寻犹如雾里看花，若想看到最真实的一面，只能不断地调整焦距——我将这一过程称为"记忆的变焦"。

　　当我一脚踏进电梯的时候，我又不由自主地联想起变焦。

　　住院部十二楼 1203 病房。这是我要去的地方。

我即将面对的目击者是一个什么样的人——鬼知道呢？画像专家永远无权选择目击者，这是铁定的事。后者的认知习惯以及观察的目的和动机——恐怕连他们自己都说不出个所以然。

在出发之前我只是习惯性地瞅了瞅电脑上的警情通报：这起案件发生在前天晚上十点左右，犯罪嫌疑人潜入某住户家中，持钝器将一名十四岁的女孩儿残忍地杀害，之后移尸卫生间。凶手正待逃离时跟碰巧回家的死者的母亲遭遇，随即又将后者打伤。死者的母亲名叫徐丹妮，现年四十岁。她就是我即将要面对的人——既是目击者又是受害人。这很正常，在我所接触的案子里经常会遇到这种情况。特别之处在于，通报上写着"受害人因头面部受伤暂不能自主表达"。对画像专家而言，一个不能开口说话的目击者无异于一根难啃的骨头。当我继续往下看，脑门不由地冒起烟来，不是因为目击者，而是因为杜凡——江岸分局刑警大队副大队长，一个长相精明、油腔滑调的家伙。上次那起纵火案，他找到的目击者其实是个道听途说的臆想狂，我差点儿被对方带进沟里。画像三易其稿让侦查员无所适从，局长也对我冷眼相看。幸亏关键时刻真正的目击者主动现身，否则我真不知该如何收场。想到这次办案的又是此人，实在有些头疼。

在电梯门即将关上的时候，连连的喊声打断了我的思绪，紧接着一只手从门缝塞了进来——指头上挂着好几只方便袋，露出油条、豆浆、热干面之类的早餐。我连忙按下开门键，挤进来一位中年女士。我问她去几楼，她回答说十二楼，于是我的手从控制面板上缩了回来。电梯上行，我的注意力习惯性地集中到她身上，她伸进电梯的手上戴着一枚分量不小的金戒指，与项链、耳坠花色统一，似乎是一套，但款式有些说不上来的陈旧，起码在我看来，跟她身上的碎花连衣裙不是同一时期的产物。至于她的相貌，属于那种能瞬间湮灭在茫茫人海中的类型。如果非得说相貌特征，要数她不太自然的上眼睑——留有双眼皮手术的疤痕。这次手术看上去并不成功，我想应该是多年以前的事了，因为就当下而言，这种技术已经相当成熟。

"丁零"一声电梯门开启后,我紧跟她走了出去。当我俩一并站在1203病房的门口时,都有点儿明白了。

"你是受害人家属吧。"我说。

"可以这么说,我是丹妮的好朋友,"她看了一眼我手里的工具箱,笑了笑说,"你是画像专家吧。杜警官说你今天要来。看,我给你准备了早餐。"

推门看见杜凡。

"你们……认识?"他有点儿诧异。

"刚刚认识,"我说,"还不知道怎么称呼。"

"于红。"她一边干脆地回答,一边绕到床头,麻利地清理床头柜上的东西。

病床上的人头上裹满纱布,只露出肿胀的眼睛。床头的病床牌上写着徐丹妮的名字。

"受害人昨天才从手术室里出来,我跟医生好说歹说终于同意了,但只给了一个小时的时间。"杜凡说,"时间很紧,我先把案情介绍一下。受害人回家发现女儿的房门开着,地板上有血,随后听到客厅有响动,于是跑出来,正好跟犯罪嫌疑人遭遇。她看到了对方,所以我们想绘制一张犯罪嫌疑人的模拟像。"

"只是她的头部多处受伤,包括下颌,暂时不能开口说话。"他接着说,"也许于红可以帮上忙,于红懂她的意思,知道她想说什么。"

"是这样,"于红在一旁说,"我们是多年的好姐妹,一起读卫校,一起分配到冶金医院,后来单位改制,又一起办理了提前退休手续。"

她叹了口气又说:"我们这代人可什么都赶上了,丹妮还经历了离婚,她老公挺会做生意的,后来有了外遇,还偷偷生了个儿子。好在他还有点儿良心,给丹妮留下房子和一笔钱,还有筱茉……"

我发现,于红说话的时候右眼皮偶尔会神经性地颤动一下——似乎进一步证明了双眼皮手术的不成功。

"她们彼此之间非常了解。"杜凡说,"相信于红是个不错的翻译。"

"但愿如此。不过我想问你，你确信受害人看到了凶手吗？"我对上次的经历依然心有余悸。

"没错，是目击者昨天亲口说的——"随后他做了一个纠正的手势，"我的意思是，于红能读懂她的意思，她说犯罪嫌疑人穿着一件迷彩服。"

"是的，"于红证实说，"长袖的迷彩服。"

"长袖迷彩服？"

"没错，伙计，"杜凡抢着说，"对你来说绝对是小菜一碟，跟上次的纵火案相比，这次的条件要好得多……"

我瞪了他一眼，他知趣地闭上了嘴巴。

"你看到他了——我指的是凶手。"我坐在床头右侧的折叠椅上。

受害人点了点头。之前我让于红调整了床垫的角度，让受害人保持一种半躺的姿势。

"好样的丹妮，就这样，非常好。"于红鼓励说。她坐在我对面，正拿湿棉签涂抹徐丹妮皲裂的嘴唇。

相对于正常状态下面对面的沟通方式，这种三角形的位置关系看上去有点儿别扭，但只能这样。

至于杜凡，在接到一个电话后就神鬼般地消失了。也好，他在这里反倒显得碍手碍脚。

"你是十点左右回家的，你知道女儿在家里？"我问。

受害人点了一下头。

"筱茉今年读初二，九点钟结束晚自习，九点半准时回家。这个时间她刚回来不久。"于红解释说。

"大门当时是关着的？"

点头。

"你是拿钥匙打开……还是先敲门？"

受害人做了一个用钥匙开门的动作。

"开门后看到什么？"

摇头。随后指了一下天花板,又摆了摆手。

"客厅的灯没开,不过筱茉的房门开着,里面有灯光。"于红说。之后她似乎意识到什么,又连忙补充说:"杜警官昨天问过这个问题,我在旁边。"

"然后呢?"我索性把问题抛给了于红。

"然后丹妮喊筱茉,筱茉没有回答,丹妮来到房间……"于红朝床头瞄了一眼,"就在这个时候,丹妮听到外头有动静,急急忙忙地跑出来,就看见一个穿迷彩服的人……"

"你的意思是,凶手当时就躲在屋里?"

"是的,凶手打算溜掉,偏偏这时丹妮回来了。"于红说,"凶手就躲在卫生间里。卫生间的门框上挂着一串风铃,凶手出来的时候碰了一下。丹妮是听到风铃的声音才从房间里跑出来的。"

"好吧,接下来呢?"

"丹妮想抓住凶手,凶手拿锤子狠狠砸她,然后乘机逃走了。她挣扎着爬起来,之后来到卫生间,看见筱茉躺在里面……"

"你刚才说客厅的灯是关着的,在这种光线条件下,她能够看清凶手吗?"

"只能借助筱茉房里的灯光,是书桌上的台灯。"

"台灯?"我把视线转向床头。

受害人点头。

"房灯关着?"

又点了点头。

"是呀,我也怀疑……"于红的右眼皮又颤动了一下。

"你看见凶手穿着一件迷彩服,是吗?"我又问。

点头。

"裤子呢?"

摇头。

"鞋?"

"她没有注意这些。"于红插一句说。

我给于红递了一个眼神。我想让受害人自己表达。

随后我从工具箱里取出一只活页本和一只记号笔，将它们递给受害人。"你可以把答案写在上面。"

"好吧，我想知道他的年龄。"我接着说。

受害人在本子上写了阿拉伯数字——"20"。

"多高？"

本子被翻到另一页，然后写上"1米65"。

"体态？也就是胖瘦。"

受害人一笔一画地写了"中等"两个字。

"你能看清他的表情吗？"

受害人迟疑了一下，随后写了"惊慌"两个字。

"他看上去像哪种类型的人？我指的是身份或者职业，比如大学生、农民工，或者街头的小混混。可以从气质类型上加以区分。"

很清楚，我跟受害人的沟通就要进入主题了。构成一张脸的元素不仅包括具体的轮廓和形态，还包括相应的人格特征。从某种角度看，所有的轮廓和形态都是为人格特征服务的，只有这样，一张脸看上去才会协调统一，才会显得与众不同。

这个问题让受害人陷入纠结，开始跟于红用肢体语言交流起来。几分钟后于红对我说："她有点儿拿不准，当时光线太暗了，不过……她觉得像个小混混。"

"如果再看到这个人，你能认出来吗？"

这个问题看似简单实际上蕴含着一种记忆测量方法，我们称之为"再认测量法"。简单地说，如果对方能够肯定地回答这个问题，证明他具备再认能力，由此推断——目击者的记忆中确实存在着我们想要的那张脸。

点头。

"好吧，能告诉我——他的脸型吗？"

受害人用笔画了一个圆圈。

"圆脸？"

受害人摇头，随后将本子翻到另一页，重新画了一次。

"椭圆脸？"

受害人点了点头，接下来她在本子上写了一个字。

"白？"我说，"你的意思是——他的皮肤很白？"

点头。

"嗯，一张白白净净的脸……已经有点儿感觉了。"我这么说的时候，一些大脑意象在我眼前不停地翻滚起来。我略微调整着焦距，想让它们变得清晰一点儿。接着，我又问："就第一印象来说，这个人看上去有什么特别之处吗？"

受害人陷入思考，之后索性闭上了眼睛。

几分钟后，她的呼吸陡然急促起来，直至发出令人不安的喘息。

"好了丹妮，我们歇会儿，不想这个了好吗？"于红紧紧抓住对方的手，"别怕，我在这里……"

于红转而对我说："她不能想这些，她受不了……要不等情况好一点儿再说，你觉得呢？"

"好吧，今天就到这儿，如果可以的话我们明天继续，"我起身说，"请放心，不会耽误很长时间。"

"明天还要继续？"

"对，顶多一个小时。画像的依据是记忆，它们随时都有可能被遗忘，或者污染。我们不得不抓紧时间。"

说完我跟受害人打了一个招呼。她渐渐平复下来。我发现，她的眼睛正死死地盯着我。

"有什么问题吗？"我问。

她将双手举在头顶，做了一个由上至下的手势。

我跟于红面面相觑。

"她的意思是……"我向于红求助。对方也一脸愕然。

受害人随即拿起记号笔，在活页本上很快地写了两个字，然后将本子递给我。

"头套？"我很惊讶。

受害人先是点头，然后又莫名其妙地摇头……

"头套……没有搞错吧，丹妮？"于红说。

我在工具箱里翻找起来，随后将一本人像饰物图谱递给受害人。

她仔细浏览着，图谱里面有各式各样的帽子，还有一些要么花里胡哨要么稀奇古怪的饰物，包括像兔子耳朵的发卡、镶着钻石的独眼罩什么的。

她的目光最终停留在一只黑色头套上——跟侦查员实施抓捕时给犯罪嫌疑人戴上的头套非常接近，唯一的差别是多了三个窟窿……

我决定对现场进行实地测量。上车后我面色铁青，杜凡一边开车一边鬼鬼祟祟地瞄我，然后有一茬儿没一茬儿地闲扯。我才不会理他。

"伙计，你至少应该吭一声，现在车上只有我跟你。"他是个沉不住气的家伙。

"如果目击条件并不像你所说的那样，你应该负相应的责任，起码……你应该感到羞愧！"我说这话时杜凡正第七次瞄我。

"她说她看清楚了，她的确是这么说的。"杜凡说。

"你相信她有特异功能吗？能透过头套看清一个人的脸？"

"这我倒不敢肯定，不过，也许有其他的可能，比如打斗过程中受害人将凶手的头套拽了下来……"

"毫无可能！"我打断说，"受害人跟凶手根本没有肢体接触，她刚刚靠近凶手，脑袋上就重重地挨了一下——这都是你说的。"

"是的，没错。但谁也不能排除凶手中途摘下了头套，就像小偷戴手套作案时，偶尔也会因为行动不便把手套摘下来。"

"你这是不负责任的狡辩！"我恼火地说，"我不相信在一个没有开灯的黑咕隆咚的客厅里能看清楚什么——尽管我没有到过现场。"

"现在还不是争论的时候，伙计，你先暂时消消火。"

我沉默了片刻，长呼一口气说："你应该尽到一名侦查员的职责，摸清现场情况，核实目击条件，而不是整天晃来晃去。"末了我又说，"你一点儿都不踏实！"

"你的批评过于严厉了吧，要知道我可没闲着，看到后座上的东西了吗？头套和迷彩服，这些东西可不会像变魔术一样变出来。"他冲我挤了一下眼睛，"等看了现场再说，还没到发牢骚的时候呢。"

现场位于一栋临江的公寓。这里是所谓的富人区。

开门就闻到一股怪味，我想最初是血腥味，之后因为潮热渐渐变质了。

地上有现场勘查的痕迹，包括粘贴在地板上的足迹比例尺。

大门位于客厅的一侧，用玄关遮挡。对应的一侧是内走廊，连通四间卧室。另一侧是厨房和洗手间。

穿过内走廊来到筱苿的房间。里面窗帘紧闭。我把房灯打开，一眼看到地板上的血滴，已经变成深褐色。

杜凡指着书桌上的台灯和摊开的作业本说："这里应该是第一现场，看上去……筱苿当时正在写作业。"之后拿起桌上的小相框，"看，多漂亮的小女孩儿。"

我没有理会他，转身来到洗手间。正如于红所说，门框的正中央挂着一串紫色的玻璃风铃。面盆旁边的马赛克地板上有用粉笔画出的人体轮廓，在头部位置赫然可见一片已经凝固的血泊。

"现勘队的弟兄说，徐丹妮回来的时候，凶手就躲在这里，当时筱苿已经死了，钝器打击，脑袋都变形了。"杜凡说，"门后有重叠的鞋印，凶手在这里待了一会儿。鞋印没什么价值——是拖鞋印——凶手进门后换了鞋。门框上有带血的纤维痕迹，凶手作案时戴着手套。"

杜凡像影子一样跟着我回到客厅。这里敞亮而豪华。

"你是第几次来这儿？"我问他。

"当天晚上来过，今天是第二次。"他问，"有什么问题吗？"

"我想知道确切的位置——受害人跟凶手在客厅遭遇的位置。"

他得意地哼了一声，随后从屁股口袋里掏出一张纸。

"不要忘了——这也是我最关心的问题。昨天晚些时候，等徐丹妮的状态稍稍好点儿后，我就核实了这件事。"

是张随手勾勒的草图，准确地说是这套房子的平面图，两根红色的虚线特别明显——分别从卫生间和筱苿的房间延伸至客厅，最后在玄关附近交汇。

杜凡指着玄关前面的一块椭圆形地毯说:"就在这里,她伸手想抓住对方,结果刚刚靠近,头上就重重地挨了一下。你看,这里有血滴。整个过程非常短暂,几秒钟而已。"

"好吧,"我朝他手里的东西努了努嘴,"现在你得委屈一下,咱们来演示演示。"

他将脑袋伸进头套时做了一个自认倒霉的怪相。

说完我将客厅的窗帘逐一拉上,然后来到筱茉的房间,打开书桌上的台灯。

当我听到风铃的声音后,立刻冲了出去……

我从地毯上爬起来,拍拍手说:"什么都看不清楚,除了你身上的迷彩服。"

"我也有同感。"他把头套摘下来,顺势擦了擦脸上的汗,"要不再来一次——不戴这鬼玩意儿?"

"不用了。我敢肯定,在紧张慌乱的状态下,受害人看到的只是一团黑影。"

"见鬼,这到底是怎么回事儿……因为受了刺激?或者极度的悲痛?"他摸了摸鼻子,"也许只是幻觉,让她误以为自己看到了凶手,其实根本没有这回事儿。对了,我想起来了,你曾经说过'创伤后应激反应'的两种症状,一种是尽量让自己忘记这件事情,另一种则截然相反,会拼命地胡思乱想……徐丹妮显然属于后面这种情形。"

接着杜凡不无沮丧地说:"很抱歉伙计,这的确是个错误,我原以为……现在看来……好吧,我接受你的批评,你批评得没错,我的确……缺乏踏实。"

我突然有点儿想发笑,不过没有理他,而是抄起一副勘查手套按了房灯的开关,反复了好几次。

杜凡先是不解地看着我,随后挠了挠脑袋,小心地问道:"难道房灯和台灯当时都亮着?肯定是的,这样客厅就亮多了,完全可以看清一个人的脸。"

我瞟了他一眼，快步走到窗前然后刷地拉开窗帘，屋里瞬间亮堂起来。我凝神于窗外，往远处望去，一片朦胧的江景。在层层雾霾笼罩下，对岸的建筑露出依稀的轮廓。

"知道我为什么喜欢这个工作吗？对我来说，每一次目击活动和每一个目击者都全然不同，不仅需要启发和挖掘，更重要的是从一团迷雾中寻找真相——这是一件多么有意思的事情！"我看了一眼身旁的同伴，"现在，你是不是认为，我应该拎着箱子灰溜溜地滚蛋？"

"我可没有这么想，"杜凡说，"可是……就像刚才看到的，现场的目击条件根本达不到模拟画像的要求，丹妮什么都没有看到，她脑袋里的那张脸与其说是记忆倒不如说是凭空臆想。我想问你，明天还要继续吗？"

我没有回答，只是突然问他："爱玩相机吗？"

不用看我也知道杜凡的表情。我不想再卖关子了，这家伙今天也够受的了。

"用相机拍照的时候我有一个体会，当你紧盯一个物体时，焦点也全部集中在这个物体上，而背景——以及周围的事物自然被忽略，变得一片模糊。同样，对记忆的搜索和甄别也是如此，不要紧盯某个看似重要的细节，要将它融入一个整体，跟其他的细节结合起来，"我做了一个变焦的动作，"不妨调整一下你的焦距，肯定会有新的发现。"

我身旁的家伙似是而非地看着我。我拍了一下他的肩膀，"我想了解一下详细的勘查结果，我有个直觉，有些事情如果想明白了，画像不是难事。"

在灯下翻阅现场勘查笔录时我看了看手表，正好是晚上十点——跟案发时间相仿。我下意识地朝客厅瞥了一眼，笔录上说，门窗未见异常痕迹，第一现场在筱茉的房间，第二现场在卫生间，筱茉身穿睡衣仰卧在地上……我突然有了一点儿灵感，但究竟是什么，还得再想想。

当我再次走进1203病房时，于红已经来了。她今天换了一只名牌手袋——只不过边角处磨得发白,看上去很陈旧。

"早上好!你今天看上去好多了,"简单寒暄后我绕到病床前,将笔和本子递给对方,"如果可以的话,今天还得耽误你一个小时的时间。"

"丹妮很早就醒了,她肯定会告诉你很多东西,"于红说,"我们一早就在讨论……"

"讨论?"我皱着眉头说,"要知道,我很忌讳这个词。"

"有什么不对吗?"她愣在那里,"我只想让她说得更清楚一点儿。"

"怪我没有提醒你,以后你们不要谈论跟案件有关的任何事情。"我说,"她的记忆非常脆弱,很容易被破坏。"

她没说什么,只是闷声不响地走到我的对面,然后坐下来。现在,三个人又回到昨天的位置。

"有一点让我感到疑惑,你说你看到了凶手的脸,可又说他戴着头套,这不是自相矛盾吗?"我问受害人。

受害人迟疑了一下,然后做了一个抓握的动作。

"你把头套……拽了下来?"

受害人点了点头,之后在本子上写了两个字。

"短发?"

受害人掐起指头比划了一下。于红在一旁解释说:"很短很短的板寸头。"

这是时下很流行的发型尤其是小青年,修剪非常简单:用电剪平推,三分钟就能搞定。也许正是这样,看上去有点儿桀骜不驯的味道。

"你说得没错,凶手还真有点儿像个小混混。"我说,"好的,我想接着昨天的话题——他有什么显著的相貌特征?这点很重要,显著的相貌特征往往是记忆中最深刻的部分,也是最真实的部分。"

受害人指了指自己的眼睛。

"她记得凶手的眼睛。她说凶手长着一双三角眼。"于红说。

我将一本眼部图谱递了过去——没有递给受害人,而是直接递给于红。

于红很快翻到某一页,用求证的口吻问受害人:"丹妮,像这种眼睛……是吗?"

受害人随即点了点头。

我接过图谱仔细看了看。"没错,三角眼,看上去阴险狡诈。"我说,"不过,在这种椭圆脸型上出现三角眼的概率非常低。要知道相貌中的五官构件是依附于脸型的,它们的外部形态——包括宽窄、角度和体积,都取决于面部固有的框架,好比什么样的树结什么样的果,必须符合一定的客观规律。拿椭圆脸来说,出现那种又大又圆的眼睛的可能性要大得多,而且看上去更加和谐统一。"

面前的两个人默不作声了。接着我又说:"除此之外,五官构件必须跟人格特征相匹配,如果凶手是个白白净净的年轻人,一个小混混,那么,长着一双阴险狡诈的三角眼的概率简直是微乎其微。"

受害人用求助的目光看着我对面的人。

过了好一会儿,于红嗫嚅着说:"都过去好几天了……丹妮可能有点儿淡忘了,也许就像你所说的那样……"

她把头又转向受害人:"丹妮,你再好好想想……我怀疑……你是不是搞错了?"

受害人重新打开图谱……

等我再次接过图谱的时候,看到一双完全不同的眼睛——正如我所说的,一双又圆又大的眼睛。

随后是鼻子和嘴巴。它们看上去并无特别之处。

"专家同志,你现在可以动笔了吧?"于红说,"说心里话,我们想早点儿看到凶手的画像。"

"还没呢,"我摸着下巴说,"别着急,我想把所有的情况都搞清楚。"

"难道还有什么不清楚的吗?"

"坦率地说,昨天我跟杜警官对现场进行了测量,我们发现,仅仅借助筱茉书桌上的台灯散发出来的光线,根本无法分辨出一个人的相貌。"

停顿了一下我又说："唯一的可能是，房间里的房灯是亮着的。房灯的亮度比台灯强很多，经过走廊然后漫射到客厅，光线虽然减弱了不少，但足以看清一张脸！"

受害人摇了摇头。

"房灯没开……还是记不清楚了？"于红这时紧紧握住对方的手，"丹妮，你再想想，房灯当时开着吗？"

受害人闭上了眼睛。

"她又开始犯糊涂了。"于红说，"前天我就问过这个问题，如果只有台灯，客厅里面什么也看不见。她肯定记错了……"

我做了一个手势，于红这才打住。

"让她休息一下，她看上去有点儿疲劳。"我说。

我来到走廊呼吸新鲜空气，看见杜凡站在走廊的另一端。他正在接听电话，于是我朝他走去。

"情况怎么样？"他收了电话问我。

"做了两个测试。"

"说来听听。"

"先说第一个测试，"我说，"在对五官构件进行确认的过程中，我抛出一个完全不同的观点。结果是：受害人转而支持这个观点。作为支撑我讲了一些不着边际的道理——都是一些蒙人的鬼话。事实上，我说的这个观点是完全不成立的。

"测试表明，受害人的易受暗示性非常强，这里面包括依赖、从众和对权威的服从。受害人还表现出极度的不自信。对于外界的干扰非常敏感，一个微妙的变化就能让她改变决定。

"受害人对于红非常依赖。不止是当前，而是持久的、根深蒂固的，已经习以为常。她在回答每一个问题时都会顾及于红的看法，从不质疑或反驳。

"这一弱点恰恰被于红抓住了。我认为后者的行为与其说是暗示或诱导，倒不如说是彻头彻尾的操控。"

"这点并不奇怪，"杜凡说，"据我了解，丹妮的个性很柔弱，而于红是个十足的女汉子，两个人的性格正好互补。再说，从读卫校到冶金医院再到现在，她们彼此太熟悉了，就像你说的，这种依赖是根深蒂固的。"

"我很纳闷。倒不是因为受害人，而是因为于红，她比我们更了解受害人。她知道对方的弱点，却有意诱导，似乎在放任某种结果的发生，显然具有某种目的。"

"那么第二个测试呢？"

"第二个测试可以说——是一个圈套。"

杜凡张了张嘴又咽了回去。我回头瞟了一眼，看见两名护士正推车走进 1203 病房。

当我再次来到病房，于红说房灯是开着的时候，我一点儿也不觉得意外。这个测试结果是我早已预知的。

我只是缓缓走到窗前，然后拉上窗帘。

"很好，"我对房间里的昏暗光线非常满意，"现在，让我们进入当时的状态。"

"那天晚上你是用钥匙打开大门的，客厅没有开灯，只有对面的内走廊透着光，是从筱茉的房间漫射出来的。看上去一切正常，说明筱茉已经放学回家，正在房间里写作业呢。

"你一边在玄关换鞋，一边喊了两声筱茉。没有任何回应。这时你没有觉得有什么不对头，也许因为筱茉过于专心。然后你朝她的房间走去……你看见书桌上的台灯亮着，还有翻开的作业本……没有看见筱茉，你以为她去了卫生间或者阳台，不过你很快紧张起来，因为看到地板上的血，一滴，两滴……，从椅子后面一直延伸到房门。

"你感觉有些不妙，就在这时，你听到风铃的声音，你喊了一声筱茉，然后转身往外跑。

"客厅的光线很暗，你看到一个模糊的黑影，正朝大门慌忙逃窜，你喊叫着冲了过去……"

说到这儿我停了一下。

"正如后来的现场测量，你的确看到了凶手——包括他身上的迷彩服，"我用缓和的语调说，"不过，仅凭台灯发出的漫射光，根本分辨不出对方的相貌。"

"不对！我刚才说过，当时筱茉房里的房灯是开着的，"于红说，"丹妮看得很清楚！"

我嚯地拉开窗帘，阳光倾泻进来，让眼睛很不适应。当我回头的时候，看见于红的眼皮又不由自主地颤动着。

"人的眼睛具有自我调节的功能，骤然地由明到暗或者由暗到明都会产生应激反应。假如像你所说的，丹妮从开着房灯的卧室突然进入漆黑的客厅，眼睛至少需要十秒钟的时间来适应——这段时间什么也看不见，这叫'暗视场效应'。所以，我昨天提到的房灯，是一个十足的伪命题。不用丹妮回答，我也知道房灯当时绝对是关着的。"

于红脸色煞白，嘴唇紧抿着。这时，从床头传来轻轻的抽泣声。受害人用手指着于红，然后又指向自己……

"我想知道这到底是怎么回事。"我说。

"好吧，我不想再隐瞒了。"于红镇定地说，"就像你说的，凶手戴着头套。"

"这件事发生得太突然了。丹妮根本经受不了这种打击，因为筱茉是她的全部——完全可以这么说。她已经崩溃了，听说你要给凶手画像，又胡思乱想起来。她太想抓到凶手了，所以始终认为自己看到了凶手，其实那个穿迷彩服的小混混跟凶手是两码事，她把他们混为一谈了。

"半个多月前的一个傍晚，我跟丹妮像往常一样在江滩散步，我们聊了很多家常，不知不觉从轮渡码头一直走到一片低洼的芦苇林，那里很偏僻，天快黑了，我们决定返回。就在这个时候，我们身后突然冒出一个穿迷彩服的人，一把抢走丹妮肩上的挎包，之后撒腿就跑。我大喊一声追了上去，上高中时我是校田径队的，没几步就追上了，我想抓住他，结果把迷彩服给扯下来了，然后我扑上去，跟他扭打起来。

"他戴着一只黑色的头套，把脸捂得严严实实的，估计怕被认出来。我一把把头套拽下来,是个长得白白净净的二十来岁的小伙子。他慌了,拿拎包砸过来,之后就跑了。我没有追,因为丹妮的拎包在我手上,他什么东西也没有抢走。"

"这么说你也看到了这个人?"我问受害人。

"丹妮当然看到了,我们扭打的时候她就站在旁边,吓得浑身哆嗦,回家的路上还在不停地发抖,她胆子特别小。"于红说,"不要怪我迟迟没有说出真相,我只是不想伤害她,如果当面揭穿的话,对她来说又将是一次打击,我不能这么做……"

说完,她把脸深深地埋进手里。

我看见泪珠从受害人紧闭着的眼角滚落下来……

"当丹妮在本子上写下'头套'时,我就意识到确有其事。"我摩挲着下巴说,"她在客厅看到了凶手,一个穿迷彩服戴头套的人——跟半个月前试图抢劫的小混混简直一模一样。说到这儿我不禁想问:在那次抢劫事件中,小混混遗落在现场的迷彩服和头套——它们在哪里?"

"我把它们捡起来,然后塞进包里,我跟丹妮原本打算报警,把它们交给警察,不过后来改变了主意。"于红说,"回家后它们被我扔进了垃圾桶,有什么问题吗?"

我冷冷地看着于红,她移开视线,拿手掖了掖被角。

"两起案件中的犯罪嫌疑人有着相同的装扮,难道你不觉得蹊跷吗?"杜凡问道。这家伙不知道是什么时候溜进来的。

"也许两起案子都是那个小混混干的。也许丹妮被他盯上了,她总是一身名牌,喜欢把自己打扮得珠光宝气。"于红的声音里透着一丝慌乱。

"哼哼"我冷笑了一声,"就像你刚才说的,凶手这么做的目的只有一个——转移视线——让丹妮和警察都误以为两起案子是同一个人干的。如果我没有猜错的话,半个月前你从江滩捡回来的迷彩服和头套并没有被扔掉,它们后来派上了用场,被凶手当作伪装。"

"你……你是什么意思?"于红瞪大了眼睛。

"我一直感到奇怪,筱茉身穿睡衣在卧室里被袭击,现场门窗完好。一位少女在穿着睡衣的情况下会让谁进入自己的卧室?于红,作为丹妮和筱茉最亲近的人,你帮我们想想!"

"你是什么意思?你这是血口喷人!"于红的脸转而变得通红,全身也紧绷起来。她朝床头看去,受害人一边痛苦地呜咽着一边伸出手,颤颤巍巍地指着她。

这是谁都不想看到的一幕。

"你已经丧心病狂,至于你的作案动机我还不敢妄下结论,不过我们很快就会搞清楚的。"我朝病床靠近了一步,同时给了杜凡一个眼神。

于红的眼珠子滴溜转动着,最终停留在床头柜的边沿,那儿放着一把水果刀。她猛然伸手——但晚了一步,杜凡敏捷地将她扑倒在地。

再见到于红是一周之后。她戴着手铐坐在对面,冲我惨淡地笑了一下:"你不是想知道我的作案动机吗?我现在就告诉你。"

"我身上的裙子是丹妮不要的旧衣服。脸上抹的是她快要过期的化妆品。也许我们是老同学,也是好朋友,从认识到现在足足有二十五年的时间。但我时常觉得,我更像一个小跟班,招之即来,挥之即去,帮她拿这拿那,跑上跑下。又像一个保姆,帮打扫卫生接送孩子。她喜欢跟我在一起,也许是一种需要,因为我——才能衬托出她的美丽和高贵,还有她的富有和慷慨。我的确不如她,什么地方都不如她,但我真心看重我们之间的情分,从没把这些琐碎小事放在心上。后来我渐渐发现,对她来说我只是一块破抹布——破抹布,就是这样。也许你不知道,我和丹妮还有一个同病相怜的地方,我们都是单亲母亲,孩子是我们唯一的指望。我儿子挺争气的,在上海上大学,不过去年夏天这孩子惹上点事儿,别人要他赔一笔钱,我凑来凑去还差一点儿,所以向丹妮开口,你知道她怎么说,她要我把房子作抵押,我同意了,可她坚持要等手续下来才给我钱。我能等,可我儿子等不了,等我拿到钱的时候接到的是警察的电话,我儿子……他竟然……竟然自杀了。"说到这儿她已经泣不成声了。

"杀了徐丹妮的孩子，难道你的孩子就能回来吗？"我把纸巾递给对方。

"我让她也尝尝这种滋味，这种剜心的痛苦。那天我去的时候九点多钟，看着筱茉在台灯下写作业……我经常接她放学，给她做好吃的，把她当自己的孩子一样看待。我确实犹豫了。可你知道吗？当她扭头看我的时候，那种轻蔑，还有厌恶，就像看到一只脏兮兮的癞皮狗！我当时……"

把一切说完后于红沉默了，眼里没有了泪，反而呈现出一种释怀后的坦然。

在被带离时她突然回头问我："丹妮……她好些了吗？"

我没有回答。身体的伤痛可以治愈，那么心上的呢？

出门后我上了杜凡的车。

"那天你身手挺不错。"我说。

"伙计，这可是头一次听你表扬我。"杜凡酸不溜秋地说，"没想到……到手的山芋被一个画像专家给抢走了。"

"什么意思？"

"其实……我早就盯上她了。"他露出一脸坏笑，"第一次走访的时候她脱口而出，说凶手的作案工具是把锤子。而事实上，法医仅仅推断是一种钝器，所有的侦查员也是这么认为的，包括我。后来我跟法医进行了探讨，法医认为锤子的可能性非常大。"

"看出来了，现场测量后你以为我会撂挑子，没想到我赖着不走。"我说，"你一定很烦，怕我抢了功劳。"

"没错，你根本没有打算画像，你甚至没有碰过画笔。"他说，"你想把那套'变焦'的理论在我面前显摆一下，当然，你成功了，对此我无话可说。"

"如果一名画像专家只善于运用手里的画笔，那他肯定不是一名优秀的画像专家。"我不无得意地说。

黄灯闪烁后红灯亮起，杜凡踩了刹车。

"周末我想出去拍几张照片，不知道你有没有兴趣。"

"恕我俗事缠身,我可没你那么快活,不过……听起来好像很不错,学画像为时已晚,学学'变焦'倒是很有必要。好了,那就一言为定!"

绿灯亮了,车子又继续前行……

(原载中国公安文学精选网 2016 年 1 月 25 日)

大红袍

薛景川

一

推开厚重的玻璃门,一股寒风扑面而来,刘方桥不禁一激灵打了个寒战,这才晓得下雪了,外面雪花飘飘洒洒的,整个大院仿佛铺上了一层毛茸茸的柳絮。

汽车就在门口停着,司机小陈看见他走出来,赶紧发动了汽车,一时间汽车尾部吹出的热流将满地的雪花弄得惊慌失措,纷纷四散躲避。

刘方桥像是在和谁赌气,猛地关上车门,屁股还没坐稳就冲着小陈吩咐一句:"开车。"

小陈略微沉吟了一下,没有马上开动汽车,低低地提示了一句:"杨局还没有出来。"

刘方桥丝毫没有理会小陈的提醒，嘴里瓮声瓮气地蹦出一个字："走。"于是落满雪花的汽车，就像是从风雪中钻出的怪兽，低吼一声，疾驰而去。

等到杨东篱从里面出来，雪地上只留下两道深深的车辙印。他有些无奈地摇摇头，暗道："这头倔驴，又发脾气了。"

汽车在雪中穿梭，刘方桥坐在车子里，翻滚的思绪比外面飞舞的雪花还凌乱。等杨东篱回到机关，要他去办公室的时候，他脑袋里面仍是乱糟糟的。

杨东篱脸上挂着那副似笑非笑的表情，坐在办公桌后面，看着他进来，没打招呼，也没有问话的意思。杨东篱不说，刘方桥也不问，一歪屁股重重坐在对面的沙发上，慢悠悠地点着一根烟，狠狠地吸了一口又轻轻地吐了出来，半眯着眼，端详着眼前飘飘袅袅的烟雾，看也不看杨东篱。

"谈谈下一步如何打算？"还是杨东篱打破沉寂，他并没有询问今天纪委问话的有关内容，反而看似悠闲地和刘方桥谈起了工作。

刘方桥依旧半眯着眼，皱着眉问道："上面要求暂停我的工作了？"

"没有。"杨东篱缓缓地摇着头。

"扯淡，那你问这些什么意思？平常咋干还咋干。"

杨东篱用一只圆珠笔轻轻地敲打着办公桌，叹了口气，慢条斯理地说："我没有别的意思，就是怕你有压力。"

刘方桥歪着头瞅向杨东篱，提高了嗓门儿："我没做亏心事儿，压力个鸟！"

杨东篱和和刘方桥早年是警校同学，同一个班，同一个宿舍，莫逆之交。杨东篱温文尔雅，和刘方桥的冷峻粗犷形成鲜明的对比。杨东篱从市局交流到五泉当局长，两个人关系更进一步，配合也相当默契，虽然是正、副职的关系，但私下里说话从不讲究方式。

面对刘方桥的粗鲁言语，杨东篱丝毫不以为忤，无声地一笑："怪不得人家都喊你大倔驴，果然货真价实，怀里总像揣个地雷似的，遇火就炸。告诉你，我没心思刺探你的秘密，就想给你压压惊。"

刘方桥摆摆手，一副不领情的架势："还是回家吧，摊上这样的倒霉事儿，哪儿有心情喝酒。"

杨东篱半是调侃半是劝慰："最好别把情绪带回家，嫂子嫁给你，就是一朵鲜花插在驴粪堆上，算是倒了八辈子霉，受苦受累不说，还整天跟着担惊受怕，这点儿事儿就别让她跟着操心了。"

这几句话起了作用，刘方桥没再争辩，低低地问："去哪里？"

杨东篱和刘方桥两人之间有个习惯，遇到开心或不开心的事情，两个人都会偷偷找个不起眼的地方，小酌几杯。

喝了几口，刘方桥放下酒杯，对着外面华灯初上的夜景呆呆地发愣。看着他忧心忡忡的样子，杨东篱举杯劝酒："别再胡思乱想了，何以解忧，唯有杜康。"

刘方桥收回目光，勉强咧咧嘴，笑中带着苦涩："人在家中坐，祸从天上来。平白无故中枪，这酒就喝出了一股邪味儿。"

杨东篱往前凑了凑，压低声音："我在县里问了齐书记，齐书记也没有说出个子丑寅卯来，只是透露上面一个大人物牵涉到了你，至于这个人是谁，恐怕不用我告诉你了吧。"

提起这件事，刘方桥木然的脸上又添了些不屑："不错，他们真是抬举我，硬是把我和他老人家扯上了关系，简直是天方夜谭。"

杨东篱意味深长地看了他一眼，话中带着调侃，说："没有更好，我当时还纳闷儿呢，看你平时绷着大黑脸，一副不食人间烟火的模样儿，原来背后身段也柔软。"

刘方桥有些自嘲："别人不了解，你还不清楚我这点儿德性，光知道低头拉车，当官的门口朝哪里，关老子屁事。"

杨东篱说："既然这样，喝酒，今天谁也不许提这糟心的事儿。"

刘方桥有点儿赌气："喝就喝，不过要喝就甩开膀子，喝个痛快，不趴下不拉倒。"

酒越喝越多，意识却越来越清醒，上午发生的那一幕在刘方桥的脑海里来回翻滚……

二

早上,刘方桥刚到单位就接到通知,要他和局长杨东篱去县委开会。两个人匆匆赶到了县委,发现会议室里只有三个人,一个是县委常委、纪委书记齐卫东,另外两个面孔很陌生,不认识。

看见杨东篱和刘方桥进来,齐卫东白净的脸上泛出了笑容,他习惯性地看了一眼手表,称赞道:"不愧是纪律部队,时间观念相当强,分毫不差。"

那两个人也礼貌地站了起来。齐卫东过来介绍:"这两位是市纪委二室的同志。"又指着其中一个戴着眼镜的白净脸说,"这是郑主任,那一位是小王同志。他们今天有些问题需要和方桥核实一下,请配合。"介绍完毕,便一摆手叫着有些犯迷糊的杨东篱离开了房间。

刘方桥表面寒暄着,心里却颇不平静,暗暗嘀咕:"市纪委的,核实什么问题?"

不过,这个问题没法儿直接问,只好直挺挺地坐在那里,对着茶几上一盆纤细翠绿的文竹发呆。整个会议室静静的,弥漫着几丝尴尬的气氛。

郑主任抛给刘方桥一支香烟,见刘方桥把它放在桌子上,没有要点着的意思,就把自己的那支也摁回烟盒里,端起漂亮的骨瓷水杯象征性地抿了一小口,笑容满面地对刘方桥说:"这是我带来的大红袍,味道不错,给你也沏一杯?"

刘方桥摆摆手:"不用,我习惯喝白开水。"

见刘方桥对茶叶不感兴趣,郑主任便撂下大红袍的话题,东一句西一句地和刘方桥闲聊起工作上的一些事情。

"你在局里主管什么?"

"刑侦、经侦。"

"案子不少吧?"

"基本上每天都忙得脚不沾地。"
"噢，那很辛苦。"
"不辛苦，命苦。"

看着他不着边际地东拉西扯，刘方桥心里很不以为然。搞侦查二十多年，风里来雨里去，刘方桥和形形色色的犯罪嫌疑人打过交道，不光练就了一双犀利的眼睛，更是熟谙人的心理活动。他明白，姓郑的这些客气问话只是开场前的铺垫，风雨欲来的前奏。

果然，郑主任话锋一转进入主题："你认识肖继才吗？"郑主任看似漫不经心，眼镜后面的一双小眼睛却死死盯住刘方桥。

此时，刘方桥才恍然大悟，原来他们是为了肖继才而来。

"肖书记是我们五泉老乡，当然认识。"

"很熟吗？"

"嗯，应该算是吧。"

"熟悉就是熟悉，前面加个应该是什么意思？"

"只是个修饰词，没别的意思。"

"具体熟悉到什么程度，有什么交集吗？"郑主任明显加快了问话的节奏。

市委常委、政法委书记肖继才出事了。五泉县虽然是个偏僻的山区小城，但在网络高度发达的今天，这个消息也早已经传得沸沸扬扬了。

刘方桥和肖继才很早就熟悉，但仅限于工作关系，私下里没有半点儿纠葛，他没想到有一天会跟这个大人物扯上关系，而且目前来看肯定不是什么好事儿。

面对刘方桥的断然否认，郑主任表示怀疑："他可是你们政法系统的大领导，怎么私下没联系呢？"

刘方桥生硬中带着冰冷，回答道："天性如此，难道不可以吗？"

郑主任略微停顿一下，不动声色地反将一军："当然可以，不过，按照现在的官场规则，你觉得这是正常还是不正常？"

谈话不到半个小时就结束了，话不投机，双方都不愉快。

肖继才是五泉人，在市政法系统经营多年，关系盘根错节。不过，他没少为五泉办事儿，人们当面都奉承他为及时雨，赞扬他爱帮人，一副侠义心肠。至于具备什么条件这位及时雨才能降下甘霖，这个大概只能意会不能言传了。前两年，他曾经的下属交流到外县当了局长，据说就是走了此人的关系。

刘方桥这些年工作不错，神探、优秀警察之类的荣誉经常加身，职务却一直在原地踏步，被同事戏称副职王。有人议论是刘方桥人倔心眼死，不会疏通与肖继才的关系。

刘方桥心里有些愤愤不平，肖继才威风八面的时候，和自己一毛钱的关系都没有，现在出事儿了，却稀里糊涂地扯上了关联，再想想临出门时那个郑主任嘱咐的话：好好回忆，到底在哪里有过交集。他心里越发来气："老子和他有个屁的交集！"

三

杨东篱的那场酒没有达到预期效果，自己难受好几天不说，刘方桥的心情依然是灰灰的，就像这几天混混沌沌的天气。这天，队长张顾一脸兴奋地跑来，带来一个好消息："马景元出现了。"

听闻此言，刘方桥精神一振，猛地从沙发上站了起来。

在五泉，马景元是响当当的企业家，旗下有好几家企业，属于呼风唤雨一类的人物。今年，经侦大队破获一起虚开增值税票的案子，顺藤摸瓜，竟然查出其背后和马景元有千丝万缕的联系。刘方桥当时就敏锐地意识到，这不是一起单纯的经济案件，于是现场拍板，让刑侦、经侦两个警种组成联合调查组进行调查。果然，通过进一步调查，发现许多带有黑恶性质的违法犯罪线索都指向马景元旗下的几个公司。

张顾汇报这个案子的时候，曾经给刘方桥打过预防针："这可是个硬茬子，一动他恐怕你就不会安生了。"

刘方桥面无表情，熟练地在文件上签着字，头也没抬，轻轻回答了一句："甭管对象是谁，关键是我们别浮躁，踏下心把案件办扎实。"

　　侦查工作从一开始就不顺利，找到的当事人都像躲避瘟疫似的回避着一些敏感的话题。刘方桥指示张顾调整思路，从外围撒网，同时注意保密，切忌打草惊蛇。然而，不知怎的还是走漏了消息，马景元和几个手下突然失踪了。经验老到的刘方桥意识到，对手组织严密，嗅觉灵敏，消息灵通，看来真是遇到硬茬子了。

　　这天，县委书记华大海忽然来了兴致，要听取案件专题汇报。接到通知，刘方桥有些诧异，这个案子对外立的是经济案件，涉及其他方面的违法犯罪行为还属于秘密初查阶段。一个经济案件，怎么会惊动县委书记？

　　听完汇报，华大海威严的脸上没有任何表情，也没有对案件作出任何指示，只是扭头问杨东篱和刘方桥："你们认识马景元？"

　　杨东篱据实回答："县里著名企业家，企业是明星企业，当然认识。"

　　华大海又问："他每年纳税多少？"

　　杨东篱回答说："听说他是县里的纳税大户，具体的数额不太清楚。"

　　华大海随即脸色一凛："这就是我们的干部，吃凉不管酸，没有大局观念，更不能用发展的眼光看问题。"

　　坐在后面的刘方桥有些纳闷儿，这些跟目前汇报的案子有关吗？

　　华大海继续发表高论："我们五泉是个贫困县，要想早些改善百姓的生活，就要大力发展经济，发展经济就需要龙头企业带动。这要我们增强服务意识，多为企业开绿灯，多一些扶持，企业有些轻微违法不要揪住不放，要看主流，中国改革开放这些年，不也是泥沙俱下吗？所以，不要纠缠细枝末节，要从县域经济发展的大局来看。"

　　听到这里，刘方桥才回过味儿来，华大海是当说情者来了。

　　果不其然，华大海最后几句点明了主题："建议公安局停止进一步侦办，不要再去干扰企业的经营行为，以现有的材料，尽快拿出一个合理的处理方案。"

　　刘方桥心里很是不忿,一个县委书记,怎么会如此赤裸裸地干涉办案呢?这个团伙现在只是初露端倪,深查下去就有可能带涉黑性质,怎么到了华大海嘴里,就成了轻微违法犯罪,公安机关依法调查倒成了骚扰企业呢?

　　刘方桥坐不住了,不识时务地站起来说:"华书记,我觉得你的话欠妥。"此言一出,会议室里所有人都猛地回过头,目光齐刷刷地看向他,脸上惊讶的表情仿佛见到外星访客一般。

　　华大海倒是不动声色,看了看刘方桥,淡淡地说:"说说看。"

　　刘方桥抖了抖手里的卷宗:"这表面上是个经济案件,但是,还有很多其他方面的线索需要落实,案件没有查清之前怎么能匆忙结案呢?另外,本案涉及虚开增值税票的数额巨大,已经涉嫌严重的经济犯罪,绝不是所谓的轻微违法。"

　　刘方桥秉性耿直,把心中的话一吐为快,全然不理会杨东篱在下面将他的脚踩得生疼。待他说完,霎时,整个会议室鸦雀无声。

　　面对刘方桥的唐突,平时说一不二的华大海一副波澜不惊的模样儿,但是紧皱的双眉、冷峻的双眼却暴露了他心中的不满。听刘方桥讲完,他没再搭理他,环顾了一下众人,最后目光停在杨东篱身上,口气冷到了冰点:"你的意见呢?"

　　一看事态不好,杨东篱赶紧打了圆场,说:"华书记,我们回去研究一下再向你汇报。"说完,赶紧拉着刘方桥走了出来。

四

　　回去的路上,刘方桥气哼哼地说:"你真打算放水?"

　　杨东篱反驳道:"那也不能像你,笨得像头牛。当面胡顶乱撞会让领导下不来台,会把事情搞砸的。"

　　刘方桥喘着粗气:"我就是看不惯他拉大旗作虎皮那一套,明明是为马景元开脱,却拿发展经济做幌子。"

　　杨东篱没有附和他的话,却和他商量:"考虑全局整体利益,这个案子是不是可以缓缓?"

刘方桥心知肚明,杨东篱口中的整体利益就是申请的县财政拨款,于是抢白道:"在会上你一言不发,我就知道你担心那俩臭钱了。"

杨东篱大度地一笑,说:"你呀,办起案子脑袋挺灵光,但一到这种时候就开始短路。"

刘方桥讥讽道:"我要有你那本事,八面玲珑的,不也早就当局长了吗?"

看他执拗的样子,杨东篱不再和他理论,直接命令道:"把案子先拖一拖,观观风向。"

刘方桥不解:"观什么风向?"

杨东篱加重口气:"莽夫一个,战略战术的不懂。告诉你吧,华书记如果不再过问,那平安无事;要是他揪住不放,我们就得慎重对待了。"

刘方桥表情严肃:"提前声明,我是个小警察,只管办案,站在梯子上也达不到他那个高度,别说马景元,就是牛景元我也要查。"

杨东篱一撇嘴说:"你那倔脾气,知君莫若我,晓得有个明修栈道,暗度陈仓吗?"

刘方桥有些疑惑:"你是要我秘密调查?"杨东篱瞪了他一眼,却未置可否。刘方桥又说:"下午有个案子需要议一议。"

杨东篱正没好气,一口拒绝:"不行,下午没时间。"

刘方桥挖苦道:"又去县委?"

杨东篱情绪一下激动起来:"你是真傻还是装啊?你小子捅的娄子,我得去擦屁股,给书记大人赔礼去!"

按照杨东篱的意思,刘方桥只好重新调整部署,让张顾组成一个精干专案组,调查也转入秘密状态,工作了一段时间,张顾跑来诉苦:"我们遇到对手了,这是个难啃的硬骨头。"

华大海并没有忘记此事,接连又调度了两次。第一次杨东篱以需要走完必要的程序为由搪塞过去。第二次就不同了,华大海上来开门见山,不听杨东篱汇报,直接要听结案的时间。杨东篱正考虑如何回答呢,刘方桥又不合时宜地站起来:"案卷里面反映出很多线索,还没调查完,按规定是不能结案的。"

华大海一下雷霆大怒:"我的话没有说清楚吗,你这个副局长还想不想干了?"

面对华大海的质问,刘方桥早有准备,拿出了早已写好的辞职报告,放在会议桌上,声调不高,话却说得斩钉截铁:"如果让我违法办案,我宁肯辞职。"

杨东篱大惊失色,赶紧上前拦阻。华大海却冷冷地说:"辞职是你的自由,批不批准那就不是你说了算了,辞职信放在这里吧。"

事后,杨东篱埋怨道:"你脑袋让门框挤了,这样会弄巧成拙。你没看出来,华书记如此上心,说明他陷得很深,我们还真不能等闲视之。"

刘方桥对他的暧昧态度也不满,赌气说:"好人全让你当了,我还能怎么办?"

对于杨东篱的拖拖拉拉和刘方桥的执着,华大海怀恨在心,不满之情溢于言表。他甚至在一次会议上说了狠话:"个别人,不听招呼,对县里的指示阳奉阴违,这样的干部,不换思想就换人,这样的单位,老子就该掐了他的鸟食罐!"

参加调度会的政法委张书记扭头看了一眼杨东篱,悄悄说:"注意了,县太爷这是动了真怒。"

正当杨东篱焦头烂额的时候,祸不单行,刘方桥又被纪委突然调查。在这敏感时刻,调查来得又如此突然,自然就给人们留下了想象的空间。

五

现在突然有了马景元的信息,刘方桥一扫这几天头上的阴霾。商量抓捕方案的时候,张顾看着刘方桥,说话有些吞吐:"来回需要几天时间,你就别亲自去了。"

刘方桥问:"为什么,就因为那些莫须有的鬼话?"

张顾认真地说:"纪委还在调查,是不是留在家里关注一下比较好?"

一提起这个话题,刘方桥喘气就不均匀:"老子要是有那个心机,早些时候去溜须拍马了,还至于混成今天这个熊样儿?"

张顾还是不放心,说出的话既像劝解又像自言自语:"多事之秋,留在家有事情好处理。再说,华大海要是知道了,这笔账又算到你头上。"

刘方桥摆摆手:"我自认为没做亏心事,杀剐由他,一天不免我的职务,我就继续干我的活儿。"

张顾提醒刘方桥:"马景元一落网,华大海肯定马上得到消息,这件事是不是请示一下杨局?"

略微思忖片刻,刘方桥摇摇头:"这段时间华大海给他的压力不小,这个小白脸也是屎壳郎驮着块土坯,够呛。这点儿事别让他跟着揪心扯肺了,豁出我一个算了。"

抓捕不是很顺利,几天下来,马景元手下几个马仔落网,却迟迟没有抓到马景元,案子又僵在这里。刚回到五泉,刘方桥屁股还没有在沙发上坐稳,就接到办公室通知,纪委那里有请。

还是那个问题,还是那两个人,折腾了几次,那个戴着眼镜的郑主任有些不耐烦了,话语中带着恫吓的意味:"再不如实讲清问题,恐怕要对你采取进一步措施了。"

刘方桥回答得很干脆:"我比你们还着急,恨不得现在就搞清楚状况。"

郑主任面带愠色,冷冷地说:"套用你们一句行话,没有确凿的证据我们会五次三番来找你吗?"

刘方桥:"我实事求是,见到毛主席也是这些话。"

文静的郑主任拍了桌子:"不要把话说得这么绝对!你现在的态度,对你很不利!"

刘方桥不卑不亢:"少用拍桌子吓唬猫那一套,这些话我也天天对犯罪分子说。"

这些年,看着别人一个个交流到外地当了局长,刘方桥内心深处也有些落寞。有朋友劝他,要认清当前形势,要知道现在是不请不送原地不动,最好到上面疏通一下关系。他也曾有过心理活动,可是纠结半天,还是选择了坚持。

刘方桥暗暗感慨上苍的不公,那些蝇营狗苟者逍遥自在,自己却稀里糊涂成了被调查的对象。想到此,憋气窝火,情绪越发糟糕。

看着一脸忧郁的刘方桥,张顾小心提醒道:"是不是你和杨局那次啊,你们不是找过肖继才吗?"

刘方桥猛然想起,自己和杨东篱确实去找过肖继才,不过,他很快做了否定,对张顾说:"那是为了汇报案子,只是一次工作汇报。"

六

会议上,华大海发了火,扬言要掐了公安局的鸟食罐,他的这番言语,刘方桥没往心里去,却令杨东篱十分紧张,他听出了华大海的弦外之音。

杨东篱是前年交流到五泉当局长的,到今天为止已经两年有余了。刚来的时候和刘方桥下基层调研,基层景象让他触目惊心,刑警中队和派出所的住房破败不堪,有的大冬天甚至连暖气也没有。

看着冻得哆哆嗦嗦的民警,杨东篱很不满意,质问刘方桥:"你这个副局长怎么当的,咱这可是山区,冬天气温零下二十多度,没有暖气,民警连手都伸不出来,怎么办公?"

刘方桥一咧嘴,说:"你刚从市里下来,不了解情况,五泉是国家级贫困县,现在这水平还是近两年已经改善不少了。"

杨东篱不相信:"就这,比猪窝强不到哪儿去,还好意思说改善了?"

一句话,勾起刘方桥的牢骚:"你们坐机关的,哪里知道基层的辛苦啊。"他看了看杨东篱,见他还有些怀疑,便说,"我给你讲个故事吧,去年,有个派出所,民警们辛辛苦苦忙碌一年,到了年底你猜发了多少工资？"

杨东篱问："多少？"

刘方桥竖起一个手指头，杨东篱说："十万。"

刘方桥一摇脑袋："那是你们市里的工资，县里和市里差着一大截哩。"

杨东篱："一万。"

刘方桥又摇摇头，杨东篱有点儿不相信："不会是一千吧？"

刘方桥又摇摇头，杨东篱有些奇怪："究竟是多少？"

刘方桥答道："是一千只鸭子。"

杨东篱感到匪夷所思，瞪大眼睛："发工资怎么发出鸭子了？"

刘方桥嘿嘿一笑："那个乡的财政没钱发工资，就把乡养殖场卖不出去的鸭子当作工资发了。看着这些鸭子，民警都不敢往家里拿呀，家里老的小的全等这点儿工资过年呢，怎么交代呀？还是我号召全局每人买几只，反正过年都要置办些年货，就当献爱心了，这才解了那几个民警的燃眉之急。我买得多，那一年，从初一到十五，你嫂子天天给我炖鸭子吃。"

杨东篱听完，不禁莞尔一笑："怪不得说话又冷又硬，像鸭子嘴似的，原来是嫂子的罪过。"笑过之后，反过来又问，"为什么不向县里请示报告呢？"

刘方桥龇牙咧嘴："县里财政确实困难，即使有点儿钱，也不够那些县太爷搞形象工程瞎折腾的，打了几次报告，要求改善基层的办公条件，请示报上去，连个放屁的响动也没有。"

端详着刘方桥那张冷峻的脸，杨东篱表情古怪："也别说，就凭这张大黑脸，别说财政困难，有钱也没你的份儿。"

刘方桥反唇相讥："跟脸黑沾边吗？我这老脸没什么颜值，没人买账，你小脸白白嫩嫩的，小鲜肉算不上，也是块老腊肉吧，不妨去试试。"

杨东篱瞅着刘方桥，信心满满地说："信不信，两年之内，我让这几个派出所和刑警中队全部搬进新的办公住房。"

刘方桥脑袋摇得像拨浪鼓，一百个不相信："要是吹牛能盖起房来，还轮得着你吗？"

杨东篱决心改造基层所队的条件，他心里清楚，要搞基建最大的困难就是资金。调研回来后，他不辞辛苦省里市里四处拉关系，没事儿一趟一趟往县委政府跑。功夫不负有心人，一年下来，真让他跑出了点儿眉目，省里、市里都答应拨款，县政府也同意给公安局投入了。所以，一听华大海说要掐了鸟食罐，杨东篱顿时紧张万分。

这段时间，杨东篱也很纠结，他佩服刘方桥的耿直，又对他的冥顽不灵十分头疼。他知道说服不了他，可又怕得罪了华大海一年的努力会化为乌有。要知道几个刑警中队和派出所的基建，再加上市局搞的天网工程，两千万的申请全在华大海案头放着呢。琢磨了半天，他决定带着刘方桥去市里找政法书记肖继才。

杨东篱从市局下来，和肖继才有些关系。他心思缜密，思忖着带着刘方桥主动去作一次专案汇报，既显示出对老领导的尊重，又汇报了自己的成绩，如果得到肖书记的肯定，等于有了尚方宝剑，华大海再相逼，就可以把这个球踢到市政法委。

临去的时候，马东篱嘱咐刘方桥："带点儿土特产，头次见面，两手空空不好看。"

刘方桥斟酌了半天，才一狠心花三千多买了两盒大红袍。他心疼得够呛，杨东篱嘲笑他："一看就是从山里出来的，抠抠索索，一点儿不大方。"

七

这几天，刘方桥处于极度苦闷之中，倒不是担心自己，只是百思不得其解，到底是肖继才双规后胡说八道牵连无辜，还是真如张顾所言，有人故意栽赃陷害？

晚上和杨东篱两人一起吃饭的时候，刘方桥神情落寞。杨东篱问道："看你心事重重，不会真有事儿吧？"

刘方桥告诉他："估计最近就会有动作。"

杨东篱有些不相信，指指上面："你是说纪委？"刘方桥点点头。

杨东篱："这一段时间净跑资金了，忘了问你，原以为他们调查一下就该撤了，没想到变得如此严重，问题出在哪儿呢？"

刘方桥满腹牢骚："我去问谁呀，现在这环境，不干工作对不起良心，做点儿事情又不知会得罪哪路神仙，整天像游走在悬崖边上，真想脱了这身衣服不干了。"

杨东篱反问："脱下这身衣服容易，你脱得掉一颗当警察的心吗？"

刘方桥摇摇头："你算吃定我了，知道我只会发发牢骚，仅此而已。"

杨东篱思绪还停留在纪委那里："没有证据，不会随便采取措施吧？"

刘方桥若有所思："看他们不达目的不罢休的姿态，好像不是空穴来风。"

杨东篱征求刘方桥意见："要不要我找人探探路？"

刘方桥明确拒绝："不用，为人不做亏心事，半夜敲门心不惊。"

杨东篱："这时候别再逞什么英雄，你要是被带走了，我怎么向嫂子交代。"

刘方桥说："这正是我想和你交代的，如果我被带走，千万别让你嫂子和我儿子知道，我不想他们跟着担惊受怕。"

杨东篱一皱眉："这个不好办，现在信息这么发达，我总不能把嫂子和侄子关了禁闭吧。"

刘方桥："你放心，你嫂子病了，现在正住医院治疗，消息闭塞，你只需要告诉她我出差了就行，我儿子上高三住校不回家。"

不料，杨东篱一下翻了脸，指着刘方桥嚷道："抛开了我这局长不说，嫂子住院了这么大的事情也不告诉我，你还拿我当同学、当朋友吗？"

刘方桥被带走那天出了点儿小插曲。

那天杨东篱接到报告，刑警队副队长侯磊带人乔装去解救一个被拐卖的外地妇女，在村里被群众围攻了，要求增援。

杨东篱苦笑着对坐在沙发上的郑主任说："这就是基层的现状，警察执法就像去敌占区活动，还得偷偷摸摸的。"

看着满头大汗召集警力的杨东篱，刘方桥淡淡地说："让我走一趟吧，侯磊怎么着也是我的兵。"

杨东篱瞪了他一眼，说："别添乱了，你还是想想如何解救自己吧。"

刘方桥有点儿着急，大声嚷道："时间一长，事态扩大就不好控制了！"

杨东篱嗓门儿也大了起来："那也得等我召集了警力，难道你一个人去？"

刘方桥晃晃脑袋："不用，我自己就行。"

杨东篱有些不相信，但他了解刘方桥在群众当中的威望，看着郑主任，语气有些松动："这个我做不了主。"

郑主任在一旁却爽快地说："行，我和你一起去。"

路上，刘方桥瞅着郑主任问道："你是怕我畏罪潜逃？"

郑主任扶了扶架在鼻梁上的眼镜，说："你想错了，我只是有些好奇，想看看你单枪匹马如何面对一群乱哄哄的群众。"

刘方桥从鼻子里哼了一声："这很简单，邪不压正，我虽然一个人，但我头上戴着警徽，代表的是国家执法，理直气壮地找他们要人就是了。"

郑主任有些不相信，反问道："那个侯磊不也是警察吗？好几个人都不行，还被围攻了？"

刘方桥一字一句地说："侯磊他们最大的失误就在于把正大光明的执法，干成了怕见人的偷摸事儿。"

回来的路上，郑主任一脸佩服地看着刘方桥，说："如果不是这种情形，我们会成为好朋友的。"

八

　　刘方桥被市纪委带走了，公安局和县委紧张的关系终于告一段落，杨东篱按照华大海的意思，命令刑警队停止了案件的调查，把卷宗交由法制科议案，马景元的案子暂时画上了一个休止符。

　　可是有一个人不死心，他就是张顾。

　　张顾从一毕业就跟着刘方桥，刘方桥当队长，他当队员，刘方桥主管刑侦、经侦，他当刑警队队长，两个人情同父子，亲若师徒，另外耳濡目染，张顾从骨子里有了刘方桥那份执着。他从心里认定，刘方桥是被冤枉的，肯定与马景元有关。尽管杨东篱下令停止侦查，但为了还刘方桥清白，张顾决定一个人偷偷调查。

　　两个礼拜后，张顾把证据摆在杨东篱的办公桌上，杨东篱仔细看过后相当惊诧，踌躇半晌，说了句："妥善保存，注意保密。"便没了下文。

　　张顾不死心，第二天又去找杨东篱，杨东篱只用等候命令四个字把他打发出来。第三天，他继续去敲杨东篱办公室的门，却被告知杨局陪同华书记去外地考察，要几天才能回来。杨东篱遮遮掩掩的态度让张顾心里泛上一丝担忧。

　　谁料想，两天后，杨东篱在外地打电话通知张顾，命他马上带人去外地，秘密抓捕马景元。电话那头，杨东篱的声音急促又果断，张顾被弄得一头雾水。

　　云外观海是距市区百余里的一处旅游度假区，每到夏季，山泉汩汩流淌，树木郁郁葱葱，到处鸟语花香，环境特别优美，是旅游度假的好去处。时值隆冬，万物凋敝，游客就少了很多，从五泉神秘消失的马景元就一直藏匿在这里。

　　自从增值税票案事发，马景元就没有睡过安稳觉，他是五泉人，当然了解刘方桥办案的无私和执着，如果被他盯上，自己不死也得扒层皮。好在华大海给力，出面替他挡住了刘方桥头一波的攻势。他也遵从华大海的建议，暂避风头，躲到了这里。一晃好几个月了，刘方桥被双规了，杨东篱也下令停止了案件调查，让他奇怪的是，华大海却迟迟没有发话让他返回五泉。

望着外面白雪皑皑的北国风光，马景元意兴阑珊，问贴身马仔阿彪："五泉那边还没有消息？"

阿彪回答："已经传来消息，事情基本摆平了，不过老板叮嘱，这期间最好低调些，暂时不要露面。"私底下马景元他们都称呼华大海为老板。

马景元吩咐："你再去支二百万让人给华大海送过去。"

阿彪问："前些日子已经给他送过去三百万了。"

马景元冷冷地说："华大海摆的这个阵势，就是还要钱，真他妈贪得无厌。不过，这个时刻，千万不能吝啬。"

阿彪有些怀疑："不会吧，你和老板关系这么铁，再说平时咱们也没少孝敬啊？"

马景元冷笑一声："你以为他是卖我马景元的面子？扯淡，那是人民币在使劲儿。"

马景元做了几下扩胸运动，又揉了揉眼睛说："奇怪了，从早晨起，这左眼一直在跳，不会有什么变故吧？"

阿彪安慰道："案子已经终结，刘方桥也被带走了，他的手下肯定是树倒猢狲散，再说，看天气预报，五泉那里正在下大雪，他们出不了门。"

马景元的心情开朗了些许，捋了捋被风吹乱的头发，哈哈一笑："俗话讲，左眼跳财，看来应该是咱们时来运转，风光的日子又要回来啦。"

晚上，当张顾他们破门而入，给马景元戴上手铐的时候，他半晌都没回过神来，暗暗嘀咕："你们是雪遁来的吗？"

马景元归案后，这个盘踞五泉多年的涉黑团伙终于被彻底端掉，这个案件还有了一个副产品，牵出了马景元背后的保护伞——华大海。

九

时间如白驹过隙,一晃刘方桥已经被带走一个月了。

那天,郑主任过来看他。看着郑主任匆匆的脚步,嘴角微微露出的笑容,刘方桥不觉心里一动:"难道说事情真相大白了?"

果不其然,郑主任刚刚坐稳,就迫不及待地告诉刘方桥:"你的事情水落石出了。"

刘方桥无声一笑:"我猜到了,你的神情刚刚已经告诉我了。"

郑主任一挑大拇指:"细微之处见功夫,不愧是老警察,明察秋毫。"

下面的话,郑主任就说得很缓慢,字斟句酌:"很抱歉,由于我们工作不细,给你造成了不必要的……困扰。"

刘方桥显然并不想听这些外交辞令,催促道:"快告诉我究竟怎么回事儿吧。"

郑主任:"现已查明,这一切都是华大海和马景元一手策划的。"

刘方桥愤愤不平地说:"果然是他们诬陷我。"

郑主任一笑:"这次你判断失误,他们的初衷可不是陷害,是花钱给你买官,把你交流到外地,用他们的话讲就是'拱你上位'。"

刘方桥有些不明白:"什么意思?"

郑主任眼里有些深邃:"由于你在案件上的坚持,令一言九鼎的华大海极为恼火,也让马景元胆战心惊,为了阻挠你对案件的侦查,就想出了个'拱你上位'的主意。"

刘方桥一声冷笑:"把我提拔交流了,也就没有人盯着他们不放了。"

郑主任点点头:"大抵如此。"

刘方桥还有疑问:"既然是马景元送礼,纪委怎么追查到我头上了?"

问到这些，郑主任神情带着尴尬："这有些巧合，我也是案件破了才搞清楚。马景元送的五十万现金装在两个大红袍茶叶盒里，在里面放了你的名字，巧合的是，你确实给过肖继才两盒大红袍。也许是肖继才混淆了，才有了这个误会。"郑主任看了看刘方桥，停顿了一下，"不过马景元也没放过你，在看守所还检举你挪用了公款，这可能是他对你的最后一击了。"

刚才还眉飞色舞的刘方桥，神情一下黯淡下来，声音有些滞涩："我知道，昨天和纪委同志已经讲清楚了，他检举的没错，我确实用了公款。"

郑主任却说："不过，据我们调查，你早已经补上了挪用的公款。"

刘方桥有些不相信自己的耳朵："不可能，我在这里，爱人还在医院，家里也没有存款，怎么会呢？"郑主任嘴角微微一动，却没有回答。

刘方桥不死心："是张顾吗？这件事只有他知道。"

不料，郑主任神色一暗："不是张顾，他牺牲了。"

刘方桥心中一凛，顿时有东西模糊了双眼，问话就有些急迫："出了什么事儿，怎么会这样？"

郑主任站起身说："你先收拾一下东西，一会儿你们局长杨东篱会来接你，详细情况由他告诉你吧。"

十

办公室里，杨东篱和刘方桥沉默了很久，才压抑下彼此不平静的心情。杨东篱率先打破沉寂："嫂子在医院恢复得很好，医生说近期就可以出院，保密工作也到位，她和侄子对你的事情丝毫没有察觉。"

刘方桥没有客套话，直接问道："欠款是你替我还的吧？"

杨东篱没有回答刘方桥的问题，却朝着他吼道："一提起这事儿我就来气，嫂子有病你完全可以找我，我们是同学、是战友，为什么要做那样的蠢事儿,那是违纪的,这不是给别人落把柄吗?"

看着杨东篱激动的神情,刘方桥有些抱歉:"当时,你嫂子检查出乳腺癌,还是晚期,我顿时觉得整个天都塌了,只想快点儿做手术,一分钟也不想耽搁,我没有那么多钱,要知道,你嫂子对我太重要了,哪里还管什么违纪不违纪,就是火海也跳了。"

听他如此说,杨东篱火气消了些:"这几句话,还有点儿人情味,不枉嫂子为你辛苦操劳半辈子。"

刘方桥有些奇怪:"你是怎么知道的?"

杨东篱说话有些神秘:"是郑主任无意间吐露的。"他想了想,又纠正道,"其实说无意也不准确,直觉告诉我,他是想帮你,故意泄露给我的。"

刘方桥问:"他原则性很强,你是从哪里得出这个结论的?"

杨东篱一副成竹在胸的样子:"从他对待这件事的态度。要知道调查之前归还,和事情暴露后再归还的性质截然不同。另外,我听说这次也是他力排众议,说你违纪情节轻微,才转交由县纪委处理的。"

刘方桥点点头,似有所悟,话题又扯到张顾:"张顾是怎么牺牲的?"

杨东篱声音一下变得低沉:"直接原因是在抓捕马景元归来的路上遭遇车祸。"

刘方桥愣了一下,问道:"怎么这样说,难道还有间接原因吗?"

杨东篱叹了一口气:"深究起来,你的不幸有我的原因,可是,张顾的死咱俩谁也脱不了干系。"

刘方桥不解地望着他:"怎么回事儿?"

杨东篱袒露了心扉:"其实'拱你上位'这个主意是我出的。"

刘方桥有些不相信,头往前凑了凑:"真的?为什么这样做?"

杨东篱淡淡地说:"为了保护你。"

刘方桥脸色凝重:"这种下三滥的勾当,是为了保护我?"

杨东篱叹口气说:"你可知道,当时华大海把你视为眼中钉,他想调整班子，把你调出公安局。征求意见时我坚决不同意，说如果调离你，势必会造成动荡，如果非让你走，不如推荐你异地交流稳妥些。"

刘方桥又问："那张顾的死怎么跟你我扯上关系的？"

杨东篱低下头："张顾早将将马景元的犯罪材料交给了我，是我为了等县财政拨款，延迟了抓捕时间，如果不拖延就赶不上那场大雪，也许就没有这起车祸了。"

刘方桥又问："与我有什么关系？"

杨东篱望着窗外，眼睛里有东西闪亮："抓捕回来的路上，因雪太大汽车抛了锚，马景元想趁机脱逃，正遇上对面来车，张顾是为了保护马景元才牺牲的。当时很多人都不理解，为了一个犯罪嫌疑人，值得吗？"杨东篱回过头瞅着刘方桥，"你知道张顾怎么说的吗？他说他可以死，马景元不能死，他是证明刘局清白的重要人证啊！"

听到这里，泪水一下模糊了刘方桥的双眼，他哽咽道："你说的不错。"

杨东篱擦擦眼睛，环指墙上："今年咱们单位打了翻身仗，是打黑除恶先进集体，又是出席市里的优胜单位，还出了个二级英模张顾，我却一点儿高兴不起来，老是睡不着觉。当时，张顾嫌我不抓人，和我争吵过，原计划等他抓人回来把事情始末告诉他，没想到，他永远回不来了，我欠他一个交代啊！"说完，杨东篱把头深深埋在胸前……

办公室里一片寂静，只有两个人鼻息抽动的声音。良久，刘方桥默默站起身，缓缓走了出去。一阵风儿裹挟着雪花忽地吹了进来，外面又下雪了。

杨东篱追出来："方桥，别走，还是老规矩，咱们找一个小地方，我有好多话要对你说，其实……"杨东篱后面的话说得断断续续，"其实，从纪委一开始调查，我就知道你是清白的，问题肯定出在华大海和马景元那里，只是……"

刘方桥回过头，打断他的话："只不过是为了那两千万，才沉默至今的吧。"刘方桥凝视着杨东篱,"刚才你说这个主意出自于你,其实一开始,我就猜到了,不过从你嘴里亲口说出来,我很欣慰,说明你还拿我当同学。"

杨东篱无限感叹:"这个一把手难当啊,你不会怪我吧。"

刘方桥一边朝外走,一边摇了摇头。

杨东篱在后面高声问:"现在去哪里?"

"我要到张顾的墓地,去告诉他,我平安回来了。"刘方桥的声音从外面飘进来,像天上飞舞的雪花,在楼道里徜徉了很久。

一个月后五泉县纪委作出决定,给予刘方桥党内警告、行政记过处分。

第二年,杨东篱因政绩突出,升任市局副局长。刘方桥因为身背着处分,再次错过了异地交流当局长的机会,不过,他也有喜事儿。儿子刘旭高考达到了一本线,填写的第一志愿就是中国人民公安大学。

刘方桥的爱人死活不同意:"你爸爸就是警察,他辛苦了一生,我跟着操劳了一辈子,你还想当警察?"

刘旭一脸阳光,搂着妈妈柔柔地说:"妈妈,只有我们这一代顶上来,爸爸他们才能歇一歇,才不会这么辛苦了。"

(原载《啄木鸟》2016 年第 11 期)

执子之手

张 蓉

直到很久以后,每当经过缉毒队的办公室,哪怕仅仅是余光扫过那个被擦拭得没有一丝尘灰的空落落的工位和旁边衣架上挂着的浆洗得挺括笔直的制服,我心里都会泛起一阵空洞的痛,紧接着都会狠狠地咬着自己的舌头,恨不得嚼碎它。也是同样的舌头和牙齿,在说出那句令我悔恨至今的话之前的数分钟里,享用过一种美味,现在想起来那美味居然和我的悔恨一样深刻。就如同我们记忆里一件永生难忘的东西,有时会和另外一件看起来无足轻重的事情连接在一起,无足轻重的事情是钓竿,而永生难忘的东西则是钓竿下未知的沉重。

那日那时,当生煎馒头香郁的肉汁在口中喷

涌而出，当焦黄的底部在牙齿的进攻下快速瓦解，当最后一粒芝麻经过研磨后在舌尖开始生香，我方意识到带来这些生煎馒头的家伙太他娘的别有用心了。一是对象选择恰当，知道我好这一口；二是时间选择恰当，在最青黄不接的下午茶时间。

果然，见我心满意足地端起茶杯，对方开口了。头，我看这个目标毒品专案还是由楚天阔和张莫悔主侦吧。

这是你们缉毒队的事情，你是队长，不必请示我。我回复道，仿佛忘了刚刚接受过他的贿赂。

不……是。缉毒队队长脖子上的青筋暴起来了。

不是，那是什么，你不会是想让他们说相声吧，一高一矮，一瘦一胖，一白一黑，哼，还有，关键的是，一傻一聪明，正正好。我揶揄道。

那不是涉及张莫悔么，我哪里做得了主？他的语气变得审慎起来。

知道做不了主还做。他这话顿时让我抓住了把柄，于是我不顾上司的风度，当场就骂开了山门，昏头了我看你，张莫悔他有这个金刚钻吗？拖着张莫悔这个方轮胎，楚天阔还不被他害死？

缉毒队队长嘿嘿一笑，亲爱的头，别激动好吗？不调查，不发言，这可是您经常教导卑职的。张莫悔现在还是不是方轮胎，您调查过吗？

好啊你，敢用我的矛攻我的盾，出息了。我继续前面的揶揄的口吻。在我们这座城市里，如果你真的想要表达敬意，我劝你还是不要用"您"这个词。这个词听起来，僵硬且疏远，甚至还暗含与这个词想要表达的相反的意思，完全没有北方城市那种正式的尊敬或者市井的热络。

那不找死吗？卑职绝对不敢。我只是说，张莫悔被你低估了，大大地低估了。恕卑职直言，他总被你低估，这对他的成长不利。缉毒队队长就这副腔调，嘴巴上很谦卑，实质上却常常绑架我这个上司。此刻，他隔着办公桌凑近我，盯着我眼仁里的他说。

低估谁我也不会低估他。避开他喷过来的鼻息，我换了个舒服的姿势坐下来，一字一顿地说。

张莫悔可以说是刑侦支队历史上我见过的最不灵光的侦查员。多的例子不举，仅仅找女朋友一件事就能把他给证得死死的。大家都知道，公安局的男孩子特别是刑侦队的男孩子在婚姻市场上还是挺吃香的，尤其在这个高端女孩子结构性过剩的年代。最少大学毕业，赚的钱不多也不少，身高体重健康状况甚至七大姑八大姨有无违法乱纪单位都替你审查过了，喝酒赌博甚至将来可能的出轨单位都替你管着。虽说也有诸如时间不由自己支配、有时候有那么一点点危险等美中不足之处，可是一旦露头，这些小鲜肉的阵地还是在姑娘们或者丈母娘们的进攻下很快沦陷。

张莫悔却是个例外。按说他个头高，卖相也不差，但几个有女儿的人家偷偷相过，给的居然全部是差评。说他人太老实，坐下来人家说不用倒茶他就不倒，走的时候人家说不用送他就不送。浓密的头发深处有块斑秃，是刚进刑侦队一次抓坏人时拼命追，被增援的民警以为是坏人用手铐误伤后留的疤，好看难看倒在其次，关键说明这个人傻呀。还有，能当警察，谁知道是凭真本事，还是跟他那个很年轻就不在了的父亲有关？孤儿寡母这么多年，婆婆又怎能容得下媳妇……若说婚姻残酷如市场，那么张莫悔无疑就是丈母娘们眼中的蹩脚货，不剩下他还能剩下谁？

对这些，张莫悔似乎无知无觉，队里年轻同事去约会，去看丈母娘，去度蜜月，他主动替人家值班，替人家填各种报表，替人家维护网上办案系统，总之是一些和他很相配的蹩脚的活儿。可是一旦有任务，但凡领导说大家可以自由搭配时，他总会落单。原因是他干活，花的力气比别人都多，却总差那么一口气。一样去走访，他问不到情况，搭档返他的工，线索很快就跳了出来。一样搜身，他搜过的人搭档再搜，居然在衣领里搜得到微量毒品。若不是我这个他父亲当年的兄弟适当徇点儿私、舞点儿弊，他早被发配到看守所去了——如果你对公安局稍微懂点儿就会知道，看守所是公安局的西伯利亚，领导不待见的、能力差的、犯了点儿小错误的，都会被充军至此。

楚天阔就是例子。他本来就是刑侦支队的，当时已官至一个责任区刑侦队队长，是那个时候整个分局最年轻的副科级干部。公示一出来，多少人眼红心热啊。没办法，官本位在中国几千年了，在政府序列里，一个人的价值就体现在那一官半职上，尤其在公安局这种僧多粥少的地方，要当一个副科级干部也要过五关斩六将。可谁知队长的椅子还没坐热，队里一个年轻民警带吸毒对象去尿检，结果吸毒对象戴着铐子从医院卫生间的窗子给逃了，虽说过了一夜就抓了回来，但责任还是要追究的，楚天阔被免了职，充军到了看守所。

人欺生，哪都一样。到了看守所，楚天阔被安排到了一个最凶险的监区，主要关待决的重刑犯，搭配几个刑期不满一年的已决犯。重刑犯情绪一天三起伏，他的职责就是让他们安全走完所有诉讼程序。他娘的这家伙就是有办法，人家监区都在背监规，哪怕背得滚瓜烂熟也要背，他不，监规背过几遍之后，问那些在押人员，各位现在明白在这个地方什么能做什么不能做吗？那些人扯着嗓子齐声回答，明白。他说，明白就好，咱换个东西来背，背诗，每天一首。结果你猜怎么着？那些在押人员积极性相当的高，一到时间，监区里便回荡着他们扯着嗓子齐声背诵的声音：

人闲桂花落，夜静春山空。月出惊山鸟，时鸣春涧中。
……
床前明月光，疑是地上霜。举头望明月，低头思故乡。
……
百川东到海，何时复西归？少壮不努力，老大徒伤悲。
……

听上去确实有点儿滑稽，但他监区里，尤其是几个待判决的重刑犯，读了大半年古诗之后，都变得没那么焦心和烦躁，戾气好像也被磨掉了不少。那些余下来的刑期不足一年的，出去以后，重新违法犯罪的更是少。孔夫子说，诗可兴、可观、可群、可怨。咱且不管他指的是不是他自己整理的那三百首，反正又一次被楚天阔验证了。看守所领导对这招儿相当感兴趣，希望楚天阔继续做下去。可楚天阔何等人物，能困守在看守所这浅滩上？两年一过，他又回到刑侦队，只不过队长的位置没得坐了，而且换了个队，到缉毒队，和张莫悔同事。

楚天阔这家伙一到这个队里，就主动跟队长说要和张莫悔搭档。队长怎么会干？楚天阔一把好手，再搭个旗鼓相当的，队里的指标便不用愁了，可是如果拖上个张莫悔……楚天阔当然知道领导心里的算盘子，当即拍了胸脯：第一，指标队长你不用愁，缺多少我保证完成多少；第二，给我半年时间，我保证把张莫悔带出来。缉毒队队长当时向我报告这事儿时，我鼻子里哼出一股气，他娘的难道他也让张莫悔这个木头人背古诗？

后来我知道，古诗他倒还真和张莫悔背过。一次下午快下班时，他们得到消息说次日一早在闽北一个县城有个交易，这个地方不通飞机，开车得八九个小时，两个人吃好晚饭就出发了。车是还不算太老爷的桑塔纳，可是车载的收音机坏掉了。刚开始四五个小时还没什么，两个人轮流开，到了凌晨时分，天地之间只有空旷平坦的高速公路，隆隆作响的货柜车，单调的引擎轰鸣声，极容易打盹儿。高速公路上一秒钟就跑出去三四十米，打个盹儿那可是人仰马翻的事儿。这个时候，张莫悔突然想起了传说中楚天阔在看守所的光辉事迹，遂向他求证。楚天阔哈哈大笑，说那当然是真的。古诗的用场太大了，你嫂子就是我用古诗追到的，呵呵，读医的女孩子遇到文艺男，想跑也跑不掉。楚天阔得意地看着后视镜里的张莫悔，然后两个人关公战秦琼，你一句我一句玩古诗接龙，瞌睡就这样被打搅了过去：

    挽弓当挽强，擒贼先擒王。
    ……
    王谢堂前燕，寻常百姓家。

……
家书抵万金,烽火连三月。
……
月黑杀人夜,风高放火时。
……

半年之后,缉毒队队长来我跟前邀过一次功。他讲了楚天阔和张莫悔的几个故事,总之一个结论,他作出让他俩搭档的这个决定他娘的无比的英明、无比的正确。

他说有一次两个人去查案子,就见两个拎包贩毒的家伙在马路对面,直接奔过去人肯定早跑了,连张莫悔这个木头人也懂的。于是,他傻乎乎地看着楚天阔,用眼睛问他怎么办。谁知楚天阔当胸给了他一拳,嘴巴里还不干不净。张莫悔有点儿懵,楚天阔又一拳,你个窝囊废,有种来啊。张莫悔终于开窍了,上去"嘭嘭"回了两拳,打好后朝马路对面逃去,楚天阔紧追不舍。正当两个拎包贩子张大嘴巴乐呵呵地看免费大戏时,却见两个打架的家伙一左一右围住他们,眨眼间自己的手腕就和他们的手腕铐在了一起。

还有一次,他们盯的是一个吸毒的小混混。小混混出门后直奔地铁站,左奔右突,换了好几条线路,最后从四川北路一个站头出来,出站后就开始打电话,打完电话过马路,在马路对面又打了个电话,打好电话又过马路,反复了两次。这次张莫悔不用楚天阔提示就知道,这是卖家在测梢,测试有没有人跟踪这个小混混。他和楚天阔商量都不用商量,一个眼神,就把意思传递清楚了,所以小混混第一次过马路时,只有张莫悔跟过去,楚天阔在原地策应,等小混混第二次过马路时,张莫悔原地不动,假装看橱窗——这个时候他已经学会把橱窗当镜子来观察背后了,马路对面则交给楚天阔。

诸如此类的几个案子之后,就见两个人一高一矮、一瘦一胖、一白一黑整天同出同进,尤其是张莫悔,确实有了变化,别的不说,你看那黄豆芽一样的身材挺拔了很多,器宇轩昂了很多,看上去有了他老爸当年的样子。

一次食堂吃饭,他俩尘灰满面地进来,只听得我边上一家伙说,有道是,金瓜配银瓜,西葫芦配南瓜,楚天阔配张莫悔,不愧是一对好基友啊。

基友?不是那啥,那……《断背山》里两个帅小伙之间的破事儿吗?我开始心里一阵嘀咕,到办公室后连忙百度一下,百度里说这个词的应用已经很宽泛了,方才松了一口气,后来听说楚天阔在张罗着让自己太太给张莫悔介绍女朋友时,更加松了一口气。

楚天阔太太在一家三甲医院做妇产科医生。在一次警嫂的表彰会上出现过,大家都起哄楚天阔骗女孩子有手段,自己矮胖黑,太太却美人花一朵,用的什么手段,老实交代。在楚天阔还在扭捏作态时,他太太却抢过话筒镇定地回答,是我追他的,怎么追的,谁请我家老楚和我吃饭我就讲给谁听。话音一落,全场口哨声、掌声响成一片。

医院向来盛产女孩子,可是连着介绍了好几个,张莫悔这呆子居然都没看上,问了半天他喜欢什么样的女孩子,这呆子哼哧哼哧说嫂夫人这样的。楚天阔大笑,说好好好,我让你嫂子照她自己的样子帮你找。结果楚天阔太太还真给他找到一个气质和自己极为相似的女医生,人看上去清爽健康又家常,一笑牙齿像牙膏广告上那样白得炫目。女医生是海归,本科、硕士都在美国读的。在美国待久了的缘故,人变得没那么复杂,所以对张莫悔那些缺点,一概忽视。有人能看上张莫悔,也算是他小子出息了。

可是就算是这样,眼下这个部目标的大案,我还是不放心张莫悔上。这个案子前后我清楚,线索是从一个拎包贩毒案件上来的,上家在广东,大部分货是通过青岛、威海这条线去韩国釜山的,上海这些家伙是中间商。一公斤货,在广东拿三五万,到了上海,翻一倍,八九万,到了釜山,整整一百万。马克思他老人家怎么说来着,为了多少多少的利润,资本就敢践踏人间一切法律,就敢犯任何罪行。

这次的案子,从上海这些家伙频繁接货却迟迟不出货、预订好又退掉的飞机票和蛰伏起来四门不出,从青岛方面账户上渐渐积聚起来的资金、数度去租车公司租赁汽车和数度物色从青岛或者威海往釜山背货的水客,看得出注定是单大生意,买卖双方对成交都极为渴望,又相互极度地不信任,所以表现出来的就是极端的谨慎、极端的纠结。要知道,那些白色的晶体,无异于他们的圣经,他们的信仰,他们的上帝。道上走的都知道,五十克就可以判死刑了,刑法上写得清清楚楚。你断他的财路,要他的命,他不跟你拼跟谁拼?所以,就我所知,缉毒队员,都跟家里人有约定的,如果在马路上,在任何公共场所看见他们,无论他们正在做什么,被人追杀,和陌生女人勾肩搭背,无论如何都不要主动和他们打招呼,因为你不知道他们此刻正在做什么,正在扮演什么角色,有没有被毒贩盯着,甚至有没有在某支枪的准星里。不对,对不起,对不起,我不是这个意思,我是说张莫悔他没这个能耐。在发觉自己思维的刀刃即将剖到问题的内核时,我慌忙抽身出来。

这个时候,只听得缉毒队队长对我说,头,我说你呀,你护张莫悔,要护到什么时候?他爹张莫染是模子,有范,对你也有恩,但你也不能没有原则啊。

被他一语戳中,我心里一惊。确实,一旦碰到任何关于张莫悔的问题,他奶奶的我都会变得娘儿们起来。我不能感情用事。绳子往往在细处断,我护他护不了几天,得让他自己壮实起来。于是我很没面子地同意了缉毒队队长的意见,但提出一附加条件,这个案子有任何情况都得向我报告,行动的时候我也要在场。

毒品案跟其他案子不同,多数时候是正在进行时,很像一对男女表白之前的那种状态,搜集对方的一举一动,隔着一层纱相互猜测,猜对方的意图,猜下一步的动作,猜什么时候表白最合适。其结果也都是致命的。男女之间的表白,带来的可能是致命的幸福,也可能是致命的挫败感,而我们和毒贩之间的表白,带来的是他们的狗急跳墙、牢狱之灾,或者上断头台,总归都是鱼死网破。当年张莫悔他爹张莫染就是因为这个走的。

尤其是这次的案子，很长一段时间表面上看都没有进展。水面越静，暗流可能越急。果然，一天下午茶时分，缉毒队队长又提了一纸袋生煎馒头左晃右晃地进了我办公室。

享用过美味，我等着他的下言。果然，只听得他对我说，头，楚天阔报告说卖方刚刚订了晚上八点飞去青岛的机票，他这会儿正和张莫悔跟在新客站北广场的长途客运站。这家伙在托运一个箱子，他们没敢上去打听，怕这家伙万一和托运处某个人认识，走漏了风声。

你怎么打算？我问他。我有意不先发表意见，因为我知道这家伙常常主意比我高——你看，有个比自己能干的下属，也是件蛮闹心的事儿。不过我是他上司，可以优先行使发问权。

听您指示呀。这家伙又在用您。

别忘了，这个案子是你负总责，他奶奶的，即使我是上司，这个案子我也得听你的。

真的？那我就不客气了。这家伙还真没客气，从随身的包里掏出台笔记本电脑，现场演示起他的计划。毒贩子在上海这边是两个人，青岛那边可能是一个，也可能是两个，算他们两个。双方约定的交易地点是在郊区一个大型仓储式购物中心的停车场。我们这边连我带他一共去六个人，和青岛当地民警混编，分乘五辆车，一辆指挥车，两辆观察车，两辆伏击车……演示画面上，停车场的示意图，进出口位置，五辆车怎么摆布，都挺清楚。这家伙还真把功课给做足了。

张莫悔安排在哪一组？我问。

他情况熟悉，让他在伏击车上吧。缉毒队队长答。

张莫悔跟这个案子跟了两个月，人头熟悉，我看在观察车上比较合适。我说，听上去是在建议，其实是在命令，想必缉毒队队长懂的。

缉毒队队长意味深长地看了我一眼说，遵命，阁下。

可是到了现场，我发现张莫悔依然在伏击车上，于是责问的目光箭一样射向缉毒队队长，却被他故意忽视掉。眼看就要动手了，临阵不换将，我没法发作，只好次第盯着每个人的眼睛说，记住，青山在，才有柴火烧，毒贩跑了还能抓回来，安全第一，大家务必注意。

情报掌握的交易时间是上午 10 点，我们车子开到郊区那个超市的停车场时已经超过 9 点了，等几辆车子位置摆布好，上海毒贩租的那辆奥迪 Q5 已经驶进我们的视线，青岛毒贩的车子什么样子还不知道。虽说我把现场指挥权交给了缉毒队队长，心里还是突突突的。

9 点 55 分的时候，奥迪 Q5 副驾驶座上那家伙开始摆弄起了笔记本电脑，应该是在弄网银——现在交易，不像老早，你一手提箱毒品，我一手提箱现钞，一手交钱一手交货。马云教会了他们使用第三方支付平台，你交货，我付款，但款是付给双方都信任的第三方，等货没问题了，我再通知第三方正式划给你。交货也是，手法一直在变，一次他们居然在高速公路的停车带交货，一方在前面开，把一个手提箱放在停车带，另一辆车上去，把手提箱拿走。我倒要看看你警察怎么抓现行？

这次，他们将怎样进行交易？

就在我猜想时，一辆宝马 X5 缓缓开过奥迪 Q5，两车交会时，从奥迪 Q5 里扔出一个箱子，正好扔到宝马 X5 的后座上，刹那间两车分离，又刹那间两车丝毫没有发生过任何关系一样满脸无辜地各奔东西。

只见这个时候，我们的四辆车子也分成了两路，各一辆观察车和一辆伏击车，我坐的指挥车跟上了装有毒品的宝马 X5。

宝马 X5 开得真野啊，一上去就飙出去很远。是发觉有人跟吗？不像，发觉有人跟的话，他会用突然掉头、突然停车来测梢，他没有。那么是急着去威海赶去釜山的班轮吗？青岛民警说不像，如果是的话，不会走这条路。我们的驾驶员很谨慎也很默契，三辆车轮流跟，你前我后，和他隔开尽量多的车道，尽量不出现在他的后视镜里。有一次终于在红绿灯处跟上了，我们三辆车呈品字形，宝马 X5 在中间，是夹击的绝好时机，但我发现他前面有辆 QQ。缉毒队队长几度用眼神请示我,我都沉默,不敢下动手的命令,时机还是不够成熟,如果宝马 X5 急了从 QQ 上开过去呢,这个车子性能我是知道的,庄稼地里,路中间的隔离墩,都开得过去,QQ 那么薄的铁皮,经不住这一下。

很快绿灯亮了,听到缉毒队队长不易察觉地叹了口气,我没理会,大家继续跟。

这个时候,马路变宽了,宝马 X5 开得更野了,目测速度最少在 160 公里,我这辆指挥车,最高只能开到 140 公里,观察车和伏击车后视镜里已经看不到了。好在驾驶员机灵,始终没让宝马 X5 脱出视线。

很快进了市区,动手的机会更少了,队员的安全,周围老百姓的安全,我都得考虑,只好等他停下来熄火以后再动手。

跟他靠近一个小区时,左开右开,我才发现宝马 X5 实际上在兜圈子,兜了三圈之后找了个车位车头朝外停了下来,车上下来一男一女,男的锁车门,女的抱着一个纸箱。

动手。我隔着玻璃盯着他们一字一顿地说。

我们的车子紧贴着宝马 X5 停下来。车子火未熄时,三个车门都打开了。不知是车门声惊动了那两个人,还是第六感觉,那男的突然回过了身,看见自己车旁出现三个陌生男人,怪叫一声撒腿就跑。

这个时候,我们车子的驾驶员还在车上,车子还发动着,他突然一脚踩油门要去追,我却惨了。这辆车是别克商务,我坐在第二排中间的位置,等那男的转身时,我正下车,单脚已将着地,驾驶员刚刚将油门踩下去,拉开的车门因为惯性又滑向前方,将我夹住,两只脚在外面,上身在里面,车门一打开,我整个人扑倒在地……听到我的惨叫声,追出去的几个队员回身扶我,我大叫,走开,不要管我。等他们跑远了,我才感觉到钻心的疼,而且眼见着脚踝那个地方一点一点红肿起来。

我忍住痛,靠着上身的力量,爬进驾驶舱,腿和脚他奶奶的一点儿都不听使唤,我用上身带动,不知挪了多少次,终于挪了上去坐好了。我得开车去看看,我急,我不放心。我得和他们在一起。如果这次行动一定要有人受伤的话,我已经伤了,不要有人再受伤了。老天爷,求你了。

左脚踝骨一定是断了,右脚应该只是扭伤,我用手把右脚搁在刹车上。车子是自动排挡,单脚可以操作。踩刹车,钻心的疼啊,我咬住牙,扭动钥匙,发动了车子,然后用手帮助右脚移动到油门上。我打算用油门开车子,这点儿技术还是有的。

车子慢慢滑出去,正午时分,阳光极炫目,马路上行人极稀少,追的人,被追的人,一个人都不看见。转过弯,一辆用作观察车的桑塔纳车门敞着四十五度停在路边,发动机在突突响着。人呢?人哪里去了?他们一定在某处,我得找到他们。

车子沿着刚刚开进来的小路滑出去,脚部的疼这个时候已经全面觉醒,踩在油门上,顿感迟钝的撕裂感和撞击感。但脚部的疼比起内心那种焦灼的感觉,已经退到了其次。

等车子开过一家诊所,我看到张莫悔傻傻地坐在路边,他怀里抱着楚天阔,徒劳地用衣襟擦楚天阔肚子上不断涌出来的血。楚天阔半依着墙,躺在张莫悔怀里,脸白得纸一样,身下汪着一摊血,血顺着人行道上的缝隙往远处流淌,仿佛受伤的是这些行道石。

我停下车子,推开车门,想要迈出去时才发觉腿脚的剧痛,于是双手着地从车门往外爬。张莫悔看到我,放下楚天阔,要冲过来,但没等站起来就倒下了。正在这时,前面我看到过的那辆桑塔纳开了过来,缉毒队队长和一个青岛民警拖着一个血人从诊所旁边一个杂货店里出来。

见到我,缉毒队队长连忙扔下手里拖着的人,没想到自己也一个趔趄倒下了,原来他们用了两副手铐,每个人都把自己的一只手和毒贩的一只手铐住。掏出钥匙为自己打开手铐后,缉毒队队长冲到我面前带着哭腔说,头,对不起,头,对不起……120 在来,你……

他奶奶的别管我,去看小楚。我吼着嗓门恶狠狠地喝住他,他不敢再朝我前进半步。

楚天阔再也没能回到上海。

在医院里，我和张莫悔一间病房。我几欲问他事发经过，我也发觉他几欲张口，但两个人都没有这个勇气。直到有一天，他瘸着腿过来帮我翻身，翻好身之后，他毫无征兆地突然伏在我床边大哭。我靠在床头，眼泪也无声无息地从脸上流进脖颈里。可是等哭声止息他再次抬头看我时，脸上已经没有了泪痕，只有床单上大块的湿渍。

他说，他们那辆伏击车开过来的时候，看见有人狂奔，他当然不能放过，车门一开就追了上去，开车的是青岛当地民警，继续开着车兜过去想来个包抄。但直到两个人碰上了，也没有追到毒贩。定是藏在某家商铺里了。这个时候，后面的车子和人都上来了，大家一家一家进去看，张莫悔刚要走进一家诊所，突然听到隔壁杂货铺里传来惨叫声和打斗声，连忙转身冲了进去。正午时分，在大太阳底下待久了，一进杂货铺，瞬间的目盲，张莫悔只好循声搜索。杂货铺外面是个柜台，柜台后面有个里间，里间门上挂着门帘，惨叫声和打斗声就是从里间传出来的。张莫悔一个鱼跃，跳过柜台，掀开门帘，没等他看清楚里面的情势，只觉得腿部一阵尖锐的刺痛，在仅仅两三个平方米的地上，两个人扭打在一起，辨不出哪个是民警哪个是毒贩，狭小的空间里都是浓烈的血腥味。等他眼睛适应了黑暗，就发现地上两个人像个算术里的乘号一样压在一起，侧躺在地上那人手上有刀，刀在上下左右挥舞，四十五度压住他的是楚天阔。张莫悔赶忙扑过去，试图控制毒贩的手腕，谁知毒贩力气大得出奇，刀还在左右乱戳，他再上去，用一个三角锁喉才将毒贩控制住。狭小的空间里，只听得自己和毒贩粗重的喘息声，楚天阔已经没有声息。张莫悔心里一惊，用腿撑起一个小小的三角空间，将毒贩扯向自己一侧，大喊着让楚天阔退着爬出去，楚天阔动了，他心里的难过和惊惧轻了一些，可等他看见楚天阔靠在墙上又哧溜一下滑下去的样子，心里又一紧。这个时候，几个队友闻讯冲进来，从张莫悔身下拖走毒贩。张莫悔感到自己的力气仿佛也用尽了,他傻呆呆地跟着人出去,坐在马路边上,看着被抬出来的已经没有声息的楚天阔惨白的脸和他身边大声哭泣的队友,看着自己满身的血。阳光还是和几分钟前一样炫目,自己身边却有这么多可怕的事情发生。他傻傻地搓着手上的血,傻傻地抱着失血过多仿佛戴着一张白纸面具的楚天阔,傻傻地用衣襟擦拭楚天阔肚子上不断流出来的血,那血仿佛流也流不完……

你和楚天阔怎么分工的,谁在观察车上?谁在伏击车上?我心里有个疙瘩没解开,我得去解开它。

一开始我跟队长说我想在伏击车上,队长问我为什么,我说队长你不是说过好的侦查员都是大案子喂出来的吗,队长想了想答应了。后来不知怎的他要我和阿楚换,我没答应。现在想想,如果换了,当时那个位置就是我的,阿楚……是替我挨的刀子,替我死的……阿楚一直说叫我什么时候都不要怂,不要给人看笑话,老子英雄儿好汉,阿楚说我会是个好警察,像我父亲一样的好警察……是我害死了他……说着,前面屏回去的眼泪又出来了。

不,孩子,是我害死了他,我还害死了你的父亲。我揽住他剧烈耸动的肩膀说。对不起!对不起!一老一少两个大男人哭成一团。

这次火拼的直接战果是抓住四个毒贩,破了一个六公斤的大案子,切断了青岛到釜山的贩毒通道,直接损失是一死两伤。楚天阔太太肚子里的孩子还没有出生就失去了父亲。张莫悔腿部有一个深达两厘米、缝了八针的伤口,他的海归女友和他分手了。我左脚踝骨骨折,右脚踝骨骨裂。

张莫悔说我理解她,她在国外读过四年书,三观已经和我不一样了,我不能硬要她嫁给一个不能给她安全感的男人。能给不相干的人带来安全感的人,却不能让自己的女朋友有安全感,仿佛是笑话。

楚天阔太太生产那天,我和缉毒队队长都去了。是在她自己医院自己科室生的,自然会得到最好的照顾。但越是最好的照顾,越是让人觉得了缺了什么。

我的腿还没好利索，一下车就得用双拐，缉毒队队长陪我等在外面椅子上，张莫悔跟着推着楚天阔太太的手术床进进出出。我和缉毒队队长谁都不说话，就见他脖子上的青筋暴着，一突一突的。

　　周围嗡嗡的议论声，你家生的是男宝女宝，给媳妇女儿吃什么下奶，准备买什么牌子的红蛋，在哪里做满月，请什么人。我心里有说不出的酸楚。警察的太太、警察的孩子，就该比别人的太太、别人的孩子承受更多吗？这个即将出生的孩子，又是一个没见过父亲面的孩子，又是一个张莫悔——二十八年前，张莫悔也是在这种情况下出生的。我和很多同事陪在外面，他的母亲、张莫染的太太在里面独自生他。张莫悔没有见过父亲的面，他父亲张莫染就是在他出生前四个月走的，是为了给我挡子弹而走的。我不值得他这么做，他比我优秀。若是他在，刑侦支队支队长这个位置无论如何也轮不到我坐。我欠他的。如今，我又欠了楚天阔太太和她马上就要出生的孩子的。

　　是宿命吗？这个时候，我突然想起缉毒队队长第一次来找我说把这个案子交给楚天阔和张莫悔主侦时我说过的一句话，拖着张莫悔这个方轮胎，楚天阔还不被他害死？是我的乌鸦嘴一语成谶吗？如果能收回的话，我情愿咬碎自己的舌头。

　　……

　　大约半年之后的一个下午，缉毒队队长又提了一袋生煎馒头左晃右晃走进我办公室。他先是把生煎馒头往我台子上一放，接着从腋下的夹包里掏出一张喜帖，递给我。

　　红色通缉令，谁的？我边拆边问。

　　自己看。缉毒队队长努努嘴。

　　打开，照片上是三个人，男的是张莫悔，女的是楚天阔太太，张莫悔左手搭在自己右手腕上，右手抓住楚天阔太太的手腕，对方也一样，两个人的手和手腕形成一个座位，上面坐着一个可爱的小人，小人眉眼间是楚天阔的样子。

　　看着看着，眼泪就他奶奶地不争气地掉了下来。

（原载《东方剑》2016 年第 5 期）

臭豆腐

李 阳

说起来,老杜这人除了三十大几还单身没啥大毛病,长得不起眼,脾气温和,工作不积极也不落后,就是有个爱吃臭豆腐的习惯。

一到午饭时,就拿出他那个宝贝罐头瓶,打开盖儿,一股子臭气立即在十几平方米的小餐厅弥漫。夏天还好,大家可以站在院子里端着碗吃,顺便聊聊天。冬天,再使这招儿就不行了,冷。

好在一天就一顿午饭大家聚在一起吃,要是一天三顿都在这种环境里就餐,谁受得了。尤其女警小林,姑娘家更不喜欢那股子臭味。

老杜自己好像不觉得,抓起一个雪白的大馒头掰开,夹出一块灰绿色的臭豆腐往里一放一合,咧开大嘴,吧唧吧唧吃得挺香。

其余人则屏住呼吸麻溜吃完,赶紧拍屁股走

人。留下老杜在那细嚼慢咽，独自享受。吃罢，他把宝贝罐头瓶揣进兜，回办公室休息。

小林向所长反映。所长嘿嘿一笑，端着大茶缸子哧溜哧溜喝水，不说是管，还是不管。

有知道内情的透露说，老杜跟所长是警校校友，向所长汇报老杜？哼，麻布片上绣花——白费劲儿嘛。

哦，怪不得呢。小林恍然大悟，再吃饭时，离老杜和他的臭豆腐瓶远远的，翻着白眼。

所里有人去外地出差或旅游，老杜得了信，一律求人家带些当地特产，具体说就是臭豆腐，还追着塞钱，每回都闹得跟要打起来似的。

没人要老杜的钱，不值仨瓜俩枣的东西，谁出门不得带些土特产回来给大家尝尝鲜，无非是给老杜的换成臭豆腐罢了。

小林喜欢网购，穿的、用的、吃的都从网上买。

老杜替她收了几次快递，有些不明就里，吃午饭时，向小林请教。小林端着饭碗离老杜八丈远，解释一番。

"全国各地，犄角旮旯，啥都有？"老杜对网络不陌生，搞过网上追逃，但网购不会。

"嗯嗯嗯。"小林应付着，想赶紧吃完，臭豆腐味闹得她连最喜欢的鱼香肉丝都没心思细品。

"那，那臭豆腐能网购吗？"老杜满脸谦逊。

小林圆眼一瞪："这？真不知道。"

"帮我看看呗。"老杜难得笑了一下，比哭还难看。

"行。"小林回办公室上网一查，能！随即告知老杜。

得，老杜激动了，站在小林身后，指着电脑屏幕上各地的臭豆腐，挨个戳："要要要！统统要！"

小林雪白的小手噼里啪啦不停地往购物车里丢臭豆腐，再噼里啪啦累加价钱。老杜掏钱给小林时，那副财大气粗样儿很罕见。

几天后，臭豆腐们蜂拥而至，小林给老杜送去，他收得眉开眼笑。

这天中午，老杜拿着一罐没开封的臭豆腐到食堂，抓起一个雪白的大馒头掰开，夹出一块灰绿色的臭豆腐往里一放一合，咧开大嘴，吧唧吧唧声刚起，骤停，再吧唧时声音降低许多。老杜胡乱嚼几口咽下，拿起装臭豆腐的罐子，眯缝着眼瞅商标。

他"呼"地起来，把椅子都带倒了……

"确定？"所长神情肃穆。

"嗯，那个味道很特殊，跟我记忆里一模一样。"老杜一扫委顿模样，平添些许英武。

十二年前，孤儿小杜在乡里读高中，同桌女生家里开酱菜园，总给他带臭豆腐，小杜吃着特别香。

毕业后他上了警校，那女生啥也没考上。

喝表哥喜酒时，小杜发现新娘子居然是那同桌女生！

当了表嫂的女生啥都好，家里家外是把好手，临街开个小铺卖自家做的酱菜，最拿手的是臭豆腐。小杜每次去，表嫂都给他装一大罐子。给钱，不收。

谁承想表哥好上了赌博，输红眼了，为翻本把表嫂输给了牌友！

表哥死在床上，不见表嫂踪影。

经法医鉴定，表哥胃里有大量农药。

现场找到一张表嫂留给小杜的纸条，称她得知自己被输给了表哥的牌友后，想喝农药自杀，不料装在瓶子里的农药却被酒后口渴的表哥误以为是水，喝了，死了！她不想发生误会，只好潜逃……

小杜坚信表嫂不是杀人犯，这是八年前的事儿。老杜每月的工资，大部分都给表哥父母邮寄去了。

小林把网上店铺的地址抄下来，在贵州。给贵州警方发了协查通报和老杜表嫂的照片，确定她在贵州某地后，老杜跟着刑警队同事前去抓捕。

"……如果未婚：无罪，我娶她；有罪，劝她服法，我等……"老杜对送行的所长道。

所长挥挥手，火车"呜呜"吼叫着，逶迤而去……

（原载《啄木鸟》2016 年第 6 期）

对　谈

王　维

　　他在宽大的会议桌对面坐着，头发有点儿长了，软塌塌地趴在脑袋上，毫无发型可言。冬季执勤服上灰扑扑的，左侧的毛领垂在他的肩膀上。他意识到会议桌对面的我们都在盯着他看，有点儿不好意思了，两只手不停地搓来搓去，嘴里偶尔轻咳一声，以缓解自己的紧张。

　　不好意思，单位通知我来接受采访之前，我刚好出了个警，打架的，劝架的时候，不小心扯到我的警服了，他说。简单的话语，略带点儿腼腆。

　　别紧张，讲讲你的故事呗。

　　讲故事？我不会讲故事。

　　哈，不是别人的故事，就说说你自己的事儿，当警察这些年的事儿。

咳，当警察这些年的事儿，太多了，我干过的，可能很多警察都干过。

听说，你经常跳护城河救人？

啊，有几次吧。

能说说当时的情况吗？都是几月份？一共有几次？

几次记不清了，夏天有，秋天也有。印象最深的那次，是深秋了，我巡逻的时候，听到有人喊救命，毫不犹豫就跳下去了，结果，救人的时候才发现，卡住那个人的地方刚好是一个排水通道，外面看不出来。那个通道得有四五米深，我把人拉上来以后，自己已经没劲儿了，要不是岸上的群众帮忙，那次我可能就上不来了。

说到这里，他笑了笑，挠了挠自己的头。

跳下去的时候是怎么想的？

哪来得及想什么啊？听见有人喊救命，我就跳下去了。等我被拖上岸的时候，倒是真有点儿后怕了。

听说，你还救过一个被男朋友劫持的姑娘？

嗯，也是凑巧，我巡逻的时候碰上的，其实一开始也没动刀，就是两个小年轻的吵架，小伙子挺激动，说着说着，刀就架到姑娘脖子上了，呼啦一下就围上来很多群众，小伙子就太紧张了。我站在他对面，一边和他说话一边靠近，趁他不注意，一把就扯住他的胳膊了。事情就结束了。

结束了？

嗯，结束了，我胳膊擦破点儿皮，嫌疑人被送到派出所接受处理，我继续巡逻。他笑笑，又伸手摸了一下头，看着对面的人好像不相信的样子，他又说，其实，我知道你们在想什么，很多人也说过我，说我傻，问我怎么不再等等？万一嫌疑人真激动起来拿刀乱扎，扎我身上怎么办？可是，考虑刀会不会扎到我身上之前，我想的是万一他真把刀扎到那个姑娘身上怎么办？其实我也不傻，我知道警察在那个时候，不能等。万一那什么，那个姑娘，那个姑娘的家就全毁了。

说完这些，他慢慢地低下了头，表情沉重了起来。

你妻子是干什么工作的？

我老婆啊，是个水利工程师。

他好像很不习惯称自己的妻子为妻子。他说，他们是同学，都是农村考学考出来的，工作后同学聚会，被同学们撮合到一起了。一开始他在另外一个城市当兵，老婆在这边，分居很多年，后来才转业回来的。

说到这一段的时候，他的情绪明显有点儿低落。因为，当年，他，作为一个前途大好的优秀军官是不得不离开自己深爱着的部队转业到地方的。因为，他的父亲患了癌症，因为他的母亲高血压住了院，因为，他的女儿需要他照顾，还因为，他的老婆已经为这个家付出了太多太多。

女儿几岁了？

八岁，他刻意把头扭到了一边。

读几年级了？

他沉默了，伴随着一声叹息。

她不能上学，我女儿是智障儿童，生活不能自理。他叹了口气，轻轻吐出的这句话，像一记重锤砸在了在座的每个人心上。

他说，这些年为了给女儿治病，积蓄都花得差不多了，后来才查出女儿是染色体异常，根本无法治疗。现在他们又有了个儿子，不到两岁，父母身体不好，却还坚持着帮他们带两个孩子，觉得挺对不起老人的。

说到这儿，他的眼睛红了。

大家的眼睛都红了。

听说，你还一直照顾着一个八十多岁的老太太？

哦，那是我认的一个奶奶，孤寡老人，挺不容易的，自己在马路边上推个小助力车卖报纸。自从那个雪天遇到她老人家在路边摔倒，每逢坏天气，我都会去她摆摊的地方看看她，这么大岁数了，别再伤着。现在就和我亲奶奶一样，周末我会买点儿吃的，带着孩子去看她。

提到这个老人，他的表情比刚才放松了好多，憨厚的笑容也再次挂在了脸上。

这些年，你对警察有什么特别的认识吗？有人问他。

特别？没什么特别的，就是做警察该做的事儿，帮助需要帮助的人。

临出门的时候，有人问他，你哪年生人？

1980年的。

大家不禁唏嘘，他的样子早已超出了他的年龄。

这就是生活，这就是信念，这就是警察。

（原载《人民公安报》2016年4月8日）

警察门

欧阳伟

一

我一上车,的哥问,师傅去哪?我说去幸福门。他说,好嘞,警察门。一脚油门,车子欢快地驶向河东大道。

明明我说的是幸福门,你怎么就说是警察门?

习惯啦,都这么说。的哥爱讲话,我说你们警察真会挑地方,找了这么个风水宝地。

你是本地人吧。

嗨,听不出来?土生土长,城里头的。嘿嘿,如假包换。的哥回头瞟了我一眼,我看你这人还实在。你们那里吧,原来是一片荒山,后来成了坟地。再后来,坟都迁走了,变成了砖厂,湘潭人哪个不晓得，公安办企业，那就是公安局的提款机。

哦，有这回事儿？

你是新来的吧？我可是老湘潭。你知道吗？当初那些坟头主，都不愿迁呢，都说是龙脉。你们好，骑在龙脉上了。要风得风，要雨得雨，大发了。

你在讲故事吧？

你装吧？不说别的，就说你们的门牌号，幸福路168号。谁不晓得，你们想怎么起就怎么起，那时是一片荒山野地，就你们一家，别无分店，哪里来的168号？你们车管所不是早有规定，车牌号带8字的都是吉祥号，要钱的。168，一路发，多好的号，多吉祥的号，得多少钱哪。老百姓敢吗？

不是他一脚刹车，我还没恍过神来。

回到家，我把的哥的话讲给老婆听。

老婆说，人家说的是事实呀。

可我听起来怎么这么别扭。

你呀，听惯了好听的。

我多少知道一些，那些年全民办企业，一阵风似的。公安局要办个劳动服务公司，好安排家属子弟就业。一时不晓得搞什么好。那时正是房地产热，想起办砖厂赚钱，就看中了那块地，由村里出土地，劳动服务公司出钱，挂靠公安局。

老婆说，如今好多地方开发的小区都出现了质量问题，开发商起先吹得天花乱坠，实际操作时就弄虚作假，偷工减料，墙面掉皮，到处漏水，搞得业主住又不敢住，退又退不了。我们这里还算好的，当年都是自己的人守着建起来的。

我说，还不是沾了当官的光。

那是20世纪末，我还住在老城区公安大院里，楼房高高低低，新的旧的紧密的，我住旧楼最高层七楼，只有六十平方米。楼层高难爬，热天像蒸笼，冷天像风箱。听说公安局集资建房，高兴得不得了，手头没钱，赶紧东拼西凑交了首付。那时刚兴集资局里就想到了砖厂，肥水不流外人田嘛。

局领导每人一套，挑了最好的楼层位置。

正应了一句话，千难万难，领导重视就不难。基层的人不敢怠慢，何况还有自己的份呢。

熟悉情况的人都说，你们小区的房子质量是第一的。

成也是官，败也是官。房子建好后，当官的一个没来。市中心那边也建集资房，位置环境都比这边好，当官的全到那边去了。

刚搬过来那会儿，真不方便。出门是烂泥路，四周是农田荒山。儿子还在市一中读书，每天出门都说一句，爸、妈，我进城去了。

后来，潭州搞了个城市东移战略，市委、政府、人大、政协、军分区五大家全从河西搬到了河东，还建起了好多个广场、公园，超市、商场也纷纷进驻。这边成了政治、经济、文化、休闲的中心。门前的烂泥路早已经是八车道的新路，新修的柏油路几纵几横，四通八达，热闹多了，也方便多了。

房价也水涨船高，如今均价在三千元以上。

我从工厂到公安，半路出家当警察，算算也二十多年了，什么也没捞着，只有这套房子，嘿嘿……总算天上掉馅饼，也砸我一回。

新公安大院是两幢仿古风格的六层大楼，对外叫公安南院，老公安局那边叫北院。

北院门卫是保安负责。

南院门卫也是保安负责。我们南院公安小区紧挨着局围墙，门卫则是物业代管。

南、北两院的区别还远不止这些。北院是大本营，又是老家属院，退下来的老局长、老干部基本上都在那里，老干科也在那边，那边有老干活动中心，健身房、保健房、棋牌室、阅报室等一应俱全。南院公安小区什么都没有。家属们好不容易才争取到一个车库，做了麻将室，后勤出钱装了一台空调，算是打发了。

有人起哄，这不是典型的一国两制嘛。

家属们无奈，只好自娱自乐，口头封汪娭毑为董事长，甘娭毑为总经理,还有会计、出纳,打一元钱、两元钱的麻将,每人每场收一元钱位子钱。真是羊毛出在羊身上,聚少成多,一两个月还可以组织一次户外活动,去郊外踏青、野炊,去附近的景点旅游。三个堂客一台戏,免不了磕磕碰碰,今天吵了明天就好了,抬头不见低头见,日子就这样一天天过呗。

门卫的事儿并不简单,好多人托关系争着要来。

当地村里提出要帮他们解决就业问题,这个理由站得住脚。

胖胖成了第一个门卫。

二

胖胖二十岁出头,胖乎乎的,足有二百斤哪。

有人说,你们真会请门卫哪,一女当关,万夫莫开啊。

胖胖不气不恼,只是笑,憨憨地笑。她知道自己几斤几两。

胖胖家不是这边的,嫁到了我们小区旁边的老闫家。结婚几年了,老怀不上。

闫家两个儿子,就指望她传宗接代了。老二早年出了车祸,捡回一条命,却成了脑残,成天站在马路边看人来车往。有人说他是在那里看女人呢。祸不单行,他母亲又得了肺癌。

村里说是照顾困难家庭。物业给村上三千元,村上截留一半,发到她手里只有一千五百元。胖胖想得通,反正就住在隔壁,既上了班,又能照顾家,这年头,有总比没有强,多得不如现得。

胖胖急着想怀孕,偏就怀不上。院子里刚结婚的年轻人,点爆竹似的,一点一个准,说怀就怀了,说生就生了。

院子里那些堂客们也跟着急,有事儿没事儿就往门卫凑,和胖胖聊得热乎。不急,会有的,你看你这么健康,不就是胖点儿吗,没事儿,早晚的事儿。她们到处打听治不孕不育的秘方,一有消息就赶紧给胖胖送去。

胖胖有事儿,她的男人、公婆都会来顶班,一天二十四小时从不离人。院子里卫生也是承包的,总是干干净净的。胖胖会做人,每天守在传达室，见人就笑嘻嘻的，家里有什么好吃的，炒好的菜也端来，买的水果也带来，地里菜总是带些来，要的就拿些去。

门卫里总是有人，成了一个聚会的场所。

公安小区旁边还建有一栋附属楼，给了特警支队，民警食堂也在那里。

有人提议，得给这个楼题个楼名吧。

马上有人附和，我们上官市长就是书法家，请市长题字更有意义。

上官市长曾当过公安局局长，对公安有感情。至于上官市长什么时候爱上了写毛笔字，就无从考证了。市长能写一手好毛笔字，还加入了省书法家协会，成了书法家，已经是件了不得的事了。在这座城市，好多地方都留有他的墨宝。

上官市长还真不含糊，挥毫写下仨字：幸福楼。

幸福楼也就成了公安小区的大名。

公安局前面的路也有了新名，叫幸福路。

那天一早，院子里响起了鞭炮声。

院子里的人晓得，肯定是有红白喜事，不然不会放鞭炮。

下楼就听说，胖胖怀上了。

院里的人都去门卫道喜，好多人又放了一轮鞭炮，就像是自己的孩子有喜了一样。

日子过得飞快。

那天胖胖男人小闫站在门口发红蛋，这是风俗，人人见喜。

过了些日子，小闫和胖胖在门口对我说，叔，请你帮个忙呗。

我问，什么事儿？尽管说。

男人口拙，支支吾吾半天，才说出几个字，你是文化人，我们……

胖胖抢着说，叔，请你给我们儿子起个名字呗。

我说，你们有什么讲究？

胖胖说，没有，你说叫什么就叫什么，好听就行。

我乐意地点点头，好啊，只要你们不嫌弃，我起。起名是大事,马虎不得,容我好好想想,明天告诉你们。

回到家里,我翻了好久字典,起了几十个名字,晚上做梦还在想着起名字的事儿。

第二天上午,我去门卫。胖胖一听,乐呵呵地笑了,要得,就叫闫俊杰,小名叫金宝。

金宝一天天在长大。门卫每天也热热闹闹,生机勃勃。

一日,门卫被砸了。桌子打翻了,电视机掉在地上。一问,是闫老二发了病,稀里糊涂就砸了。

对不起,对不起,东西我们赔。胖胖和她男人、公婆一个劲儿地道歉,见人就赔礼。

三

门卫换人了。胖胖一家坚持不干了。

新来一男的,姓范,五十多岁,有人透露,说是后勤处处长的亲戚。

这一换,门卫的感觉大不如前。姓范的像个木脑壳,见人不理不睬,院子里落叶满地跑,经常几天不扫,垃圾成堆,臭气熏天。

有几个环卫工人,原本一直在门卫歇脚喝水聊天,与胖胖一家混得烂熟。老范一见他们,就把脸拉得老长,要水没水,横着眼睛看人,好像别人是外来入侵者,侵犯了他的领地。

院子里的人也不大与他说话,知道他是狗仗人势,懒得和他计较。

背地里有人给他起了个绰号,范爷。

门卫里冷冷清清,范爷乐得清静。

范爷睡觉像死猪一样,喊都喊不醒。

小区的电动门是晚上 12 点关门。范爷不含糊,到时间就关了。

公安小区有个特点,很多人晚上得到单位值夜班,有的在河西刑侦队,有的在河东治安队,有的在看守所,有的在派出所,有的要临时出警,深更半夜接到电话就得走,常常搞到凌晨几点才回来。

　　民警把车停在大门口，叫着喇叭，敲着窗户，范爷鼾声依旧，继续做他的春秋大梦。喇叭声声，把一院子的人都吵醒了，他才起来开门，嘴里还骂骂咧咧，叫不叫人睡觉哪。

　　一天晚上，我们散步回来。院子里围着好多人，说是来了小偷。咦，住了好几年，还是第一次来小偷。这小偷胆子也太大了，竟然偷到公安院子里来了。

　　是焦家婆娘发现的。她上楼，碰见一个陌生男子，正站在三楼门口。问，你是干什么的？那男子三十多岁，穿得体体面面，低着头说找人。焦家婆娘哦了一声，继续往上走。走了两步，警觉起来，问，你找谁？那男子一时语塞。焦家婆娘两眼一瞪，厉声喝道，你是小偷吧？那男子扭头就跑。焦家婆娘在后边猛追，尖起嗓子喊，抓小偷，抓小偷啊——

　　跑到楼下，小偷不见了。

　　院子里住的，大都干了几年或几十年警察，还有那些警察家属，起码也是半个警察。这还了得，小偷竟敢在太岁头上动土，这简直是对警察莫大的侮辱。大家立马分头去找，拿警察的行话说，那是展开了地毯式搜捕。找的人回来，个个摇着头。大家又叽叽喳喳议论好久，咦，难道飞了？自己的院子自己清楚，不可能啊。

　　我们几个丢了个眼色，我扯开嗓子大声说，散了吧，估计小偷也跑了。

　　院子里一下子清静下来。几棵大樟树撑着硕大的树冠，地上灯光斑驳，碎碎点点。

　　春夏之交，乍暖还寒，夜色显得更凝重了。

　　一个黑影朝门卫走来，不时东张西望。他刚走到门口，门外围墙下窜出几个人来，擒拿格斗术派上了用场，三两下就把那男子的双手反扣过来。

　　那男子还想抵赖，我是来找人的。

　　我厉声喝道，你找谁？找谁？

　　惊动了隔壁特警，一下子来了七八个威猛高大的小伙子。

那男子两腿筛糠一样，缩成一坨。

早有人打了"110"，派出所民警不到五分钟就来了，把那男子带回派出所。那男子临走说了一句话，我瞎了眼，怎么偷到公安局来了。

围观的村民说，你是摔得脑壳冒缝针呢，阎王殿上偷账本，找死！

突然有人说了一句，范爷呢？

范爷失踪了。

事情没完，公安家属找到局里，这门卫得换，太不负责任了。

范爷还觉得委屈，我晓得他是几个时辰进来的呀？院子里几百号人，我也不全认得。又没出什么事儿，有什么大惊小怪的。

焦家婆娘跳起脚说，你是个男人吗？等到出了事儿就晚了。

第二天，门卫告示栏里贴着一张纸，写着一首打油诗：公安小区出稀奇，门卫处长是亲戚。小偷说是瞎了眼，范爷喊冤不服气。

后勤处处长气懵了，范爷害得他颜面扫地，亲戚归亲戚，只得叫他卷起铺盖走人。

四

门卫的事儿，说大不大，说小不小。有与没有，到底不一样。

范爷一走，门卫出现空当，急坏了院子里的人。

也是巧，正赶上全国搞人口核查。社区主任带着工作人员上门，家家户户都得填表核查。

门卫不能唱空城计啊。

小偷给公安小区敲了一记警钟，公安小区也不是铁桶一个。小偷也懂战略战术，越是危险的地方就越安全。这不，差点儿就出事儿了。

社区主任是个直性子，啰里啰唆说了一大堆，你们是公安小区，出了这档子事儿，真是笑话。我们怎么跟人说呀，小偷都偷到公安小区了，哪还有安全可讲呢。最后，社区主任蹦出一句，这次核查人口，是你们公安部定的，从上到下，实行一票否决。

的确，现在好多事儿都喜欢搞一票否决。最早是计划生育，后来是上访，再后来是农民工工资……一票否决，蛮灵。当官的就怕这个，一年到头，辛辛苦苦，就因为一件事没干好，一票否决了，年终奖没有了，绩效工资没有了，先进没有了，下面的人还不把你骂死，弄不好自己的乌纱帽也会不保啊。

公安院里全是警察家属，有的就是搞社区工作的，都晓得社区工作难搞，白天上户找不着人，晚上还得来，有时一户得跑好几趟，不容易啊。公安小区的人都客客气气，在家等着配合。

门卫呢？得赶紧换啊。工会主席发话了，花石镇是我们的扶贫联点单位，送钱送物固然重要，上面还要求我们为村上解决剩余劳力就业问题呢。正好要一个门卫，给村上吧。

老石走马上任了。

老石来了好久，我们也就知道他姓石，其余一概不知。

看上去，老石五十多岁，头发有些花白，皮肤晒得墨黑，不太爱说话，是个老实人。

老石这人不爱讲卫生。院子里的人都这么说，这姓石的不靠谱，乡下人穿得马虎一点儿也算正常，可不能这样邋里邋遢啊。

章娭毑说，他脱下鞋子就丢在窗台上，臭死了。

米娭毑说，他又抽烟又喝酒，还几天不洗澡，经常打着个赤膊，门卫里进不得人。

汪娭毑打趣说，哎呀，他不洗澡你都知道，是不是晚上和他睡一起呀。

米娭毑没好气地说，呸呸，讲正事儿，你还尽打乱讲子。

老石光着膀子，拖着一辆垃圾车从她们身边走过，散发出一股难闻的气味。

几个娭毑停住话头，赶紧捂住鼻子，闪到一边。

汪娭毑说，有一句说一句，老石这个人不讲究，是邋遢，院子里的卫生还是打扫得干干净净。

婷婷说，有几次下雨，我晒在下面的衣服没收，都是他帮我收的。

米娭驰说，他来以后，那几个穿红马甲的环卫工人又方便了，常常在门卫歇脚、喝茶，与他打得火热呢。

大家想想也是，老石是村上照顾来的，照顾总有照顾的理由哇。

门卫都是公安食堂包餐的。老石除了守门，也没什么别的事儿可干，他也不知道别人说了他什么，照样是该干嘛干嘛，每次倒垃圾，总会把里面的东西翻来翻去，捡出矿泉水瓶子、纸盒什么的收起来，放在门卫绿化带里，有的就干脆堆在屋子墙角里，攒多了就去卖钱。

院子里还是有人到门卫坐坐，跟他聊聊。日子久了，听说了他的一些事儿。

他有一儿一女，女儿嫁人了，儿子媳妇都到珠海打工去了，两个孙子丢在家里，全是他婆娘一个人带着。两个孙子眼看就要上学了，他在家里待着也是待着，能出来做点事儿，赚点钱好贴补家用。每月只有一千五百元，他都会全部带回去。他平时抽烟喝酒，就全靠捡垃圾卖点儿钱。

老石有时也会发牢骚，门卫每月没有一天假，每天二十四小时离不开人，他想回家打个转都难。哪个家里没点儿事儿啊，何况家里有个婆娘，还有两个小孙子。到花石有四十公里，他早上回去，下午就得赶回来，白天就请环卫工人帮他守一守。

老石说，老是这样，我也不想干下去了。

每次从花石回来，老石都会挑回一担菜蔬，有时是辣椒、茄子、白菜，有时是南瓜、丝瓜、苦瓜……放在大门口，见者有份，想要的拿点儿去，不要钱。

没人的时候，他就一个人抱着个收放机，插卡的那种，他最喜欢听花鼓戏。

好久没看见老石了。有人这么一说，其他人才忽然想起来，对呀，老石呢？

环卫工人丁大姐是个快嘴，她说，老石婆娘病了，好像得了什么怪病。

大约过了十来天，老石回来了。一看，他满脸憔悴，胡子也白了。

他还是不太说话,照样打扫院子里的卫生,拖垃圾,捡矿泉水瓶子,捡纸盒,能卖钱的他都要。

没有人说什么,人人都感觉得到,院子里悄然发生着变化。

院子里的人开始翻箱倒柜,把一些半新半旧的衣物找出来,送到门卫。有人还特地整理车库,把收藏好久,一时舍不得丢的东西,旧电器、旧书报、纸盒等都送到门卫去,门卫成了旧货回收站。

老石卖了几个钱,总念着院子里人的好。

汪娭毑说,老石啊,你到这里来守门,就是缘分啊。我们都是看你人老实,家里不容易,想帮你一把。我们也都是普通百姓,也有下岗的,你就把这里当成你的家。

是啊,我也是农村来的。甘娭毑说,你有什么难处,就跟我们讲,我们能帮会尽量帮,帮多少是多少。

老石说,我晓得你们对我好,我回到村里说,我是警察门的人。他们问我,什么是警察门?我就说是家门,那就是警察的家,跟我在家一个样。

转眼快过年了。老石忽然找到我说,我们那里出了怪事儿,每到逢年过节,红白喜事,就会遭人打劫,把红包礼金都偷了去,害得好多人家抬不起头。你们公安有没有办法啊?

报警啊。我说。

报了,没用。他的眼里满是期盼。

好,我知道了,我帮你向上面反映反映。

局里很重视,成立了专案组,刑侦支队派出骨干与县里刑侦下到花石。

正好赶上村里有人结婚,婚宴上人很多,有几个穿便衣的侦查员。

当晚凌晨三点左右,两条黑影潜入办喜事儿人家中。

突然,灯光大亮,警察好似从天而降,两人当场被抓。侦查员顺藤摸瓜,挖出一个犯罪团伙,破获二十多起案子。

听说抓的人里面,有一个曾经在公安小区被抓过。

花石镇上的人啧啧称赞公安,为老百姓办了大好事儿。

老石特别高兴,从家里挑来一担红薯,送给院子里的人吃,说是村里人要感谢警察。

不晓得从哪天开始,老石逢人就说,你们就叫我石门吧。

石门?什么意思?

老石说,你们警察都兴这么叫,朱所,刘教,马局,听着好有味,好亲热的。

五

石门?我们叫不顺口,还是叫他老石。

谁也没想到,小区里最头疼的病是老石给治好的。

小广告,牛皮癣。早就成了城市里的顽疾。小区楼道里到处是,墙上门上贴得花里胡哨,撕不掉,洗不净,叫人厌恶。

这个夏天平均气温在三十八度。老人说,活了八十多岁,今年是最热的。老天爷下的不是太阳,是火啊。

一天下午,阳光炙热,热浪滚滚。有个年轻人拎着一个公事包往里走,老石问你是干什么的?来人回答,修锁的。说完,头也不回,径直往里走。

老石眯着眼睛看了一会儿,总觉得不对劲儿。等那年轻人拐进一个楼道,他就悄悄跟了过去。

年轻人满头大汗,埋头在张贴小广告。

老石冲上前去,抢了他的公事包。

年轻人一看是门卫,鼓起眼睛说,你算什么东西,敢抢我的包。

老石说,我是这里的门卫,怎么啦?

年轻人说,门卫有什么了不起,不就是一条看门的狗吗?

老石胸脯一抬,故意把声音提得老高,嘿嘿,你说我是狗,那我也是一条好狗,我看你连狗都不如。

争吵声惊醒了屋子里的人,警察家属出来好几个,一齐把年轻人抓到门卫,好好教育了一番。

年轻人一再保证,再也不敢贴小广告了。

中秋刚过,老石就辞职不干了,说是他婆娘病得厉害,需要人照顾。

后来听说是肾衰竭,要换肾。换肾,这对任何一个家庭来说都是晴天霹雳啊。

院子里的人都在议论老石的事儿。

有人说捐点儿钱吧。

也有人说,他人都走了,非亲非故的,捐什么捐哪?

有人带头捐了两百。

你一百,我两百,还有五十的,都把钱交到了汪娭毑手上。当汪娭毑、甘娭毑和米娭毑把一万八千多元钱送到花石乡下,老石双手发抖,眼泪刷地滚落下来。

汪娭毑说,这点儿钱肯定不够,你不要急,救命要紧,我们还会想办法帮你的。

几个细心的娭毑眼尖,看见村里有人穿的衣服好眼熟。拐弯抹角一问,人家说,都是老石从警察门带回来送给我们的。

回来后,几个娭毑联合所有家属写了一份求援信,交到了局里。

局党委开会研究,这是一个弘扬正能量、密切警民关系的好机会,发了一个倡议,号召全市民警捐款。一个星期,收到捐款三十多万元。

老石带着婆娘去湘雅医科大学换肾,手术很成功。

老石不在的几个月,家属们轮流值班,当门卫。

真是不当家不知柴米贵,事非经过不知难哪。警察和家属在一起都说,这门卫真不好当哩,一天几天好说,一年三百六十五天,天天守着不能动,谁都会受不了。老石只怕不会来了。

老石来了!

老石来了!

老石带着婆娘来到公安小区。院子里的人都出来了,围在一起,问长问短,问这问那。

老石婆娘比老石小了十几岁,身体恢复得蛮好,容光焕发,根本看不出是换肾救回来的样子。老石忙着给婆娘介绍,这个是汪嫘驰,这个是甘嫘驰,这个是朱所,这个是刘教……他那婆娘一直在哭,哭了又笑。

院子里的人都在笑,眼里噙着泪花。

老石婆娘说,你们都是我的救命恩人哪,请受我一拜吧。

人们赶紧扶她起来,别拜啊,我们都是一家人嘛。

老石婆娘说,老石一家人也是我的救命恩人。

老石扯着婆娘的衣角说,你说什么,叫你别说,你……

老石婆娘执拗地说,我是他们家捡来的。

啊?院子里的人都张开嘴巴半天没合拢。

老石婆娘说,十年前,我得了怪病,什么都忘了,到了珠海,又没钱看病,又累又饿,倒在街头,人事不知。后来是老石儿子媳妇把我带到他们租住的地方。等我好一些,他们问我,想把我送回去,可我不知道家在哪里,家里还有什么亲人,我也没去的地方。他们就把我带回花石了,让我在他们家做保姆,带孩子。这么多年了,他们对我就像家里人。

老石兴奋地说,我们今天来,一来是谢谢你们的救命之恩;二来是宣布一件事,我们结婚啦。

院子里的人欢呼起来,老石结婚喽!老石结婚喽!

老石说,我们不办酒,今天就请你们吃喜糖吧。

老石婆娘从挎包里拿出喜糖来,分发给大伙。

老石激动地说,从今往后,我们就是警察门的人啦,我还要在这里守门。说着,老石举起右手敬了个礼。

他敬礼的姿势很滑稽,在场的人都忍不住笑了起来。

有人问,你婆娘呢?

老石斩钉截铁地说,我婆娘也来,一起为你们守门。

(原载《湘潭文学》2016 年第 4 期)

春　雨

韦延丽

到桐花村时，白色的桐花窜满山冈，要不细看，还以为山上铺了一层雪呢。车刚停下，满树的桐花吹响喇叭，仿佛迎接她的到来，同时迎接她的，还有孩子砸来的石头。

幸好孩子力小，石头也不大，砸到的大腿只是破了点儿皮。她穿着警服，以为孩子在砸中警察后，会慌忙逃跑，即便不跑，也应该吓得不知所措才对，可孩子不但不跑，还面带愠色，是她砸了孩子吗？

老马呵斥时，孩子又砸下一块石头，这可把老马惹毛了，拔腿便追，却哪里追得上。

再见到他，我不好好收拾他才怪。返回的老马愤愤地说。"算了，不过是个孩子嘛，别跟他计较。"她怕影响老马到村里工作的心情，急忙安慰。

老马毕竟是老村支书，工作后很快忘了这事儿，要办的事顺利办完，她可以好好欣赏漫山遍野的桐花了。

又是那孩子，蹲在车旁，怕她看不见，还特意冲她晃了晃手中的石头。

她下意识提高了戒备。

看她这样，孩子便笑。她正奇怪，眼尖的老马却叫开了。

原来警车被孩子划了！

老马这次反应可不慢。她看清楚时，老马已将孩子拎离地面，孩子又踢又骂。

"这就是现在的孩子！做了坏事还能这么嚣张，骂人踢人不说，还嚷嚷着叫警察关他。"

看样子，孩子知道警察不敢关他！

有着十年警龄的老警察，她知道解决问题的关键，先找孩子家长。

可孩子牛呢，说找他爸妈也不怕，他们外出打工。

说到爷爷奶奶，孩子更无所畏惧了，说："奶奶才不会赏你们脸呢，不信跟我走。"

一幢趴着的泥坯房便是孩子的家，屋里就一张床、一口锅和一堆破烂。理破烂的奶奶一直低着头，没搭理他们，她只好凑过去，想和奶奶说说孩子的教育问题，可她不凑过去还好，一凑过去，奶奶却起身将她推出了房门，孩子只差没鼓掌了！

"算了，别吃力不讨好。"老马拽她出村，孩子却紧紧跟着。

见她上车，孩子突然跪下去，央求将他关起来，说坐牢后，妈妈一定会回来看他。孩子说这些时，一直抬头看着桐花。几瓣桐花从孩子头上飘下来，和孩子眼里的泪一同掉到地上。她的心突然被什么东西击了一下，答应帮孩子找回妈妈。

是的，以她的三寸不烂之舌，欲劝回妈妈，真的不难。可老马提醒后，她才惊觉自己的承诺太过草率。老马说："孩子妈早在她负伤的那天，难产撒手人寰。"

她负伤的那天！那对夫妇！对，他们就在她去桐花村的路上，女的大着肚子，很痛苦。要在往常，她一定掉头将他们送医院，可报警电话却像紧箍咒！报警人说，桐花村与木宝村一百多人快打起来了，警察再不到，就出人命了。

怎么办？她第一次出警，要不是所里没人，所长是断断不敢让她独自去的。

那时候她没生过孩子，见孕妇能起身，便觉得问题不严重，于是拨了"120"后直奔两村。她一直以为当时的选择是对的，因为她到时两村已经打起来了，她慌忙冲到械斗中去阻止，却不幸在打斗中头负重伤，后来朝天开枪才阻止了那场械斗。各级领导都肯定了她处理得当，因为之前两村的械斗都有多人受伤，甚至死亡。

可她万万没想到，那孕妇竟然没能等到救护车。而孩子的父亲几年前也不幸去世。如今，孩子这样，她觉得自己也有责任。想到这儿，她突然有了决定。

孩子妈妈的信是她亲手写的，同信一起的，还有孩子每月的生活费，她这信一写便是十年。

十年后，英气逼人的孩子来到那桐花树下迎她，她觉得该是告诉孩子真相的时候了。

"阿姨，我要告诉你一件事。"她没张口，孩子就将嘴凑到了她耳旁。

"我知道那些信全是你写的，小时候，我曾经恨警察害了我妈妈，可自从收到'妈妈'的信后，我的恨便在饱含深情的文字中一点点消逝了，我甚至在心里将你当成了妈妈。明天，我就要去读大学了，可我仍希望你永远做我的妈妈，好吗？"

她用力地点了点头。远处，新年的第一场春雨正从山边追撵过来，她看到，孩子眼里的桐花开得更灿烂了。

（原载《啄木鸟》2016年第4期）

镰　刀

戴存伟

　　为了不打草惊蛇，张灵宝让我把警灯关了，把近光灯改成雾灯。于是警车像个懒散的家伙低调了许多，不事张扬地在路上缓缓行驶。但车内，张灵宝精神抖擞，头发挓挲着，欠着身子，屁股虚坐在副驾驶座上，伸长脖子向四下里张望。

　　巡逻车驶过午夜的街头，也驶过零点进入值班的下半夜。我有些沉不住气了，侧身对张灵宝说："师傅，今天晚上弄不到货了。"张灵宝说你只管开好车，有我你还愁没货？

　　于是，我掌紧方向盘，让车子稳稳地向前行驶。大街上的行人已经不多，路边的啤酒摊开始收拾凳子，那摊主拎起凳子远远地就向三轮车上扔，凳子在空中翻着跟头，落到三轮车上发出破败的声音。这是阴历的五月,天气已经转热,路上的泡桐树已长出硕大的叶子,其他低矮的绿化灌木也都蓬松地长着。我刚到这个派出所的时候,张灵宝带我出来巡逻,虽然他开车,但他眼尖从车里看到灌木丛中有人,马上停车对那人进行盘问。那人支支吾吾,带回所里继续盘问,竟然是个潜逃多年的逃犯。我问,你怎么觉得他可疑。他说,没有觉得这小子可疑,只是觉得他藏在灌木丛中可疑。我说,可能是喝啤酒喝多了在这里放水呢。他说完全有这种可能性,是坏人的可能性也可能有。我说,是不是做警察就要有怀疑精神。张灵宝说,对,就是要怀疑,但要怀疑事别怀疑人。人与事儿有时是可以分离的。比方说幸福柳树下那个卖煎饼果子的,别看他长着一张好人脸,说不一定满肚子的男盗女娼。怀疑事儿别怀疑人这话说起来绕口,理解起来也不容易。张灵宝说,这些你要慢慢地悟,靠别人讲不深刻,你得自己悟。抓违法犯罪分子,有的人巡逻一晚上一无所获,有的人却一晚上能抓几个,这里面肯定有技巧,肯定有学问,这些都要悟,悟到一定程度,一定高度你的水平自然而然就上去了。

"师傅,眯一觉吧,都下半夜了。"

张灵宝说:"你拐上辅道,停到那棵柳树下面。"

我把车停好并灭掉,我们把师徒二人就把座位放下来休息。

停车所在的这棵柳树叫幸福柳。二十世纪六十年代毛主席来济南视察农田的时候,曾在这棵柳树下乘凉。现在主席没了,农田没了,这棵柳树还在,但老得不像样子,树干全是疙瘩,某些地方看起来像是癞蛤蟆皮肤的细部。我想要不是沾了主席的光,估计早就砍了栽上其他树了。好在这棵树的枝条却还盛旺,垂下来很长能掩到车玻璃,小风儿一吹,擦得玻璃响。我们每次值班巡逻,几乎都会停在这里休息。张灵宝分析作案时间的规律:一般下半夜零点到两点来钟作案的人不多,高峰是三四点钟,这个时候,人们都睡熟了,路上也没有行人。所以我们在幸福柳下休息的时间并不长,也就两个多小时。张灵宝从不定闹钟,他的身体里似乎装着一个钟表,到点儿就会醒来,用手干搓几把脸,人就迅速清醒了。我也相信每个人的身体里装着一块时钟,这个时钟陪伴着人过日子,哪天钟到点了,人的心脏就停止跳动了。所以我得出结论:人,生而有定数,到点就停摆。张灵宝认为我的观点不对,他说,我们警察随时会面对危险情况,谁知道哪会儿是停摆的时候?我说,只要不停摆,就说明那块表定的时间还未到。哪天光荣了,说明体内的钟表就到点了。在这个问题上,我们有时争论一番,毕竟是哲学问题,正说反说似乎都对。但我能感觉到张灵宝对人生是充满乐观态度的,他工作已十多年,连个副科都不是,也无啥职务,但他还对工作保持着很高的热情,不偷懒,不抱怨,认真地做自己的分内之事。张灵宝时常对我说干也一天,懒也一天,为什么不好好干呢?

我迷糊中感觉到张灵宝推了我一下,模糊中看到张灵宝在搓自己的脸。他不是从上到下搓下来,而是从下向上反方向推上去,所以他的五官一下向上移了一些,加上外面的柳条飘动,所以在我看来有些诡异。我也这样从下向上搓了几把,顿时人清醒了许多。

"你年纪轻轻的,别学我。我从下向上托是为了让自己的皮肤紧绷不下垂。"

"哈,脸不是屁股,下垂点也无伤大雅。"我开着玩笑。

我正要转动钥匙发动汽车,张灵宝用低低的声音说:"慢,有情况。"顺着他的目光所向我看到一个人推着三轮车在走。那不是一辆人力三轮车,照按常规应骑着,而不是推着。现在是阴历的五月,天有些蒙蒙亮了,来人走近看清楚了面目。这有什么情况呀。这不是经常在此卖煎饼果子的那个人吗?不但我认识,张灵宝也认识。早上有时下夜班,我们还买过他的煎饼果子呢。

平日里,卖煎饼果子的这个人都是在幸福柳下出摊,这么早难道是出摊?但他经过柳树后并没有停下,而是继续向前推着三轮车行走。

张灵宝下了车,我紧随其后。我与张灵宝的距离只有两步远,这个距离是张灵宝教我的。他不让我在前面,那样有危险我处理不了。也不让我离他太远,太远了,没法照应他。两步的距离足以警惕周围,以便形成合围之势或者防守之态。

张灵宝说："我们是派出所的，现依法向你盘问，请你配合。"

这个卖煎饼果子的对我们的出现显然吃了一惊，抬起头来看清楚是我们后，脸上的皱纹松懈了一些。

"是我，是我……"他情急之下，只是一个劲地说"是我"。

"知道是你，请你配合。这么晚为什么不发动车骑着？"

"这是我自己的三轮车，平时你们买煎饼果子的时候，不是见过吗？"

"我们是见过这辆三轮车，我问的是你为什么不发动？"

"哎，我的车没油了，今天早上出门的时候还发动来着，走了一会儿停了，我才发现没油了。"

张灵宝上前接过车把，用钥匙打了一把，发动机闷响一声，如同一个老年人没有喘上气来。

我以为事情到此就该结束了，但是张灵宝并没有罢手，而是盯着三轮车看。往常三轮车上放着炉子和案板等卖煎饼果子的家什。现在蒙着塑料布，一看就觉得下面放着些东西。那人主动掀开塑料布，里面鼓出一些乱七八糟的东西。张灵宝从中找到一些铁丝，还有一段钢管。

"这是从哪儿来的？"

"从我租的地方拿来的。"

"经过主人允许了吗？"

"从我租房子七个月以来，这些东西就扔在那里。"

张灵宝转手把铁丝和钢管交给我，我把这些东西放到巡逻车里。

张灵宝又从三轮车上又发现了一把镰刀。

"这是我买的镰刀，我今天回老家割麦子去。麦子熟了，我媳妇打电话催我。这把镰刀是张大泉牌的，质量好。我家种的麦子多，都是山地，开不上机器，只能靠镰刀。我起这么早，是想骑三轮车回老家。我老家离这儿有一百多公里，你们要是现在让我走，我骑四五个小时就到，今天还能割一下午的麦子呢。"

我们没有让他走，而是把他带回所里。我给他记询问笔录，这个卖煎饼果子的男人叫李大健。张灵宝给我分析案情，李大健以非法占有为目的，采取秘密窃取的方式，把铁丝、钢管据为己有，是典型的盗窃行为。以前《中华人民共和国治安管理处罚法》没有实施以前，这种盗窃物品价值不大的行为称为偷窃，现在统一叫盗窃。

房主给李大健说情，说这些破铁丝破钢管都是我没用的了，扔在墙角有个把年了，没用了。张灵宝反问："你送给他了？"

"没有。"

"没有送给他，他的行为就是盗窃。"

"我现在送给他，不行吗？"

"我是问你在被我们发现之前赠送给他了吗？"

"那没有。反正没什么价值，我留着也没用。现在送给他不行吗？"

"你现在送给他当然可以。但此前的行为没法弥补了。你想一想，如果每个人都可以不经过允许拿他人的东西，这个社会会乱成什么样子？再说这些铁丝和钢管你说没有价值就没有价值？当然我说它们有价值也不算，要经过物价部门鉴定。你看一下，这是《物价鉴定书》，经鉴定铁丝和钢管的价值七十三元。好好看看，这里盖着公章，可不是我乱说。"

张灵宝的话有理有据，别说是这个房主被说得哑口无言，就是我也觉得十分在理。但这个案件在报到分局法制门审批的时候还是遇到障碍。法制认为涉案价值太少，而且确实有房主把铁丝、钢管放在那里的事实，似乎可以认为铁丝和钢管是丢弃的东西，房主把它们扔在那里这么长时间有点放弃所有权的意思。张灵宝说，领导呀，我们基层办个案子不容易呀。我和小戴弄了一晚上才弄到一个货。我也不想报，我与他远没有仇近也没怨，可是感觉他毕竟是盗窃了呀。你今天不处理他，明天他可能盗窃更多的东西。再说，我们要标准统一，如果不处理他，那其他人以后有类似的事情要怎么处理呢？

最后，李大健被治安拘留五天。

在送李大健去行政拘留所的路上，张灵宝说，便宜你了，你在车上放镰刀那事就不处理你了。希望你不要有思想压力，好好改造，五天一晃就过去了。李大健想说的话，早就说完了，这会儿什么话也不说，只是低着头，两只脚相互磨着。我和张灵宝在后驾驶座上，一边一个，保护着他，以防止发生跳车等事故。

送完李大健回来的路上，我说师傅，镰刀不是管制刀具，我们没法处罚他。

我知道。我这么说是为了减轻他的思想压力。

五天之后，李大健从拘留所被放出来了。他来我们派出所骑三轮车。我给他办完扣押物品发还手续，顺便把镰刀还给了他。

李大健低头说了声谢谢，像是自语又像告诉我，家里的麦子应该还没有割完，一会儿加上油，再骑着三轮车回家。老家离这儿有一百多公里，骑四五个小时就到了，下午还能割一会儿麦子。

三轮车放了五天，轮胎的气明显不足了，李大健推着车看起来十分费力。看着他的背影我心里五味杂陈。我在派出所待了几个月了，还是不能适应这种面对弱势群体的无奈。张灵宝对我是恨铁不成钢，我们干的就是得罪人的活儿，如果这么心慈，这么心软，什么案件都做不下去了。尽管我觉得师傅说的有道理，但面对这样的人我还是心有戚戚。我知道我把镰刀还给李大健的做法，张灵宝肯定不赞成。果然，张灵宝知道我把镰刀还给李大健后十分生气，说你怎么不同我商量一下？这把镰刀扣在这儿是有用的，这样能牵着他。现在好了，你发还给他，有一天这把镰刀还指不定给我们带来什么麻烦呢。

镰刀能给我们什么麻烦呢？再说这镰刀不是赃物，也不是非法物品，公安机关哪有权力扣着呢？我心里对张灵宝训我有些不服气，但我还是装着很怕的样子赔着笑脸承认错误，说哪天我见了李大健再把镰刀要回来。

张灵宝说给他容易，再要就难了。不信我们走着瞧吧。

张灵宝说得对，我没有把镰刀要回来。在见到李大健之前，我心里盘算着他回家割麦子肯定会把镰刀用钝。用钝了，镰刀就废弃了；即使没有用钝，他割完麦子也会把它挂起来，以备来年割麦子时使用。他把镰刀放到老家，我要不回来就不是我的错了。但我并没有料到我在幸福柳下看到他同往常一样卖煎饼果子时，那把张大泉牌镰刀挂在三轮车的车把上。割完麦子回来的镰刀，木柄磨圆磨亮了，而刀刃变窄了一点儿，锃亮，穿过柳条落下来的阳光被它一映，夺人耳目。

张灵宝后来没有问我镰刀的事儿，我也没有主动告诉他。其实，我与李大健之间有过这样一段对话。

"收完麦子了吧？"

"收完了。"

"今年收成还好吧？"

"还不错。"

"镰刀好用吧？"

"很好用。张大泉牌子虽然不是名牌，但用料少，轻快，用起来很顺手。这不，我拿回来了，我寻思放在三轮车上遇到什么事儿也好有个照应。城市里还是乱呀。在我们老家，哪有偷呀抢呀这样的事情。"

我们两人在幸福柳下，李大健一边搅着盆里的饼糊，一边同我聊天。我相信如果这时有人远远地看到这一场景：夏风习习，柳条飞扬，二人相谈甚欢，会觉得这是多么和平和谐的气象呀。其实，谁也不知道我那时是多么想把镰刀要回来，可是我就是开不了口。没有法律依据，没有违法事实，我怎么开得了口呢？张灵宝对于我的语言表达能力十分担忧，他一直对我说讲话能力是警察能力的一个重要方面。上面不让我们佩带枪支，打，打不过，那我们除了手就靠嘴了，说，得说过人家。

我并不是说不过李大健，而是没有说服自己。如果幸福柳下把我换成张灵宝，他会这样与李大健对话。

"出来了吗？"

不语。

"在里面好受吧?"

不语。

"你得感谢我们?"

"为什么感谢你们?"

"你知道吗?根据《中华人民共和国治安管理处罚法》之规定,你偷东西应该拘留你十五天,我们看你平时是守法公民,就少拘了你十天。还有,你这把镰刀,虽然是你自己买的,但是它是刀具。刀具国家是管制的。一般情况下,国家不管你用不用镰刀,但是你盗窃东西的时候拿着镰刀就是凶器。如果失主发现了,你可能会拿镰刀砍人家,你的盗窃行为就转化为抢劫,那样你就出大事儿了。如果你杀了人,这镰刀不用我解释你也明白怎么回事儿了吧。你不要挂在这里了,城市里安全得很,万一哪天有坏蛋夺了你的镰刀,如果砍你,你会后悔把镰刀放在这里。如果不砍你,砍了别人,你提供镰刀也是共犯呀。所以把镰刀交给我们吧,我们给你好好保管着,明年夏天你回去割麦子时再来拿。我们这是为你好,是不是这么一回事儿?你不懂法律不要紧,我给你解释这么多,你该明白了吧。一般人我们不解释,直接扣了就走,因为我们平时经常吃你做的煎饼果子,我们也算老交情,是吧?"

话说到这份上,恩威并施,动之以情晓之以理,即使李大健是铁石心肠也不能不被感化,肯定会主动交出镰刀。

然而,上述对话是我虚构的。张灵宝并没有来要镰刀,可能他忘记了这件事儿,他最近有些烦,因为单位正在搞竞争上岗。

公安局人员多,职级解决始终是个大问题。张灵宝工作十多年了,连副科都不是,当年他的高中同学,有上专科学校毕业后到政府机关工作的,有的早就解决副处级了,还有那个一脸横肉的死胖子,年纪轻轻成了某部门的副处长。和他喝酒时牛哄哄,找他办点儿私事儿却装逼哼哼唧唧。张灵宝觉得这次是个好机会,又加上今年他打击处理的人数在所里最多,他有信心被发现重用。即使不被重用,他相信也会解决虚级问题。一级多一百多元钱呢。一百多元不多,问题是解决了一级才能解决下一级呀。我工作年限短,所以竞争上岗的事儿与我无关。我尽量多承担工作,让张灵宝学习。

我们晚上下了夜班,我还会去买煎饼果子,一次买两个。李大健对我说不上热情,也说不上不热情。但给我放两个鸡蛋,只收一个鸡蛋的钱。李大健说我得感谢你,你把镰刀返还给了我。我买回煎饼果子给张灵宝,张灵宝等我吃完再吃。

我问:"为什么不趁热吃?"

"我怕这小子给我们下毒。"

"师傅呀,你怕他给我们下毒,你还眼睁睁地看着我先吃呀,你是想害死你徒弟呀。"

张灵宝哈哈大笑:"放心吧,毒死你,我会替你报仇的。顺便把镰刀给拿回来。"

时间过得很快,不知不觉风变凉了。柳树叶子黄了,风一吹,飘飘悠悠往下落,有的落在幸福柳下的李大健穿的厚衣服上。有一天我看到他在绿化带空闲处松土,问他干什么,他笑着说我看着这地方不长草,也不长树,我种上麦子,麦苗长出来绿油油的也很好看。这是我今年夏天回家割麦带回来的麦子,你看看这麦种多好,像小伙子一样,有得是劲儿呢。

果然,不久之后,那里长出了好看的麦苗。

我师傅张灵宝成功地被重用了,任命为派出所副所长。这是多么高兴的事儿,我这当徒弟的感觉腰板硬实了很多,师傅却一个劲地对我说,一定要低调,一定要低调,高调了不会有好事儿。师傅是预言大师,这次又正确了。他虽然没有高调,但一场躲不掉的庆祝酒,他喝醉了,自己坐在警车中,钥匙刚伸进锁中拧开,就有上边的人过来制止了他。五条禁令是红线,谁碰谁完蛋。很快他被记大过,新任命的副所长一职也被抹了下来。

我知道肯定有人捣鼓我师傅。我师傅张灵宝受此打击,巡逻不像以前一样欠着身子,屁股虚坐在副驾驶座上了。现在,他的屁股深陷进副驾驶座中,眼皮很少抬,任由我开车驶过大街驶过一个个夜晚。

就此问题我曾与张灵宝有过一段对话。

"师傅,谁举报的我们?"

"不知道。"

"师傅,我咽不下这口气,吃不下这个哑巴亏。"

"不怨别人,还是自己不小心。"

"师傅,以你的酒量,怎么能醉?"

"喝醉的人哪有说自己醉的?"

时间过得真快,经过春天,进入了夏天。李大健在绿化带中种的那片麦子竟然抽穗了。又下去一段时间,麦子成熟了。我和张灵宝驾着车子经过柳树下面,看到李大健正用镰刀收割麦子。

我下车叫过李大健,让他给我做了两个煎饼果子。李大健问是不是给张灵宝做的。我说是。他叹口气说轮到他摊上事儿吧。我说你知道张灵宝受处理了吗?李大健说知道,这事街头巷尾前段时间都在议论呢。李大健多给他放了一个鸡蛋,叹口气说,不能得罪人呀。

我回到车上,张灵宝接过煎饼果子,吃起来。

"你不怕李大健给你投毒了?"

"怕什么,趁热好吃。"

李大健收割完城里的麦子,又带着他的镰刀骑着他的三轮车回乡下割麦子去了。我和张灵宝还是开着那辆越来越破的警车在值班的时候巡逻,我们盼望他早回来,给我们做煎饼果子吃。但我们没有把他等回来,同行让我们协查一把镰刀的来源,我们才知道,李大健回老家割完麦子,顺便把他媳妇相好的命根子割下来了。关于镰刀的来龙去脉,师傅说有事儿他担着,让我少说话。

良久,我对师傅说:"如果我不发还镰刀就不会发生这样的事儿了。"

师傅拍了拍我的肩膀,说:"会。"

(原载中国公安文学精选网 2016 年 6 月 22 日)

解个手到底用多久

张 暄

姚新珍

厕所驻在半坡上,是陆家庄唯一的公厕。

很早的时候,每到下课时分,大批的孩子从校门里涌出来,自动分成两拨。里面位置有限,如厕的孩子们需要排队,尤其女厕这边。男孩子们不害臊,就在厕所外拨动着小鸡鸡努着劲把尿液往天上滋,阳光下一条条亮晶晶的弧线让女孩子们羞红了脸。这些年再见不到这样的景象了,大家都想了法子把孩子往外送,学校彻底成了一座空巢。

孩子成家后,姚新珍两口子和村干部说了说,占据了学校的一间教室。房子紧张,宅基地又迟迟批不下来。起初是权宜之策，住得时间长了，反倒把这儿当成了家，不想离开了。

这是下午七点，天微微黑，但还氤氲着光。老公出去打麻将还没回来，陆大嘴在她这儿聊天也没回去。姚新珍突然小腹一阵紧张，扯上一截卫生纸就往门外跑。将近五十岁的人，已经没了女人的矜持，哪怕一个男人坐在自己对面。

跨过马路，姚新珍耳边响起摩托车发动机的轰隆声，她下意识地扭头朝坡上看了看，一辆摩托车疾驰而来。如今的人哪，总是一副急吼吼的样子，骑车子下坡也不知减速，让人走路总得抱几分小心。她在心里骂一声，刚要拐进厕所，突听啪嚓一声巨响，再回头，却是两辆摩托车撞在了一起——这么说，坡下也上来一辆。便意让姚新珍顾不了许多，她一头扎进厕所。

厕所外砖里坯砌成，历史久远，可追溯到姚新珍出生之前。土坯这种东西真是奇怪，居然可以经历如此残酷岁月的侵蚀，至多棱角处有些剥落，露出中间掺杂的麦秸。中间的分隔墙则完全是土坯，曾被淘气的男孩子们用棍子掏出一个个小洞。姚新珍小的时候就在这边领略过那边闪闪烁烁的懵懂又好奇的目光，未必不怀好意，却让她们紧张兮兮。她们堵住，那边捅开，如此几番，乐此不疲。一茬茬的人就做着这样的儿时风月游戏，终于长大了。后来她搬进学校成为住家户后，一劳永逸地把这些岁月遗迹都修补好了。新泥旧泥，对比分明。可学校旁再没有孩子们叽叽喳喳的叫声了。

不光学校，整个村子都变得寂寥。

人命关天，她记挂外面的事情，可这边却哩哩啦啦总也解不利索，刚准备起身，便意又不期而至，终于浪费了些时间。她胡乱兜好裤子，慌慌张张地赶出去，却见马路中央三人两车倒地——一个人要挣扎着起来，另外两个人悄无声息。她吓得没了主意，突然想起陆大嘴还在她家，赶紧跑回去搬救兵。

天更暗了一些。倒地的三个人中，有一个是年轻姑娘，一袭长发辨得分明。陆大嘴认出这是村西头陆新春的闺女，赶紧掏出手机报信，却无人接听。姚新珍嚷报警报警报警，陆大嘴便拨110。

围观的人越来越多,受伤的人被分别认了出来。从坡上下来的是黄家村的黄大头,在他们陆家庄村东头的鸡场打工。陆新春的闺女叫陆倩,和她骑一个车子的是村北头陆大壮的儿子陆斐斐,两个年轻人正在谈对象。

招呼的人多,口口相传,陆新春、陆大壮连同他们的七大姑八大姨很快赶了过来,分别把人拉到了医院。黄大头一条光棍,家在外村,还没有能够救急的人,最后等警察来了通知120拉走了事。

这么一桩说起来简单的事情,姚新珍却遭遇了大半生前所未有的麻烦。从发生事故的第二天起,警察就缠上了她,直直缠了她半年多,而且看样子还要继续,无休无止。

起初警察问她事发当时的情况,她如实作答,就那么个事儿,看清就说看清,没看清就说没看清。

但到了后来,警察的问题越来越细致:你解的是大手还是小手?

大手,但稀得像小手,我不是拉肚子吗?姚新珍也不害臊,如实回答,因为有点儿烦,便半调侃半挑衅。

用了多长时间?

不就解个手嘛,谁知多长时间,又没看表。农村人,哪能像你们搞块表戴戴!她嘴上这样说,心里想的却是:解个手用多久和事故有屁关系?

但警察仍在问:你到底用了多长时间?加了个"到底"。

三五分钟?六七分钟?十来分钟?姚新珍终于被问烦了,便对警察没好气:喂喂喂,问这干啥,吃饱了撑的?谁说得清呢?

她烦,警察不烦,仍然是好话说尽,循循善诱。让她回忆,再回忆,厘清细节,做最准确的估摸。

到后来,真是问到细节了。姚新珍就感觉自己像光着屁股面对警察重新拉了一遍稀。幸亏自己一把年纪,要是小姑娘,禁得住你们这么没羞没臊地问吗?她都后悔和警察说真话,说自己几次想起来但没能起来,拉肚子嘛,感觉拉尽了,准备起身,又来了。

几次?到底几次?警察穷打猛追,不依不饶。

真服了你们了!

终于,姚新珍斩钉截铁地说,短,我说不清长,也就是大概十分钟。不是外面撞车了吗,我还忧着呢!

你平常解大手一般用多长时间?

那能一样吗?我平常干结,就是你们说的便秘,有时半个小时都不止。可那天我拉肚子!

真是吃饱了撑的,姚新珍撇嘴。

这是警察的盘问,还有老公:他奶奶的,怎么我一不在那个陆大嘴就来?

毕竟老公好斗些,姚新珍也不怕他。

陆大壮

受伤的三个人,陆斐斐、陆倩、黄大头,起初都被送进一个医院,县医院。

黄大头小臂轻微骨折,打好石膏,输了一星期液就出院了,只等时间一到拆石膏。陆倩小腿上划了一条口子,虽然流了很多血,却无大碍,也是输了几天液便回去了。陆斐斐在医院住到第二天凌晨,主治大夫便通知他们转院,说伤重,这里治不了。

陆大壮一家子便把陆斐斐带到市医院。市医院的大夫看了县医院的旧片子,又张罗人拍了新片子,也摇摇头,但还是收下了。

大夫前前后后在陆斐斐身上动了几处刀子,仍没把他从人事不省的状态中拉出来。陆大壮的女人动不动便哭,陆大壮也想流泪,但男人嘛,便忍住了。

第十五天,警察找到医院,给他们下了交通事故认定书。两个骑车人,陆斐斐和黄大头各负一半责任。陆倩无责任。

问他们有没有意见。陆大壮愣怔了好一会儿,说没意见。

这时,他们在医院已经花了十九万元。其中十二万元,是陆大壮两口子这些年的积蓄。剩余七万元,是找亲戚朋友东拼西凑借的。

这十二万元，原本是准备给陆斐斐结婚用的钱：彩礼五万元，买一辆车子五万元，办事二万元。如果女方能陪嫁点儿，车子就买好一些。不陪嫁，就照着五万元买，那种档次的车子村子里到处都是，看起来也不错。

农村办事儿，都这个样子。

不出意外的话，那五万元的彩礼会落到陆新春手里。因为大概有一年了，陆斐斐和陆倩的关系还算稳定。

但陆大壮顶不喜欢陆新春，这个出了名的抠门货。从小学到初中，他们一直是同学。那时条件差，吃不饱，偶尔谁带点儿干粮到学校，一般情况下小伙伴们会相互分享。可陆新春就不，总是躲着大家自己吃。这一躲就躲了半辈子，以前是躲得遮遮掩掩。躲着躲着成了习性，反倒理直气壮了。村里惯例，男方呈给女方的彩礼，除了当天办事儿用的花费，通常女方会把剩余的钱给陪嫁回来。大方些的，还会搭上一些——现在人都想通了，孩子结婚嘛，又不是卖闺女！但陆新春早就放了话，说闺女养这么大容易吗？倒贴？没门！虽然陆大壮没有亲耳听到陆新春这么说，但他相信这话肯定不虚。一个村子里的人，从小一起长大，撅撅屁股就知道屙什么屎。

陆倩这闺女倒是长得漂亮，高挑，圆润。虽然五官仿爹，但陆新春的贼眉贼眼遗传到她身上，便出落成那种令男孩子们心动的妖眉妖眼。长相没说的，性情呢，也看不出什么不大对劲的地方。既然双方孩子都愿意，认了。

过个把来月，陆大壮便计划托个媒人把办事的细节和陆新春具体谈谈，谁想发生了这样的事情。

陆大壮也知道这场事故中陆倩无大碍，只不过当时被吓晕了。他有点儿犯嘀咕的是，按说都快成亲家了，陆斐斐伤成这样，他们那边不该来个人看看吗？

想到这里，他就隐隐地担忧。

倒是女人给他宽心说，人家毕竟是女方嘛，何况也受伤了，我还想等斐斐好一些我能抽出身子去人家那儿看看呢。斐斐都这样了，可不能闹意气惹了人家，把婚事给吹了。

陆大壮说，只怨那货小气。何况，斐斐是和他闺女一起玩时出事的，他闺女就没一点儿责任？

女人说，人家坐个车有什么责任，交警都说了无责任。

斐斐肯定是送她回家时出的事。咱们家住北头，车却是上坡去西头，不是送她是干什么？

话虽这样说，只怨咱孩子骑车不操心。说着，女人的泪又流了出来。

陆大壮便后悔给儿子买摩托车，还那么贵，那么大。现在的孩子，都把车骑那么老快。自己也年轻过，却从来没有那份张扬。大约十年前，他终于在慢了时代大半拍后咬咬牙，扔掉自行车买了一辆黑"七零"，每天突突突稳当当地走，车到现在还没有坏。后来儿子大了，他把"七零"给儿子骑，儿子撇撇嘴，很不屑的样子说，丢不起那人！他本来打算一步到位等儿子结婚给他买辆小车的，可又怕眼下没车耽搁了儿子谈对象，终于咬咬牙花了一万多块按儿子的要求买了一辆"大野狼"。车确实是威风，却威风得出了事。

摩托车现在还被警察扣着，面目全非。

陆大壮有点儿小迷信，他觉得任何一辆车，都有保不保人之说。他的黑"七零"就保人，骑车十年了，从没出过事。买上"大野狼"后，他还和女人嘀咕过：看着好，也不知保不保人？谁想一语成谶。

第二十七天，陆斐斐终于在医院里醒了过来。醒来后意识却仍旧含混。

第三十一天的时候，陆斐斐彻底醒了过来。在大家的帮助下，陆斐斐把事情的经过回想了一遍，结果他说了一句话，把全家人惊呆了。

陆斐斐说，出事时是陆倩骑的车。

连盼

陆倩骑的车。当孙立刚把这个消息告诉连盼时,连盼也惊呆了。她突然意识到,也许他们犯了同一个错误,先入为主。

一对青年男女同骑一辆摩托车,一般人都会不假思索地认为是男骑女坐。何况,问笔录时那女孩儿也说了,是男孩儿骑车送自己回家。

问另一方当事人黄大头,黄大头说车祸发生得猝不及防,天色又暗,没看清。接着又说,这还需要问吗?

还有,那么大一辆摩托车,是女孩儿玩的东西吗?

当时男孩儿还昏迷在医院里,而事故认定的期限又到了,他们就根据女孩儿的陈述作了认定。谁想,问题出来了。

按说连盼作为分管领导,有些事情不需她亲力亲为的。但事关重大,她还是亲自和孙立刚到医院跑了一趟了解情况。

她心里想着,如果真是男孩儿说的情况,他们算是搞了一个错案。事情说大不大,说小不小——案子是孙立刚他们搞的,却是她拍的板。

也算不得拍板,只是听取了例行公事的汇报,脑子没有特别地转动,就同意了他们的意见。每天要没完没了地听各种交通事故汇报,有时便麻木。甚至算不得麻木,假如这件事情重新来过,也许仍是当前这么一个结果。

男孩儿躺在病床上,面庞清秀而呆滞。清秀是底子,呆滞是遭遇给他覆上的膜,那种大睡刚醒的模样儿。

头发被剃光,样子便显得无辜。

如果有疼痛,他的表情也许会生动些。但他没有,自胸部以下都没了知觉。肉体没有,心灵也没有。他刚醒过来没几天,心灵的疼痛还没有被唤醒。

连盼也是当母亲的人,她的心倒先痛了一下。

来之前,连盼览阅了女孩儿的笔录。几乎所有细节,陆斐斐与陆倩陈述得都一样。陆斐斐说,他和陆倩在赵家庄村一个叫赵鹏飞的同学家玩,快到晚饭点了,两人决定回家。当时一起在赵鹏飞家玩的,还有一个女孩儿,是赵鹏飞的女朋友,叫黄圆圆,黄家村的。本来赵鹏飞要亲自送黄圆圆,但他们回去时路过黄家村,便捎上了黄圆圆,三个人同骑一辆摩托车。

连盼见过摩托车的照片,那么大一辆车,坐三个人绰绰有余。

陆大壮补充说,赵家庄、黄家村、陆家庄三个村子由远而近,三点一线。

赵鹏飞、黄圆圆的笔录都问过,他们也是这样回答的。赵鹏飞和黄圆圆都说,出门时,是陆斐斐骑的车,陆倩坐中间,黄圆圆坐后面——至于谁坐中间,谁坐后面没有多大关系,主要是搞清谁在骑车。当然,如果是陆斐斐骑车,自然陆倩会坐中间——难道她会允许别的女孩儿夹在自己和男友中间?

黄圆圆说,到了黄家村村口,她下车走回去,没让陆斐斐再往村里送。家离村口没多远,几步路。

黄圆圆证明,这时仍是陆斐斐骑的车,陆倩一只手搂着陆斐斐的腰,另一只手和她挥动说再见。说过再见,她便扭头往家走。

陆斐斐却在这里插进来一个他们都没掌握的情节。他说,到了黄家村村口,突然想起自己借过黄逸飞二十元钱,当即决定到黄逸飞家把钱还给人家。去了黄逸飞家,大门却锁着,便折了回来。又到村口,也就是黄圆圆下车的地方,陆倩提出自己要骑车,他便把车交给她。傍晚了,笔直的柏油马路空荡荡的,陆倩车速很快,摩托车排气筒的声音大得让人兴奋,但他没有劝拦,他熟悉她的做派也享受这种感觉,结果到了村半坡公厕那个地方出了事。

黄逸飞是谁?

也是我们一个同学。

陆倩会骑摩托车吗?

会,我教会的。她以前就会骑那种踏板车,但觉得不过瘾,硬要学这种有挡的车。我们俩在一起的时候,经常是她骑我坐。不信你们可以调查,村里人都见过她骑车。

还有一些疑点，但连盼没问出口。问了也是白问，搞事故调查这么多年，经验让她知道，随便一个回答便让你的问话没有任何意义，因为你不能以一般抹杀特殊。比如，当时陆斐斐怎么会突然想起还黄逸飞二十元钱？二十元钱值当专门去还一次吗，不是天快黑了急着回家吗？等等。

但陆斐斐却提供了一个在连盼看来有价值的情况。黄圆圆下车前，接了一个电话，她说了句"就快到了"，然后便下车走了。

孙立刚

按照连盼的吩咐，孙立刚又到黄家村跑了一趟。

连盼升任副大队长后，事故科长的位置还空着。大家都说这次科长的位置必定是孙立刚的，孙立刚也认为必定是自己的。本来，如果论资排辈，科长的位置早就该是他的，但上次人事调整，连盼从别的部门过来"挤"了他，让他好几年很不爽。更不爽的是，连盼是个女人。

据说人事调整很近了，这种节骨眼上，可不能因为一个案子把事情搞砸。

村外的麦地里，绿油油的麦苗散发着清香。孙立刚张大鼻孔贪婪地吸了几下，想农村就是这点好。

也仅有这点好，其他是不能和城市比的。就说破案，城市里到处是监控，案发时的情况一目了然。可他们大队辖区，除了县城，这么多乡村道路，一个监控也没有。

孙立刚在农村长大，后来上警校，毕业分配做了警察。大半辈子过去了，虽然连个科长也没捞着，但在村里人看来，他算是个有本事的人，因为他们那个穷乡僻壤，能出去工作的人就不多。他一直是业务骨干，有时候因为搞案子，偶尔还能上上电视新闻，假模假样地说几句话。这些画面恰巧被村里人看到了，口口相传，他便显得更有本事了。回乡看望父母，总能领略到乡亲们那种热情又艳羡的目光。每逢这种时候，他就感叹自己官做得太小了。

黄圆圆说，那天下车前，我确实接到一个电话，我妈打的，问我什么时候回家。我说就快到了，便挂了电话——这对你们重要吗？

这对你们重要吗？孙立刚总是听到这样的疑问，听得多了，他便不加解释。

当然非常重要。这个电话，能帮他们卡死一些时间节点。

查询了一下，这个电话打在6点45分。

在黄圆圆的带领下，孙立刚去了黄逸飞家一趟。

黄逸飞说，他和陆斐斐是初中同学，但这些年很少来往。借他二十块钱的事是有过，但他说过别还了，所以也算不得借。

是这么回事，大概有一年多了，一次在镇子里，我和一个同学，陆斐斐和另外一个同学，两拨四个人碰巧遇到。我们听说陆斐斐和陆倩谈上对象了，就让陆斐斐请客。陆倩我们都知道，就比我们低一届，很漂亮的。这么漂亮的姑娘，不得请客啊。当时天热，决定吃凉粉。四碗，二十块钱。吃完了埋单，陆斐斐才发现自己根本没带钱。我说，唉，亏大了。只好代他结了账，成了我请客。陆斐斐说下次见面一定还上。我说值当吗，二十块钱。后来我还开了句玩笑，说闹洞房时，让我亲一下新媳妇就行。陆斐斐擂了我一拳。

黄圆圆笑，孙立刚也笑。

以前他们去调查案子时，无论大人小孩儿一见他们就紧张得不行，话都说不利索。但现在的年轻人完全没有这种顾虑，不仅侃侃而谈，连玩笑都敢开。他专门瞟了黄圆圆一下，也未见如他认为的那样听了那种带色的玩笑会羞红脸，司空见惯似的。便感慨，现在的小青年，真是开放。

孙立刚问，事故那天你在家吗？

在啊。那天我记得清清的。两个村子没多远，晚上八九点钟，就有消息传过来，说陆家庄出了车祸，陆斐斐撞车了。还有那谁，对，光棍黄大头，不就是我们村的吗？

那天你爸妈在不在？

孙立刚这样问，一是验证黄逸飞是否说的假话，二是验证陆斐斐说他家"锁着大门"的说法。

都在啊，不光我爸妈在，还有我爷爷。消息传过来时，我爷爷还对我说，飞啊，你以后骑车可得慢点儿。

陆斐斐的爷爷就蹲在不远处晒太阳。一问，果然如此。

这么说，陆斐斐说了假话？

黄圆圆住在村口，但黄逸飞住在村的这一头，这个村子还很大，从黄圆圆家过来，他们大约走了十分钟。这十分钟的路程，让孙立刚灵光一闪，脑海里现出一个思路，先抛开黄逸飞家是否有人，只需把时间卡死便可验证陆斐斐话的真伪。

陆大嘴的电话清单早就调取过。他的第一个电话是打给陆新春的，7点零2分。第二个电话打给110，7点零4分。也就是说，7点零2分的时候，事故早已发生。从黄圆圆下车的6点45分到7点零2分，中间共有十七分钟的时间。

在这短短的十七分钟内，陆斐斐是否来得及去黄逸飞家一趟并赶到事故现场？

这需要做侦查试验，自然也不复杂。

返程路上，孙立刚问黄圆圆，你往家走时，看到陆斐斐他们骑着车子进村了吗？

黄圆圆瞪大眼睛，迷茫又无辜地摇摇头。

孙立刚认为，如果陆斐斐骑车往村里走，这时黄圆圆未必已经回到了家，就一条路，她应该能够看到他们的。

你为什么不让他们把你送到家门口？

黄圆圆嘟一下嘴说，那个陆倩顶爱吃醋的。我不想让陆斐斐显得对我太过殷勤了，主动下了车留一小截路自己走。我们都是同班同学嘛，得避嫌。陆倩比我们低一届。

哦，陆斐斐平素人怎么样？

什么意思？

孙立刚犹疑了一下：比如是否老实什么的？

黄圆圆皱了一下眉头：也没见他鬼过我们什么啊。

陆大壮

第四十五天的时候,大夫通知他们可以出院了,再住也是往医院白扔钱,不如回家养着。

陆大壮这才开始正视一个事实,儿子永远瘫痪在床了。尽管大夫叮嘱说,你们要坚持给他翻身按摩,锻炼,也许会有奇迹发生。

回到家,陆大壮终于能抽出身去和警察理论。

警察说,你儿子说是陆倩骑的车,但陆倩说是你儿子骑的车。一比一证据,原先的认定一时还推翻不了。我们会进一步调查,有结论后告诉你。

可你们当时出结论也太草率了!陆大壮很生气警察和他这么说。

我们给你结论时也说了,如果有异议可申请复核,可你当时不也同意了吗?

儿子都那样了,我们顾得上这些事情吗?

警察笑笑。

陆大壮知道警察笑什么。因为自己当时根本没想到会有别种可能。转念间,他继续保持了自己的生气:我们可以有失误,但你们不能啊——我们是平民老百姓,你们是什么?

又过了许多天,警察告诉他,没有证据可以表明当时不是你儿子骑的车。

我儿子都那样了,还会骗你们不成?陆大壮对警察的不负责任极其愤怒。

我们只重证据。

我儿子的话算不算证据?

算,只是其一。陆倩的也算,还是一比一,谁也推翻不了谁。

后来,陆大壮真希望儿子醒过来后没有说过那句话,这句话闹得他左右为难。命运摊给他这件事情,起初他认了。当年他父亲活着的时候,一句话经常挂在嘴边:人啊,三截五截活不到头。他这几十年,倒是对这句话没有多深感受。家里突然摊上这件事,让他意识到了命运的残酷，也让他对父亲的这句话有了刻骨的体会。

如果儿子说的是真的，不说其他，在赔偿上就有大的差别。他们在医院已经花了二十四万元，按原先事故双方各一半的责任划分，黄大头得赔他们十二万元，那十二万元他们自己承担。倘若真是陆倩骑的车，那么儿子在这场事故中则完全无责任，自己则不需要承担那十二万元，而是黄大头和陆倩各承担十二万元。

这是医疗费，只是赔偿费用的一部分，还有伤残费。他们了解了，如果儿子一辈子站不起来，那几乎构成最高的伤残等级，仅这一项据说就有五六十万呢。还有什么营养费、陪侍费，等等。

女人说，那不还一样嘛。就算是陆倩骑的车，可陆倩是谁，你能让人家赔咱？

陆大壮说，儿子都这样了，你以为人家还会嫁给咱？如果人家真有那心，这么长时间了怎么会不来瞧一眼？

女人叹口气，也是。

看来儿子说得没错，那闺女就是心虚。

咱儿子啥时说过假话？

女人的这句话，他没有反驳，毕竟自己儿子嘛。陆大壮突然想起，儿子刚睁开眼那一天，曾问过他们陆倩怎么样了，来过吗，等等的话。他还想儿子算是有情义的，自己都这样了还记挂陆倩。

此时，他却突然产生怀疑，儿子是否因为生气陆倩不来看他才故意说是陆倩骑的车？

难道是报复？陆大壮一激灵，不敢再深想了。

自己的儿子自己了解。陆斐斐很小的时候，一次陆大壮去地里看庄稼，路过村口，却见陆斐斐在往土里埋着什么。陆斐斐见了他很紧张，捂着那个小坑不让他翻看。他发了脾气，才总算用手刨开了那刚用虚土掩好的坑，原来是一只文具盒。陆斐斐这才流着委屈的泪和他说，班里某某某欺负他了，他便偷了那人的文具盒给埋到这个地方。

后来，他又几次发现儿子常用这种阴柔的手段来满足自己的报复心。

他摇摇头，既不敢和女人把这层疑问说出来，更不敢去询问儿子。

于是，只好叹口气。

不知从哪天起，陆大壮心里总是会压上块石头。起初，陆大壮叹口气就能把这块石头抖落掉。但自从儿子叫说了那句话，石头突然变大了，大得他无计可施，就只能那么压着，压得他垂头丧气，灰头土脸。

当然，长吁短叹还是免不了的，不是没别的法子吗？叹口气总是好受些。

女人还能流泪。

即使叹气、流泪也得藏藏掖掖，儿子的心理负担已经够重了。藏藏掖掖也不容易，农村的房子阔大却没有单元分割。无论白天、晚上，他们都需要陪床。一声一响，一举一动，一目了然。在医院的时候，由于病房里不止他们一家，他们的声音能恰到好处地融入别的声音之中，起码没那么明显。而在这空旷的房子里，什么掩护都没了，一切昭然若揭。

连盼

孙立刚把参与这个案件的几个民警叫到一块儿开了个案情分析会，连盼也参加了。

孙立刚首先作了自我批评。他说，到底是谁骑车的事实虽然没有坐实，但这个事情本身说明我们在处理案件中考虑不周。当然，首先是我的责任，我作为事故科的负责人，把关不严，导致草率作了认定。

说这句话时，孙立刚瞄了连盼一眼。连盼感觉这句话有一部分针对自己，特别是"把关不严"四个字更是指向鲜明，但她没动声色。

孙立刚是老事故民警，年龄大连盼几岁，事故处理的资历更是比她老得多。连盼是后来从其他部门调到事故科任科长的，两个人搭班子期间，搭得磕磕绊绊。但很快连盼便被提拔了，因为班子里要配一个女同志，只有她合适。

然后孙立刚批评民警小李。我常向你们讲规范，可咱们的案卷中老出现不规范的问题。比如小李，姚新珍的笔录是你问的吧。为什么要用"解手"这两个字，她怎么说你就怎么写？要换成规范用语，比如"大便""小便"，或者干脆用"上厕所"也行。

连盼皱了一下眉头。

孙立刚意犹未尽，接着说这个话题。我这么说不是空穴来风，曾经就出过笑话。当年我在刑警队工作时，我们的一位同志问一份强奸案件的笔录，说到男人那家伙，本来该用"阴茎"两个字，他偏偏用"阳具"，材料问好，挨了领导好一顿剋，最后推倒重来。

说到这里，孙立刚先不自禁地笑起来，其他人或被逗笑，或附和他笑起来。只有内勤小张还是个女孩儿，羞得低下了头。

连盼倒没有像小张那样反应明显，但仍旧觉得孙立刚举这个例子有点儿过分，不管怎么说自己也是个女同志，还是他们的领导，虽说这也是能够上得了台面的话，但此情此景被他拿来在大庭广众之下言说总是显得猥琐粗鄙，似乎是成心的。有几个人在笑的过程中就把目光投向她，似乎在看她的反应。

连盼清了一下嗓子，打断正欲开口的孙立刚。她也不像往常一样对着科里人叫他孙科长，直接说道，立刚说得没错，大家要注意一下这个问题。但"解手"两个字，我认为还是可用的。因为"解手"本身就是个书面语，在咱们中国广大范围内通用。这里有个典故，大家知道山西洪洞大槐树吧，那是明朝移民的集散地，当年朝廷在移民过程中，官兵将大家的手反绑在一起，遇到内急上厕所时才将手解开，这就是"解手"的由来。明清的一些话本小说里经常用这两个字。

她看到孙立刚神色中露出不屑的样子，仍旧为自己当众驳了他而快意。

连盼接着说。我觉得咱们现在得明确一个问题，虽然现在没有足够证据证明到底是谁骑的车，但这个问题关系重大，因为涉及当事人的赔偿问题。我问过医生了，那个男孩子可能永远瘫痪在床，这对一个人来说是很残忍的。如果身体遭了罪，案子再蒙了冤，那这个世界不是没有天理了？现在这个男孩子负的是同等责任，如果能证明人家无责任，这可能关系到几十万元差别的赔偿，而这几十万元对一个家庭特别是农村家庭来说意义是巨大的。想想，如果这个孩子是你们自己的孩子或你们的亲戚，你们会怎样，所以，咱们要扎下身子把这个事情搞清楚。会前，立刚和我说了下一步侦查要点，这些我都认可。关键是，咱们要有不遮掩、不护短的勇气，通过认真细致的工作把事情的真相挖掘出来。真是咱们认定错了，我承担责任。

孙立刚打断了她的话，而且打断得有点儿不客气。他说，我觉得咱们领导这话有倾向性，好像咱们的案子已经铁定搞错了。从我初步调查来看，很可能是男孩子所言不实，或者说一家子没真话，就为了多得点儿赔偿。还有，咱们认定的另一个责任人是个光棍，就在事故发生地的那个村子打工，挣不了多少钱，可谓赔偿能力不足。也许男孩子一家已经想到这种情况，所以编故事、编情节再拖上一家。当然，这只是我的推断。我的意思是，谁的责任就是谁的责任。谁家的钱也是钱。有一家多得，就得有一家多出，几十万元对谁家来说也不容易。关键大家要客观，要相信证据。

连盼觉得自己完全是出于同情心和责任感才说的刚才那段话，但孙立刚的说法，好像她存心偏袒或是与那个男孩子有什么说不清的关系似的。她愈加不快，略微安排了下一步的侦查事项后，找了个借口先离开了。

孙立刚

孙立刚带着小李又跑了黄家村一趟，这次是量距离。尽管他真心不希望最后的侦查改变最初的认定，但还是认真细致、一丝不苟地调查。

把陆斐斐停车后黄圆圆下车的地点作为原点，从原点到黄圆圆家，320 米；到黄逸飞家，1680 米；到事故发生地，3460 米。

按照陆斐斐的说法，他们从原点到黄逸飞家，再返回原点到事故发生地，总共走了 6820 米的路程。一般人的骑车速度，最快时速也就是 60 公里。

孙立刚当下用手机上计算器算了一下，如果他们骑车的时速是 30 迈，需要 13.6 分钟；40 迈，需要 10.2 分钟；50 迈，需要 8.2 分钟；60 迈，需要 6.8 分钟。

这还要除去"陆斐斐和陆倩商量去黄逸飞家"的时间，"到黄逸飞家敲门发现不在"的时间，"陆斐斐和陆倩在村口换骑车辆"的时间。即使再快，加起来也得一两分钟吧。

关键是，从事故发生到报警，还有个姚新珍解手用的时间。

对了，还有姚新珍跑回家叫陆大嘴然后两个人再跑出来的时间，这也需要至少一两分钟。

除去这两个一两分钟，中间至多有十四分钟的时间。

就以最快速度算，他们从原点到达事故现场后，仅剩下七分钟时间。

所以，姚新珍解手到底用了多长时间，对验证陆斐斐是否说谎至关重要。

于是，他开始不厌其烦地询问姚新珍上厕所到底用了多长时间。他自己问了觉得还不放心，还委派小李他们几个分别去问。

直到姚新珍说了那句"长，也就是大概十分钟"，孙立刚才把这个事情告一段落。

孙立刚基本判断陆斐斐所言不实：如果真像姚新珍说的她上厕所用了十分钟，即使他们一直以 60 迈的速度行进也难以完成这些事情。他认为，在当时天已微黑的情况下，一般人骑摩托车的速度至多 40 迈。他专门找了一辆摩托车试了一下，40 迈的速度已经很快了。如果是这个速度，可能性更小，除非姚新珍解手只用了三四分钟。

何况听姚新珍的描述，那么曲折反复的拉肚子总不至于三四分钟就能结束吧。

还有，从另一桩事情验证：黄圆圆下车后回家也需要大概两分钟。如果陆斐斐真去了黄逸飞家，黄圆圆应该在回家途中能看到的，进村就一条路嘛。但黄圆圆没看到。

嗯，这个陆斐斐果然说了假话，孙立刚自己点点头。

他又见了陆斐斐一面。他这次单刀直入，说黄逸飞那天明明在家，你怎么说锁着大门。

陆斐斐说就是锁着大门。

孙立刚让他把黄逸飞家的位置说一下，结果根本没说对。

哼，这小子果然说的假话。

期间，他又见了几次陆倩，陆倩始终咬定一直是陆斐斐骑的车。

陆大壮

像所有站在政府大楼门口上访的人一样，陆大壮面孔上呈现出那种由愤怒、焦虑、无助、企盼以及一点点恐惧杂糅而成的神色。后来次数多了，这种神色中又加入了厌倦与绝望。

有时，他也举一块牌子，上面写着"徇私枉法"等一些刺激人眼球的字眼以期引起别人的注意。但似乎所有人都行色匆匆，根本就没人在意他。

工作人员也接待过他几次，无一例外的结果是，把最初给他办案的人叫过来。彼此都成熟人了，于是他真实的愤怒到后来似乎变成了表演。而办案人员也成了例行公事，好话歹话说尽，终于把他劝回去了，并再次答应给他把案子再好好查查。

也确实会有警察再来村子里转一遭，见几个相关人。然后告诉他们，确实查不清。

后来有一次，那个管事的警察来盘问了陆斐斐半天。从盘问的话语来看，那警察只差明白地告诉他们：陆斐斐说了假话。

这次谈话却激怒了陆斐斐。警察走后，他说，爸，你把我抬到政府门口。

陆大壮不忍心，说，算了吧。

陆斐斐说，你们不抬我去，我咬掉自己的舌头。

陆大壮心里咯噔了一下。

每次从县里回来，陆大壮疲惫又厌倦的目光总能把陆斐斐眼睛里那一点点期盼的小火苗扑灭。后来，陆大壮对女人和儿子说，算了吧，咱们认了。反倒是陆斐斐不同意，他说，你们必须为我讨个说法。

躺在床上的陆斐斐越来越胖，越来越胖。起初陆大壮一个人就能帮他翻身，后来，没有女人帮忙，他根本无法把儿子给翻过来。

翻过来，还要帮他全身上下做按摩，松弛肌肉。饶是这样，陆斐斐的屁股下面还是起了褥疮。

儿子已经够惨了，他不想把儿子的惨展示给路人看。

陆斐斐执意要去。他要用自己的身体做筹码，帮助陆大壮给他欲见和欲求的人施加一些压力。

于是租了一辆面包车，并叫了几个亲戚帮忙把陆斐斐抬上车子，一并往县城走。

陆斐斐暴晒在阳光下，果然吸引了许多路人。人围得越来越多，陆大壮便从头到尾一遍遍地诉说。终于，信访局局长露面了。

局长和颜悦色，说，双方主事的各来两个人。

交警那厢去的是连盼和孙立刚。这厢去的是陆大壮他们两口子。

局长听了陆大壮的陈述，点点头，说，咱们是法制社会，一切事情都要依法进行，好不好？

陆大壮也点点头。

这么说你同意我这个观点？

观点我当然同意。可他们交警队……

好好好，局长挥起一只手，打断他的话：有你说话的机会，你先说同意不同意我的观点？

陆大壮再次点点头。

这么说你是同意了？

同意了。

你申诉的是什么事情？

交通事故，我儿子瘫痪在床了，但他们的事故认定是错的。

刚才你说了，同意我的观点，也就是咱们干什么事都要依法进行，对不对？那么我问你，假如他们真像你说的作了错误认定，那么该由谁来管他们？

我这不是来找你们政府来了吗？

政府有好多部门，我问你具体该由哪一家管？

陆大壮摇摇头，说，我们小老百姓哪知道这些。

局长的头转向连盼和孙立刚：你们说，假如你们的认定错了，该由谁来管你们？

孙立刚看连盼一眼，连盼示意他回答。孙立刚说，上级公安部门或交通管理部门。

局长说，好！然后把眼睛转向陆大壮：上级公安部门是县公安局，上级交通管理部门是市交警支队。你找过这两家单位吗？

陆大壮说，我去过，不抵事，他们还是把这帮人叫来让继续查。

局长说，这怎么叫不抵事呢？让他们继续查就是一个态度。

问题是他们始终查不清。

好，我再问你，结案的期限到了没？

陆大壮不清楚。

还有，上面让他们继续查，他们查了没有？

陆大壮皱了一下眉头，查倒是查了，可一直查不清。

局长说，查案总需要一些时间，你得给他们时间，你给了吗？

陆大壮说，问题是他们一开始就把案子搞错了，明明是另一个人骑的车，非要说是我儿子骑的车……

好好好，局长再次挥手打断他的话，我不想听具体案件，我们信访局，只是一个接待、协调机构，只负责为你的冤屈在法律的范围内指一条明路。你说他们把案子搞错了，你有证据吗？

我儿子的话就是证据。

局长再次把目光转向连盼和孙立刚。

孙立刚赶紧接上话,现在是一比一证据,又没有其他见证人。

局长点点头:我清楚了。然后把目光转回去:还是刚才那句话,你得给他们时间。

可已经过去有半年了。

许多案子,可能需要一年、两年,或者更长时间。你们要有耐心,而且,要相信党,相信政府!总会查清的。

陆大壮正欲分辩,局长摆摆手把他的话压到嗓子里:还有,如果他们真有徇私枉法的行为,你可以向纪检监察部门举报,我为你们撑腰。

……

最后,局长严肃地对连盼和孙立刚说,你们要把群众的事情当成大事,赶紧增派力量继续查办,早日给人家一个答复。对,还有,帮助人家把病人给送回去。

连盼

孙立刚把侦查结果连同推断说给连盼听,以此证明陆斐斐说了假话。

连盼听了觉得很好笑,她反驳了孙立刚一句:如果真是那女孩儿骑的车,而且速度就是60迈呢?

不可能!一个女孩儿哪能骑那么快?我试过了,40迈的速度已经很快了,风在耳边飕飕的。孙立刚专门加了形容词,以此来加重自己话的可信性。他回想一下,确实风在耳边飕飕的。

你不能以己度人,你多大年纪,小女孩儿多大年纪?何况那男孩儿也说了,女孩儿有时骑车子比他都要快。

男孩儿一筐子假话,哪能信他?孙立刚不屑。

既然你已经对男孩儿的品质作了判断,还做那些侦查实验做什么?

就是进一步证明他素爱说假话。

连盼摇摇头苦笑一下：你这是"有罪推定"。

我确实搞实验了，拿的是数据说话。

你的思路没错，数据没错。可全部数据的前提是假设。你搞过刑侦，比我更清楚，搞案子要排除一切可能性。就如你说的，如果女孩儿骑车真是 60 迈的速度，而姚新珍上厕所只用了五分钟，时间不就绰绰有余了吗？

她本想把证据的唯一性和排他性理论端出来，但想想还是算了。按理说，他应该比她懂。

孙立刚突然很急躁，他皱皱眉头说：姚新珍都说了，她上厕所用了大概有十分钟。

她真是这么说的吗？何况，什么是大概？谁能在没表的情况下凭空估算出自己上厕所到底用了多长时间？问题是恰恰这个时间对你的推断起着关键性作用。如果真是十分钟，你的推断也许是站得住脚的——可毕竟是估算。

好好好，这些都不算数。有一点你给解释一下，他说他去过黄逸飞家，为什么连黄逸飞家的位置都搞不清楚？

这倒把连盼问住了。

连盼认为孙立刚刚才的表现，可谓是捧着道理的不可理喻。当然她也清楚，他的一切努力，只为验证他们作出的不是一起错误认定。应该说，他们是一条线上的蚂蚱，一荣俱荣，一损俱损。可不知怎么了，她确实有点儿同情那个男孩子。

她自己也多次到事故现场和当事人途经路线进行走访，包括访问姚新珍，真的很不幸，沿途再没有其他见证人，所以到底是谁骑的车，真是一个谜。

可这个世上的许多事情，相对于当事人而言的所有外人来说，永远是一个谜，除非两个人都说实话——而这种可能几乎不会发生。

他们的调查，也于事无补。

还有，那天信访局局长的每一句话都讲得很有道理，听起来也很有道理。但所有道理，只是竖起了一面屏障，这面屏障，把所有如陆大壮一样的人堵在了他们的期望之外，还让他们无话可说。

但有一点她得搞清楚，那就是孙立刚说陆斐斐居然没说对黄逸飞家的位置。

于是，她也跑到村子里见了陆斐斐一面。陆斐斐很不耐烦。

陆斐斐坚持说黄逸飞家那天就是锁着大门。

她让他再把黄逸飞家的位置说一下，陆斐斐瞪着她看了半天，最终还是说了。之后，他把脸扭到一边，再不吭声。

她当即到黄家村按照陆斐斐说的地址找到那一家，结果是一处旧院子，大门紧锁。她和邻居打听了一下，却是黄逸飞家的旧院子，搬走已经快两年了。

而且，从黄圆圆下车的地方到这里，走路只需要不到五分钟的路程。

这么说，陆斐斐说的未必是假话。

她把这个事情和孙立刚通报了一下。孙立刚倒没料到会有这种情况，他鼻子哼一声说，没准儿是那小子编的，如果他说去的是新家，不就露馅儿了？

连盼摇摇头，苦笑一下。

姚新珍

直到有一天，陆大壮的女人和陆新春的女人撕扯到一起的时候，整个案情的细节才在你来我往的骂声中公之于众，姚新珍这才想通了警察为什么要对她那么不依不饶地追问。

陆大壮的女人骂陆新春一家颠倒黑白，不仁不义。陆新春的女人骂陆大壮一家挑三祸四，居心叵测。

陆大壮的女人说幸亏没娶了你那逼闺女，真娶了也要把我们一家祸害死。陆新春的女人说你倒想得美，你那短命鬼躺在床上都在想着怎么算计人。

从她们不屈不挠、振振有词的说头里，村里人也无法辨别到底是谁骑的车，于是就问最初发现事故的姚新珍。

每个人都问，你就没看清他们谁骑的车？

姚新珍说别说看清谁骑的车，我根本就没看见从坡下面还上来一辆车——我不当时急着上茅厕嘛。

大家都怀疑姚新珍耍鬼——也可以理解，都是村里人，惹了哪家也不合适。

连她老公也怀疑，但说出的话是另一股味道：就是你真看见了也不能说，惹了哪家都是几辈子的仇怨。

姚新珍说，你瞎咧咧什么，我这辈子骗过你吗？

老公一副诡异又不屑的样子：骗不骗谁知道，那你说那天陆大嘴来咱家干什么？你们就真的……没那个啥？

姚新珍只好摔了脸子堵他的嘴。

老公嘟哝道，有本事和警察摔脸去。

终于有一次，姚新珍又吃坏了肚子。这次她真的带了一块表，像裁判员一样掐自己拉肚子的时间。但这次不一样，拉过一通后，肚子却偃旗息鼓了。还好，毕竟这一通的时间卡清了，但她怎么也记不起出事故那天，自己到底拉了几通。

再后来，姚新珍犯了一种病，总是解不利索手就要急急地从厕所跑出来。她总觉得厕所外面有什么事情在等着她，让她一刻也不能待下去。

（原载《山西文学》2016 年第 3 期）

捕 猎

吴全礼

"停下车!"

"停车干吗?累死了,赶快回队里躺会儿吧!"

路边,一高一低、一老一小两个人,小的手里紧紧攥着一个挺大的包袱。看穿戴,像民工,又有些不太像。天上不紧不慢飘着雪花,两个人顶着一头的雪,看样子走了一段不短的路。按说天黑到这个点儿了,镇子里的灯火亮得越来越少,还会有多重要的事要走夜路,而且往县城外走?

"掉头,开慢一点儿,等他们靠近了,就停车。"

"你又想做好事不留名?跑了一天了,也不知道累吗?"

老的看到冲过身边的车,减慢了速度,拉了

小的一把，迟疑地停下了脚步，拍了拍身上的雪。小的拉着老的转身要走，老的嘀咕了一句，甩开小的的手，又说了一句。两个人也放慢了脚步，继续往前走。刑警大张坐在副驾驶的位置上，路边街灯的灯光迷茫，倒车镜里，那两个人越来越有些远了，车的速度降到了最低，和滑行差不多。

"那两个人有问题？"

"我觉得不正常。"

车停了下来，大张打开车窗："请问你们需要帮助吗？带你们一段也成，正好我们顺路。"

"没、没事儿。我们就到县城跟前的黄村，去找个人。"老的抬起头，但眼睛没有看向大张，语气听起来也没啥异常。

"上黄村啊，我们也是刚刚想起来，把手机落在黄村的朋友家了。你们上黄村谁家呀？我对那片熟，可以直接把你们捎过去。"

"不麻烦了，我们上亲戚家，挺偏的呢。"老的说着把小的往身后拽了一下。

刑警大张和小张刚从黄村调查一起入室盗窃案，从下午走访到黑天，案情基本有了眉目，正准备回县局。

两个人几乎是被刑警大张硬拽上车的。上了车，拍掉头上的雪，老的看起来没多老，至多不超过五十岁，只是走路的姿势有些老气。小的也不太小，眼角隐隐约约有了细碎的皱纹。看样子，两个人比村里的人要洋气，脸面上没有村里人的那种敞亮劲。小的紧紧攥着包袱，始终不言不语，哑巴似的低着头。

出警时，队里的几辆警车全派出去了。大张和小张为了方便入户调查，身着便装，开着队里的那辆旧桑塔纳轿车，进村也不那么扎眼，也不会引起群众的惊慌和围观。手里的工作证、警徽和照片放在那里，村民也不会猜忌。大张几句话就把话题引开了，走到哪一家，多少都能收集到一些有用的情况。有时，大张有意识让小张出面，只是小张自小在城里长大，和村民说话搭不上调，一出口就把村民的话头堵住了，纯粹一个谈话终结者。只好大张问，小张记录。

"亲戚叫啥名字？或许我还认识呢。"

"快过年了，给亲戚送点儿东西。"

"过年嘛，给亲戚送点儿东西也是应该的。亲戚家条件很差吗？"

"也不是，就是走动走动，没啥要紧的。"

大张装作不经意地看了一眼车前的后视镜，小的攥着包袱的手在抖，很明显地抖动，一种细微的硬东西相互碰撞的声音，隐约传到了大张的耳朵里。车在雪地里慢慢地挪动着，小张时不时张嘴打哈欠。两人上车后，大张拍了一下小张放在挡把上的手，四个车门落锁的声音，扯出那个老的眼里一丝不易察觉的惊慌。小张从两个人上车后，将别在腰里的手枪往前快速地拉了拉。

"听口音，您不像是我们本地人。"

"我们是、是来县城打工的。"

一股若有若无的血腥味，丝丝缕缕地游弋进大张的鼻孔里。车里的温度起来了，那两个人身上的雪不见了踪影。前面的路灯只剩下两三个了，大张扭头看了一下老的，对方的眼睛快速地躲闪开。小的抱着的那个包袱，好像是女人戴的那种比较厚实的围巾，展开能当披肩的那种，颜色在不太明亮的光线下，看上去也该是比中年女人要年轻一点儿的女人戴的。

"这个季节，工作不太好找吧？"

"就是、就是。太难找了。"

"工钱结得及时吗？"

"嗨，别提了，活儿好干，钱难要。推来推去，这不到年底了。"

控制住两个人，带回县局，已到凌晨。

一解开包袱，几十部崭新的手机亮在了他们的眼前。老的和小的蹲在询问室地上，垂头不语。老的的衣襟和小的的裤子上，还没有干透的血迹，在明亮的灯光下突兀地显现了出来。

这对父子前后脚从监狱里释放出来，还不到半年。老的六年前因抢劫被大张送进了监狱，鸭子似的走路架势，无人能学。大张一眼就认出来了，其实老的看到大张的那一刻，同样认出了这个送他进监狱的刑警大张。赶在年前父子俩踩好了点儿，对县城东边的一家手机店进行了洗劫。父子俩把正在准备关门的女店长逼进店里，杀人越货。

正在手机店附近勘查的同事，接到犯罪嫌疑人落网的消息，无不佩服大张独具"神眼"。十多年的刑警生涯，把大张磨炼成一个技艺高超的好"猎手"。

刑警小张嘴里的"师傅"，一天天沉甸甸起来。

（原载中国公安文学精选网 2016 年 7 月 27 日）

镜　头

郝　昕

一

正午的阳光穿透粉绿色且稀松的枝丫，在慵懒的小巷里投撒下斑斑驳驳的树影。春天微醺的气息，搀和在米皮老店那一碗碗淋着红艳艳辣椒汁儿的吃食里，几个食客吃得酣畅淋漓，舒坦得直犯困。

隔壁是间一人宽门头的照相馆，平日里，玻璃门紧闭着，映出形形色色的路人的身影。濮为军对这里相当熟悉，放着工作上的联系不说，他和小老板也是志趣相投。照相馆的老板以前是武警，在部队做过几年宣传员，自学成才，对摄影很有感情，退伍返乡开了这家照相馆，生活上虽算不上富裕却过得十分恬淡。濮为军对此羡慕不已。

马路斜对面是一间十来平方米的门面房，屋里十分阴暗，站在里面想转个身都不利索，却常年有人进进出出。女店主坐在电脑屏幕前，一面招呼刚进门的客人，熟练地选号、收钱，一面催促那些盯着满墙数据走势犹豫不决的人。门口的海报上罗列着一个个醒目的中奖金额，吸引人们踏进这个造梦之地——福利彩票投注站。

濮为军从照相馆取相片出来，在投注站的海报前驻足了片刻，深吸一口气抬脚跨进了门。店主抬了下眼皮问："选什么号？"

有人扭头瞅了眼濮为军这身军装，神情漠然。在他们眼里这也没什么好稀奇的，来这里的人目的都是一致的，说白了就是渴望钱的味道。

濮为军挤到电脑桌前。头顶吊下的灯泡泛着昏黄的光，照在这张比实际年龄看起来要大许多的脸上，衬得满脸黑褐色的晒斑尤为明显，整个人看起来十分憔悴。他张了张口说出了妻子和女儿的生日。女店主麻利地敲键、出票。

"等等！"濮为军紧张地喊出了声，将右手攒着的十元钱换到了左手，把右手伸进裤兜，摸出一个陈旧的褐色皮夹，捏出一张百元大钞，递了过去。女店主接过钱，随手在屏幕上的投注金额后多敲了一个零。

濮为军将彩票装进皮夹，正要插进裤兜儿，却转而塞进制服里贴身衬衣的口袋，隔着衣服拍了拍，问道："什么时候开奖？"女店主抬起头打量了他几眼："明天。"濮为军这才走了出去。

看得出来，这是濮为军第一次买彩票，他的心情很是复杂。

濮为军有个愿望，哪怕只能在梦中实现，但那一刻也是无比幸福的。梦里的一天，拿到退伍通知书的他脱下这身军装，回了老家，在县城盘下一间门店，开起一家有着响亮名字的影楼。开张那天，锣鼓队被请来助兴，围着看热闹的人里三层外三层。他感到自己从来没有这么风光过。他还要告诉乡里乡亲自己是个退伍兵，以后只要是部队亲属来照相的，一律半价。往后靠着从部队学来的摄影技术好好干，少赚点儿不要紧，关键是讲诚信，不能给消防老兵这个名声丢脸。等到门店走上正轨，就把爹娘、妻女接进县城，一家人团团圆圆、平平安安地过日子……

濮为军回回都在梦里笑呲了牙。可人是现实的，梦也是现实的。他总是梦着梦着就拧起了眉头。算算，这身军装穿了十二年。现在三级士官干到头儿要往四级蹦跶，跨不过这道坎儿是要走人的，而且决定人生走向的考核近在眼前。

他知道自己文化程度低，要吃透教材很难，干脆笨人使笨法儿，挑灯夜读，全凭这股韧劲儿死记硬背。一有时间，就求着中队的老战友加餐训练体能技能。在机关这几年，胳膊腿都养娇气了，这回可着劲儿地摔打，撩起衣服，身上没一处好皮，肿得青紫发亮，十个脚趾甲都练得翻起了盖儿。

身边有人替他着急出主意，老濮你就这么自信？不赶紧找找人，跑跑关系，小心白忙乎。他确实也动过心思，可回想一个来自穷乡僻壤的山里娃，从新兵蛋子、中队战斗员、班长、电话员、文书、报道员，一路不请不送不靠，直不愣登地进了支队宣传科，搞起了摄影，里外也算一把好手，如今凭技术专长能走到这一步，说明部队还是需要自己的，他想想够意思了。就算活络一回，他也不知道领导的大门朝哪儿开，找谁管用，还是相信自己，相信部队，安下心备考来得实在。

面上虽是这么认定的，可他内心某处还在时不时阵阵揪紧。他可是要养家的人啊，上有老下有小，还有个读高中的妹子，全靠他每月寄回去的微薄工资，以及没日没夜加班写文章赚取的零星稿费过活。要是真没考上走了人，拿什么脸回去，拿什么资本立马接上家里的口粮，找工作可难着呢，回了家，他是一顿闲饭都咽不下去。想到这里，濮为军下意识地摸了摸怀里装彩票的钱包。

说实在的，要说谁有家不想回，那是孙子！在部队这么些年，他自认为已经习惯了这样的生活，可对家的那份思念之情，随着女儿的一天天长大，变得越发浓烈。当兵的人，吃住在队上，离开营区必须请假，加上宣传科加班的时候多，濮为军几乎一个星期不下一回机关大楼，科里的办公室就相当于他的半个家。

夜深人静的时候,透过窗外的那片四角天空,看不到星星和月亮。他累极了就会情不自禁地仰起头,盯着那抹遥远的深蓝色看上一阵子,想起坐在自家小院与亲人们吃饭闲话时的情景。那会儿天上的月亮美得很哩!掉在碗里,分不清是油亮亮的鸭蛋黄,还是明晃晃的圆月亮,再晃晃手上端着的米汤,颤巍巍的喜欢死人。他想着念着,默默哼唱起改编的家乡小调,道出沉甸甸的心声:

思念是一种伤,
伤在别人看不见的地方。
真正的男儿,选择了军旅,
痴心的儿女才能苦苦相依,
世上有那么多的人离不开你!

再过两天,就是女儿三岁生日了,他很想很想回家为女儿过生日,但现在部队二级战备,科里人都忙得连轴转,他不能也不愿在这个时候请假回家,只能在远方祝愿女儿生日快乐。他想对她说:晶晶,老爸非常想念你!

殊不知,此时濮为军的心里还圈着更大的秘密,被焦虑灼烧得几宿睡不着觉。

二

从小巷出来,横过两个路口,即是车流涌动的大马路。濮为军走进路口挂着"文劳市公安消防支队"门牌的大院。进门即是支队楼下的停车场,竟光溜溜的没有一辆汽车,空旷得让人想撒丫子奔跑。几个新兵提着白油漆桶正猫着腰画方格,横横竖竖白得耀眼,亮得让人恍惚。

濮为军停下了脚步,被这勾人眼球的亮白锁住了目光,像是硬要在这崭新的白中寻觅到瑕疵才好受。他回忆起儿时的光景,家里条件宽裕些了,好面子的爹就会把两间土房粉上一层白石灰水。每到这个时候,他和妹妹总是偷偷把手印按上,不为别的,就是想这么干。当然,谁也没逃过一顿笤帚疙瘩伺候,他为了护着妹妹还要多挨好几下。人嘛，不管多大了，都保留着爱搞恶作剧的童心。濮为军当然只是过过脑子，他是连走路摆臂的幅度都习惯于控制在离身体三十厘米的人，是不可能干出一丁点儿出格的事的。

他茫然间想到，支队开始限制干部私家车停在单位大院里，管理科趁午休时间专门为公车划定停车位，专车专用。今天上午，全体干部在一楼大厅集合进行每周一的部队安全管理宣誓，参谋长聂广生代表支队长提了要求。

濮为军眼前浮现出相机镜头里聂广生那张严肃冷峻的长方脸。虽说是惯例留存资料，也不敢大意，扎好马步，对准领导，"咔咔"两声快门按下，不能多也不能少。多了，讨领导嫌，少了，没有备选。照全景时，还要兼顾第一排各位领导，须耐心等到众领导站姿得体，表情到位，才敢按下快门。

这里面的学问还是有的，要考虑到方方面面。比如说，要注意是否找准仪式条幅对好焦，是否将正对大门的"文劳消防"四个红字全部纳入，队伍是否整齐划一，是否有人乱动，等等。在一切准确无误后，快门声响起，算是结束拍照任务，赶紧退到角落，低头审视刚才的照片，磨出硬茧的指头肚在相机滚轴上咔哒咔哒滑动，心里开始琢磨着新闻稿怎么写。这一套摄影流程在濮为军身上几乎每天都要上演个几遍。

昨天，上级部门召开紧急会议要求各地加强部队内部安全管理。按照惯例，这样的会议是上至公安部消防局，下至总队、支队机关处室、各大中队都要层层召开。依目前的进度，总队的会议还没开完，就已过了饭点。支队长、政委、参谋长人人手持讲话稿，估摸着加起来得有数十页纸，等着轮番批讲。下面的人开始坐不住了。

"嘿，你知道出什么事了，动静这么大？""听说是某部队干部私自驾车上高速出了车祸，现在是处罚酒驾的严打期，人还急救着呢，要是等查出来定了性，可就吃不了兜着走了。""怪不得上头着急，层层说事儿，看来是要'律'人了。"参谋、助理、干事们弓背探头侧耳嘀咕着，人人自危。

部队贯彻上级命令一贯是雷厉风行。文劳支队先从全队车辆管理上下了铡刀，治理越来越多的干部的私家车乱停乱放问题。话说，这本来不关濮为军什么事，他突然想起科里几个年轻人，很是感慨。这些年轻人，吃不了挤公交、蹬自行车的苦，刚参加工作就开着私家车上下班，全挤进了支队停车场，塞得公车没了位置。赶上这次内部整风运动，私家车必须全部清理出去，干部们还要接受层层整顿，新鲜出炉的"十个不准""二十个严禁"等钢规铁纪是一轮接一轮传达到最偏远的县区大中队。干部们现在从家里到单位驾车十分钟，为了找到停车位还要花十分钟不止，怎么会不抱怨？下一步，全员回炉整训还有他们受的。

想到这里，濮为军摇了摇头，走进了机关大楼。

三

宣传科在十楼。濮为军看看时间还早，就想爬楼梯加练一下体能。伴着有节奏的楼梯脚步声，他不禁想起宣传科的那些事儿。

历来，消防部队内部岗位流动频繁，涉及人员众多，主要集中在团、营、连职干部人群中。两头的师职干部和士官、列兵鲜有活动。据说是为了避免防火监督、建审验收这类热门高危岗位执法人员以权谋私，造成不公不廉的恶劣影响。诸如这种候鸟大迁徙似的内部人力资源大调整，一年总会有两次。

濮为军就是那鲜有活动的三级士官。他在支队宣传科里干满五年，迎来、送走三任科长，加上参谋、学员就得算上十个指头了。年初，老科长劳苦功高，到了该调整的时候，走马上任临县的大队长。新来的继任者还不到三十岁，原是某部队院校学后勤管理的研究生，调到消防还不满两年。紧接着，走了两个经验丰富的参谋，一个升级为"总队领导"，一个转到秘书科去给领导写讲话稿了。来了两个替补的，前年入伍的大学生中队干部以及从廊坊武警学院提干的女学员。

现在的宣传科除了濮为军都是"80后"的天下。年轻人爽朗直率，亲切地直呼他"老濮"，喜欢和他开开玩笑。女学员还特地为他写了篇文章，在科里宣读受到一众欢呼，鼓动着在支队内部网站发布出来。

好脾气的老濮这时候站了出来，坚决抵制，咕哝着："不行，不行，发了不好，发了不好，领导看到要'熊'我的……"

大家虽然扫兴，也尊重了主人公的意愿，却不放过在友好科室同事间热情传播的机会，一来二去，濮为军的人缘水涨船高，走到哪都有人跟他热情地打招呼。

这篇让老濮出名的文章名叫《宣传科濮班长语录趣事多》，是这么写的：

新年新气象，支队宣传科青春洋溢，尽情彰显"80后"无限的激情和风采。科里唯一的"70后"——濮为军班长是大家的老大哥，为人朴实善良、工作踏实认真，跟每个人都能相处融洽、真心与对。尤其是濮班长天生的幽默感使他具有最佳的亲和力，很快就能与周围人打成一片，大家都亲切地叫他"老濮"。

老濮是地地道道的南方人，在北方的十二年军旅生涯没有改变他浓重的家乡口音，宣传科里许许多多的趣事都藏在老濮的语录里，现与众分享：

镜头一：某天，老濮在科里加班写稿，正在兴头上，一声急促的电话铃声响起，老濮接起："喂？找旭东旭参谋？"

"啊？"

注：此人姓李，名旭东。

镜头二：某天午休时段，有人从全神贯注盯着电脑屏幕的老濮身后走过，随口问："老濮，看什么呢？"

"看黄片。"

"什么！"

注：老濮看的是科幻片，事实再次告诉大家，说好普通话的重要性。

镜头三：某天深夜，老濮从满目白底黑字的稿件中抬起头，说："得找点儿感觉。"转身从科里的储藏柜中翻出一小瓶去年科里聚会喝剩的红酒，倒进茶杯里，一边细品，一边继续码字，只听"哒哒哒"爽利的敲击键盘声越发紧凑，看来老濮的灵感被酒精充分激发出来了……一盏茶时间过去，"哎哟哟，头晕，喝多了"。老濮拍着脑门儿如是说。

注：据说，老濮曾在夜深人静的时候，白的红的黄的酒掺着喝，才思如泉涌，写出了某篇绝妙好文。

镜头四：某天，老濮兴致勃勃地说："中午学车去。"午饭后，宣传科窗口聚集一众助威造势的热心人。"打死方向盘！""靠右，靠右！"言语间充分体现了同事们无私帮助的真情厚爱，为了科里共同的使命——帮助老濮学车。只见楼下停车场内，老濮开着科里的"416"与一辆白色桑塔纳跳起"贴面舞"，老濮羞赧地探出驾驶窗查看距离，做着熄火、点火、熄火的重复动作，与桑塔纳再也分不开……

注：老濮肩挑消防一线摄影报道的重任，学会开车是当务之急，这就成为老濮业余生活的一部分。

镜头五：某天下班后，众多女孩儿围在科里一起讨论新播的韩剧，对里面英俊潇洒的男主角啧啧称叹，只听到有人嘟囔一声："呀，里面那个女的太漂亮了。"寻声望去，老濮泰然自若地擦拭着相机镜头。

注：看来，老濮还是个韩剧迷。

镜头六：某天清晨，老濮突然兴致大发向坐在隔壁的窦飞发难："给你出道脑积积转歪（脑筋急转弯）。"

"啥？噢，讲。"

"幸福的终身伴侣是什么？有奖征答。"

"不知道。"

"按摖（安全）。"

"为啥？"

"没为啥。"

"额……"

镜头七："#%&@＊……"某天快下班了，坐在最后一排的老濮突然急促地蹦出一句话,大家谁都没听懂也就没作出反应。"科长,#%&@﹡……"老濮又重复了一遍。

"叫我呢?没听懂,你说慢点儿。"坐在最前排的科长茫然地直起身子。"他说,他想去邮局一趟。"坐在老濮隔壁的窦飞无奈地说。

注:从那天起,科里的窦飞正式履行起老濮翻译的职责,以后经常是老濮说一句,窦飞为大家翻译一句。

镜头八:某天午休时间,阵阵银铃般的童声从办公室后排传来,只听到老濮一个劲儿地"呵呵"笑。原来,老濮正和远在老家的小女儿视频,众人立即簇拥上去,争相和这个可爱的小丫头打招呼。"叔叔""阿姨"甜糯的童声喊得每个人都喜滋滋的。老濮脸上绽放出绚烂的笑容。

镜头九、镜头十……

濮为军是"70后"的尾巴。作为科里的老人,处长本应对他寄予厚望,托付他指导帮助科里的新人们尽快适应岗位进入角色的重任,然而,濮为军的温吞性格决定了他只能做好分内工作,超越身份的行为会令他不安,但这不代表他心里没有想法。

他对这些没有干过消防宣传工作的初生牛犊,很不以为然。认为他们还是不了解消防部队啊,虽然有学历、有知识、有思想、有激情,但是,从校园直接跨进部队,从地方青年摇身变为部队干部,没有经历足够的锻炼,迟早要吃缺乏经验的大亏。更不要小看了消防宣传工作。

"宣传是提升全民消防素质的播种机,是实现社会火灾防控的催发剂,是浇灌平安和谐之花的阳光雨露。消防宣传,呵护的是人心,培育的是意识和能力,筑牢的是全民消防的御火坚堤。"

这是濮为军不知道在哪里看到的关于消防宣传的溢美之词,但他更喜欢来点儿直白的。当前,社会火灾防控大趋势从消防部队的单打独斗,走向由政府牵头、部门配合、单位负责的消防安全监管模式,最终是要上升到全民消防的高度,只有形成人人抓、人人管、人人都要参与消防工作的社会风气,才能最大限度地遏制火灾形势反弹。这时候,消防宣传工作则是开启全民消防的一把金钥匙。里面涵盖的范围甚广,比如教育培训、日常宣传、媒体宣传、橱窗标示宣传、多种形式的消防队伍宣传,等等。想把消防安全常识和逃生自救技能广泛传播的渠道数之不尽,消防宣传工作创新发展的空间不可限量,给年轻人提供了广阔的施展空间。

回归现实,文劳支队的宣传员们总是闲不下来。以前的消防工作宣传力度不够,甚至没有自我宣传的意识,导致宣传岗位地位低,人员、装备配置不到位,一人兼着其他业务口工作,忙得团团转;现在,领导重视宣传工作,肯出钱、出人,同时,期望值大幅提升,要求人尽其责,物尽其用,工作面随之不断扩展,干宣传的更是忙得昏天黑地。

机关里盛传,宣传科是和秘书科、组教科、战训科并列的四大魔鬼科室。这就说明,正如濮为军经常说的那样,没有一定能力的人是胜任不了宣传岗位的。为此,每每听到这句"传言",宣传员们既心酸又欣慰。

事实确实如此。譬如,在2008年汶川地震之时,文劳支队消防官兵第一时间空降映秀重灾区支援营救工作。濮为军带着相机跟随先遣部队抵达,为了能将一手宣传文字及影像资料传回支队,他每天连夜往返百公里外的县城网吧和部队驻扎点,短短数天时间一头黑发竟白了一半,满口的燎泡说个话都张不开嘴。至今回想起来,他都不敢相信自己的精力能够那么旺盛,足以支撑他开足马力昼夜不停地往前冲。

那时候,不光是濮为军,大家都争先恐后打报告要求跟随增援部队上一线,迫切希望为灾区尽心竭力,连即将临盆的女干部也坚持值守夜班。当时的宣传科赢得了全省年度宣传工作先进单位的金字奖牌。濮为军时常将它从墙上取下,悉心擦拭一番。每当耳边响起科里这班新人们热烈辩论宣传工作应该这样那样开展的想法时,他听了心里总要叹口气,年轻人还缺历练啊。

看着部队更新换代,濮为军感叹自己也快要被部队淘汰出去了。一想到即将进行的全省四级士官选拔考核,虽然凭借宣传报道的特长,在支队领导的大力推举下挤进了候选名单,自己心里却透亮,这是条摆在眼前的十二年军旅生涯的坎儿啊,是去是留,等挤过这座独木桥再说,但他不能不早作打算。

四

濮为军满头大汗,一如往常地推开宣传科的门,眼前的景象让他有些诧异。大家竟然都早早来到了办公室,连有睡午觉习惯的女学员都好好地坐在位置上。有紧急任务?不像啊。

科长正和窦飞争论着国产大众 CC 和本田思铂睿哪个更漂亮。女学员插嘴:"科长,小豆子是爱屋及乌,全力捍卫他女朋友的眼光。看,他都肯把烟戒了,听说是努力存钱买红色思铂睿去求婚呢。"窦飞接过话茬儿:"去去,男人的话题,小丫头懂什么。"

"切,你大我几岁,就敢倚老卖老,正好老濮回来了,老濮你替我教育教育他,今天轮到小豆子打扫卫生,这小子又想偷懒。"女学员不甘示弱地回嘴。

窦飞撇撇嘴,到门角拿拖把去了,与濮为军擦身而过时,神秘兮兮地说:"老濮,今天有人看到你去买彩票,中奖了可要请客吃饭啊。"

"听者有份儿!"女学员咋呼。濮为军憨憨笑着。

"老濮,告诉你一个好消息,不不,应该是两个,三个,咳!反正是好事一箩筐,中午可是把我们累坏了,怎么也得请大家吃碗凉皮吧。"女学员三蹦两跳地来到老濮跟前,窗口的艳阳勾勒出她纤巧的身影,俏丽乌黑的短发随之飞扬。

"为军,是这样的,处长早上接到你家里打来的一通电话⋯⋯"

本来茫然无措的濮为军听到科长说家里来电话时,脑子"嗡"的一声,脸色泛着灰白,"科长,我⋯⋯"

丁零零——就在这时,楼道内的电铃骤响,打破了文劳市公安消防支队官兵午休时分的宁静,也截断了宣传科里的谈话。"有任务了,快!快!准备器材,跟上警勤中队的救援车辆!"科长迅速作出安排。窦飞前脚刚迈进门，手上还提着滴水的拖把，听见指令后，将拖把往墙角一丢，三步并作两步抢到铁皮柜前，收拾起摄像器材。

濮为军张了张嘴，一咬牙皱紧了眉头，转身取出铁皮柜里随时待命的照相器材包挎在肩膀上，向门口冲了出去。

"嘿，等我！"窦飞提起摄像机追赶。

科长对着他的背影喊道："为军的事，等任务结束再说不迟，我们在科里接应，有信息就回传，保持通信畅通！"

"是！"

坐在支队卫星通信指挥车上的濮为军，手中抱着摄录像器材，心脏还在剧烈跳动着，却连一声大气都不敢长出，憋得满脸通红，大汗淋漓。

对面坐着的是身穿深蓝色过膝指挥服、头戴白色钢盔，手拿无线电对讲机的司令部参谋长聂广生。只见他钢盔下浓重的剑眉连成一线，在中间纠结成川字形的肉疙瘩，茶色的眼仁将黑色瞳孔挤成了芝麻粒，让人不敢直视。

司令部战训科、调度室的科长和主任们坐在参谋长的一侧，各自拿着对讲机通话。隔着一条长方桌，指挥中心的参谋们和宣传科的窦飞两人紧挨着坐在一条硬皮长椅上，前、后车门还站着人，大家都在不停地忙碌着，倒显得他俩有些突兀。濮为军摆弄起手中的照相机，窦飞则仔细观察起这台指挥车来，他倒是第一次乘坐，看到什么都新鲜，拿胳膊肘时不时捅捅濮为军，问这问那，濮为军压低声音有问必答。

以前就听装备科的助理无比自豪地说过，这台卫星通信指挥车在国内同类车型里算是首屈一指的。整个车厢被带门的隔板区分出驾驶室、指挥室和控制室。全车配备有卫星通信指挥系统、现场全方位图像采集、传输、监控系统、广播系统、现场办公、会议系统、计算机系统、照明系统、警示系统、配电系统及相关配套设施。大大小小的电子显示屏、平板电脑、近百个按键旋钮都浓缩在操作台面上，由专人操控。在控制室与指挥室相隔的浅木纹挡板上悬挂着四十二寸的平板电视机，正播放着地方台新闻时讯。目前，还没有与任务相关的报道出现。

窦飞新鲜劲儿一过，就把注意力转移到了车外。鸣着警笛的红色指挥车在城市间一路疾驰而过，成功吸引了沿街市民的注意。戴着墨镜的交警在路口指挥车辆让行。

"坐指挥车真不舒服，还不如开科里的车呢。"窦飞拧着脖子嘀咕。

"等找所有领导签完出车单，还追得上吗？现场什么情况都还不清楚呢。"濮为军低语，他也明白窦飞抱怨的是车里紧张、拘束、压抑的气氛。

这台市政府斥资百万配备的消防卫星通信指挥车，当然要比科里的普桑坐着舒服百倍，但唯一的区别是，坐车人的心境。对濮为军而言，他在乎科里的"416"是出于一种感情。

去年，宣传科还是原班人马的时候，开的一直是一辆近乎报废的白色桑塔纳轿车。每次开出去搞活动前，都需要全科人出动，一人驾驶，其余人在后面推车，才能请动"老态龙钟"的"416"咳嗽出让全科人欢呼的引擎声。有一次，宣传科照例推车，支队长恰巧经过，待问清楚怎么回事后，当即发话，立马换车。宣传科请到"圣谕"，很快换了台崭新的黑色"普桑"。

这件事让其他科室艳羡不已。反应最大的是秘书科。他们开的老式桑塔纳经常半路熄火，下雨还渗水。申请换车却一直批不下来。原来全机关最需要换车的两个科室，现在只剩一个，打破了相对平衡的局面。秘书科着实不悦，却也没办法。有人戏谑地出主意，干脆效仿宣传科专门做出戏给支队长看。秘书科反驳，那我们不成了东施效颦？这段换车风波成为机关大院里的笑谈。大家都说，宣传科扬眉吐气，风头盖过了秘书科，有些志得意满的味道。宣传科自觉冤屈，却还是和众人说说笑笑，玩闹着混了过去。

"该低调的时候要低调，该和稀泥的时候就要用心和……"这是濮为军从老科长那听来的，他觉得很有道理。如今，能够生动讲述这段故事的人都已离开了宣传科，会写文章却口齿不伶俐的濮为军形容不出值得人津津乐道的细节，只能自我回味，爱惜地保养来之不易的"416"。

回过神来，濮为军看看窦飞不消停的模样，心里想，瞧瞧，地方大学生的毛病又犯了。

在他眼里，一个自由散漫惯了的地方青年拘束在到处是条条框框规范的部队环境里，总是有抱怨不完的情绪。想是父母为其铺就的道路没有留下足够的时间，让他们学会珍惜，懂得谦卑，哪怕是察言观色，处理好最基本也最为现实的人际关系。

要换作部队里的"土著"，巴不得能在上级领导、各部门同事面前留下一个好印象，为日后成长进步打好基础。这点显然是地方大学生普遍欠缺的，可以说他们潜意识里盲目自大、恃才傲物，过分高估自己的学历在部队的价值体现，抑或是仰仗家世背景的庇佑，并不需要在这方面花过多心思。总的来说，在处理人际关系上，他们单纯得过于可爱。

有朝一日，父母的光环渐渐隐退，一部分张扬不羁的地方大学生干部是要被部队遗忘的。濮为军见过不少，在父母退休前，使最后一把力，跳脱出部队的约束，转业到地方的年轻干部。他们是不愿承受日后失落感带来的打击，早早作出了选择，抑或是早就将部队当成跳板，从未打算在这里长干。哎！这就是命运分配的选择权。就好像将军的孩子以后也会是将军，再不济也还有不错的备选后路；而农民的孩子拼死拼活，才能获得一次又一次竭力争取留在部队的机会。

濮为军并没有什么奢求，他只想在部队能干多久就干多久，老实本分地做好自己的事。

五

一个急刹，指挥车停在了郊县山区狭窄崎岖的盘山道上。路边的深沟紧挨着村舍、水洼，土狗狂吠，山鸡暴走。扶老携幼的村民已经把前方遮挡得密不透风。一车人紧随聂广生下了车。过来两个引路的拨开人墙,带领消防官兵进入事故现场。

濮为军在途中就听闻先期到达的救援部队反馈回来的消息。山体滑坡造成民房坍塌,埋压了三个村民。濮为军告诫窦飞,一定要小心谨慎,跟紧自己。窦飞慎重地点了点头。然而,眼见为实的现场情景还是让两人后脊发凉,腿发软。只见一面坐西向东大概有十层楼高的土崖如同被斧劈剑削,截去大半,暴露出稀松绵软的黄土层,不时滚落沙砾,夹杂灌木枝丫在前方上百平方米大小的平台上堆起巨大山包,暴露出半角屋顶砖墙。被山包掩埋的是临崖掏出的三孔窑洞,紧邻的一间平房险遭倾覆。一位衣衫褴褛、蓬头垢面的老汉趴在土包脚下号啕不已。

"他是这户人家唯一逃出来的,里面还埋着他的老伴、孙子和孙女。"村民们不忍见老人如此悲痛,纷纷上前劝慰,"大伯,消防员来了,他们肯定能把人救出来的,咱们还是退远一点儿等着吧。"几个热心人搀扶起老人退到了警戒线外。

濮为军端起照相机开始工作,将镜头对准暴露出狰狞面目的土崖;对准瞬间吞噬生命的巨大山包;对准在消防队员、乡亲们搀扶下接受"120"急救人员检查伤情的老汉;对准拉起封锁线担任观察哨的侦查队员;对准围在一起紧急制定救援方案的公安、消防及当地政府部门共同成立的现场应急救援指挥部;也对准了站在警戒线外拿来自家铁锹、锄头等工具支援救援行动的村民……

当镜头扫过三面枝叶繁茂的密林,头顶的一方天空蒙上了惨淡的灰白。救援行动紧张地展开了。

消防官兵抡起手中的铁锹等工具砸向掩埋人命的黄土,自发帮忙的村民似乎把所有的悲痛都寄托在沉重的铁具上,闷声击打,黄土飞溅,击中了聚焦的镜头。濮为军将镜头小心擦拭干净,随之继续工作。

刨挖去表层,官兵们开始更多的是小心翼翼地推敲,根据老汉讲述事故发生前家庭成员所在的大概位置,他们将搜索的重心先放在解救老汉的小孙女身上。

年久失修的窑洞,内部深达七米,庭院处依山而建的三间砖混结构的平房，以及搭建的两间简易柴房，全被砸毁，面目全非，只有半壁门柱摇摇欲倒。当时，小女孩儿在外屋平房里看电视，老伴抱着小孙子在里间窑洞里午休，没有任何预警的山体滑坡伴随着一声巨响就这样倾覆了……

窦飞站在坍塌废墟的一角，抓住正在参与救援的特勤一中队中队长路岩，不由分说地将摄像机镜头对准他的脸，透过镜头请求："老同学，帮忙说几句，介绍一下情况，配合下我的工作。"

路岩头盔下那张国字脸满面尘土，看不出本来的颜色，紧抿的嘴唇吐出简练的回答："按照常理，只要窑洞没有全部塌陷，里面的人目前应该是安全的。我们必须抓紧救援时间，把人全部救出……"

"打通了，通道打通了！"前方洼地有战士呼叫传来消息，救援工作有了新进展。

"我讲完了。"路岩闻讯挣脱窦飞的手，迅速滑下洼地，钻进一条刚刚打开的通向废墟下的暗道。

窦飞伸手张开五指试图抓住路岩一闪即逝的背影，"哎！咳……"说着就要追随他滑下土包，突然被一股巨大的提力硬是扯回原地。扭头一看，是大汗淋漓、面容扭曲的濮为军。

不等窦飞解释，一顶救援钢盔扣在了他的头上："系好！听我口令，让你下你再下！"说完，濮为军跳了下去。

窦飞一手摸着钢盔，一手扶着肩头的摄像机，一时还没反应过来。刚刚瞬间还在感念老濮对自己的关心，转而被"让你下你再下"的命令口气激起反抗情绪。"凭什么啊！"他怀抱摄像机，腾出一只手扶着陡坡"刺溜"滑了下去。

洼地里，三两个村民正抱着木头、扛起石板顶住仅容一人猫腰通过的暗道口，黄土雨帘似的坠落下来，村民腾出手跪地扒土。

"我的天，随时有二次坍塌的可能。"窦飞忍不住惊呼。他扛起摄像机，对准镜头，问："老乡，里面有几个人？目前是什么情况？"

"不知道啊，里面窄得很，你们千万要当心啊！"

窦飞见濮为军把照相机往迷彩服下一裹，贴着内衣，就弓着腰钻了进去，他也学样保护好摄像机，尾随而入。

通道里面漆黑一片，横倒的屋梁门柱斜倚着，切割出不规则的窄小通道；碎砖断瓦，墙片钉钩，斜插在任何不可预见的角度，随时偷袭着划出一道血口子。

濮为军借助手电筒的光线，分辨出能够前行的方位，不断变换姿势，侧身屈膝一手抱紧怀里的照相机，一手扒地艰难前进。头上的钢盔四处碰壁，发出"咚咚当当"的闷响。慢慢地，夹杂着尘土的血腥气在狭小密闭的空间里四处蔓延。一阵阵皮肤撕裂的疼痛，逼迫他停下来，仰面喘着沉沉的粗气，然而，吸进的却是恐怖，黑暗，压抑，象征着死亡、坟墓的毒瘴，呛得他只想呕吐，全身瘫软。

他想起身后的窦飞从没经历过这样的险情，扭头询问："窦飞？你怎么样？"

顺着手电筒的光线看去，窦飞趴在地上，一动不动。濮为军艰难地扭转身子，将他的伤势检查了一遍，轻舒一口气："幸好都是皮外伤，没大碍。"

"老濮……"窦飞抬起头，涣散的眼神清亮了起来，"原来你还有这样的嗜好，以后我得躲你远点儿。"

濮为军愣了片刻，一巴掌就拍在了窦飞的钢盔上："鬼崽子！"

"哎哟——下手忒狠了！我都替你手疼！"

手电筒的光线开始暗淡。为了保存电力，濮为军只能选择关闭光源，陷入一片阴森的死寂当中。两人顺着前方的亮光，坚持继续深入进去拍摄。

前方越见开阔，家具杂物已经被清理开。路岩带领战斗班长正在小心翼翼地拆卸重压在沙发上的大块楼板。小女孩儿蜷曲在楼板与沙发扶手间狭窄的缝隙里，小猫似的哀泣，发出断断续续的呻吟："妈妈……疼……我要妈妈……"

路岩不知从哪里变出一根橘子味的棒棒糖，拨开糖纸，从缝隙间硬是塞了进去，柔声哄着："好孩子，糖吃完，就能出去见妈妈了。"他感觉到手指一颤，棒棒糖棍脱离了指尖，孩子应该是吃进了嘴里。

路岩几次试图从缝隙间抽出手臂,可越是挣扎,手臂就被箍得越紧。他调整了几次位置,猛一使劲,抽出的手臂被生生刮去了一层皮,黑红色的血汁与石渣渲染了整个镜头,刺痛了在场所有人的双眼。濮为军端着照相机的双手猛地一阵抽疼。路岩一声没吭,撕下迷彩背心的一角,让战斗班长帮他裹上伤口。

"呼叫第一救援小组,呼叫第一救援小组,落石加剧,迅速撤离!我命令你们,迅速撤离!"对讲机里传来参谋长聂广生的指令。暗道口的村民也在呼喊着,要他们赶紧出来。小女孩儿听到消防员叔叔要离开自己,再次放声大哭,喊着要妈妈。

废墟深处的官兵们没有犹豫,边安慰着孩子,边加快了救援节奏,更加果断地破拆一道道阻碍。终于,楼板完整的暴露出来。

濮、窦二人将照摄器材暂时放在一边。四个男人合力抬起了楼板,路岩迅速抢救出紧闭双眼的小女孩儿,抱在了怀里。参谋长的声音从对讲机里传来,愈加的歇斯底里。

路岩抓起对讲器回复:"报告指挥长,孩子已经救出,请求增援!"

对方停顿了两秒,里面的人如同煎熬了半个世纪,嘶哑地回应"迅速找到掩护体!等待支援!"

"是!"

路岩坚毅的眼神绽放出自信的光芒,嘴角微微扯动,露出一个浅洼似的酒窝,伸出手分别指向三处,向众人坚定地点了下头,"迅速各就各位!"以沙发为中心,除顶墙的一面,其余三面都可以作为三角安全带。

瘦得像杨树杆似的窦飞和战斗班长分别蜷缩在沙发扶手的两侧。路岩把小女孩儿托付于个头不高的濮为军,让他侧身面贴沙发狭长的靠脚位置,濮为军用身体严严实实地将小女孩儿遮挡住。

窦飞躲藏的位置,正好能够看清路岩的动向。只见他四面看了看,终于选择蜷曲在一口深红色的木箱前。那口木箱仅仅能遮挡不到半个身子的位置。

窦飞纠结的心脏与身下摄像机频频闪烁的信号灯一起剧烈跳动,"岩子,我和你换!"路岩轻松地向他眨巴眼睛,挤出鬼脸,制止了他的冲动。

是啊,侠肝义胆、铁骨柔情的路大元帅在危难时刻,只有他保护别人,什么时候肯屈就于他人的保护。岩子啊,你永远是这么一根筋!

天空业已坠落,房屋土崩瓦解,废墟轰然诞生,死亡的阴影还在紧逼,下着埋葬希望的沙石。孩子呜咽的哭声渐渐沉寂,濮为军紧贴着孩子的皮肤感觉到不祥的冰凉,他轻轻摇动怀中的小生命,在她的耳边呼唤:"孩子,醒醒,醒醒,不要睡,醒醒……"

侧卧的濮为军整整半面身躯被埋进了沙土里,他将头盔戴在孩子的头上,拼力圈起的手臂支撑起孩子的上半身,一只手不停地扒开落沙,在心里一遍遍祈求,快来救救她吧,我不能眼睁睁看着和女儿一般大的孩子在怀里死去,请救救她吧!

窦飞将顶着钢盔的摄像机举过头顶,沙子已经漫过了胸口,他感到手臂越发沉重,如同呼吸般艰难。他胡思乱想着,觉得这姿势如果不看下半身,还真挺像董存瑞舍身炸碉堡,只是英雄举的是炸药包,自己举的是摄像机。也许,窦飞英勇记录救援过程的这段视频能换个普利策奖,这个意义在某种程度上和炸掉一座碉堡同等重要。只是……只有在活着的时候才更具黑色幽默效果,否则自己的人生将是一出壮烈的悲剧,那可实在不妙……

六

为什么故事的发展总要在人们走投无路的时候才肯发生转折?非要制造无尽的纠结和痛苦用以铺陈、酝酿、爆发出情绪的制高点呢?

死亡距离他们是如此之近。面对死亡,他们可以说是从容的,是无畏的,是有准备的消防兵。在这样出色的先锋队员身后,必然有众多训练有素、配合默契的战友们为其铺就生命通道。

看吧，头顶的废墟被撕裂，身穿橙色抢险救援战斗服的"神兵天将"破除阴霾，踏平吃人的流沙，横扫断壁残垣，向亲爱的战友伸出了援手。

"兄弟们，都还好吗？"

"我们没事，孩子在这里，先救她！"

路岩从濮为军的怀里抱出孩子，托付于从天而降的战友。他双手抱起，举向头顶的那片天空，一双有力的大手，张开十指穿过黑暗与光明的交界，捧起弱小生命的灵魂和躯体。刹那间，孩子扬起的小脸得到了光明、生命、自由之神的争相亲吻，都在庇佑着生命的顽强……

濮为军抓起照相机，记录下人类文明与自然神力抗争史诗中一个极具冲击力的画面。

任流沙倾泻，黑暗仍纠缠不休。消防官兵在狭小的空间里，或半埋于土石仍高举摄像机；或单膝跪地，两两扶持，双臂稳稳托举起幼小的身躯。请注意所有人的面目都是朝向天空的，渴望光明的，凝聚希望的，喷薄刚毅气息，绽放出神圣光彩的！

透过镜头，濮为军竟模糊了双眼，这份崇高而壮烈的雄性之美，让他想起五百年前人类艺术巨匠米开朗基罗创作的那幅天顶艺术品《创造亚当》。他还记得是在科里订阅的摄影杂志中看到的这幅画作照片。内容简要介绍了作品构图的平衡，充分展现出力与美的结合。

而此时在他的镜头中定格的画面，色彩的调和将对比度放大到极致，人物动态的张力将情感与个性特征充分赋予放飞想象的空间，光影、角度、环境、氛围等通常会被刁钻苛刻的批评家拿来说三道四的瑕疵，此刻已经变得无足轻重。一种从未有过的澎湃热浪充满节奏地撞击他的胸膛，托举相机的手掌僵直而颤抖着。

作为平日看来也许并不比寻常人强健多少的群体，关键时刻却能冲在前，打得赢，高喊着"为人民服务"的精神口号，以履行职责使命为第一选择，前赴后继地日夜战斗着。这类人以人民的忠诚卫士著称，以军人的作风自律，作为警察部队的分支，活跃在无限大的独立战线上。

这就是为了预防火灾和减少火灾危害,加强应急救援工作,保护人身、财产安全,维护公共安全,依法履行职责的中华人民共和国公安消防部队!

如果说,米开朗基罗创作了《创造亚当》的不朽杰作,濮为军则幸运地按下了快门,将真实发生的救援一幕锁进了镜头,锁在了震撼社会、引发人民群众强烈共鸣的历史一页。

也许这张照片将成为导火索,它的影响力谁也说不准,正如濮为军只是听从心的召唤,以擅长的技术迅速定格了自己的震撼。他将把照片作为文字报道的配图第一时间传送回支队,通过领导的审核,发往各大新闻媒体,之后的事将不是他所能掌控得了的。

要说类似蚂蚁掀翻大象的故事,从来就不是个稀罕事,具体到一张照片可以改变世界也不是夸夸其谈。还记得饥饿的非洲大陆上,那个被秃鹫环伺蜷曲在地的难民儿童么?全世界有数不清的人通过这张照片,终于正视了非洲人民的现状,认识到他们因为战乱、贫穷、饥饿而如临深渊,并向饱受折磨的朋友伸出了援助之手。加之照片的作者因为愧疚而自杀的后续故事又为它加码人性的厚重。无人能否认镜头的力量,否认从中受到的启发,否认汲取改变自身命运的力量。

话说回来,濮为军几乎喘不过来气,无论是对拍下这一幕的欣慰,还是对从事宣传工作的满足,都将他包裹在幸福、成功的极乐世界里。

他,泪流满面。

七

天幕深沉,倦鸟归巢,漆黑的树影粘连战栗,形成巨大的屏障圈起山野深处那灯火闪烁、人声嘈杂、大型机械铁臂挥舞的独特场景。现实的战斗还在继续,刚刚脱离险境的消防官兵又投身到解救其余被困者的救援行动中。

老练的濮为军迅速调整情绪,振作精神,检查装备,紧紧跟上救援步伐。在挖掘机的辅助下,很快就挖通了祖孙俩所在的一孔窑洞,饱受惊吓的老奶奶抱着小孙子灰头土脸地贴在窑口一角。消防战士脱下战斗服披在衣衫不整的老奶奶身上,接过她怀中的孩子,她却不等消防战士的搀扶,竟一个神步跨上了土丘,顺势瘫软在地,怎么也爬不起来了,官兵们背起祖孙俩并将其送到了安全地带。濮为军、窦飞二人此次救援现场的摄录像任务也算画上了句点。

这时,月亮已经爬上头顶。濮为军和窦飞被安排坐上支队警勤中队的抢险救援车先行返回。他俩挤在了副驾驶的位置,后排三名战斗班的队员还穿着厚重的战斗服,头盔都没脱下,就沉沉得睡着了。窦飞在电话里向科长简要汇报着工作,濮为军和司机小方有一搭没一搭地聊着。

"濮哥,参谋长真的被路队长你们几个气炸了,差点儿把手里的对讲机给砸了,还好一切平安,他说要让你们站在立功奖台上作检讨咧。"小方边说边又是龇牙又是瞪眼又是皱眉头,像模像样地学着聂广生的神情语气。

"果真如此参谋长也算手下留情了,不过,我们别无选择。"濮为军盯着前方的路,声音有些喑哑。

"我懂的。对了,你听说部队要涨工资的事了吗?"一说到这个,小方的眼睛都亮了。

"嗯。"

"有外总队的战友跟我说他们刚涨了,问咱们什么时候涨,你那边有信儿吗?"小方兴奋地打探。

"不知道,但你别再乱传了,小心有人说你传谣,刚下的二期士官别叫人泼了黑水。"濮为军扭过头,正眼看着他。

"哎,老家人还等着我下聘礼娶媳妇咧,这么点儿工资啥时候才能把媳妇领进门啊!"小方被盯得急了,忙辩白。

"你要着急,等我这月稿费发了先拿给你凑凑数,省得你个鬼崽子天天睡在我隔壁磨牙想媳妇。"濮为军像看亲弟弟一样,宽慰他。

"看你说的,哥,我就是再急得挠心窝,也不能要你那点儿钱。"不知是害羞还是怎的,小方红了脸。

听了这话,濮为军皱起眉头,"咋!我的钱不是辛苦挣开来的?还嫌弃?"

"咳,我的意思是,你家的情况不比我好到哪,咱当兵的都不容易,我拿了你的钱,嫂子咋看我,我还要不要回咱老家啦。"小方的胖圆脸像是唱起了戏,一阵红一阵黑的,又可笑又可怜,任谁看了,也不忍再和他计较。

"你嫂子虽然没读过多少书,这点儿肚量还是有的,你别小看了她。"濮为军扭过头,直视着窗外,陷入了沉沉的心事中。

小方咧着嘴乐,"那倒是,嫂子是咱那儿出了名的孝顺媳妇,对你更是死心塌地,要是我那对象以后有嫂子一半贤惠,我就能安心在部队干了。"

说到这里,两个人都不再搭话,各自凝视着前方。

往来夜行的车辆瞪着刺目的双眼呼啸着划过。挡风玻璃下,光影纵情地跳着探戈。三张透着倦容、各怀心事的男人的脸上忽明忽暗,变换着各种心情。

窦飞打破沉寂,开了口:"老濮,嫂子的事科里都知道了,本来科长是想中午告诉你的,我们都准备好晚上给你送行了……"

"送行?不让老班长考四期啦?!"小方惊诧地扭转头,看看窦飞,瞅瞅濮为军,一时不敢再往下接话。

"注意看路,还这么冒失。"濮为军盯着前方的道路,大灯打出的光线扫尽黑暗,抑或是在推动黑暗前行,目力所及之处总觉得有一堵巨大的黑色屏障拦在前方。

他垂下了沉重的眼皮,抱着膝盖上的照相机,右手的食指尖轻轻拨动转轮,驾驶室里只听见单调的"咔嗒、咔嗒"的转轮声。这节奏在他的记忆里与一周前食堂外的洗手池"滴答、滴答"的滴水声重叠在了一起,那时他接到了家里打来的电话,得知爱人查出癌症的噩耗……

"我一切听从上级安排。"濮为军紧锁眉头,声音愈加嘶哑。

"什么你就听从安排了?"小方瞪着溜圆的眼睛,"窦参谋,你也亲眼看到濮班长搞宣传是怎么个不要命了吧?"

"光我见到这都多少次了,为了抢几张照片,他比突击队员冲得还要靠前。就说上次石头山暴雨引发山体滑坡的事吧,他踩在悬崖边,半个身子都探在瀑布激流里,就为了抓拍营救登山驴友的镜头,且不说泡在冰水里是啥滋味,脚后跟下面就是万丈深渊哪!那些跟去的专业记者都自叹不如;还有冬天雪灾那次……"

八

就在小方鼓着腮帮子,激愤地表述时,濮为军回忆起一周前妹妹从老家打来的那通电话。这些天,他的脑海中反复跳跃出妹妹的话语,折磨得他憔悴不堪。

"哥,嫂子得了癌病。她说这个考试对你很关键,死活不让我们告诉你,怕扯你后腿,就领晶晶回娘家了。我和爹娘都觉得啥也没嫂子的命重要。你快回来劝劝她吧!"

半个月前,妻子是陪娘去县里瞧病,顺便看看自己左胸长出的硬块,谁知竟被医生怀疑是乳腺癌,说县里的医疗条件达不到,让赶紧去省城大医院治疗,晚了就没命了。这让一个三十出头的农村女人如何接受得了!再加上治疗费更是一笔巨额的开销,她觉得目前反正是不疼不痒的,索性按照娘家人介绍的偏方先调理看看。走前百般央求爹娘和小姑子,千万不要和濮为军说,怕影响他考试,就带着小女儿回娘家了。

哪里知道,这病情发展迅速得如同洪水猛兽,很快胸口剧烈的疼痛反复发作,一周前,妻子被娘家人送进了市医院,晶晶也被送回了奶奶家。看到妈妈疼痛煎熬的样子,女儿吓坏了,哇哇哭喊着:"妈妈要死了,妈妈要死了……"唬得爹娘脚不沾地地赶着骡车就冲进了医院,催着妹妹给濮为军报信。

结婚这些年,濮为军对于妻子的性情还是了解的。她一向贤惠温顺，性子却极为倔强，要钻起了牛角尖，哪怕天皇老子来劝都敢给闭门羹吃。

当年，两人的结合也是多亏了妻子的坚持。想她儿时就被父母指给了临村老支书家的小子，说好满十八岁就办喜事。十六岁的时候，妻子见到了回家探亲的濮为军，一见钟情，非他不嫁。

听妻子说，她小时候每每看到课文里对军人的描述，是那么的高大威武，是那么的真诚无私，就认定了军人就是天底下好男儿的代名词，对军人形象的向往和爱恋促使她萌生出一个美好的心愿——嫁给军人。

可她从来没见过实实在在、活生生的军人，她连臆想的对象都没有。生活啊，总在人认了命、死了心的时候，折腾一把。那年中秋，她见到了当兵后第一次回家探亲的濮为军。

这个从小就不出挑的毛头小伙子竟让她再也移不开眼。她满心欢喜地打量着他，大檐帽上的金色徽章咋就这么精致；火红的肩章像两头雄狮卧在一字形厚实的肩膀上，注视自己的绿色疆土，这扎眼的美咋就那么熟悉，像梦一样亲切、神秘；还有金色的裤缝线勾勒出的双腿咋就这么修长笔直；还有那收身的腰线，宽厚的胸膛像高原般浑厚辽阔，竟然将男人的身型如此美好地呈现出来。

这样的濮为军是英姿勃发、帅气逼人的，让村里、村外不少姑娘都动了心思。濮为军能看上自己吗？为了那个心愿，她决定亲口要他的答复。

其实，濮为军从小就喜欢扎着大辫子的她，以前觉得是自己配不上，默默当兵走了，现在两人重遇，这一层窗户纸被捅破，两人迫不及待地要冲破牢笼，确立自己的幸福。

理所当然，他们遭到了父母的坚决反对。女方家干脆把女儿锁在屋里，还找来婆家人商量提前办喜事，绝了孩子的念头。没想到的是，老支书家的小子在外打工私自处了对象。两对小恋人合力抵制父母包办婚姻的束缚，终于把这桩娃娃亲给搅黄了。

事情还未圆满，濮为军的假期就结束了，只能撇下烂摊子糊里糊涂地走了人。多亏妻子的坚韧，独力化解了两家人的矛盾，促成了与濮为军的完美结合。

想到这儿,濮为军实在愧疚不忍。结婚那年,正赶上部队二级战备,他回不了家,只能把手续寄回去,让妻子一人办下了结婚证。乡亲们都说从没见过办喜事见不到新郎官的。老人们一气之下,连酒席都不办了,索性关了门在濮为军家的院子里吃了顿便饭,算是草草办了喜事。

这还不算自己做得最浑的事。在女儿出生那天,老家连天下着瓢泼大雨,家里除了他连个壮劳力都没有,妻子在妹妹的搀扶下,坐着骡车从村里往返县医院,从此落下了病根儿。他身在部队,干着急,却使不出个劲儿,放不响个屁,等他请好假赶到家,女儿都会叫爸爸了。

要说嫁给一个军人,这在农村也早不如过去招人羡慕了,更何况是个当兵的,挣钱不多,端的还不是铁饭碗。最可怜的是老家的女人,心像那天上的织女,人却是摔在泥巴地里的尾巴花,苦啊,累啊,都得担着,酸啊,疼啊,都得受着。男人回来探亲一次,短短几天,总也浇不息女人心头的那团旺火。

妻子的隐忍反倒遭来爹娘的埋怨。看着是能生养的身板,咋就孵不出个孙子,濮家可不能在儿子辈绝了后,两个老人拿啥脸进祖坟,到死还挺不直脊梁。

濮为军远在千里之外,不知道的是老人传宗接代的思想压在妻子身上竟成了心病。妻子倒在病榻上哀哀垂泪,执拗地胡思乱想:"老天爷啊,咋让俺得了这种病,不管是死是活,乳房没了,还算个啥女人,以后咋生养啊!不行,我不能再给婆家人添堵了,只能……只能……和为军离婚啊……"她把这一想法告诉了公婆。

医院那边催着签手术同意书,病床上的人竟闹起了离婚,两家老人竟没一个敢拿主意的。于是,公婆一通电话打到了濮为军所在支队,向单位反映了情况。

九

夜越来越深。司机小方还在为濮为军打抱不平："我早就跟哥说了，我们外省出来的没关系，总要在关键事情上吃亏，想干上四期，光凭自己的本事能行么？马上要考试了，你想提前放弃不成？哥啊！你愣什么神？说句话啊！"

"哎呀，小方，瞎说什么呢，老濮是我们宣传科里的镇科之宝，我们能不替老濮着想吗？"窦飞的一句玩笑话，把大家逗乐了。

濮为军不好意思地扯了扯嘴角。

"咳咳咳，"窦飞清了清嗓子，接着说，"我还是把知道的都先告诉你吧，省得小方直和我瞪眼。"

"听说领导的意思是，批准你先休假回去照顾嫂子，这边呢，我们联系了省里最好的专科医院，希望你能把嫂子带来接受正规治疗。你不知道，咱科里小丫头的亲戚是治疗这种病的专家，肯定能给嫂子安排好，她说这点儿保你放心。"窦飞就差没拍着胸脯保证了。

"另外，大家合兑了五千块钱，你先收着应急，咱们处长说了，再难也不能耽搁嫂子的治疗，已经协调政治处尽快组织募捐了。"

"哦，还有你考试的事，我听说咱支队长一大早专门为了你的事去总队找'老一'协调，申请到延期考试的资格，咱头儿们帅呆了！酷毙了！"

"还有还有，你别担心，哪怕这回没有考上离开了部队，鉴于你的业务素质，处长说了，将考虑以文员身份把你返聘回科里。好了，我知道的全交代了。"窦飞说得口干舌燥，抓起车上的水壶就开始灌。

"哥！嫂子生病的事，你咋不和我说？我能帮你想想办法，总胜过你一人儿扛着！"小方的胖圆脸气鼓鼓的，这时候看起来更圆了，向濮为军咋呼着。

"老濮，这下你可以放心回家了吧，有什么事我们替你照应着。"窦飞轻轻地拍了拍他的肩。

　　这些暖心的话真真说到了濮为军的心坎里，背了数日的包袱瞬间卸了下来，体内的热血腾得一下子上了脑门。他的脸颊红了，额头红了，耳朵红了，眼睛也红了，一双手就像刚从红染缸里捞出来的，在脸上狠狠抹了一把，带下湿答答的咸雨，重重得发出一声叹息："叫我说啥才好……唉！"

　　待濮为军等人返回支队时，宣传科办公室还亮着灯。窦飞望着那扇白色透亮的窗户，感慨："回家的感觉真好，有人等的感觉真好。"濮为军了然地向那方光亮望了望。

　　夜越幽深，光越明亮，只见星星点点的灯光穿透大楼，诉说着哪些部门、哪些科室正在加班加点地忙碌。

　　或许是宣传科在整理剪辑大型公益活动的专题片，或许是秘书科为明天的紧急会议撰写领导讲话，或许是营房课在审核新队站建设的图纸，或许是重点科连夜排查火灾隐患，正在系统上录入数据……总之，需要加班的理由在消防部队有太多太多，都预示着支队又有新的工作需要强推力促。偶然间，可以看到里面的人影晃到窗前伸伸胳膊，转转腰，对着天空打一个夸张的哈欠，或是拿着手机和家人简短通话，继而转身消失在窗前。

　　此时，驻足在楼下的濮为军发现宣传科的窗子里探出了半个身子，夸张地向他们打招呼："小豆子！老濮！你们终于回来啦！"濮、窦二人向窗口的女学员挥了挥手。

　　窦飞回应："回来喽！有吃的没？"

　　"科长说，请客吃夜宵——"

　　"好耶——要开'416'吗？"

　　"地蹦，门口米皮老店，回来还得加班呢！"

　　宣传科楼上楼下一呼一和的，惊动了楼内其他科室加班的同志。四楼，七楼，都有人拉开窗户，吆喝："算我一个，帮我打包砂锅面！""我来份……"

　　"嘿，楼下的准备好钱，别想着蹭饭！"科长也探出了身子，扯着脖子向楼下喊，"还是一勺辣子、两勺醋？"

楼上楼下的笑成了一片。

夜，黑透了，东边渐渐泛起青白。濮为军躺在了床上，摸到今早回家的动车车票，想起科长的一再嘱咐："为军，别着急，科里已经帮你协调好顺风车，早上保准给你妥妥地送到火车站，现在就好好睡一会儿。科里买了点儿土特产，走了记得捎上，给家里人代问个好。有困难了一定记得部队的兄弟姐妹，给科里打电话通气。还有啊……"

濮为军想着想着，半面脸一片潮热，枕头被泪水浸湿了，攥着车票的手心滚烫滚烫的，粘着汗，没有一丝睡意，静待着闹钟的震动。身旁的床铺躺着老乡小方，他翻了个身，喃喃自语："哥，好羡慕你嘞……"

濮为军扭头瞅了一眼，看他再没了动静，知道这家伙又做梦了。

（原载《啄木鸟》2016 年第 3 期）

湘湖夜里的声音

但 及

一

他终于踏上了这片土地。

午后,汽车奔驰着,窗外是陌生的。桃花正旺,一大片,一大片,簇拥在田间。路边还有厂房,铁皮屋顶闪亮。一群鸭子抬着头,在水塘里张望并叫唤。窗外,似乎总有什么牵着他,令他目不转睛。

当湘湖出现时,洪鸣眼前一亮。湖还是以前的湖,湖面开阔、明亮,但是没有三十年前清澈。他把车窗摇下,让风吹进来。风带着涩味,也带着一种熟悉感扑面而来。他记忆的闸门顿时洞开,一些东西在心中复活,一缕缕,一丝丝,涌了上来，充斥脑海。

车路弯曲，柏油路面干净、整洁。

在村口的公交车站，他看到了黄海。黄海手里提着一个塑料袋，戴着一顶运动帽，站在风里。黄海的脸黝黑、严峻，上面还有几颗黑斑，花白的头发被风吹乱了。轿车门开了，洪鸣走出来，一把握住了黄海的手。

"领导，你来了，领导，你终于来了啊。"黄海的话有点儿激动。

两双手紧紧握着，黄海的手粗糙、有力，两人握了十几秒之久。"这里都变了，我不认识了，以为走错地方了。"洪鸣说。

"不要说你，有些地方我也不认识了。你看前面，在做人造沙滩，湘湖要搞开发，正在大兴土木呢。"黄海说着，把手指向前方。在公交站牌后方，的确可以看到工地的模样儿，有已经粉饰过的小木屋，也有脚手架伸向天空，还有彩旗在飘扬。

"三十年，好像做了场梦。"洪鸣一阵感叹，然后不禁笑了起来，黄海也跟着笑了。一辆大货车猛按喇叭，从身边掠过，扫来一阵强风。

"你看那边，以前是村里的晒鱼场，现在都做草坪了，还有这边，有了个种植园，种了从荷兰引进的郁金香，现在还没开，再等十几天就开了。红红的，黄黄的，城里人都会涌来，拍照，吃烧烤，还有人跳舞。"黄海说。

站在公交站台，能隐约看到一部分村庄。他还能看到湖，湖面上有船只，好像是运输船。湖边有芦苇丛，芦花在梢头晃动，一阵又一阵，像是鸟群在飞。

"你来了，我没告诉村干部。"黄海说。

"这样好，不要告诉，我怕着呢，围了一堆人，啥事也做不成。"

"是你关照的。"

"当然要关照，否则，我没自由了。"

"先去我家吧，去我家坐坐。"

洪鸣踱了几步，拍了一下手掌。"不急，不急，我倒想先看看那间老房子，就是我问起过的老房子，不知现在怎么样了。"

"不要看了吧，有什么看头呢，都破了，破得不像样了。"

"不像样也要看看，难道你怕丢村里人的脸？"

就这样，他们往那房子方向出发。黄海骑着电瓶车，在前面引路，洪鸣的车跟在后面。司机戴着墨镜，一声不吭。车窗一直开着，洪鸣的眼睛一直注视着周围。他总想把记忆与现实重合起来，但现实总在击伤记忆，让记忆变得更加模糊。

春天的村庄，弥漫着一股青草的气味。路是沿着湖走的，湖就一直在变化着，一直有一团水面在眼前晃动。路上不时看到晾着的鱼干和渔具，鱼腥气也开始变浓。饲料加工点，农机站，化肥供应点，还有村里体育活动场地……不时晃过眼前。

过了七八分钟，黄海停下电瓶车，洪鸣的汽车也停下了。"就是这里，这里了。"

这是孤零零的一间房，两层楼房，与其他房屋分开着。一条水沟横在中间，里面满是垃圾，却没有水。与村庄其他房子相比，这里更像是个孤岛，无人理睬，正陷入倒塌的境地。黑沉沉的瓦片，长满青苔的屋脊，还有几处塌陷的屋顶。门紧闭着，上面积满了灰尘，前面的空地上长满了一人多高的野草。野草在太阳下闪着光。

"从前，这是好房子了，两层楼，村里只有两家人家有两层楼的。现在，你看，没人住，一塌糊涂了。"黄海说。

这已经不能称为正常的屋子了，摇摇欲坠，风一吹，随时可能倒塌。但这房子却勾起了他的记忆，那些深藏在脑海里的碎片开始拼凑、复活，把他拉回到三十年前。他一辈子也不会忘掉这幢房子。他记得那时穿梭在这幢屋子里的情形，那时，她就坐在门口哭泣，她一哭，整个村庄的人仿佛都能听到。还有她的男人，掩藏在门后面抽烟。他抽的是烟管，一根硕大的烟管，一吸，一股浓烟从他鼻子里翻滚而出。那男人几乎不出声，只会吸烟，一口接一口，没有停下来过。

他向草丛走去，靠近破屋。茅草缠住了他的脚，一些带刺的针状叶片钩住了他的衣袖，一拉，手也被刺到了。血出来了，他用拇指按住。他继续走，拉开叶片，径自往前。黄海在后面喊，领导领导，不能靠近，这房子不安全，不安全呢。他只当没听见，走到一个窗前，一群麻雀腾地飞起吓了他一跳。

窗只剩下一副空架子，地上满是玻璃，还有一只编织袋装着的沙土。他在窗前，朝里探了探，里面黑漆漆的，堆着杂物，蛛网遍布。

"羊棚在哪里？"他问黄海。

"羊棚在后面，但现在哪里还有羊棚？早没了，早倒塌了。"

"去看看。"

他倔强地行走着，脚上被藤类植物绊住。黄海跑上来，抢到他前面，为他挡开植物。两人朝着屋后走去，黄海一边走，一边还在抱怨。黄海说："你不该到这里的，你这么个大领导怎么可以到这里呢？"

终于，看到羊棚了。屋后，有一个小间，那里已倒去了一个角。屋子里堆着木头，还有一堆腐烂的稻草。但三十前的羊棚的模样儿依然还在，洪鸣吸了吸鼻子，似乎想嗅出羊屎味儿来。可惜没有，只有腐烂的稻草气味。

"就这里，就是在这里破案的。那时候里面有五只羊，我记得清清楚楚。边上还有个茅坑，茅坑上放着铁锹和夜壶呢。"洪鸣喃喃地说。

二

抵达湘湖的时候，已是凌晨。

天昏沉沉的，寒风从湖面上吹过来，直透衣袖。

从县城到湘湖，汽艇开了两个多小时。刚才，在电影院里，放映的电影突然停了下来，亮起了一盏昏黄的灯，喇叭里发出一个带本地口音的女声。"请公安局的洪鸣和维刚两位同志，马上回公安局，有紧急事情，有紧急事情。"洪鸣和维刚坐在第四排中间，他们同时站了起来,电影院里所有的目光都汇聚到了他们身上。在沉重的目光里,他们绷紧身子,走出影院。

他们骑着自行车,火速赶回局里。一回去,才知道出事儿了,大事儿,有命案。

一路上,汽艇在突突地响,灯光打在河道的中央,两边的堤岸、草丛、桑树和芦苇在快速地向后退去。村庄已经入睡,连灯火都十分稀少。天越来越冷了,洪鸣衣着单薄,有些哆嗦。越靠近湖,寒气就越重。

尸体在湖边的水里,那里有一片低洼的树林,有些树还长在混浊的水里。芦苇丛里的风声一阵紧似一阵,村民们晃动着手里的电筒,汽艇上的灯光也直直地逼了过来。几道光在湖面上摇晃,一会儿上天,一会儿入水,最后落到了一件半沉半浮的物体上。那是一具男孩儿的尸体。

尸体被拖上船后,法医就工作了。男孩儿贴着船板,水从他嘴里淌出来,流开来。尸体有些发白,也有些浮肿。男孩儿只有七八岁,从面相上看,长得还很清秀。鼻孔上翘,眼睫毛长长地遮着眼帘。法医说,很明显,男孩儿的脖子上有勒痕,证明他是被人勒死的。

侦破工作展开了。办公地点就在村委会。洪鸣刚任刑侦队副队长,这个案子对于二十五岁的他来说,压力是可想而知的。死者来自四口之家,母亲叶香,父亲田建明,还有一个哥哥田大亲。死者在上小学,名田小亲。田家笼罩在一片抑郁与悲伤之中,母亲看到警服在门口出现时,突然瘫倒在地,然后打起滚来。她胸部起伏,泪花四溅,头发散乱地拖在地上,像抹布一样扫来扫去。父亲一声不吭,看见警察也没打招呼,他坐到了门后,抽着烟管,那冷漠的眼神像是一把闪着寒光的刀,直直地插过来。

孩子是渔民捕鱼时发现的,那时候已经像皮球一样浮起来了。据叶香回忆,孩子前天晚上没有回家,从那以后就彻底消失了。晚饭的时候,他还在玩弹弓,对着树林里的麻雀,发射石粒子。他的眼力好,左眼一闭,就把一粒石子飞出去,常常能打下鸟来。那天,到半夜还没回家时,叶香就急了,发动邻居一起找,他们踩着黑,在村子里转悠,高声叫唤田小亲的名字。连村外面的坟头也去找了,结果,等到太阳从湖面上再次升起,也没见到他的身影。

谁是凶手呢?

一天过去了,两天过去了,三天过去了,排查没有发现有效的线索。洪鸣和两个民警住在黄海家里,黄海时任村长,主动要求他们住在家里。黄海的家是平房,有些旧,但收拾得挺干净,锅与碗擦得明亮生光。每天,黄海都会给他们烧鱼吃,红烧的,清蒸的,甚至弄碎后做成鱼丸的。然而,洪鸣没胃口,再好吃的鱼,放进嘴里,也淡而无味。

"黄村长,你说谁会把这么一个小孩儿杀了呢?动机是什么呢?"吃饭时他询问黄海。

黄海摇摇头,他说村里从来没有发生过凶杀案,一次也没有过。这是第一回,把大家都吓坏了。他把村里的人排查了一遍,"怪了,没有一个像是杀人犯,真的是一个也不像。"

"如果是自己淹死的,也是有可能的,而且这种可能性很大,但关键是他脖子上的痕迹,这个痕迹太明显,做不了假。"洪鸣对这个结论十分肯定。

四天以后,有人反映有个叫丁茂汉的人那天去湖边放甲鱼钓,神情异样,举止神秘。洪鸣把他传唤过来,刚一进门坐下,那人的脚底下就变得湿漉漉了,一条细长的水线,从他的裤腿那里延伸出来,转了几弯,淌到洪鸣面前。他撒尿了,吓坏了。不仅如此,声音还发抖,两手放在膝盖上不时地挪动。

"我没,我没杀,没杀人。"他一直在狡辩。

洪鸣以为抓到了希望,把他关了起来。

黄海说:"不可能是他,他向来独来独往,连老婆也没有,他要杀那孩子干吗?"

"有些人,可能对儿童有兴趣。审了再说。"洪鸣坚持道。

结果,从白天审到天黑,终究是一无所获。

三

回到车上，洪鸣靠在椅背上，闭着眼。

车停在树荫里，阳光落在车顶上，闪闪发光。风从那幢破房子的边上吹过来，那一撮撮的野草还在摇晃。远处有两条狗在追逐，然后，突然停下，看着面前的轿车。车没有动，司机正打开地图，查看着。

"现在，老人的遗体放在哪里？"洪鸣问黄海。

"在敬老院，大厅里。"

"这几年，敬老院是她的家了呀，她吃在那，住在那，结果，死也在那。"

"是的，有些事情，我跟你以前说过，有些事情我没跟你说过。"

洪鸣一愣，急忙回转头。"什么？你说什么？还有没跟我说过的事儿？"

黄海坐在他的电瓶车上，电瓶车停在一棵树下。洪鸣的目光就落在黄海的身上。"你还瞒着我什么？"

"不是瞒你，怎么可能瞒你呢？只是事情忘了说了，我这人做事粗心，常丢三落四的。"

"说呀，还有什么事儿？"

黄海从车上下来，靠近车，清了清喉咙。"她眼睛瞎了，看不见了，两年了，这是两年前的事儿。"

洪鸣拍了一下大腿。"这怎么可以不说呢？这么重要的事儿，我可以请医生，或者她去住院，我跟你们说过了，她的医疗费全部由我来，我是跟你们说过这个话的。"他的脸涨得通红，充满了抱怨。

"是说过，是说过的，这也是村里的意思，我跟村里商量过，大家都说，不要告诉您，反正老了，总要瞎的。"

"你们呀，你们……怎么可以这样呢？眼睛瞎了，不是成了个废物了吗？她连走路都不行了，真是作孽啊。如果能看好呢，不是又可以见到光明了吗？你们怎么可以这样处理呢？你们应该告诉我，必须告诉我啊！"洪鸣这样一说，黄海低下了头。

"她的眼睛是哭瞎的，肯定是哭瞎的。我知道，你们不要瞒我，这瞒不了我。"

"你已经为她做得够多了，真的，村里的干部都是这样觉得的。"黄海说。

洪鸣摇了摇头，"有些事情做得再多也没用，没用啊。"

"不能这样说的，你已经尽心尽力了。"黄海把手伸过来，轻轻拍了拍洪鸣的手背。

"哎，这怎么说呢？这怎么说呢？……"

洪鸣苦笑了一下，露出十分无奈的神色。不远处，就是那破败的房子，就像是一层薄纸，风一吹就能穿透。房子是灰黑色的，那青苔的气息还萦在四周，有蚂蚁在里面横行，有麻雀在筑窝，更有老鼠在里面疯狂追逐。

这房子无数次进入过他的回忆，甚至进入过他的梦境。谁也不清楚这幢房子和里面的人，对他意味着什么。即使黄海了解一些，也不完全知情，他从未与黄海深入交谈过。那里仿佛长着一根巨大的刺，时不时地会触痛他，时不时地会让他坠入一种虚空的状态。这种心理，谁也不得而知，只有他自己知道，即使他的妻子和儿子，也不清楚。它一直潜藏着，潜藏在他身体深处。那里幽暗无比，就像海洋的最深处，没有光，在底下几千米处。

黄海每年都会去看洪鸣一次，他就打听他们。不，不是他们，田小亲没了，田大亲没了，田建明也没了，已经没有他们了，只有她，那个孤单的女人。黄海每次说的时候，他都会听得很认真，很细致，唯恐黄海漏说了什么。现在看来，真的是漏说了，而且是故意的，黄海故意把有些情况隐瞒了起来。他心里责怪着黄海，但退一步，又觉得无可责怪。黄海这样做也是有道理的，也是为他着想。但黄海怎么知道呢？如此一来，他心头更郁结了，更不舒展了。她瞎了，她竟然瞎了呀。

想到这儿,他心头泛起了更多的凉意,后背有一阵阵的发麻感。

他朝司机挥了挥手,"走吧,去敬老院吧。"

车在路上跑,柏油路面上泛起油亮的光泽。黄海的电瓶车还是跑在前头,它仿佛在牵着轿车走。

4

跨入门槛,洪鸣一脚踩到了鸡屎,脚下黏黏的。

他急忙返身,回到屋外的草地上擦鸡屎。运气不好,这些天他就这样想,案件没有任何进展,现在连鸡屎都踩得稀巴烂了。他们踏遍了村庄,查找线索,找人交流,但十天过去了,一点儿头绪也没有,破案看不到一点儿曙光。局里已经带来指示,这是刑事案,一定要侦破。这"一定"两字,像块巨大无比的石头,压得他这个年轻的刑侦队副队长喘不过气来。

擦完鸡屎,重新进门。里外光线的反差,令他的眼睛一时无法适应。待他站立片刻,光线恢复正常,他看到了她。她在切菜,砧板在噔噔地响。

"喂。"他叫了一声。叶香惊了一跳,那把刀从她手里跌落,掉到了地上,差点儿劈到她的脚背。刀侧着,在地上闪着寒光。她目光呆滞,眼神无光。

"我们是公安局的,想了解些情况。"洪鸣说道。

她既没有欢迎,也没有拒绝,只是站着,面前是一堆切好的青菜。她的另一个儿子在不远处的灶间,正在烧火,灶膛里的火焰照红了他的脸。他的眼神里透着不安和焦虑,与洪鸣的目光一碰,好像遇到了另一团更炽热的火,快速地躲开了。没有看到他的父亲,屋子里只有他和他母亲。黑沉沉的屋子笼罩在一片压抑之中,好像随时都能摧垮这房子。

有一只猫,趴在窗台上晒太阳,看到洪鸣眨了一下眼,又闭上了。

洪鸣拿出笔记本,与叶香面对面站着,试图从她嘴里得到更多的线索。然而,她几乎没有回答,要么是点头,要么就是摇头,再要么就是沉默,更多的时候是沉默。她什么也不说,好像内心这扇门已经关上,她对谁也不想再开启。失去儿子,让她失去了生活中所有的乐趣,一切都变得不再有意义。儿子死了,再也不会回来,她再也不能与儿子有说有笑,这也意味着以前的日子再也回不来了。洪鸣无力地拿着本子和笔,他一个字也没记。他甚至担心这个母亲会选择死,这个担心强烈得一直压在他的胸口。

一眨眼,那个大儿子不见了。

田大亲,这个田大亲不知是什么时候溜走的,等洪鸣想找他聊聊时,灶间已变空,灶膛里的火苗也已熄灭了。

"田大亲,田大亲。"他大声呼喊。没有回音。这个十八岁的大孩子已经杳无踪影。

这楼是新建的,两层,里面的墙壁刚上过石灰,一张八仙桌在屋子的正中央,四条长凳,其中一条的腿已经残缺。朝南的窗上,贴着一张"样板戏"的宣传画,画是旧的,贴在新墙上。两个儿子的房间在最里间,两人合用一张木板床。他推进去时,闻到了一股酸臭味。床上的被子胡乱地堆着,一双袜子扔在地上。床前有一张方桌,堆着课本和衣服,还有一把木制的驳壳枪。他拉开抽屉,一拉,整个抽屉都哗地倾翻到了地上,乱七八糟的东西散了一地。里面有针线、火柴、小刀、钢笔、旧杂志、瓶子,还有小本子。那本子引起了他的注意,于是,就翻了起来,想从中寻到某种他想要的东西。结果,里面记了些家里的开销,似乎是造房子的记录,木材多少,泥灰多少,小工多少,等等。

晚饭的时候,洪鸣没有回黄海家吃,而是一个人悄悄地来到了湖边。他对这十多天来盘问过的人物进行回忆,逐个呈现,又逐个排除。最后,他的焦点开始聚到一个人身上,他越想越觉得可疑,越想越认为有必要提审他。连抽两根香烟后,他风风火火赶回黄海家。大家正围着餐桌吃饭,看到他,满腹抱怨,说找了他好久也没找到。他没有直接去打饭,而是把黄海叫到面前,沉重地对黄海下达指示。

"饭后,找两个民兵,你也一起去,把田大亲给我叫来。"洪鸣严肃地说。

谁也没有多想洪鸣的这句话,包括黄海也是如此。去带田大亲的时候,黄海只带了一个民兵。其实,他是不想带的,只是在路上遇到了陆涛,于是,他就把陆涛给叫上了。两个人大摇大摆地走进了田家。田大亲正在拌猪食,不肯去。他说,要去你们去,我不去。黄海说,不行,公安的人叫你呢,不去怎么行呢?田大亲说,我就是不去,死活也不去。陆涛说,估计是问问你弟弟的情况,没什么大不了的,你就实话实说。田大亲说,我没空,我要喂猪,喂完还要喂羊,好了还打蚕茧的笼子。黄海说,你这个小孩儿真烦,叫你去,你就去,这是公安,不开玩笑的,公安叫了谁敢不去?这样刚一说完,那孩子扔下猪食桶,撒腿就跑。脚步声从弄堂里窜出,然后朝着田野方向而去。他们两个都怔住了,当眼前看不到他的影子时,才发现出问题了。

当黄海和陆涛一起奔跑,在一片蚕豆地里把田大亲逮住后,案情开始急转直下。

审完后已是半夜。大伙还是赶到了田家,并敲开了田家的门。那个老汉,田建明,哆嗦着来打开大门,那吱嘎作响的大门在子夜时分显得十分刺耳。看到警察时,他涌上尴尬的一笑,他本能地认为已经破案了,抓住真凶了。但警察进门后,什么也没说,直奔羊棚。手电筒光在黑暗里晃动,一支支光束扰乱了人们的视线。最后,所有的灯光都汇聚到了一起。

那根绳还挂着,又粗,又大,褐色。上面还有割断的痕迹,那是刀子留下的印记。前半截被拿走了,后半截还留着。

当看到这截绳子时,顷刻间,大家都明白了。

"真的是这样啊,怎么会是这样呢?"一旁充满了叹息声。

5

（本报讯）我县发生凶杀案，经过公安机关侦查，查获真凶。

4月3日，我县七星乡湘湖村发生凶杀案，一位年仅八岁的儿童田某，被人勒死后抛入湘湖。案发后，我公安机关进行了十多天的深入调查和走访，最后锁定了犯罪嫌疑人田某某。

田某某系田某的亲哥哥，因为听信谣传，认为弟弟以后会跟他抢夺家产，动了杀机。3日晚上，田某某约田某在田间玩耍，用粗麻绳亲手勒死了年仅八岁的弟弟，然后抛尸湘湖。

田某某已年满十八周岁，需要承担法律责任，目前已被我公安机关逮捕，等待他的将是法律的严惩。

——1982年4月21日《嘉兴报》

6

敬老院在村子的边上，左侧是田地，种满了青菜，浩浩荡荡的一片。右侧是箱包加工厂，机器正在轰轰作响，废弃的边角料散在墙圈旁，一堆又一堆。敬老院的白墙已经发灰，但上面的红字依然清晰——"老有所养，老有所乐"。那个乐字，还加大了字体，显得突兀、有力。

车子在敬老院的大院里停了下来，里面的老人们都直直地盯着车和车上下来的人。那些目光谈不上友好，甚至还有几分冷漠。在二楼的走廊上，还有两个老人对着远处的车子指指点点。

洪鸣踩到地上，才发现这地不一样。他觉得自己走路有些异样，脚步变得不自然，也不自信。敬老院有部分是新建的，也有些是老房子。房间一间间隔着，晒着的衣裤随风飘荡。

"在临时会议室。"黄海指着前面说。

黄海走在前面，洪鸣跟在后面，黄海的背有些驼了，毕竟五十好几了，脚步也有些拖沓。很快，洪鸣的眼就模糊起来，眼前呈现的是叶香，那是三十年前的叶香。她红肿的眼，还有那哭出来时的那份撕心裂肺。他与叶香总共只见过两回，加起来，还不到五六分钟，然而，这个人却贯穿了他整整三十年，她会时不时地窜出来，进入他的生活、他的睡眠，甚至进入他的潜意识里。她像个影子，你说没有，她的确不在眼前，但他又分明感觉她处处存在。他记得那哭声，能穿透屋顶，能掀起波浪，能让他时不时地颤抖。

没有人知道他这个秘密，这个秘密只有他知道，一直盘踞在心头，一直化不开，一直成为他生命中一个解不开的结。他做过刑侦队队长、公安局副局长，现在是公安局局长兼县委常委，官位一路上升，但这个结一直存在，一直在隐隐作痛。

现在，他朝着她走去，他不知道这意味着什么，他是被直觉牵引的。他知道，他要去，应该去，必须去。

会议室就在眼前，墙面有些剥落，一个拖把支在门口，还有水在淌。他停下脚步，呼吸了几口。此刻的脚底仿佛黏糊糊的，一种反向的力也开始生成，这力就从脚底而来，强大，且鲁莽，在跟他说，别去，别进去，这个人与你无关，你不必如此认真。但很快，前面的力战胜了后面的力，他认定一定会战胜的，一定会如此。三十年来，他一直在等待这一天。他应该明白，今天该有多么重要，至少对他的生命来说应该是如此。

简易的停尸床上，堆着五六条花花绿绿的被子，其中一条盖着。盖着的那条被子上有一只凤，好像在飞翔。凤的翅膀很长，看上去不像一只凤，更像一架飞机。被子下有一张他认不出的脸，苍白，精瘦，还有许多皱纹。她的鼻梁伸在空中，那样子，好像还有呼吸。他紧盯这张脸努力地分辨着，试图从记忆里拖出来，然后一一比对。然而，他失望了。眼前这个直直躺着的人，完全是个陌生人。他竟然找不到一丝的雷同。如果别人不跟他说，这就是叶香的话，他怎么会认出来呢？或许，人死后，样貌就变了，就认不出来了，他自己跟自己这样说。

旁上坐着几个人，冷冷地，看到他们进来也没有打招呼。几根竹竿撑起一个架子，白色的纱布绕了一圈，挂在上方。她的脚后，一盏小油灯点着，闪着细微的光。地上堆着稻草，供人跪拜。边上有个小喇叭，里面在播放哀乐，声音断断续续，不时有噪音泛起。

"火葬场的车已经在路上了，再过半小时就到。"有人在喊。

洪鸣站在一旁，有些木然。三十年啊，三十年，他心里一直在说着这个数字。现在，面对死者，仿佛一切静止了。他甚至不知道该怎么办了。

黄海在与人说话，不久，那人过来，伸出手与洪鸣握手。洪鸣有些不想握，但人家的手已经张开，于是只好也把手张开。

"这是张主任，管这里的。"黄海说。

洪鸣点了点头。他担心黄海会把自己的情况说出来。不过，还好，黄海一直遵循着他的指示，始终没有透露半句。黄海跟别人都说，他是叶香的远房亲戚。那个张主任真的把他当成了叶香的亲戚。

"她走得很快，没有多少痛苦。前一天晚上，吃了一碗粥，第二天早上，别人一看已经不行了。"张主任说。

"噢，噢，这就好，这就好，你们辛苦了，辛苦了。"他一遍遍地说着，仿佛他在代表家属说话。

洪鸣的心里酸酸的。这么多年，他似乎也担起了家属编外成员的角色。田大亲被枪毙的时候，他感觉自己的心像打铁一样，在咚咚地敲。一锤，一锤，清晰无比。枪毙的那天，他有个会议，结果他缺席了，躲在家里，没有出来。这种感受，他没法跟别人说。到了那年的冬天，一个大雪飘飞的日子，积雪达一尺多厚，结果从湘湖传来了田建明在梁上上吊自杀的消息。这个消息令他震惊，听到时他浑身冰凉。像窗外的大雪一样，从此他身上就披上了一层厚厚的袈裟。隐隐之中，他觉得是自己把这一家人推向了绝境，没有他，就没有他们一家的今天。这三十年来，他经常是这样想的。

他默默地沿着尸体转了一圈。

叶香的双眼是凹陷的，眼皮上还有青筋，硬硬的睫毛挡在前面。他不能想象这两年，她在没有视力的情况下是怎样生活的。尸体很小，好像缩了水一样，感觉她是那样的微不足道。她的去世，对村里人来说，可能是微不足道的，人们甚至可以不谈论，但他不一样，他还是披着那层袈裟，觉得沉重与悲怆。这三十年来，他一步也没再踏进过这个村庄，为什么？就是因为她，他不敢再面对她。面对她，他的心是支离破碎的。

屋子的气味不好闻，有檀香的味道，但也夹杂着一股尿臊味。绕了一圈以后，他来到她面前，正对着她，对着她的脚。然后，开始鞠躬，一鞠，二鞠，三鞠。每一次鞠躬的时候，他心里都在默默地说一句话：对不起，对不起，对不起。

这句话，他等了三十年，一直想说，但一直说不出口。如果，没有揪出田大亲，可能一切都不会是这样，但偏偏揪出了田大亲。从公理上说，他做得一点儿也没错，但从私理上说，等于把他们一家推向了深渊。他一生破案无数，但就是这个案子，让他放不下，让他心有愧疚。

是啊，不是愧疚是什么呢？如果案件不破，就不会死那么多人，或许……一想到这儿，他就涌起了下跪的念头，这念头来得凶猛。来的路上，他根本没有这样想过，但此刻，却变得十分强大。于是，他一只脚颤抖着跪了下去，膝盖顶住了那堆稻草，有些生疼。

然而，一跪下，他又觉得不妥，不能，不能这样。毕竟，自己没有做错。他破案错了吗？擒住真凶不该吗？他不擒谁来擒呢？无数个问题箭一样地射来，另一只还想跪下的腿突然收住了。

于是，他就这样单腿下跪着，模样古怪。边上的人都好奇地看着他，黄海在挠头皮。尿臊味似乎也更浓了些。

他有些摇晃，身子不稳，黄海急忙过来，扶住了他。借了黄海肩膀的力，他重新站了起来。

从停尸间出来，张主任让他去办公室坐坐，他犹豫了一下，还是答应了。办公室里有张很大的办公桌,后面墙上挂满了锦旗。黄海这时手机响了,没有进门。张主任要泡茶,他谢绝了。

"老太太这几年好吗?"他问。

"不好。"张主任的回答很干脆,"她好像有些厌世,经常会说莫名其妙的话,有时还会用剪刀戳自己,好几次了,身上都留了好些疤。"

"她对自己?"

"是的,所以,她的房间里不能放菜刀啊剪刀之类的东西。她戳的时候好像不痛,有时血流出来,她也不吭声。这里的人都怕她,但大家都知道她是受了刺激。不过,也不总是这样的,有时她也还好,还会跟人说话。可一旦一根筋时,我们养老院就有些头痛。"

"她……她……"

"她在村里没有亲人,逢年过节也没有人来看她,她总是一个人。有时候就坐在门口,晒晒太阳。有时候,冬天,下大雪,她也坐在门口,她说她在等儿子,儿子出远门了。她总是说些胡话,但大家也习惯了。你是他亲戚吗?我们以前也不知道。"

"是,是……不过……"他慌乱地掩饰着。这时,黄海进来了。黄海一进门,他就急着往外走了。

回到车上时,他发现自己身上都是汗。后背有些湿,额头上亮津津的。

他找了张纸巾,擦了擦,然后哆嗦着寻找自己的包,拉开包,从里面取出一个鼓起的信封。他把信封递给黄海。

"里面是一万块钱,不多,你交给张主任,算是办后事的钱。"

"哎哟,领导,你平时给她的钱够多了,你给了多少年了,每年都给的,这个我还不清楚吗?现在人死了,这丧葬钱村里掏得起。"黄海这样说着,把钱塞回他的包里。他拎开包,不让黄海塞,但黄海硬是往里使劲,包的口子大大地撑开着。

"黄海!"他火了,口气突然变了。

听他这样一声,黄海收住了手。

"不要跟我再说了,就这样,就这样了。你现在就去给张主任,现在就去,办得像样些,好让她死后安息。"

"叫我怎么说呢,你太好了,真的是太好了,你是我见过的最好的人,没有比你更好的人了。"黄海感叹着。

"不要说这种废话,永远不要说,我不要听。"

7

"吃了晚饭再走,你以前说过,我做的红烧鱼好吃。"

"算了,不吃了。"

这时,黄海突然站到了车前,"你要走,我会挡着车的,一直挡着。听说你来,我老婆昨天就忙开了,你不去,她会不开心的。一定要去。"

看着黄海那股执拗劲儿,他也软了下去,"那我去,去尝尝你做的鱼。"

车又上路了。路上,油菜花正在鲜艳地盛开,还有一群群的蜜蜂,在盘旋与飞舞。有人在路边放蜂,蜂箱堆了一片。

这些年,黄海每年去嘉兴探望洪鸣一次,都是在正月里。洪鸣每次都会夸黄海的厨艺,说好吃,一直难忘。因此,这回,黄海早想好了,要弄一顿鱼宴,让洪鸣好好尝一尝。黄海的家已经新造,在原先的旧址上,但一点儿也没有以前的模样儿了,连周围也没有了。三层楼,小洋房的格局,面前浇了水泥地,还有几盆山水盆景。"这是我弄的,我从山里掏来的宝贝,以后我做了也送你一件。"他指着其中一盆盆景说,上面有石、有松。

黄海的老婆踩着碎步,迎了出来。她的头发已经花白,手里还抱着一个穿花衣的男孩儿。她看到洪鸣,眼前好像一亮,"哇,真的是你吗?你就是以前那位刑侦队队长吗?你现在也老了,但你那个时候可是真帅。"这样一说,大家就一起哈哈地笑。

"我帅吗?"

"帅,你住我们家的时候,经常有小姑娘趴在窗子上张望呢。

她们心里装着你呢。"于是,大家一起,把洪鸣迎进了屋子。一条狗卧在地上,看到生人也没有叫,知趣地站起来,走到了外面。一台液晶大彩电挂在正面的墙上,几张皮沙皮也收拾得干干净净。桌上,放着水果、糖和瓜子。一家人,早盼着了。

黄昏时分,黄海夫妻在厨房忙碌,洪鸣跟司机打了个招呼,一个人走到了室外。他沿着一条泥路走,路面板结,像蛇游的形状一样,伸向湖边。夕阳正在西落,云层撕开了一道口子,把光线倾斜到了湖面上。湘湖就在面前,烟波浩渺,水天一色。霞光落在树叶上、树干上,落在光秃秃的屋顶上,他张开嘴巴,呼吸从水面递过来的新鲜空气。

来到湖边,湖水没有波澜。他挑了一块石头坐了下来。他没想到自己这辈子会与湘湖有这样的连接,也与黄海这样一个农民有了一份深情的交往。叶香走了。他起先以为,她走后,他会恢复平静,一切困扰都可以放下。其实不然,他依然觉得沉重,那层袈裟还在,它就在湘湖的上方,在他的身上。他想,可能这一辈子也无法放下这困扰。叶香走与不走,好像还是一个样儿。

现在,他甚至有些责怪黄海,黄海没有把全部真相告诉他,或许黄海是对的,告诉他又能如何呢?天色渐暗,村庄里升起了炊烟,袅袅地,飘散开来,回荡在湖边的树丛里。他一直坐着,盯着湖面发呆。凉意在加深,他缩紧身子,抵抗着外面的侵袭。

风渐渐大了,他还是坐着。黑暗中,他仿佛听到湖里有一种声音,空蒙又遥远,真实又虚幻,他耸起耳朵,想听得更真切一些,但依然够不着。他不清楚是真实的声音,还是自己想象出来的。或许,两者都不是。

田小亲在湖里,他在湖里说话呢。

不久,他仿佛又听到了田建明的声音,甚至还有田大亲的声音。他们都在这个湖里,都在说话。他们的声音很轻,贴着水面,随波送来。尽管细微,但声音很强劲,还是一个劲儿地钻进他的耳朵,搅动着他的耳膜,他的脑干。他不安,恍惚。他感到呼吸困难。

就在这时，一阵悲伤向他袭来。悲伤来得迅猛。他仿佛看到了叶香，叶香正无助地站在他面前，瘦弱的她，头发花白，弯腰驼背。她在叫着儿子，那声音凄婉，像是夹着风一起过来的。此时的叶香让他想到了自己的母亲。他现在每周去探望母亲一次，少一次母亲都会抱怨。母亲还是叫他的小名，小鸣鸣，小鸣鸣。此时，叶香与母亲重叠到了一起。他分不清谁是谁了。

他鼻孔阵阵发酸，泪水开始从他的眼眶里冒出……

湘湖成了一个黝黑的影子。不久，一个缥缈的声音从远处飘来，在叫：领导，领导——他听清了，是黄海。看来，黄海在喊他吃饭了。

他没有回应。

波浪在拍打着堤岸，风声从树林里穿越而过。夜幕里透出黄海的声音，那声音忽高忽低，从西方，从那片有灯光的地方传来。

他没有接黄海的声音，他还沉浸在悲情里。泪水正在黑暗中一点点从脸颊上挂下来。

（原载《上海文学》2016 年第 6 期）

第三十三个警

许华鉴

心里憋着股气没处撒、没处出，征毅此刻的心绪，就如同在不通风的小屋内吐出的烟圈，丝丝缕缕地交缠着、纠结着。

手机从口袋里掏出，拨通的电话，听到的还是那句"您拨打的电话已关机，请稍后再拨"。

水城的千垛菜花藏在水乡人终识，每天游人如织。菜花景区南十公里入口，第一道值勤保卫点警力有限，景区人涌，民警只能连轴转。强打精神的征毅头天二十四小时值班后又赶到了菜花景区值勤。凌晨1时，征毅和他的值班弟兄们接到了这天第三十二个警："幸福花园10幢605室有人报警求助。"

"老公，女儿发高烧了。"正准备出警的征毅突然接到妻子石晴的来电。"你自己带女儿去医院,我正准备出警呢,抽不出空。"

"女儿发这么高的烧,你说没空就没空?现在是几点?让我一个人送女儿去医院,你怎么这么心安呢?"石晴连珠炮样的脾气,一点就着。

"我值班不能随便脱岗,这你不是不知道。更何况现在有警要出。"征毅提高了嗓音,心里却虚得很。

"那你能不能派个警车来接送我和女儿去医院?夜里打不到车。"石晴忍住了脾气,问道。

想想平时自己很少有时间陪伴家人、过问家事儿。眼下是妻子和女儿最需要自己的时候,征毅突然很想行使一次带班领导的特权,为了发高烧的女儿,为了不容易的妻子。

"行,我马上安排警车回家接你们去医院。"坐在警车里的征毅,摇开车窗,一阵风雨飘过,他下意识地缩起脖子。

两辆警车同时从派出所出发,驶往第三十二个警和第三十三个警……

"征哥,会不会被说公车私用?"坐在出警车里的小安突然吞吞吐吐地发问。"对法规要永怀敬畏之心,否则……"征毅顿时心里一个激灵,立即一个电话给石晴,"公车不能私用。你还是自己想办法吧。"

"现在我是群众,不是警嫂,我向你们警察报警求助。"正在用冷毛巾为女儿敷额降温的石晴,语急泪先流。

"你自己打110报警求助吧,咱家居住地不属于我们派出所管辖。"征毅狠狠心挂了电话。他摇上车窗,抹了一把脸,叹了一口气,不再言语。

窗外的雨水滴答滴答地打在窗上……石晴的泪水储在眼眶里,一会儿就溢满了,顺着脸颊吧嗒吧嗒地滴在女儿红红的小脸蛋上。

第三十三起警情解除,警车返回……

第三十二个警,幸福花园,六楼北窗口传来一个女人慌张中透着惊喜的招呼声,"在这儿……在这儿……"征毅带领小安他们奔上了六楼。五岁小男孩发高烧,只有平女士一个人在家。警灯闪烁,警笛鸣响,一路驰向人民医院。征毅跑前跑后挂号、取药、吊水……

风雨中,小城的长安大道上,一辆电动车,一大一小裹着大衣的身影,艰难地骑行……

第三十二起警情解决了,接着又是新的警情……

黑夜似乎没有尽头地向外延伸,斜风轻扯着细雨,摇曳在清冷的四月夜……征毅和战友们奔波忙碌个没停。

"您拨打的电话已关机,请稍后再拨。"奔波的间隙,征毅拨打着石晴已关机的电话。

"小安,你抽空到几个医院转一下,看看嫂子在哪个医院,情况怎么样。找到嫂子跟她说一声,我一忙完就去找她们。"

一夜电话未通。征毅的心仿佛被一只大手紧紧地攥着,紧得发疼。"嫁给警察就嫁给了奉献!这话真他妈的有道理。"征毅突然暴了句粗口,再一次匆匆离去。

细雨已被斜风吹得无影无踪。形状各异的垛田,似一块块手掌心抛出的泥巴,随意丢弃在七沟八汊里。朵朵菜花,如黄色的颜料,写意泼洒,流淌在乡村的田野。

"征哥,嫂子找到了,她带侄女也在人民医院吊水呢,侄女高烧已经退了!"小安来电的兴奋抚平了征毅的焦灼不安。"平女士的儿子高烧也退了。"小安又补了一句。

"太好了!"征毅抓着手机的右手情不自禁地挥向空中,惹得值勤的战友个个侧目。

"老公,是我。"来电显示正是石晴。

"你夜里怎么去医院的?"征毅家在城北,人民医院在城南,可有十五公里远呢。

"我骑电瓶车带女儿去的。"

夜深雨天的,万一……征毅不敢想,怒气却来了:"不是让你报警求助的吗?"

"向警察老公求助都不睬了,别的警察还睬吗?"话筒里传来石晴委屈的抽泣声,"我是警嫂,还能不体谅你们值班处警察的辛苦?"一向能言善辩的征毅鼻子一酸,赶忙跑离了值勤的战友群。

"爸爸,妈妈夜里给我穿的是你的警服大衣,妈妈说衣服上有'警察'两个字呢,我们一点儿都不怕!"人小鬼大的女儿抢过手机。征毅一阵哽咽。仿佛是夫妻连心,石晴赶忙柔声安慰:"你安心值勤吧。我和女儿午饭的事情,你也不要操心了,有人给安排好了!"

"谁安排的?"征毅一头雾水,正准备问这事儿呢,夫妻俩的父母都在乡下。

"早上刚认识的一位平妹子,小安到医院看我,遇到她,就都知道了夜里发生的事情。"妻子喜不自禁的语气舒坦到征毅的耳畔,"我们俩小孩儿都还要在门诊观察一阵,平女士非得说中午请我和女儿吃饭!"

"耶!"征毅抓着手机的右手又情不自禁地挥向空中,引得路过的游人个个侧目。

远处、近处,一垛垛的田垄上,柔美的菜花,在春阳的淋浴下,舞动的芳香,附着某种灵气,相携着风,飘渺在游弋的人群里,飘浮在路边的柳树上,飘飞在明净的天空中……

柳眉知春,暖春已然来临……

(原载《人民公安报》2016年1月22日)

村警闫有乐的故事

崔 岱

一

村警,顾名思义,工作在农村的民警,虽然穿着警服,但是往往一身灰。村警闫有乐有一次说,自己虽然是民警,但是穿得太干净,容易和老百姓拉开距离,百姓看你爱干净,就不知道如何在家里让你落座了。闫有乐平时和农民没啥两样,农民干的活儿他都会,农民说的话他都听得懂,和农民拉家常,他就坐在群众中间。

因为工作在农村,闫有乐根本没有时间进城,找对象、谈恋爱都是一种奢望,好在有微信。有一天晚上休息时,闫有乐通过微信竟然摇到了现在的媳妇。两人过得很好、很甜蜜,就在昨天，闫有乐的媳妇还坐着大巴车，一路赶到村里去见闫有乐。

但是，一个在农村，一个在城市，两人见面的时间很少。家，只是一个幸福的驿站。闫有乐说，偶尔他们两人也会拌嘴，但是错在他，毕竟太远了，根本照顾不上家。

还有一次，闫有乐的父亲大老远从甘肃老家来，临走前，撂下一句话，来年他要抱孙子。这个任务可把闫有乐愁坏了。

但是问题总归要解决，好在闫有乐的媳妇通情达理，加之看到闫有乐长时间在农村工作，吃不好饭，闫有乐的父亲前脚一走，他们就把"家"搬到了农村，还成立了一个夫妻警务室，警务室的正墙上挂着闫有乐写的一幅蹩脚的书法"苦中有乐"。

此后的日子里，闫有乐的媳妇以协警的身份帮助警务室开展工作。至于孩子，闫有乐说，妻子是微信摇来的，将来有了孩子，就取名"小薇"。

二

连续几天晚上，喀什都在下雨，像是积攒了一个夏天，然后从空中倾盆而下。

今天凌晨2点，闫有乐在警务室值班时，接到一群众打来的电话，没说几句话，电话就挂断了。

闫有乐顺手拿起一把雨伞，迎着雨幕走了出去。来电话的是一位老人，老人的儿子前几年出车祸后，家里就只剩下他一个人。前些天入户走访时，闫有乐将自己的电话写在了贴满报纸的墙上。

雨越来越大，虽然打着伞，但是斜刺过来的雨还是将他浇了个透。等闫有乐逆着风扑进老人的院落时，看到老人正弓着身子，手里拿着一个残缺了一半的塑料盆在往屋外舀水。因为雨水太大，加之房屋漏雨，地面积水即将漫过老人的炕头。

而就在雨水即将冲刷掉闫有乐留在墙上的电话号码的最后一刻，老人拨通了电话。

雨似乎没有停下来的半点儿意思。闫有乐转身将老人背在身上，安顿在警务室休息。而他自己，则带着几名协警又一次冲进水帘洞一般的老屋，将屋内所有物品集中起来，码放在最高处，然后跑到房顶上，用找来的塑料布将漏雨的地方挡了个严严实实。

忙完这一切，已是几个小时过去了。

闫有乐和同事们回到警务室的时候，老人睡得正香。在老人的床头，留着一片不大不小的留言条：娃娃们，辛苦了！有你们，真好！

闫有乐拿起这张纸条，端详了许久！

三

跳过了龙门，圆了警察梦。原以为可以在城市里工作和生活，可是一夜之间，华丽的梦想仿如在一瞬间归零。

闫有乐，一个从农村出来的种过地、放过羊、进城卖过菜的西北娃。按说，他该经历的都经历了，该吃的苦也都吃了。但是，他似乎对于农村，从来都有着一种抹不开的情感和牵绊。甚至于，从城市坚硬的水泥建筑走向农村，呼吸着庄稼地里散发出来的弥香的空气，还有扑面而来的刚刚浇过地的潮湿的泥土气息，都会让闫有乐产生一种内心的喜悦。

他多想有自己的一块地，哪怕是种些白菜或者辣椒，但是城里的小区，除了停车场就是水泥地。

有时候一个人望着远方，连闫有乐自己都能够感觉出来，内心产生这种想法的时候，脸上的表情是多么幸福和安静。

也许是宿命，也许是自己憨实的态度，赢得了领导和组织的信任，在这个距离城市最远、距离百姓最近的农村警务室他一待就是多年。

在农村和群众打交道，里面的故事太多，就像天上的繁星，就像银河的星系，闪着看得见、看不见的亮光。

闫有乐说，辖区的百姓和自己的父母一模一样，都种着田，都穿着朴素的衣物，都有种最温暖的笑脸。对百姓就如对父母，要尊敬、和蔼。

所以，就像前天下大雨时，他背着老人回到警务室避雨。

就像上个月的一天中午，闫有乐刚端起饭碗，就听到外面有人疯一样跑来报警。两位村民，因为浇地争水问题，由争吵到身体接触后来发展到准备抄铁锹动起手来。闫有乐听完情况，赶紧放下碗筷，骑上摩托，一脚猛油赶到了事发地，摩托都没有停稳，人已经站到了闹事双方的中间。

"我看谁要动手？"

"我看谁敢动手？"

"两大男人，就为个水？今天你们谁先放下铁锹就让谁先浇地。"

一席话下来，闹事的两个男人都不好意思了。双方别过脸去，等着闫有乐发话。

也难怪，两家苞谷地的浇水口，像是两个张开的狮子口，相互对着，不差一毫一厘。水到地头了，谁先浇谁后浇，还真是个问题。

闫有乐在两家的地头上转了一圈，蹲下身各攥起一把泥土放在嘴边闻了闻，又顺手抛撒到地里，然后搓了搓手里的泥土说："按理说，你们都可以先浇地，但是既然事情已经发展到这个地步，我来作个决定，你们也相互作个让步。这样吧，让地质比较干的先浇水，你们说可以吗？"

闫有乐有意识地把嗓门提高了几倍，让围在附近的群众都听得见，而且就在闫有乐话音刚落，大家也都附和着说"可以"。

就这样，一场在农村经常发生的貌似鸡毛蒜皮的事儿，被闫有乐以这种方式解决了。看似事不大，但闹起来就大了。看似事儿小，却连接着百姓的幸福生活。

四

"做好自己，不忘初心。"

写下这八个字，闫有乐合上笔记本。转身，面前是一汪绿莹莹的田园，以及田园深处飘来的炊烟。

这是一幅多么熟悉而又亲切的画卷，闫有乐就像一粒种子，从分配到这里工作的第一天，就把自己种在了这里，成为了这片庄稼地里的守望者。

和村里的许多年轻人一样，闫有乐有着自己的爱好，如打篮球、健身或者看电影，甚至为避开这个尘世的喧闹，一个人一首歌，去夜市喝上一肚子冰镇啤酒，以打发高温裹挟而来的炎热。

但这一切，都只能藏在心底。因为这身警服，因为这份责任，让他必须有着比同龄人更成熟的思考、更沉重的担当。甚至于很多时候，一些和自己同龄的年轻人犯了这样那样的错误，都是他去出面调解、处理。尔后，就像是一位智者一样收获着满满的幸福和成就；又如出征凯旋的王者，身后是那些年轻人羡慕折服的目光。

可是，仅有这样的光环，似乎对于闫有乐而言，并不是每天都是富足和享受。

因为这个时代，很多事情会在不意间刺激着你的感官，让你开始怀疑自己的选择，甚至于重新布置自己的人生梦想。不是吗？这种感觉不光闫有乐有过，我们每个人都有过这样的经历和思考，如参加朋友的一次聚会、听到某人的一句评价、当工作遇到坎坷或者不被认可的时候。

按说，经过很多次生活的磨炼和绝望的锻炼，闫有乐应该具有成熟思考和独立判断的能力，但是谁让"偶尔"时候的他又会遇到一些意想不到的情况呢？

沈一一，就是在这个被称作"偶尔"的时候，走进了闫有乐的世界。

沈一一是谁？十年前，沈一一和闫有乐一起上高中、读大学，后来读到大三的时候，沈一一突然有一天，当着同学和老师的面宣布，离开校园，去南方某个城市，跟着自己的舅舅"发财"。

就在同学们的一片嘲笑声中，沈一一留下了一个傲慢的背影。而这个背影没过几年，一个华丽转身，竟然将一辆豪华的奔驰轿车开进了同学会。这不能不说，沈一一当年的离开多少有些戏剧却又庄严的色彩，毕竟他没有开玩笑，而是实实在在地发了财，并且在同学们面前要多光鲜有多光鲜。

再看看当年和沈一一同桌的闫有乐。尽管那么努力，传说他是全校停电的时候，用的蜡烛最多的人，但是后来的结局，和沈一一相比，简直天上人间。

当时，闫有乐嘴上说，钱多又有什么用，但是从同学会上回来，一个人硬是瞪着天花板，半天没挪身。

这也就罢了！可就在前几天，闫有乐正忙着入户走访的时候，接到沈一一的一个电话，闫有乐刚想借口有事儿，挂掉电话，沈一一却在电话里让闫有乐借一步说话，说有要紧的事要他帮忙。

什么事儿？

"小额贷款，你知道吗？"沈一一在电话里，一五一十把这几年搞小额担保贷款，怎么发财又怎么亏空的事儿，给闫有乐讲了个明明白白。临挂电话时，沈一一几乎带着哭哭腔说："全完了，全完了。"

闫有乐挂了电话，头都闷了。沈一一欠了那么多群众辛苦积攒的血汗钱，自己纵有九牛二虎之力，也不可能把他解救出来。闫有乐看看身边不远处，随风起舞的一簇簇格桑花，双脚像失重一样，一步步往回走。

果然，没有过几天，沈一一的公司接受公安机关调查。

而就此之前，沈一一有一次还劝过让闫有乐辞职，当着许多同学和朋友的面，甚至羞辱过闫有乐，说闫有乐除了一身警服，什么也没有，什么都不是。

的确，就这句话，闫有乐想了很久很久。的确，除了这一身警服，他什么都没有。

但是，当走进乡间小道飘荡着尘埃的世界，走近群众热切的目光，闫有乐很快又想明白了，这身警服，比啥都珍贵！

因为立案侦查，自此之后，闫有乐一段时间以来再没有接到过沈一一的电话。

闫有乐的内心世界也因此安静而恬淡。

风,一季抚过一季,阳光每天都灿烂而和暖。

人生,没有迈不过去的坎,只有走不出的思想鸿沟。

尽管是全国警官序列里面最小的警务室民警,闫有乐的世界却沉静而敞亮。

(原载中国公安文学精选网 2016 年 8 月 18 日)

抓　贼

郭　红

火车站肯德基店的服务生小杨，这两天有些兴奋，也有点儿紧张。

作为警校新生，小杨本想利用寒假体验一下警察生活，可学校没安排，自己也没联系上。无奈他只好和同学到肯德基，委委屈屈地打起了小时工。

憋屈了两天，小杨突然来了劲头，每天上班兴致勃勃。下班了，还意犹未尽，叫几次才肯走。

原来，他发现了一个贼！

那是个四十来岁的中年男人，个子不高，精瘦，四四方方的脸上，小眼睛晶亮晶亮的。

开始，小杨也没注意他。可他总来。来了，也不点东西，往角落一坐，小眼睛就开始乱转。

坐在店里的，进进出出的，每个人都被他打量了个遍。那眼神还特别爱往那些亲密的小情侣、埋头玩手机的"低头族"身上溜。不光看人，也看摆一边的包，还会张望周围有没有人注意。

可不就是个来踩点，找机会下手的贼！

悄悄观察了几天，小杨发现这人来得蛮有规律，差不多都是下午两三点、晚上七八点来，坐上一两个小时才走。为啥，小杨也琢磨出来了。那会儿等车的人多，又疲倦，容易得手呗。那会儿如果没找到机会，还不就灰溜溜地走了。

哦，这还是个谨慎的聪明贼。小杨心想。

小杨本想把这个发现告诉同学，又怕万一看走眼，招人笑话。纠结了半天，决定保守秘密，用心盯着，等这贼动手的时候，一下子把他抓住，那多威风！

这不，他又来了。还是坐那个角落，还是四处看。

但今天小杨感觉有点儿不太一样。可看他除了小声打了几个简短的电话外，和平时也没什么大的不同。难道这就是传说中的直觉？难道他今天会下手？这样一想，小杨有点儿雀跃，心跳也快起来。

这时，门口进来个穿红衣服的中年女人，四处看了看，在门边挨着一对情侣坐下来。

这女人前一阵来过，因为走路姿势特别，腰总向左歪，小杨对她印象很深，忍不住就多看了两眼。这一分散注意力，再回头看，咦？那贼什么时候也移到门边了，离女人很近，头低着，那眼神，小杨觉得有意无意都在往女人身上瞟。

这是要动手了！小杨的心一下子绷紧了。

女人喝了杯可乐，起身准备走。小杨紧盯着，没发现那贼有什么动作。还是没找到机会下手啊！小杨松了口气，又莫名觉得有点儿遗憾。

眼看女人拉开门，说时迟，那时快，那贼突然一个箭步上前，一把抓住了女人拎包的手。

这！暗偷不变成明抢了嘛！小杨觉得有点儿反应不过来。脑袋还蒙着,身体已经本能冲过去,扭住了那贼。

女人看着也吓坏了。趁小杨扭住贼的时候,使劲挣脱手,冲出门外。那贼居然还敢大声喊:"站住!"同时奋力甩开小杨,大步追上去,一个鱼跃把女人扑在地上。随后摸出一副手铐,"咔嚓"一声,干净利落地把女人铐上了!

是警察啊!小杨彻底傻了眼,晕乎乎地看着他叫来民警,把女人带走,然后又回到店里,找到门边那对情侣,把从女人手上拿下的包给他们认。这俩人脸上的表情,和小杨一样蒙——他们压根儿没发现包已经被人拎走了!

最后,那人居然走到了小杨面前,笑嘻嘻看着他说:"傻小子,眼力不错哈,偷偷摸摸盯了我好几天。这女的是个惯偷,我等她好久了。你就没注意她进来时空手,走时多了个包?"

小杨脸羞成了块大红布,愣愣地一句话也说不出来。恍恍惚惚听着他继续说:"听说你是警校生,想不想来实习,跟着我体验一下?"看小杨没动静,他呵呵笑了:"你要不愿意,那就算了。"

小杨猛地反应过来,只觉得幸福来得太突然,连忙把头点得像鸡啄米,声音也发着抖:"愿意!愿意!我愿意!"

"哈哈,愿意就好。回头到火车站派出所找我,我叫张铁明。"说完,他挥挥手走了。

张铁明啊!传闻中让火车站的贼闻之丧胆的"神探"啊!这名字小杨可早就听说过。望着他离去的背影,小杨忍不住傻傻地笑了。

这个"贼",抓得值!

(原载《人民公安报》2016 年 4 月 15 日)

房间里的神秘来客

于爱全

一

午夜一时，郊区一片寂静。东岳鞋厂职工公寓里忽然传来一声尖叫。夜色都被这尖叫声吓得抖了一下。

有人立即报了警。

大兴派出所值班民警老梁接到电话，立即叫上实习民警小泉赶赴现场。

小泉整理着警服，睡眼惺忪地问："梁老师，什么事情？"

"东岳村附近的鞋厂里闹鬼。"说着，警车已经开出了派出所大院。

听说闹鬼，小泉显得异常兴奋。老梁则早就

习以为常，以他多年的经验，这种事情不是假警，就是受害人虚惊一场。不过，如今公安机关要求"有警必接，接警必出"，所以老梁不敢大意。

警车开到东岳鞋厂时，早有几个人站在门口招手迎接了。车灯把他们的影子投在墙上，仿佛站了几个黑魆魆的巨人。

下车之后，老梁问："具体是什么情况？"

有个瘦弱的老头一边带路，一边讲述："有个女娃，在俺们这儿打工的，在宿舍里吓得发抖。你们快过去看看吧。"

实习民警小泉问："被什么吓的？看见鬼了？"

老头说："女娃说半夜醒来，迷迷糊糊看见房间里有个人影。"

老梁问："你是谁？谁报的警？"

老头说："我姓王，是楼管员，就是我给你们打的电话。"

说话间，几人已经来到了职工公寓的五楼。

"就是这间房，508。"

老头敲敲门，说："英子，开开门！别害怕了！派出所的来了。"

出来开门的是个十七八岁的姑娘，穿着睡衣，头发散乱。她一句话不说，打开门之后就回到床上，用被子把自己包了起来。民警老梁在房间里看了一圈，然后问一起进来的那对男女青年："你们两个是她什么人？"

女的说："我叫王菊，是跟英子一起出来打工的，俺俩是一个村的。"

男的说："我叫刘冰伟，住四楼，王大爷怕出什么事情自己搞不定，就把我喊起来了。"

老梁跟王菊说："你跟我出来一下。"

来到门外，老梁问："英子这人怎样？以前有没有什么精神问题？"

王菊说："她是个好女娃，可孝顺了，从来没听说她有什么精神问题啊。"

回到房间，实习民警小泉正在安慰英子："你别害怕，世界上哪有鬼这种东西，是不是你看错了？或者做噩梦了？"

灯光之下，英子脸色苍白，身体似乎微微发抖。她说："你们怎么就是不相信我呢？我真的看见有个人影，清清楚楚。"

"那个人影持续了多久？"老梁问。

"就一会儿。我醒来之后，吓得尖叫了一声，那人影就快速往门口走去。我问他，'你是谁？怎么在我房间里？'那个人影没有答话，打开房门就出去了。"

老梁皱了一下眉，他一时无法想清楚这个闹鬼案件的真实情况。他让小泉记录了在场几个人的基本信息，然后再次仔细查看了门窗和屋内的基本情况。房内物品没有任何异常，门窗都完好，而且从里面上了锁。外人要进来除非有钥匙，而英子搬进来时专门换了锁，钥匙只有她一个人有。难道真的是闹鬼？老梁和小泉可都是坚定的无神论者。看来所谓"鬼影"十有八九是英子的幻觉了，这种报警只能不了了之。老梁安排王菊留在房间陪英子一起睡，然后就跟小泉回到了派出所。

二

让老梁没想到的是，第二天一大早就接到了英子打来的电话。英子语气惊慌，让他赶紧去查看现场。

老梁急民之所急，叫上小泉，又开车过去了。

站在508房间的阳台上，老梁和小泉惊奇地发现阳台下面的墙壁上有一行歪歪斜斜的脚印。这行脚印斜着延伸到407房间阳台上方消失了。

"这绝对不是人类的脚印！"小泉肯定地说。

"就是啊，如果是人类顺着绳子往上爬，那也该是垂直的呀。"英子在一边附和。

尽管道理是如此，老梁还是敲开了407房间的门。开门的竟然是昨天晚上那个叫刘冰伟的小伙子。

老梁问他："昨天晚上你一直睡在自己房间里吗？"

刘冰伟老老实实回答:"是啊,直到王大爷把我叫出去。"

"这期间有没有看到窗外有什么人?或者听到窗外有什么动静?"

"没有,只是一点多钟的时候听到英子在上面尖叫。"

老梁进房间查看了一下,实在看不出刘冰伟身上有什么可疑之处。

老梁又去敲隔壁 408 房间的门,408 房间在英子房间的正下方。房里没人。据楼管员王老头说,房里住的是一个叫阿斌的小伙子,正在车间上班。老梁让王老头把阿斌叫来,问他:"你昨晚是在自己房间里睡的?"

阿斌显得有些疲惫,人也内向,他很木讷地点了点头。

老梁问:"昨晚有没有看到窗外有什么人?或者听到什么声音?"

阿斌想了想说:"有!"

老梁和小泉对望一眼,惊问:"你看见什么了?"

阿斌说:"隐约看见一个黑影飘过去了,好像是个头发很长的女人,也可能是我噩梦醒来看错了。"

阿斌走后,实习民警小泉说:"梁老师,这可复杂了,一个人看见鬼还有可能是看花了眼,可现在两个人都看见了啊。"

返回五楼,王菊悄悄把老梁叫到自己房间,很不好意思地开口:"梁警官,我一直想跟您反映个事,可又怕您说我迷信。"

老梁点了支烟,"你赶紧说,我怎么会说你迷信。"

王菊说:"梁警官,一年前有个四川女的死在英子住的那间房里,我怀疑昨天晚上那个人影就是她的鬼魂。"

鬼魂?真是无稽之谈!

尽管如此,老梁还是简略了解了一下情况。那个四川女的叫小芸,在这儿打工时谈了个男朋友,因为父母反对,又加上跟鞋厂老板发生了点儿矛盾,就在一年前跳楼自杀了。

离开鞋厂时,老梁教导小泉,"办案子的人是不该相信鬼魂这种事的。"

"既然世界上没有鬼,那么一定是有人在说谎。可是阿斌、英子还有王菊为什么要串通起来编故事呢?"小泉说出了心中的疑问。

老梁也摸不到头绪,不过他感觉这起闹鬼案件背后绝不仅仅是说谎这么简单。这里面到底隐藏着什么意图呢?

五天之后,老梁接到王菊的电话,说英子要离开了。

老梁和小泉赶到鞋厂的时候,英子正忙着收拾行李。老梁皱着眉头沉思片刻,问道:"英子,又发生什么事情了吗?"

英子刚开始一声不吭,沉默半天忽然流下泪来,"我说了你们又不相信,还以为我精神有问题呢。其实我早就发现这房间里有鬼了,以前我就经常发现自己的衣物有被移动过的痕迹。今天早上又发现地板上有烟灰……"

"烟灰?"老梁和小泉同时惊问。

英子指了指床边的地板,果然有一小撮烟灰。

"我真的撑不下去了,我夜夜都失眠,经常感觉角落里有双奇怪的眼睛注视着我。"英子哭得像个孩子,两肩抖动着,显得很无助。

老梁说:"英子,你别怕,鬼魂是不会抽烟的。你告诉我,你昨天夜里是在房间里睡的吗?"

英子说:"没有,昨天我上夜班。"

"那今天晚上呢?"

"我接下来连续一周都是夜班。"

"这就好办了,你先别忙着收拾行李,反正大白天的你不会怕闹鬼吧。"老梁指着旁边的小泉说,"晚上呢,就让我们这位小民警先在你这儿睡,让他看看藏在你房间里的鬼到底是个什么东西。你觉得怎样?"

英子感激地看了小泉一眼,说:"那我就先不走了。"

此时,老梁心中已经有了一个打算,他下决心一定要把藏在房间里的鬼抓出来看看是怎么回事。

三

此后几天，小泉每天夜里都悄悄溜进英子的宿舍。有时去得早，他还会跟英子聊一会儿天。

根据民警老梁和小泉的推测，所谓"闹鬼"肯定是内部熟人在搞鬼。这"鬼"若不是英子自己在搞，那很有可能就是王菊搞出来的。

别看王菊跟英子是同村姐妹，表面关系好得很，其实矛盾重重。王菊这人野心很大，为了当上领班，她早就把拥有高中学历的英子当成了头号竞争对手。

可是让老梁和小泉搞不明白的是，当英子要辞职回老家时，王菊又为什么要跟派出所报告呢？难道是为了掩盖自己的阴谋？

连续两夜，小泉都是紧张地等到半夜才合眼，可是所谓的"鬼魂"迟迟没有出现。直到一本神秘日记的出现，才使案情有了新的进展，当然，老梁和小泉的所有猜想也因此被打乱。

那是一个午夜，小泉翻来覆去睡不着，就悄悄摸到阳台上抽烟。就着手机的微光，小泉在花盆底下发现一本腐烂了一半的日记。这是一个女孩子的日记，上面记载了一个农村女儿在对爱情和物质作选择时的矛盾心理。

第二天早上，小泉问英子："这是你的日记？"

英子摇头，"不是。"

"那是谁的？"

"这……"英子在记忆里搜索了半天才说道："这是上一个房主留下的，我收拾房间从席子下面翻出来之后，随手就垫在花盆底下了。"

老梁翻看了这本残存的日记，发现案情变得更加扑朔迷离了。这本日记既可能是破案线索，也可能是案情的干扰因素。如果不出意外，这本日记的主人就是一年前跳楼自杀的四川打工妹小芸。

三天后是一个月黑之夜，小泉忽然感觉梦境震动了一下，接着就隐约听见阳台外面传来一阵响动。他睡意全无，掀开被子就躲进了洗手间。

有个黑影翻上了阳台，并且隔着玻璃向室内张望。借着微弱的灯光，小泉发现那是一个女人，身材高大，披头散发。小泉吓得大气不敢出，难道真的是鬼？

黑影居然很轻松地打开了阳台门，那可是上了锁的呀！

黑影慢慢走进房间，小泉企图在洗手间里摸索个武器。可是浑身发抖，居然不小心碰掉了一瓶洗发水。

听见响动，黑影转头朝洗手间看来。这张女人的脸黝黑而诡异，仿佛来自地狱。

小泉来不及多想，挥拳就打了过去。可惜没打中。黑影尖叫一声，迅速朝门口跑去。

小泉追上去，将黑影扑翻在地。没想到那女人力量大得惊人，挣脱小泉的束缚，反手就是一肘，打得小泉头昏脑涨。

黑影夺门而出，小泉大喊："抓贼！"

黑影刚逃出房门，就被出来看热闹的打工仔掀翻在地。小泉扑上来，给她上了铐。众人将女鬼押送到值班室。女鬼始终低着头，不管小泉怎么问，就是一言不发。

老梁和一名年轻女警很快就赶过来了。

女警上去搜身，刚搜到嫌疑人腰部，就红着脸把手收回来了。老梁一怔，随即明白，说："小泉，把他的假发摘掉。"

假发摘掉之后，一个秃头呈现于昏暗的灯光之下。嫌疑人忽然发力，急欲挣脱。小泉大喝一声："老实点儿！别动！"

"咦？"

"是阿斌！"

有人认出来了，他们万万没有想到，"女鬼"竟然是老实木讷的阿斌。

四

"如实交代吧。"老梁说。

灯光从上面照下来,射在阿斌的光头上,他的脸笼在阴影中。他沉默半晌,浑身瑟瑟发抖,结结巴巴地说:"警……警官,放我一马。"

"快说,半夜三更,你跑到人家大姑娘房里干什么?"

阿斌讲述了一段心事。他来自偏远山区,由于家境贫寒,迄今光棍一人。来这儿打工这段时间,他暗恋上了清纯美丽的英子。可是他内向木讷,性格自卑,只敢悄悄关注英子,不敢公然追求。有天夜里相思难耐,就跑到阳台上吸烟。突发奇想,踩着四楼阳台上的铁架子,翻上了五楼英子的阳台,并且打开阳台门,进了房间。刚开始几次,英子上夜班,他也就是在房间里默默坐一会儿,便离开。后来有一次,英子没去上夜班,半夜醒来,恰好发现房间里有个人影。事情败露之后,为了掩人耳目,他便用拖鞋沾了黄泥,在墙上拍了一行歪歪斜斜的脚印,还戴了假发装神弄鬼。

大伙松了一口气,均想:原来是小伙子谈恋爱。这也不是什么大不了的事,而且阿斌这人老实巴交的,于是就纷纷替他求情:"警官,小伙子也不容易,就放他一马吧。"

英子也说:"算了,我也不追究了。"

老梁不理众人,道:"阳台门是从里面上了锁的,你是怎么打开阳台门的?"

"我……我……我从小就会开锁。"阿斌有点儿惊慌失措。

大伙儿面面相觑。

"奶奶的,这家伙是个小偷,暗恋什么的都是假的。"有人立即醒悟过来,"说,我前阵子房里丢了一块手表,是不是你偷的?"

"我不久前也丢了手机。"

众人纷纷发言质问,有人趁机煽动:"揍他个小舅子。"

出乎众人意料,阿斌跪倒在地,一口承认:"各位大哥大姐,东西是我偷的，我阿斌穷怕了啊。"

"警官，他承认了，快把他关监狱。"

"不用警察处理，我们把他吊起来打，让他赔。"

……

人多口杂，指责之声不断。

老梁吸了一阵子烟，说："我看他不是小偷。"

此话一出，场面立马安静下来。怎么会不是小偷呢，他本人不都承认了嘛，而且作案手法也很吻合，大家都是门窗完好，却丢了东西。

老梁说："以我的经验，兔子不吃窝边草，更重要的是，这家伙进进出出英子房间十几次，却什么东西也没拿。大伙想一下，有这样的小偷吗？"

英子略有所思，点点头，"他不是小偷。"

老梁说："阿斌，你不会开锁，你有钥匙。英子住进来之后，换了房门的锁，却没换阳台门的锁。钥匙是你从前便有的。"

阿斌的眼神恐惧而游移。

"既不为财，也不为色，那他翻进人家房间做什么？"大伙心中都有一个疑团。

老梁对一同前来的女警说："小刘，到车里去把那本日记拿来。"

接下来，老梁做了一个惊人论断："阿斌，你是个杀人犯！"

阿斌闻听此言，猛然跳起来。可是年轻力壮的民警小泉早有防备，立马上脚、折腕，将他死死控制在地上。

老梁依然是一副波澜不惊的样子，"还记得小芸吗？一年前，你和她在谈恋爱。你们感情很好，小芸很爱你。可是，社会是现实的，小芸的父母嫌你穷，死活不同意把女儿嫁给你。久而久之，小芸动摇了。你俩之间产生了许多矛盾和分歧。于是，你把她杀了。这是我根据这本日记推测出来的，你认罪吗？"

阿斌有点歇斯底里，"我不是故意杀她的，当时我俩吵了架，我一时冲动，用酒瓶砸了她的脑袋。没想到把她砸死了。我没法子，只好把尸体扔到楼下，制造自杀假象。当时富士康正好流行跳楼，大家还以为小芸跟风呢。或许，或许她当时并没被我砸死，只是晕过去了，我……我当时脑袋气坏了，也可能是吓傻了……"

小芸死了之后，阿斌精神有些分裂，他总担心事情会败露。巨大的心理压力之下，他甚至得了脱发症。他知道小芸有记日记的习惯，对他来说，这本日记就是最大的隐患。他三番五次爬进英子房间，就是为了翻找这本日记。本来这本日记被英子垫在花盆下面，年深日久也就烂掉了，可阿斌偏偏不死心。这下可好，天网恢恢，得尝恶果了。

案子水落石出，老梁松了一口气，说："这就对了，坦白从宽，立功减刑。"

阿斌忽然抬起头来，"我要立功，其实在我们这栋楼频繁作案的小偷就在眼前。"

"啊？"众人你看我，我看你。

老梁笑了，"我终于知道你为什么在墙上做一行脚印，指向另一个房间了，你想误导我们转移办案方向。"

说罢，老梁迅速起身，扑向正在人群里缓缓后退的刘冰伟。

看来，兔子还是吃窝边草的。

（原载《故事林》2016 年第 4 期）

希 望

梁荫发

一

他出现在高架桥上。桥下,是铮亮、冰冷的并线钢轨。远方山脉暗淡,青灰色的山脊像一条游动的蛇,吞没了最后的余光。他朝着火车来的方向,闭上了眼,深深叹了一口气,准备一死了之。尽管,脚下的宣传横幅上赫然写着"珍惜生命,远离铁路"几个大字。

呜呜——火车来了,拖着长长的响声,把他拖进了过去。

他被家里撵出了门。

十四年来,他受尽了冷嘲热讽。在老师看

来，他欺负同学、专搞破坏，是十足的"小魔头"；在父母那里，他嚣张跋扈、顶撞长辈，是人见人恨的"逆子"；在伙伴眼中，他不学无术、沉溺网吧，是扶不上墙的"后进生"。他，真的受够了！

想到了这儿，他心寒，两眼挂着泪水，双手一撑，他迅速跨上桥栏杆外。

"呜！""呜！""呜！"司机好像看见了他，急促地按了三下鸣笛。

他被惊醒了。不过，这只是从一个梦到另外一个梦间的游离。在另一个梦里，他希望能重新开始。

他开始张开双臂，俯身向下。突然，从旁边窜过一个人，他闪念想到：难道那个人是要把他推下去？

这是多么可怕的世界！

不行，他得先下手为强，不能犹豫！他身体下蹲，双脚勾住护栏，猛地转身，从下腰发力，一下子就把靠近自己的那个人推了个趔趄。没承想，那个人却向桥下翻去。他大吃一惊，自己竟然有这么大的力气！那人下坠时，他才看清楚，原来是白树清——那个铁路警察。

不，他不能死！任何人都可以死去，唯独白树清不能！自己还欠他一命。想都没想，他本能地伸手去抓，却扑了个空，身体一踉跄，也坠了下去。

必死无疑。这是他料定的结果。

突然，他感觉被什么东西用力地撕扯。他定睛一看，原来是白树清，正死死地抓住了自己的衣领。白树清的另一只手则扯住了揉成一团的横幅。

二

白树清又救了他一命！

三年前，他和同伴到野外游玩，正巧路过一个水库，几个人一合计，脱衣服，下水。这是消暑的好方式之一。他个头最高，为不被个矮的抓到,他得意地向深水区游了过去。没想到,偏偏这个时候,小脚拇指抽了筋,紧接着连同小腿也开始抽疼了起来。完了!他一边咬着牙想往回游,脚却不听使唤,自己还一连呛了几口水。

他拼命地挣扎,想喊出"救命"两个字,可发现卡在嘴里的水,像颗大大的汤圆堵住了喉咙,憋得他难受,根本就没法叫出来。同伴以为他在开玩笑,直到水淹没他额头的那一刻,才意识到这家伙是来真的。

没有任何意外。他沉了下去。水里滚起的水泡,随着胡乱拍打的双手,一阵一阵地翻滚进眼眶里,灌进了五脏六腑,很快一片漆黑闪过脑海,只听见"咕噜咕噜"和拖着长音的人的呼喊声。他就这么死去了?他还没来得及掏完最后一窝鸟,甚至还没跟女孩儿亲过嘴!

"醒醒,醒醒。"

"谁家的孩子,这是。"

"不得了,肯定没救了。"

他模糊地听见叽叽喳喳的声音。

尽管胸口还是很疼,像是有一股酸辣劲揉进了身体,在皮肤里麻麻地炸开,但他还是吃力地撑开双眼。蒙蒙眬眬,他好像睡在了井底,正在朝井口看。井口上黑压压地只打进来一束光,这时,一粒水珠从井口滴落下来。

凉的。他的眼皮抽动了一下。他还没死!

"醒了,醒了,白警官好样的!"

他听见一片欢呼雀跃。

"小子,你吓坏我们了。"

这回,他可看清楚了。眼前一个穿着藏蓝色衣服、全身湿透、皮肤黝黑的中年男人,冲着他笑了一下。

他本想推开这个男人,却忽然间没有了力气,反倒更想躺在他的怀里,享受一种被父爱包围的感觉。这个长者的微笑很温暖,像晚霞飘在空中,把天幕烘得通红。他似乎想到了小时候躺在父亲的怀里,父亲冲着自己笑的情景。

阳光穿透了人群，和吹来的清风洒在他的身上，格外舒心。

那天以后，他俩成了忘年交。

他一有空就去警区里闲逛，向白树清诉一诉"苦水"。有时候他也会帮白树清整理菜地，与之一起巡查铁路线路。

他有着一种无比的温暖，直到父母再次与他"开战"。

三

白树清还是冲他一笑："小子，咋愣住了？"

他苦笑了一下，觉得很愧疚。

火车的响声越来越大，撕裂的声响一下子就来到了耳边，明显能感觉到桥面的强烈震动。

他想挣脱白树清的撕扯，可刚要把手举起来，又放了下去。他抬头望见白树清的憨笑，忽然不能容忍自己这么自私了。

他突然有了一种求生的想法，就像花开盼望着结果。于是，他使劲抓住白树清的手。

正在他这样做的时候，白树清手里扯着的横幅却被撕开了。

完全是自由落体，两人的身子直直地从半空中掉了下来。瞬间，空气似乎被凝固，世界安静了许多……

就这样，不知过了多久，大脑一片空白，耳中"嗡嗡"鸣响。睁眼一看，还是白树清灿烂的笑容。这笑容似乎将车厢里飞扬的棉絮也照得透明。

世界顿时安静了许多，这列满载棉花的火车依然"咣当咣当"地吐着气。漫天的棉絮随着列车驶过的方向，飘向了山腰……

（原载《参花》2016年第11期）